한국 문학비평의 인식과 지향

김현 · 백낙청 · 김윤식 · 강우식 · 현길언을 중심으로

푸른사상 학술총서 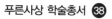 38

한국 문학비평의 인식과 지향

김현 · 백낙청 · 김윤식 · 강우식 · 현길언을 중심으로

강경화

Recognition and orientation of the Korean
literary criticism

 푸른사상
PRUNSASANG

비평가의 비평 인식과 존재론적 측면은 한국 문학비평을 전공한 저자
의 주된 연구 관심사였다. 이에 대한 고찰은 이미 『한국 문학비평의 인
식과 담론의 실현화 연구』, 『한국 문학비평의 실존』을 비롯한 다수의 논
저로 묶어낸 바 있다. 이 책의 문제의식 역시 그 연장선상에 있다.

1부와 2부의 글들은 1970년대 이후 한국 문학비평사에서 중요한 역
할을 담당했던 김현과 백낙청의 비평을 집중적으로 탐색한 결과물이다.
1부에서는 김현 비평의 비평적 주체화와 비평 인식 그리고 그의 사유
체계를 고찰하였으며, 2부에서는 백낙청 비평의 인식구조와 실제 비평
을 세밀하게 살펴보았다.

3부는 비평가 김윤식의 비평적 자의식, 강우식의 시 정신 그리고 현
길언의 소설론을 이해하기 위해 쓰여진 글들이다. 한편 해방기 소설을
다룬 마지막 글은 소설에 등장하는 인물들의 직업을 통해 당대를 살았
던 사람들의 삶의 실상과 의식을 읽어보고자 한 것이다. 이를 위해 해방
기에 활동했던 대표적인 작가 62명의 작품 200여 편을 대상으로 삼았

다. 이 점에서 이 글은 해방기 소설과 당대의 삶을 이해하기 위한 자료적 가치도 있을 것이다.

묶어놓고 보니 역시 부끄럽다. 출판을 흔쾌히 받아주신 푸른사상사 한봉숙 대표님의 후의와 책을 잘 꾸며준 편집자의 노고에 감사드리며, 고마운 마음을 깊이 새겨둔다.

2017년 2월
강경화

한국 문학비평의 인식과 지향

제3부   문학과 비평의 표정

한국 문학비평의 인식과 지향

김현 비평의
주체화와 비평 인식

제1장

김현 비평의 주체 정립에 관한 고찰
— 이어령 비평과의 관련성을 중심으로

1. 문제 제기

이 글은 비평 주체의 형성이라는 관점에서 김현의 초기 비평에 내면화된 타자의 모습을 발견하고 이를 통해 비평가로서 김현의 주체 정립을 이해하기 위한 의도로 씌어졌다. 김현(1942~1990)은 1962년 「나르시스 시론 – 시와 악의 문제」(『자유문학』, 1962.3)로 등단한 이후 불문학자로서 문학연구자로서 무엇보다도 비평가로서 우리 문학사에서 지울 수 없는 업적을 남겼다. 그가 남긴 성과와 관련하여 김병익은 20대에 이미 자기 자리를 만들고 30대에는 벌써 대가의 반열에 올라 있었다고 진술하고 있으며,[1] 조남현은 김현이 한국 현대 비평사에서 분명히 거인으

---

1 김병익, 「순수 비평으로 살다 간 '영원한 새 세대'」, 『김현 문학전집』 16, 문학과지성사, 1993, 276쪽. 『김현 문학전집』은 앞으로 『전집』으로만 표기할 것임.

로 기록될 것으로 평가하고 있다.[2] 실제로 김현의 비평 전반을 살펴본다면 이러한 찬사가 한갓 수사가 아님을 확인할 수 있다.

김현의 이러한 위상은 물론 그의 개인적인 재능과 치열한 비평적 실천의 결과였지만 그것만으로 설명하기에는 부족하다. 그의 비평이 활짝 꽃피울 수 있었던 것은 4·19라는 시대적인 조건과 50년대 문학의 존재가 있었기에 가능했다. 시대적인 조건과 앞세대 문학과의 관련성을 떠난 어떤 예외적인 개인도 존재할 수 없음은 문학사가 증명한다. 이 당연한 명제가 김현 비평에서 더욱 중요한 의미를 갖는 이유는 두 가지이다. 먼저, 그는 곳곳에서 4·19세대로서 자신의 정체성을 피력하곤 했는데,[3] 4·19 혁명은 60년대 세대로서 김현 문학의 자부심이자 역사와 문학에 대한 그의 고유한 사유를 정립시킨 시대적인 조건이었다.

다음으로 김현이 비평가로서 주체를 정립하게 된 결정적인 계기는 50년대 문학과의 차별화 전략을 통해서였다. 김현은 60년대 세대의 전면에 서서 50년대 비평가들을 적극적으로 타자화하는 과정을 통해 비평적 주체를 이루었던 것이다. 그의 비평적 주체화를 "어느 시대에나, 명석한 사람들은 자기의 시대를 위기의 시대라고 주장하고, 그 위기의 양태와 치유책을 강구한다."[4]는 그의 논법을 차용하여 말한다면, 어느 시

---

2   조남현, 「땀과 줏대 그리고 힘의 비평」, 『문학과사회』 23, 1993. 가을, 1028쪽.
3   김현이 "나는 거의 언제나 사일구 세대로서 사유하고 분석하고 해석한다. 내 나이는 1960년 이후 한 살도 더 먹지 않았다."고 술회하는 부분은 대표적인 경우이다. 김현, 「책머리에」, 『분석과 해석』, 문학과지성사, 1992, 13쪽. 앞으로 김현의 글은 이름을 따로 밝히지 않을 것임.
4   『68 문학』의 「편집자의 말」과 「한국비평의 가능성」, 『전집』 2, 95쪽.

대에나 명석한 사람들은 자기 세대를 역사적 기원을 갖는 것으로 만들려고 노력하며 그 대표적인 사람이 김현이었다고 할 수 있다. 그러나 문제는 김현이 경계의 저편으로 밀어내고자 했던 50년대 문학의 그림자들이 그의 비평에 내면화되어 있었다는 사실이다. 이 글의 문제의식은 바로 여기에 있다.

김현 비평에 대해 그동안 많은 논의가 있었는데, 최근의 연구는 김현 비평에 대한 찬사와 부정의 일방성을 벗어나 객관적으로 검토하는 방향으로 전개되고 있다. 이 중에서 이 글의 문제의식과 관련하여 주목할 연구로는 권성우,[5] 이명원,[6] 김형수[7]의 논문을 들 수 있다. 이들은 김현 비평을 세대론적 전략이라는 관점에서 접근하여 김현이 어떻게 비평적 주체화를 이루었는가에 대한 이해의 통로를 열었다. 하지만 이러한 성과에도 불구하고 이들은 세대론적 대결과 전략에 초점을 맞춘 결과 김현 비평의 기원으로서 50년대 비평과의 내적 연관은 논의되지 못하였다.

그러나 김현의 초기 비평[8]에는 50년대 문학, 그중에서도 특히 이어령

5　권성우, 「60년대 비평문학의 세대론적 전략과 새로운 목소리」, 문학사와 비평연구회 편, 『1960년대 문학연구』, 예하, 1993.

6　이명원, 「김현 비평과 근대성의 모험」, 『타는 혀』, 새움, 2000.

7　김형수, 「김현 비평의 세대론적 전략과 타자의 존재」, 『사림어문연구』 13집, 2000.1.

8　이 글에서 초기 비평은 「나르시스 시론」에서 『68 문학』을 전후한 시기로 한정할 것이다. 초기의 미정형 상태였던 김현은 한국문학에 대한 통찰과 인식, 시 중심에서 소설로의 영역 확대, 50년대 문학과의 차별화라는 과정을 거치게 된다. 그리고 『68 문학』을 전후하여 그의 관심사는 확연히 한국문학의 전반을 넓고 깊게 응시하기 시작하고, 『문학과지성』을 창간한 이후에는 한국문학의 정립을 위한 이론과 방법을 탐색하는 작업으로 나아간다. 그 결과물들이 『현대 한국문학의

비평의 흔적들이 내면화된 형식으로 존재하고 있음을 확인할 수 있다. 김현의 초기 비평을 면밀하게 고찰해보면 문제의식과 발상, 문제 제기 방식, 비평적 전략, 담론의 구성, 문체에 이르기까지 결코 우연으로 볼 수 없는 이어령 비평의 특성들이 반영되어 있다. 예를 들면 김현의 초기 글들은 객관적 논리 위에 구성된 분석적인 것이 아니라 내면의 경험을 진술한 성격이 강하다. 논리적 이탈, 단속적 구성, 잦은 주석적 삽입 등은 이러한 특성을 보여준다. 그런데 이런 담론의 구성이 실은 이어령의 정서적이고 수사적인 문체와 긴밀하게 관련이 있다. 그러한 관련성은 이어령이 김현에게 극복의 대상이자 주체 형성에 관여한 직접적인 타자였던 데서 연유한다. 주체 형성기에 주체의 내부에는 타자가 먼저 그 안에 있다면,[9] 이어령은 김현의 내부에 존재하는 타자였으며 스스로를 객관화시키면서 타자로부터 벗어나 자립적 주체화를 이루었던 것이다.

따라서 이어령 비평과의 관련성을 고찰하는 일은 김현 비평의 기원으로서 그의 비평의 출발점을 확인한다는 의미와 함께 비평적 주체화의 정립이라는 측면에서도 검토되어야 할 사항이다. 이러한 문제의식에서 이 글은 김현의 초기 비평에 스며든 이어령의 흔적들을 찾아봄으로써, 넓게는 60년대 비평이 50년대 비평으로부터, 좁게는 김현의 비평이 이어령의 비평과 그리 멀지 않은 곳에서 출발하고 있음을 확인하는 데 목적이 있다. 본격적인 논의에 앞서 다음과 같은 전제를 미리 제시할 필요

이론』(1972), 『한국문학사』(1973), 『한국문학의 위상』(1977) 등이다. 또한 『68 문학』을 전후하여 50년대 문학에 대한 대타적인 자세가 구체화되면서 비평적 주체를 정립하게 되기 때문이다.

9　김형효, 『구조주의의 사유체계와 사유』, 인간사랑, 1996, 239쪽.

가 있다.

첫째, 이어령이 김현이 아니고 김현이 이어령이 아니듯 두 사람의 비평이 다른 것은 당연하다는 사실이다. 김현의 표현대로, 나와 타인이 같다면 사고의 분화란 생겨날 수 없기 때문이다.[10] 오히려 그 차이 속에 존재하는 동일성을 발견하는 것이 중요하다.

둘째, 바로 그렇기 때문에 이 글은 이어령 비평과 김현 비평의 중요하고 본질적인 차이를 무화시키려는 의도와는 무관하다. 김현의 비평에 이어령 비평의 흔적이 동일성의 형식으로 반영되어 있다는 것은 김현이 아직 자기 세계를 정립하지 못한 미정형의 단계였다는 것, 그가 이어령 비평의 중요한 독자의 한 사람으로서 깊은 영향을 받았다는 것, 그리고 김현 비평의 주체화가 이어령 비평의 수용과 극복의 과정 속에 정립되었다는 것을 해명하려는 데 목적이 있다.

마지막으로 전제해야 할 사항은 김현이 이어령과의 관련성을 언급한 적이 없다는 사실이다. 따라서 이어령과 김현의 연관성을 추적하기 위해서는 불가피하게 단편적인 조립을 통해 하나의 전체적인 상을 구성할 수 있을 뿐이라는 점이다.

2. 비평적 주체화와 50년대 문학

김현의 비평적 생애를 검토해보면 그가 일관되게 추구하였던 중요한

---

10 「한국문학의 양식화에 대한 고찰」, 『창작과비평』, 1967. 여름, 『전집』 2, 20쪽.

과제 중의 하나가 자립적 주체화의 문제였다는 것을 알 수 있다. 그의 비평에서 주체화는 크게 세 방향으로 나타난다. 그것은 한국문학 전체의 주체화였으며, 60년대 세대로서의 주체화이자, 김현 개인의 비평적 주체화라는 과제로 전개된다. 「한국문학의 양식화에 대한 고찰」(1967)에서 『한국문학사』(1973)와 『한국문학의 위상』(1977)으로 이어지는 일련의 작업이 개별 문학으로서 한국문학의 이념형과 정체성을 발견하기 위한 실천 행위였다면, 「미지인의 초상1」(1967), 「한국비평의 가능성」(1968), 「테러리즘의 문학」(1971) 등 60년대 후반과 70년대 초에 이르는 글들에는 60년대 세대 의식과 비평가로서 주체화를 정립하기 위한 의도가 담겨 있다.

이러한 일련의 작업을 통해 김현은 4·19세대의 세대적 정체성과 정당성을 드러내면서 새로운 비평 주체로 부각된다. 60년대 세대의 세대적 정체성은 「비평의 방법」(1980), 「비평의 유형학을 위하여」(1985), 「60년대 문학의 배경과 성과」(1986) 등에서 재확인하고 있는데, 이를 통해 김현의 세대적 자부심이 얼마나 지속적이고 의식적이었나를 가늠할 수 있다.

김현이 비평적 역량을 갖추면서 분명한 자기 목소리를 내기 시작한 것은 『68 문학』(1969.1)을 전후한 시기라고 할 수 있다. 『산문시대』(1962.6)의 선언이 새로운 문학에 대한 결연한 의지와 창조적인 열정을 드러낸 것이라면, 『68 문학』에 이르러 김현은 비평가로서 분명한 자기 정립을 시도한다. 앞 세대 문학과의 차별화와 그 극복 없이 의미 있는 존재로 주체를 정립한다는 것은 어려운 일이다. 김현 역시 비평적 주체화를 이루기 위해 50년대 문학과의 차별화는 불가피했는데, 그 대표적인 평문이「한국비평의 가능성」이다.

　이 글은 크게 50년대 비평의 성과와 한계 그리고 60년대 비평의 과제와 가능성으로 압축할 수 있다. 김현은 먼저 50년대 비평가들의 개별적 노력을 주요하게 평가한다. 그가 파악한 50년대 비평의 성과는 인정적 휴머니즘에 대한 반기, 토속성과 전통의 구분, 정실 비평에 도전하는 비평 의식의 소유에 있었다. 그러나 이러한 성과에도 불구하고 50년대 비평은 치명적인 약점을 안고 있었다.

　　　그들이 내보인 치명적인 약점은 그들 자신이 문제를 설정하고 그것을 해결해나가려고 애를 쓰다가 부딪친 문제, 혹은 반드시 부딪쳤어야 했을 문제의(고의적이건 무의식적이건) 방기이다.[11]

　50년대 비평가들의 정신의 급작스런 조작이 빚어내는 악순환, 이와 함께 참여와 순수의 문제가 30년대에서부터 50년대 비평까지 아무런 논리적 진전을 이루지 못하고 있는 악순환, 그렇기 때문에 60년대 비평가들이 짊어져야 할 과제는 "그 악순환을 저지하려는 진지한 노력"이라는 것이다. 그리고 나서 김현은 염무웅, 조동일, 백낙청, 김치수, 김주연 등 몇몇 젊은 비평가들에게서 그 결실을 보게 될 것이라는 전망을 내놓고 있다.

　이러한 입장은「테러리즘의 문학」에서 50년대와 60년대 세대의 시대적 조건과 역사의식의 본질적인 차이를 분명하게 분절하고, 세대적 대

11　『전집』2, 103쪽.

립의식을 선명하게 부각시킨다. 「테러리즘의 문학」은 '50년대 문학 소고'라는 부제가 말해주듯, 그리고 이 글이 서기원과의 세대 논쟁 후에 쓰여진 글이라는 점에서 김현의 전략적인 의도가 50년대 문학과의 차별화에 있음을 쉽게 파악할 수 있다.

이 글에서 김현이 파악한 50년대 문학의 한계는 다음 세 가지로 정리할 수 있다. 첫째는 사고와 표현의 괴리 현상이다. 50년대 문학은 일본어로 생각하고 한글로 표현해야 하는 절망적인 비극이었다는 것이다. 둘째는 감정의 극대화 현상이다. 사태를 논리적으로 파악할 수 없을 때 구체적인 사실에 대한 냉철한 인식과 판단보다 추상적인 당위에 대한 찬탄을 낳고, 그것이 논리적 야만주의를 팽대하게 만들었다는 것이다. 셋째, 폐쇄적 개방성이다. 분단에 따른 이념적 폐쇄성과 서구의 것을 무차별적으로 수입하는 개방성을 말한다. 50년대 문학의 이런 특성들은 개화기 초기와 비교할 만한 현상이라는 것, 게다가 50년대에는 지식인을 한곳으로 묶을 공통의 과제조차 없었다는 것, 바로 이런 점들이 50년대 문학을 보편주의와 세계주의의 미로에서 헤매게 만들었다는 것, 전통단절론과 휴머니즘론은 그런 방황의 흔적이라는 것이 김현의 주장이다. 결론적으로 그는 50년대 문학의 한계가 역사에 대한 환멸에서 기인한다고 규정한다.

> 50년대의 모든 문학적 이론 뒤에는 자신이 책임질 수 없는 역사에 대한 한탄이 숨어 있다. 어느 경우에는 그것이 긍정적으로, 또 어느 경우에는 그것이 부정적으로 나타날 뿐, 책임질 수 없는 역사에 대한 자각은 편재해 있다. 자신이 책임질 수 없다는 자각은 자기와 사회와의 관련을 회의하게 만들고, 미래의 역사에 대한 희망을 상실하게 한다. 그때 생겨

나는 것은 추상적 논리와 거기에서 파생되는, 확인되고 검증될 수 없다는 점에서, 논리의 테러리즘이다. 50년대 문학인들의 감정의 극대화와 새것 콤플렉스는 결국 자신이 책임질 수 없는 역사에 대한 환멸에서 기인한다.[12]

위의 진술 속에는 전후 세대에 대한 비판과 함께 4·19세대로서의 역사에 대한 믿음과 책임감이 함축되어 있다. 그것은 60년대 세대로서 도저한 세대적 책무이자 자부심으로 부각된다. 이처럼 김현은 「한국비평의 가능성」과 「테러리즘의 문학」에서 50년대 문학의 성과를 인정하면서도 그 비판에 주력하고 있다. 그런데 그의 비판이 문제되는 이유는 50년대 세대와의 차별화 작업을 통해 비평적 주체화의 욕망을 현실화하고 있기 때문이다. 그 과정에서 노출하는 논리적 허약과 이론적 부정합은 권성우[13]와 이명원[14]에 의해 지적된 바 있는데, 이와 다른 차원에서 몇 가지 중요한 사실들을 파악할 수 있다.

먼저, 낙후된 경험 공간에서 소망스런 기대 지평을 창출하려는 그의 문학적 열망이 열정적으로 분출되고 있다는 점이다. 미래가 그러하듯 과거 또한 현재로부터 단절될 수 없음은 당연하다. 그러나 미래가 현재 속에 '고지되고' 과거가 그 속에 '보유되기' 위해서 현재는 단순히 현전해서는 안 된다. 그것은 '이미 사라진' 현재이자 동시에 '도래해야 할' 현

12 「테러리즘의 문학」, 『문학과지성』, 1971. 여름, 『전집』 2, 256쪽.
13 권성우, 앞의 글.
14 이명원, 앞의 글.

재여야만 한다.[15] 김현이 보기에 50년대는 이미 사라진 현재이며 60년대는 도래해야 할 현재였다. 「한국비평의 가능성」에서 60년대 세대의 가능성을 전망적으로 제시했던 문제의식이 바로 이것이었다.

다음으로 김현이 시대와 역사에 대한 책임감을 자기 세대의 책무로 받아들였다는 점이다. 그러한 책무는 동시에 4·19세대로서의 자부심의 표현이기도 했다. 그 자부심의 강도는 평생에 걸쳐 스스로 4·19세대로 규정할 만큼 강렬한 것이었다. 이 부분은 김현이 자신의 비평적 주체화를 50년대와는 다른 방식으로 정립할 전략적인 차원과 직결되어 있다. 다시 말해 60년대 세대는 단순히 문학만의 영역으로 환원시킬 수는 없는 역사·시대적 조건과 세대적인 조건에서부터 발원되는 그 무엇이어야 했던 것이다. 바로 이 때문에 김현이 50년대와 60년대의 본질적인 차이로 내세웠던 '해방과 전쟁/4·19혁명', '일본어 세대/한글 세대', 역사에 대한 '방기와 한탄/책임과 신념'은 정확하게 세대 간의 대립적인 의미로 제시되었던 것이다.

또한 김현은 50년대 문학을 비판적으로 검토한 과정에서 전략적인 담론들을 효과적으로 활용하고 있다. 그의 비평 곳곳에서 사고의 악순환, 사고의 미분화, 새것 콤플렉스, 악질적인 현상, 선동적인 어휘, 구호의 난무, 논리적 야만, 사고의 상투화 등의 어사들이 반복적으로 나타난다. 그런데 문제는 이러한 어사가 상당히 효과적인 의미항들을 생성해낸다는 점이다. 가령 '사고의 지독한 악순환'만 해도 '악순환'이 의미하는 단절과 갱신의 당위성과 '지독한'이 한정하는 절대적 필요와 사태의 심각

---

15 벵쌍 데콩브, 『동일자와 타자』, 박성창 역, 인간사랑, 1991, 178쪽.

성, 그리고 그 말에 담긴 주체의 결연한 의지와 역사적 정당성은 쉽게 부정될 수 없는 강렬함을 내포하고 있다. 일단 그 말이 50년대 비평의 한계와 극복의 과제로 향하면서 그것은 50년대 문학을 담론적으로 제압하는 전략적 표지이자 상징적 언표로 작용했던 것이다.

그러나 김현의 비평적 주체화와 관련하여 무엇보다 주목해야 할 부분은 50년대 문학의 성과를 부분적으로나마 인정하고 있다는 점이다. 그는 「한국비평의 가능성」과 「테러리즘의 문학」은 물론 「한국문학과 전통의 확립」[16]에서도 50년대 비평의 성과를 부정하지 않고 있다. 50년대 비평에 대해 인정하고 있다는 것은 60년대 문학이 50년대 문학의 일정한 성과 위에서 출발하고 있다는 것을 의미한다. 이러한 입장은 의식적이든 아니든 김현의 내면을 강렬하게 지배하고 있었던 것으로 보인다.

> 태초와 같은 어둠 속에 우리는 서 있다. …(중략)… 우리는 투박한 대지에 새로운 거름을 주는 농부이며 탕자이다. 비록 이 투박한 대지를 가는 일이 우리를 완전히 죽이는 절망적인 작업이라 할지라도 우리는 우리 손에 든 횃불을 던져버릴 수 없음을 안다.[17]

위의 글에 나타난 '태초의 어둠'은 이어령의 '황무지 의식'과 다를 바 없다. 황무지든 어둠이든 자기 의식이 없이는 불가능하며, 폐허 의식과 창조 의식은 동일한 인식적 지반 위에 싹튼 다른 표현일 뿐이다. 위 예

---

16 「한국문학과 전통의 확립」(『세대』, 1966.2)은 전집에 수록되지 않았지만, 50년대 문학과 전통에 대한 그의 기본 인식을 파악할 수 있다는 점에서 중요한 글이다.
17 『산문시대』 1집, 1962.6.

문에서 주의 깊게 읽어야 할 부분은 '투박한 대지'와 '농부'라는 구절이다. 모든 것을 불태워 개간한 불모의 땅 '화전(火田)'이 투박하나마 '대지'로 변해 있으며, 60년대 세대들이 대지를 갈고 거름을 주는 '농부'가 될 수 있었던 것은 50년대 문학의 '화전민'이 있었기에 가능한 일이다. 말을 바꾸면 60년대 문학은 50년대 문학이 이룬 성과 위에 출발하고 있음을 뜻한다. 이러한 인식이 김현의 내면에 자리하고 있었고, 때문에 50년대 문학을 원천적으로 부정할 수 없었던 것이다. 65년대 비평가들이 55년대 비평가들의 글을 이해하고 휴수(携手)하는 가운데 비평 활동을 시작했다는 지적이나[18] 50년대 문학인들의 방향 전환을 통해 문학이론의 급격한 발전이 뒤따랐다는 판단[19] 등이 그것을 증명한다.

그럼에도 김현이 50년대 비평을 비판하는 데에 힘을 쏟았던 것은 새로운 문학을 정립하려는 세대적 책무와 자신들 세대의 주체화에 대한 현실적 욕망에서 비롯되었음은 물론이다. 그러니까 단절의 경계선을 명확하게 분할하고, 분할된 경계의 이편에서 새로운 문학의 출발을 선언하는 목소리를 높였던 것이다. 그러한 역할을 앞장서서 수행했던 비평가가 바로 김현이었다. 그런데 김현 비평의 원점으로서 50대 문학과 관련하여 그의 초기 비평을 세세하게 살펴보면 그 내부에 존재하는 이어령이라는 강력한 타자의 모습을 볼 수 있다. 50년대 문학과 차별화를 시도하면서 60년대 세대의 시대적·문화적 자부심을 선명하게 부각시켰던 김현의 비평에 이어령 비평의 흔적들이 쌓여 있는 것은 무엇을 의미

---

18 「한국비평의 가능성」, 『68 문학』, 1969.1, 『전집』 2, 104쪽.
19 「테러리즘의 문학」, 『전집』 2, 247쪽.

하는가. 그것은 김현이 이어령이라는 타자에의 동화와 타자로부터의 이화를 통해 비평가로서 주체를 정립할 수 있었음을 보여주는 단적인 징후들이다. "동일자는 타자에 의해서 영향을 받는다는 점에서만 동일자이다."[20]라고 할 때 이어령은 김현 비평의 타자였던 것이다.

3. 타자로서 이어령 비평의 내면화 양상

1) 문제의식과 발상의 수용

김현은 평생에 걸쳐 텍스트에 대한 성실한 독해를 기본으로 삼은 비평가이다. 이를 고려한다면 비평가로서 출발선에 서 있던 그가 이어령의 비평을 면밀하게 고찰했을 것임은 분명하다. 이어령 비평에 대한 면밀한 고찰은 후에 이어령 비평의 한계를 짚어내는 데에 유효하게 적용된다. 하지만 초기의 김현에게는 이어령 비평의 문제의식과 담론의 특성이 은밀하게 내면화되는 방향으로 스며들었다. 김현의 초기 비평에서 이어령으로부터 수용한 것이 분명한 텍스트를 발견할 수 있다. 다시 말해 이어령으로부터 영향받은 모형(simularce)으로서 또 하나의 목소리가 김현 비평의 내부에 존재하는 것이다. 때론 그것은 김현의 목소리에 가려지기도 한다. 하지만 두 사람의 비평 담론을 대조하면 하나의 문제의식으로 겹쳐지는 부분을 발견할 수 있다.

---

20 뱅쌍 데콩브, 앞의 책, 183쪽.

태초와 같은 어둠 속에 우리는 서 있다. 그 숱한 언어의 난무 속에서 우리의 전신은 여기 이렇게 초라한 모습으로 서 있다. 천년을 갈 것 같은 어두움 그 속에서 우리는 신이 느낀 권태를 반추하며 여기 이렇게 서 있다. 참 오랜 세월을 끈덕진 인내로 이 어두움을 감내하며 우리 여기 서 있다. 그러나 이제 우리는 안다. 이 어두움이 신의 인간 창조와 동시에 제거된 것처럼 우리들 주변에서도 새로운 언어의 창조로 제거되어야 함을 이제 우리는 안다. …(중략)… 얼어붙은 권위와 구역질나는 모든 화법을 우리는 저주한다. 뼈를 가는 어두움이 없었던 모든 자들의 안이함에서 우리는 기꺼이 탈출한다.

김현의 『산문시대』 선언은, "엉겅퀴와 가시나무 그리고 돌무더기가 있는 황료한 지평 위에 우리는 섰다. 이 거센 지역을 찾아 우리는 참으로 많은 바람과 많은 어둠 속을 유랑해왔다. 저주받은 생애일랑 차라리 풍장해버리자던 뼈저린 절망을 기억한다. …(중략)… 그리하여 우리는 화전민이다. 우리들의 어린 곡물의 싹을 위하여 잡초와 불순물을 제거하는 그러한 불의 작업으로써 출발하는 화전민이다.[21]"라는 이어령의 「화전민 지역」의 발성과 아주 닮아 있다. 앞 세대의 부정, 죽어도 갈 수밖에 없는 운명의 선택, 상황 인식의 절박함, 의지의 결연함, 수사적이고 정서적인 언어, 고양된 감정, 새로운 문학에 대한 열정과 패기, 세대적 자부심 등 50년대의 이어령과 동일한 문제의식을 동일한 방식으로 선언하고 있는 셈이다. 『산문시대』의 열정과 문제의식은 몇 년간의 비평적 역량의 축적을 통해 『68 문학』에 이르러 보다 구체화되고 보다 강력한 전언으로 되살아난다.

---

21 이어령, 「화전민지역」, 『저항의 문학』, 경지사, 1959, 9~11쪽.

『68 문학』에서 김현은 당대의 위기를 샤머니즘과 관념적 유희, 이것들이 만들어내는 정신의 혼란 상태로 진단한다. 이러한 생각은 『문학과지성』의 창간사로 그대로 이어져, 우리의 정신 속에 각인된 심리적 패배주의와 정신적 샤머니즘을 시대의 병폐로 파악한다. 이어 그는 패배주의와 샤머니즘의 극복, 그리고 폐쇄적 국수주의의 탈피를 위해 저항할 것임을 분명히 밝히고 있다. 그리고 이러한 주장은 어김없이 역사에 대한 새 세대의 책무로 귀결된다. 이러한 입장은 50년대 문학을 비판하는 척도이자 김현 비평의 구체적인 실천 내용이었다. 뿐만 아니라 70년대 한국문학의 중요한 줄기를 형성하게 된다. 이렇게 본다면 샤머니즘과 패배주의의 극복, 폐쇄적 국수주의 탈피와 세대의 역사적 책무라는 명제는 김현 초기 비평에서 아주 중요한 테제[22]였다고 할 수 있다. 그런데 문제는 김현이 새로운 문학 의식의 정립으로 내세웠던 이러한 선언적 명제들이 실은 이미 이어령이 50년대에 지적했던 문제들이라는 사실이다. 이 점은 이어령이라는 타자의 담론이 김현의 비평에 내면화되었던 사실을 확인시켜준다는 점에서 검토되어야 할 사항이다.

---

22 김현은 65년대 작가와 55년대 작가들을 구분하면서 "그럼에도 불구하고 나는 그들을 55년대 작가들과 구분할 만한 좋은 증거를 가지고 있다. 그것은 테제가, 전통이 없다면 그들 스스로가 테제가 되어야 한다는 그 어려운 작업을 그들이 하려고 한다는 바로 그것이다."(「미지인의 초상」, 『전집』2, 1991, 260쪽)라고 발언하고 있는데, 이는 자립적 주체를 이루기 위한 김현의 지향 의식을 반영하고 있다.

(1) 패배주의와 샤머니즘

우선 김현이 극복의 대상으로 삼은 패배주의를 살펴보자. 김현에 의하면 심리적 패배주의는 한국 현실의 후진성과 분단의 현실에 그 원인이 있다. 그것은 실의나 체념과 동의어라는 측면에서 허무주의와 연결되고, 역사에 대한 한탄으로 나타난다는 측면에서 역사에 대한 무책임과 무관하지 않다.[23] 이러한 패배주의에 대해 이어령은「풍란의 문학」에서 현실과 역사로부터의 도피가 패배주의의 소산이라고 판단한다.[24] 그의 판단 뒤에는 역사적 현실과 직접 대결해야 한다는 요구가 함축되어 있다. 이어령의 저항으로서 휴머니즘론이 생성되는 부분도 이 지점이다.[25]

그러나 패배 혹은 패배주의에 대한 부정적 입장은 두 사람만의 고유한 문제의식으로 보기는 어렵다. 게다가 실의, 좌절, 절망 등이 당대인들을 지배하던 정서적 분위기를 감안하면 패배주의의 극복은 문단 공동의 과제일 수도 있다. 이러한 사정에도 불구하고 패배주의에 대한 두 사람의 발언을 무심히 넘길 수 없는데, 그 이유는 두 사람 모두 역사적 현실과 관련하여 패배주의의 문제를 제기하고 있으며, 그것이 역사와 문학의 정당한 발전을 저해한다는 판단을 전제로 하고 있기 때문이다. 그러니까 이어령의 문제의식이 김현에게도 공유되고 있는 것이다. 더욱 중요한 연관은 두 사람 모두 패배주의를 샤머니즘과 밀접한 관련이 있

---

23 「허무주의와 그 극복:동인문학상 수상 작가를 중심으로」,『사상계』, 1968.2,『전집』2, 210쪽과「테러리즘의 문학」,『전집』2, 256쪽.

24 이어령,「풍란의 문학」,『지성의 오솔길』, 동양출판사, 1960.

25 이어령,「신화 없는 민족」과「아이커러스의 패배」, 위의 책.

다고 파악한 사실에서 찾을 수 있다.

패배주의와 더불어 김현이 타기하고자 했던 것은 정신적 샤머니즘이었다. 김현이 말하는 샤머니즘은 넓게는 한국인의 삶을 관류하는 무속신앙이면서 미신이라고 지칭될 수 있는 비합리적인 세계에 대한 정신적 편향을 말하며, 좁게는 논리성을 얻지 못한 주술적인 문학, 즉 현실과 문학을 객관적으로 분석하고 그것을 토대로 결론을 도출하지 않는 것을 의미한다.[26] 때문에 그의 샤머니즘 비판은 문학과 현실을 합리적이고 논리적인 방식으로 파악해야 한다는 것으로 정리할 수 있다.

이에 대해 이어령은 운명과 현실에 대한 굴종과 비판 없는 패자 의식으로서 샤머니즘을 비판하였다.[27] 비판의 핵심은 시대와 문화를 비판할 능력이 없는 샤머니즘적인 미신에서 벗어나 민족적 주체를 찾아야 한다는 말로 요약할 수 있다. 그것이 곧 전통의 확립이라는 것이다. 물론 샤머니즘에 대한 김현과 이어령의 비판이 정확하게 일치하는 것은 아니다. 하지만 패자 의식과 샤머니즘의 유기적인 연관성이나, 샤머니즘을 우리 민족의 정신적 경향으로 파악한 점, 그것을 부정 일변도로 바라보고 있다는 점, 사회와 문학의 병폐에 대한 진단에서 나왔다는 점, 새로운 문학을 위한 극복의 대상이라는 점에서 일치한다. 더욱이 샤머니즘에서 유래하는 이어령의 "미신의 깊은 안개"[28]라는 표현은 김현에게서 "샤머니즘의 미로"[29]라는 진술로 바뀌어 표현된다.

---

26 「글은 왜 쓰는가」, 『예술계』, 1970. 봄, 『전집』 3, 1991, 26쪽과 『문학과지성』 창간호, 1970.8, 5쪽.

27 이어령, 「신화 없는 민족」, 앞의 책(1959), 24쪽.

28 위의 책, 25쪽.

29 「편집자의 말」, 『68 문학』, 1969.1.

(2) 폐쇄적 국수주의

이어령이 강렬한 언어로 주장했던 것 중의 하나는 새로운 전통의 창조였다. 그 작업의 일환으로 그는 전통을 토속적 지방주의로 인식하는 일부 전통론자들을 공격적으로 비판하였다.[30] 이어령에 따르면 전통이란 오히려 그런 토속성을 지양하는 운동이라고 할 수 있다. 김현이 전통과 토속성의 구별에 힘을 실었던 것도 이러한 이어령과 작업과 무관하지 않다. "이어령 씨의 빛나는 업적은 씨가 토속성과 전통을 분명히 구분해주었다는 점에 있다. 전통을 단순히 '토속색과 지방감정'으로 해석하고 있던 종래의 많은 사이비 전통론자들에게 씨는 가장 아픈 독침이 되어주었다."[31]면서 전통과 토속성을 구별한 것이 이어령의 비평적 성과임을 숨기지 않는다.

그런데 50~60년대부터 문단의 중요한 관심사의 하나는 전통 논의였다. 김현 역시 예외가 아니었다. 여기서 김현의 내부에는 하나의 의문이 제기된다. 그렇다면 우리 문학의 전통은 무엇이며 그것은 어떻게 창조될 수 있는가 하는 문제였다. 그는 이 문제를 해결하기 위해 두 방향으로 작업을 전개한다. 하나는 한국 문화의 전통적인 기반을 과거의 문학작품 속에서 추출하는 작업이었다. 김현 비평의 뛰어난 업적에 해당하는 이러한 작업은 자국어의 틀과 양식화에 대한 고찰, 그리고 새로운 이념형의 탐색으로 구체화된다. 이른바 '문화의 고고학'은 이에 대한 방법

30 이어령, 「토인과 생맥주」, 앞의 책(1959).

31 「한국문학과 전통의 확립」, 『세대』, 1966.2, 251쪽과 「한국비평의 가능성」, 『전집』 2, 96쪽.

론이었다.[32] 다른 하나는 한국 사회와 문화에 맞게 서구문학을 수용하는 일이었다. 그러기 위해 무엇보다 필요한 작업은 자기 문화의 특수성에 대한 인식과 함께 폐쇄적 국수주의를 벗어나는 길이라고 인식한다.

이와 관련하여 이어령이, 외래문화의 수용을 경계하는 국수주의 제복을 입은 문인들의 허세와 위장 때문에 "사고의 밀무역"과 "사상의 편식"이라는 비극적인 모방 문화가 시작되었다고 비판한 바 있음을 상기할 필요가 있다.[33] 이어령의 발언 저변에 자기 문화에 대한 성찰이 결여되어 있는 것은 사실이지만, 김현의 '새것 콤플렉스'와 '문화의 고고학'은 이어령의 이런 맥락에서 제출된 것이다. 여기서 김현의 지방적 토속성과 전통의 구별, 그리고 폐쇄적 국수주의의 탈피라는 명제가 이어령의 문제의식에서 그리 멀리 떨어져 있지 않다는 사실을 확인하게 된다.

(3) 새 세대의 역사적 책무

50년대 문학의 한계로 김현이 집중적으로 거론한 것은 사고와 표현의 괴리, 감정의 극대화, 폐쇄적 개방성이었다. 이러한 부정적 현상들은 역사에 대한 책임과 자각의 부재에 본질적인 원인이 있다고 주장한다. 다시 말해 50년대 세대는 자신에게 주어진 세대적 책임을 방기했다는 것이다. 이와 동시에 김현은 60년대 세대의 문학사적 의미와 역사적 책무를 부각시킨다. 60년대 세대의 가능성과 역사적 책무에 대한 그의 의지

---

32 「한 외국문학도의 고백」과 「글은 왜 쓰는가」, 『전집』 3, 문학과지성사, 1991 ; 「한국 문학의 양식화에 대한 고찰」, 『창작과비평』, 1967. 여름 ; 「한국문학의 가능성」, 『창작과비평』, 1970. 봄, 『전집』 2, 문학과지성사, 1991.

33 이어령, 「현대의 신라인들」, 앞의 책(1960), 140~141쪽.

는 다음과 같이 결연하다.

정말로 우리가 그 일을 맡지 않는다면 그 누가 그 일을 맡을 수 있을 것인가? 저마다 자기의 변명을 내세울 수는 있지만, 한 시대의 인각이 찍힌 한 그루우프는 자기의 사명을 내버린 데 대한 변명을 해낼 수 없다. 그것은 자기 세대의 존재 이유를 스스로 박탈한 것이기 때문이다.[34]

위의 예문은 50년대 문학에 대한 비난이자 자기 세대에 대한 역사적 책무를 비장하게 표현하고 있는 구절이다. 그러나 자기 세대의 역사적 책무를 가장 적극적으로 주장했던 비평가는 역설적으로 비판의 대상으로 변한 이어령이었다. 이어령은 자기 세대에게 주어진 역사적 부채를 미결인 상태로 다음 세대에게 넘겨주지 않는 것을 한 세대의 문학적 책무로 파악하였다. 한 세대에게 주어진 역사적 책무의 방기는 다음 세대의 부채가 되는 것이 분명하기 때문이다.[35] 이어령에게 구세대는 바로 자신들 세대의 문학적 책무를 회피한 무책임한 세대로 보였다. 이러한 주장을 통해 이어령은 구세대와의 역사적 단절을 시도하면서 새로운 세대의 등장을 열정적으로 선언했던 것이다.

그 열정만큼이나 세대적 책무에 관해 글 곳곳에서 강조하고 있다. 가령, 「주어 없는 비극」에서 그는 "역사에 대한—우리들의 시대에 대한 그 책임감"이라거나 혹은 "'우리는 우리의 세대를 성실하게 살았노라'고 부끄럽지 않게 말해야 합니다. 자신을 가지고 답변할 수 있도록 이 어둠을

34 『68 문학』, 1969.1.
35 이어령, 「작가의 현실참여」와 「신화없는 민족」, 앞의 책(1959).

성실하게 살아가야 합니다. 그렇게 우리의 모든 것은 시작되고 또한 그렇게 그것은 후회 없이 종말되어 가야 합니다"[36]라는 각오를 내비친다. 자기 세대에 대한 이어령의 자각과 책무는 비장하고 결연했다. 그런데 이러한 비장함이 김현의 담론에서 "정말로 우리가 그 일을 맡지 않는다면 그 누가 그 일을 맡을 수 있을 것인가?'로 재생되고 있음을 볼 수 있다.

또한 김현이 "내가 부딪친 문제는 비평가란 어떻게 그가 속한 시대와 사회에 대해 책임을 져야 하는가 하는 것이다."[37]라고 말할 때, 그것이 "참다운 지성은 현실에서 도피하지 않는 것, 자기 운명을 비극을 은폐하지 않는 것, 따라서 자기의 시대를 포기하지 않는 것, 그러한 의지와 책임 가운데 있는 것"[38]이라는 이어령의 발언과 "우리가 원하지 않은 것을 그대로 해야 한다는 것은, 바꿀 수도 있는 일을 그대로 내버려둔다는 것은 우리의 가장 큰 그리고 무서운 죄악이요 무지일 테니까."[39]라고 발언했던 이어령의 역사적 책무와 다를 바 없음을 알 수 있다. 우리는 여기서 역사적 책무에 대한 김현의 주장이 결국은 역사적 책무를 방기했다고 공격했던 이어령의 문제의식을 같은 방식으로 비판하는 모습을 발견할 수 있다.

그뿐만이 아니다. "한 세대는 그 이전의 세대가 갖고 있는 문제를 더

36 이어령, 「주어없는 비극」, 앞의 책(1959), 23쪽.
37 「비평은 심판인가 대화인가」, 『반고비 나그네 길에』, 지식산업사, 1978, 『전집』 13, 281쪽.
38 이어령, 「주어없는 비극」, 앞의 책(1959), 20쪽.
39 이어령, 「무엇에 대하여 저항하는가」, 앞의 책(1959), 115쪽.

욱 확대시키고 그것을 극복함으로써 새로운 문제를 다음 세대에게 제시한다. 자기 세대의 문제를 가지지 못한 세대는 세대라는 이름에 합당하지가 않다."[40]는 김현의 문맥 역시, 이어령이 "가는 세대와 오는 세대 간에 아무런 유산도 주지 못하고 아무런 대화도 없이 사라지는 비극 …(중략)… 우리가 해야 할 것은 지나간 세대의 사람 혹은 동세대의 청년들에게 아니라 사실 앞으로 올 다음 세대인을 향해서 신화를 창조해주는 것이다."[41]라는 세대적 역할의 의미와 본질적으로 같다. 사실 김현이 60년대 세대의 특수성으로 규정했던 시대적 조건과 한글 세대라는 언어적 특성도 이어령이 「신화 없는 민족」(1957)과 「제3세대 문학」[42]에서 이미 제시한 내용을 세련되게 정리한 것에 지나지 않는다. 김현은 이를 50년대 세대와 차별화하는 데에 효과적으로 활용했던 것이다.[43]

(4) 수인(囚人) · 나르시스 · 이상

작가와 시인 그리고 현대의 상황에 대한 이어령의 인식을 압축적으로 반영하고 있는 용어는 '수인(囚人)'이다. '수인'은 그의 비평에서 수인의 억압, 수인의 탈주, 수인의 기도, 수인의 미학, 수인의 영가, 수인의 자각 등으로 변주되어 나타난다. 그가 말하는 '수인'은 갇힌 혹은 억압된

---

40 『전집』 13, 282쪽.

41 이어령, 「신화 없는 민족」, 앞의 책(1959), 30쪽.

42 『중앙』, 1966.1. 이 글에서는 「제3세대 선언」, 『차 한잔의 사상』, 삼중당, 1966.

43 김현은 여러 글에서 4·19세대의 정신적 기반, 역사 변혁의 자신감, 그리고 한글 세대로서의 자부심에 대해 언급하고 있는데 이어령이 정리한 것과 놀랍도록 비슷하다.

운명으로서 현대인의 존재이자, 현세적 속박으로부터의 초월적 의지 속에 창조되는 시의 본질적 속성을 의미한다.[44] 그런데 속박, 억압, 갇힌 자의 운명을 지칭하는 '수인'이 김현 비평에서도 동일한 의미의 연상대(聯想帶)를 형성하며 나타난다. 김현의 「비평고」(『산문시대』, 1962~1963)에서는 수인이 비평가의 존재론적 운명을 표상하는 의미로 등장하고, 다시 그것은 「이상에 나타난 만남의 문제」(『자유문학』, 1963.11)에서 이상의 문학은 갇힌 자의 자각에서 출발하고 갇힌 자의 탈출 욕망이 「오감도」라고 파악한다. 이상은 갇혀 있다는 것, 즉 인간으로서의 처절한 고독과 단절을 아는 자이며, 그것이 만남에의 편력으로 나타났다고 해석한다. 이어령과 김현 사이에 존재하는 이러한 현상은 무엇을 의미하는가. 김현이 이어령의 '수인'을 차용한 것은 아닐까, 라는 의문을 떨치기 어렵다. 그러나 아직 심증에 불과하다. 이러한 심증은 이상(李箱)과 나르시스 신화를 둘러싼 이어령과 김현의 글을 접하면 더욱 굳어진다.

「나르시스 시론」에서 김현은 부제가 말해주듯 '시와 악'의 문제를 다루고 있다. 김현의 '시와 악'은 이어령의 '시와 속박'을 연상시킨다. 그런데 문제는 김현이 「나르시스 시론」(1962)을 발표하기 5년 전에 이어령이 「나르시스의 학살」(1957)이란 제목으로 이상론을 썼다는 사실이다.[45] 이어령은 「나르시스의 학살」에서 나르시스 비극을 자기애로 파악하는 통념을 뒤집고 요정들의 저주로 해석한다. 그에 따르면 이상 시에 대한 독자들의 비난은 이상 시의 현대성을 이해하지 못하는 요정들의 학

---

44 이어령, 「시와 속박」, 앞의 책(1959).
45 이어령은 이에 앞서 『서울문리대학보』에 「이상론」(1955.3)을 발표하였다.

살이라는 것이다. 김현 역시 나르시스를 자기 안의 분열적 존재로 파악하는 독창적 시각을 보여준다. 그러나 두 사람 모두 나르시스의 운명을 시인의 운명으로 해석한 관점에서는 일치한다. 더욱 중요한 문제는 이어령의 「나르시스의 학살」이 이상론이었다면, 김현은 다시 '만남'의 문제로 이상론을 쓰고 있어 기묘한 연결고리를 형성한다는 점이다. 그러니까 이어령과 김현은 '나르시스 신화'와 '이상'을 매개로 '이상론인 나르시스의 학살-나르시스 시론-이상론'으로 맞물리고 있는 것이다. '나르시스 신화'와 '이상'을 둘러싸고 서로 마주 보고 있는 형국이다. 뿐만 아니라 나르시스와 이상에 투영된 만남, 비극, 고통, 교훈과 전언 등에 대한 이어령과 김현의 인식에서 다음과 같이 상당히 유사한 대응 관계를 찾을 수 있다.

　① 만남 : 타자와의 진정한 소통(김현) : 독자와의 소통(이어령)

　② 비극 : 타인과의 만남의 실패 → 이상의 죽음(김현) : 작가와 독자의 소통 불능 → 이상의 학살(이어령)

　③ 고통 : 삶과 문학에서 만남을 소유하기 위한 고통(김현) : 새로움을 창출하기 위한 고통(이어령)

　④ 교훈과 전언 : 진정한 만남을 추구하며 불꽃처럼 살다 간 이상의 삶을 우리 각자가 살아야 한다는 것, 아니 그것을 극복하고 넘어서야 한다는 것, 그것이 분열의 세대인 우리들의 삶이라는 것(김현) : 시대를 체험하고 절망한 사람이 아니고서는 이해할 수 없는 난해성, 따라서 우리들의 시는 이상의 시가 끝난 그 터전에서 발아되어야 한다는 것(이어령)

　이처럼 샤머니즘과 패배주의, 폐쇄적 국수주의, 새 세대의 역사적 책무, 수인(囚人) · 나르시스 · 이상에 대한 이어령과 김현의 진술을 세세하게 대조해보면, 이어령의 문제의식이 김현을 통해 훨씬 정교하고 논리적이며 세련된 방식으로 재구성되었던 것을 알 수 있다. 뒤에 김현은 우리 문학을 이해하고 정리하는 독창적인 방법론을 정립하지만, 이는 김현의 비평 인식의 치밀함, 세련된 언어 감각과 논리, 더욱 풍부하고 정확한 서구문학적 지식 등이 어우러진 결과라고 할 수 있다.

2) 담론 구성의 방식 - 우화, 신화, 고사의 차용

이어령의 비평에는 수많은 우화와 신화와 고사와 비유와 알레고리가 출몰한다. 이러한 담론 구성은 독자들의 흥미와 관심을 끌면서 주제를 압축적으로 제시하는 데 효과적이다.

> 크레타 섬에 유배된 아이커러스는 그 한정된 좁은 섬에서 탈출하려 하였다. 그래서 마침내 그 모험을 위하여 발명한 것이 초로 만든 인공의 날개였다. 이 날개를 타고 아이커러스는 대기를 헤치며 비상할 수 있으며 그는 또한 이러한 모험에 스스로 도취하였을 것이다.[46]

> 당신도 그것을 기억하고 있을지 모른다. 부정한 왕비에게 배신된 페르샤 왕은 여성을 복수하기 위해서 하룻밤의 왕비를 맞는다. 날이 새면 왕비는 목이 잘리고 다시 새로운 여인이 그 죽음의 옥좌에 앉게 된다.[47]

> 하나의 설화로써 우리는 이러한 이발사의 죽음을 기억하고 있다. 당

---

46   이어령, 「아이커러스의 패배」, 앞의 책(1959), 36쪽.
47   이어령, 「소설산고」, 『현대문학』, 1961.2, 202쪽.

나귀의 귀처럼 생긴 옛날 어느 불구의 황제가 있어 한번 궁중으로 간 이
발사는 다시 돌아올 수 없는 슬픈 운명을 가졌다.[48]

그런데 김현의 초기 비평에서도 나르시스, 오르페우스, 요나, 이솝,
플라톤의 동굴 등을 비롯한 많은 신화와 우화와 비유를 볼 수 있다. 다
음을 보자.

우리는 오르페의 그 슬픈 비극을 잘 기억하고 있다. 오르페가 아폴로
신에게서 리라를 받은 음악의 명수이었다는 것을, 그가 아내 유리디스
를 무척 사랑했다는 것을, 그러나 그의 아내가 뱀에 물려죽자, 그가 아
내를 하계에서 다시 데려오려고 결심한 것을[49]

이솝은 빙그레 웃음을 지으며 우리에게 말해주었던 것이다-공작이
되기 위해 공작 깃을 제 것인 양 달고 다니던 한 까마귀의 우화를. 그때
그는 말하고 싶었던 것이다. 자기의 위치를 알지 못하고, 자기를 뛰어넘
기 위해 남의 얼굴을 빌린다는 것이 얼마나 위험한 일인가를. 슬프게도
우리는 이런 까마귀들을 수없이 알고 있다.[50]

우선 매우 오래된 전설에서부터 시작하자-왕이 있었다. 그의 귀는
그런데 당나귀이었다. 그러면 당신들은 아 그 이발사 이야기, 하고 말할
것이다. 확실히 그러하다. 누구에게도 보이기 싫어하는 괴상한 귀이었
지만 왕은 이발사에게만은 이것을 보이지 않을 수 없었다.[51]

---

48 이어령, 「'카타르시스' 문학론」, 『문학예술』, 1957.8, 187쪽.
49 「만남 혹은 시인의 환상-오르페 신화의 구조」, 『문학』 3호, 서울대학교 문리대
    문학회, 1964.12, 『전집』 13, 374쪽.
50 「절대에의 추구-말라르메 시론(試論)」, 『현대문학』, 1962.12, 『전집』 12, 87쪽.
51 「참가 문학 시비」, 『선데이 포스트』, 1965.5.3, 『전집』 15, 255쪽.

김현의 비평에서 뽑은 위 예문을 앞서 제시한 이어령의 비평과 비교해보면, 김현이 신화와 우화를 차용하는 방식과 어법이 이어령과 깊은 유사성을 보여준다는 것을 알 수 있다. 특히 위의 예문에서 경문왕 설화에 대한 내용까지 유사하다. 신화와 우화의 도입은 문제 제기의 신선함과 강렬한 인상을 얻을 수 있다. 이 점에서 그들의 재치와 기교를 볼 수 있다. 그러나 단순한 기교와 재치로 봐서는 곤란하다. 이질적인 텍스트를 하나로 묶어내는 종합력과 관련된다는 점에서 상상력의 소산이다. 또한 여기에는 현실과 이야기와 주제에 대한 주체의 독특한 해석이 담겨 있다. 우화는 말해진 이야기 속에서만 존재하는 그 무엇이다. 세계는 말해진 어떤 것, 말해진 사건이며 그러므로 그것은 하나의 해석이다.[52] 이 때문에 우화와 신화는 비합리적 담론으로 인식하기 쉽지만 그보다는 다양한 해석이라고 할 수 있다. 말해진 어떤 것으로서 이야기에는 긴 시간 동안의 삶의 경험과 예지가 들어 있다. 그리고 끝없이 다양한 해석의 모티브들을 생성해낸다.

이어령과 김현이 즐겨 인유(引喻)했던 신화, 우화, 고사는 새로운 해석을 위한 주체의 담론 기술이라고 할 수 있다. 그것은 개성적인 관점과 해석과 상상력을 필요로 한다. 그들의 비평에 창조적인 발상이 번뜩이는 것도 이와 무관하지 않을 것이다. 김현도 이 점을 제대로 인식하고 있었다. "한 편의 신화는 그리하여 자기 독특한 언어의 추상화로 그것을 해석하는-진정한 출발점 도달하기 의하여-개별자의 논리이며 단독

---

52 뱅쌍 데콩브, 앞의 책, 229쪽.

자의 논리이다."[53] 그래서 신화의 현전은 변모된 나의 얼굴이고, 신화의 해석은 '나'의 이야기라는 점에서 항상 나에게는 새롭고 귀중하다고 밝히고 있다.[54] 이러한 개별자의 논리이자 담론의 기술이 이어령과 김현의 비평에서 중요한 담론 방식으로 활용되고 있는 것이다.

이러한 유사한 담론 구성을 두고 김현이 이어령의 비평을 차용했다거나 직접적인 영향을 받았다고 단정하기는 어려울지 모른다. 우선 두 사람 모두 신화적·비유적 상상력을 통해 비평 인식을 형성했다는 사실을 지적할 수 있다. 이어령과 김현은 문학과 현실을 그 자체로서 파악하고 이해하는 것이 아니라 상상력과 비유를 통해서 이해했던 것이다.[55] 이 점에서 비평 인식의 개별적 유사성을 생각해볼 수 있다. 그러나 두 사람의 비평만큼 신화와 우화와 비유가 빈번하게 나타나는 경우를 다른 비평가에게서 찾아보기 어렵다는 사실은 중요하게 받아들일 필요가 있다.

---

53 「만남 혹은 시인의 환상」, 『전집』 13, 376쪽.
54 위의 글, 374쪽.
55 이 점은 여러 측면에서 확인할 수 있다. 이어령의 비평에서 현실은 현실 그 자체가 아니라 비유화된 현실로 존재하는데, 김현의 「비평고」에도 외계의 사물들을 보지 못하고 내면을 통해서만 재구성할 수 있는 비평가의 숙명이 동굴 속의 수인으로 비유되어 있으며, "나는 독창적인 사유인이 아니고, 거의 언제나 타인의 글에서 사유를 이끌어내는 사람"(홍정선, 「김현의 술과 비평」, 『전집』 16, 272쪽)이라는 구절이나, "책을 통해 이 세계를 읽어가고 있었고 책이 증거해줄 때 그는 세계와 자신의 존재에 대한 신뢰를 인정할 수 있었다."(김병익, 「순수 비평으로 살다 간 '영원한 새 세대'」, 『전집』 16, 276쪽)는 평가들은 김현의 이러한 특성을 보여주는 부분이다. 이와 관련하여 김현 비평의 이미지 편향을 지적한 이숭원(「김현의 시 비평에 대한 고찰」, 『선청어문』 23집, 서울대학교 사범대학, 1995)과 김현 비평을 주관주의적 미의식으로 해석한 이명원(『타는 혀』, 새움, 2000)의 관점도 같은 맥락이다.

사실 그 영향 관계를 분명하게 밝힌다는 것 자체가 어려운 일이지만, 앞에서 살펴본 나르시스 신화를 둘러싼 이어령과 김현 사이의 유사성을 고려하면 개별적인 현상으로 보기는 더더욱 어렵다. 다음과 같은 부분역시 두 사람의 담론구성 방식이 정확하게 일치한다.

> 「나르시스」는 하나의 호수와 그 자신의 그림자를 간직해야 했다. 상기한 뺨과 고결한 입술. 호수의 그림자는 「나르시스」와의 은밀한 대화를 즐겨한다. 「나르시스」는 황혼의 아름다움을 믿지 않는다. 숲 속의 「님프」들은 기억하는 일이 없다. 차라리 분노에 가까운 독백 그 독백만이 있어야 한다. 그러나 그 주변의 「님프」는 「나르시스」의 오만한 그림자를 증오한다. 「나르시스」의 독백에 귀기울이지 않는다. 마침내 「님프」들은 「나르시스」를 학살하려 한다. 나르시스—자기 존재의, 의식의 생명의 무한한 심연을 응시하는 고독한 시인이다.[56]

> 아무런 소리도 없이 자기의 고독을 응시하며 우물가에 앉아 있는 나르시스의 황홀한 자태는 우리에게 많은 것을 아르켜준다. 우리는 나르시스의 그 의미심장한 신화를 알고 있다. 그가 캐피수스와 요정 리리오페의 아들이라는 것을, 그가 사랑의 감정에 무감했다는 것을, 그리하여 그가 에코의 사랑을 받아들이지 않았고 이 때문에 징계의 여신 네르네시스가 그 벌로서 그 자신과 사랑하도록 하였다는 것을, 그리하여 그가 우물에 비친 자기의 아름다운 얼굴에 취하여 한없이 바라보고 있었다는 것을, 그가 영원히 달성될 수 없는 욕망으로 고민하였다는 것을, 견디다 못해 그가 자살을 하자 그의 피 속에서 한 떨기 꽃이—수선화라 이름하는 한 떨기 꽃이 피어났다는 것을 우리는 알고 있다.[57]

제1장 김현 비평의 주체 정립에 관한 고찰

---

56 이어령, 「나르시스'의 학살」, 『신세계』 1권 8호, 1956.10, 239쪽.
57 「나르시스 시론」, 『전집』 12, 11쪽.

각각 이어령의 「나르시스의 학살」과 김현의 「나르시스 시론」의 도입부
이다. 나란히 읽어보면 이어령의 (1)에 이어 김현의 (2)가 연결되는 듯하
다. 또한 글 전체의 초점은 다르지만 나르시스 신화를 도입한 방식이나
나르시스를 시와 시인의 비극적인 운명으로 해석한 점에서까지 닮아 있
기란 쉽지 않다.

3) 내면의 담론화와 정서적인 문체

이어령의 50년대 비평 문체의 두드러진 특성은 정서적이고 수사적이
라는 사실에서 찾을 수 있다. 형용사와 부사어의 빈번한 사용, 감각적이
고 추상적인 용어, 외부 상황과 내적 심리 사이의 유사한 연관 관계 등
의 비유적 장치를 통해 이어령만의 독특한 문체를 구성하고 있다. 이러
한 문체에 대한 오늘날의 평가는 대체로 부정적이다. 반면 김현의 문체
는 논리적이고 정확하며, 가장 세련된 한국어를 구사하여 당대의 문체
를 이루었다는 찬사를 받는다.[58] 그러나 이러한 평가에는 이어령의 60

---

58 김병익, 「순수 비평으로 살다 간 '영원한 새 세대'」; 황지우, 「이 세상 다 읽고 가
    신 이」, 『전집』 16, 1993 참조. 특히 홍정선은 이어령과 김현의 문체를 나란히 비
    교하고 있어 주목된다. 그는 이어령의 비평 문체가 오늘날 비평으로서의 의미
    를 거의 상실한 반면, 김현의 문체는 논리적이고 정확하고 명료한 문장이라고
    평가한다(홍정선, 「작가와 언어의식」, 김병익 · 김주연 편, 『해방 40년 : 민족지
    성의 회고와 전망』, 문학과지성사, 1985). 김현의 문체가 번역투의 문장이라거
    나 "~을 사용하는 것이 허락된다면", "지나가는 길에", "~이 가능하다면"과 같
    은 기교 부림을 제외한다면 그의 지적은 타당하다. 그러나 이러한 평가를 인정
    하더라도 50년대에 쓰여진 이어령의 글과 70년대에 쓰여진 김현의 글을 나란히
    놓고 비교하여 가치를 평가한 것은 아무래도 무리이다.

년대 이후의 비평이나 「비유법 논고」(1956), 「기초문학함수론」(1957), 「카타르시스 문학론」(1957), 「현대소설의 반성과 모색」(1961)과 같은 본격적인 비평 문체와 에세이류의 비평 문체가 다르다는 사실은 고려되지 않았다. 그런데 논리적이고 명료한 문장을 구사했다는 김현의 초기 비평을 살펴보면 논리적이기보다는 상당히 정서적이고 비유적인 문장을 사용하고 있음을 알 수 있다.

시는 이렇게 탄생한다. 그는 우물가에 주저앉아 무수한 나를 되씹는다. 눈을 딴 곳으로 돌려서는 안 된다. 끝없이 자기를 주시하여야 한다. 그 마지막에 자기와의 교접을 달성할 수 없다는 데 대한 쓰라린 자각이 온다. 자기 존재를 자각하고 악을 의식하면 할수록 그는 더 교접할 수 없는 자기를 느낀다. 이때 시인이 취할 수 있는 길은 두 갈래가 있다. 우물에서 눈을 돌리는 것이다. –신을 향하여 또 하나는 자살을 하는 길이다. 진정한 시인은 그때 자살한다.[59]

이러한 상황 아래에서는 아무런 정치학도, 정신을 규찰하고 보살펴줄 아무런 정치학도 생겨날 수가 없다. 정신은 광속을 따라갈 수가 없다. 이렇게 하여 정치학이 없는 문명은 몰락할 수바엔 없다. 이러한 몰락 속에서, 의식은 폭발한다. 균형 잡히지 않은 의식은, 비틀거리며 주춤하여 있는 의식은 균형을 잡기 위해서 스스로 폭발한다. 심리학에서 부르고 있는 '운동 폭발'이다.[60]

초현실주의는 필연적으로, 그러므로 예기되고 있었다. 부조리 속에서, 그 지리멸렬함 속에서, 정신의 무정부 상태에서, 견디어 낼 수 없는

---

59 「나르시스 시론」, 『자유문학』, 1962.3, 『전집』 12, 21쪽.
60 「초현실주의 연구」, 서울대학교 불어불문학과 졸업논문, 1964, 『전집』 12, 27쪽.

혼란 속에서, 그 잔인한 방화 도중에서, 시인들은 이 모든 것을 진화시
켜줄 수 있는 질서를, 새로운 시의 도래를, 신은 이미 없었기 때문에 기
다리고 있었다.[61]

우리는 로빈슨 크루소가 어떻게 외따른 곳에서 그의 생활을 영위하
였는가를 알고 있다. 그는 고도(孤島)에 홀로 있었지만 그에게는 자기는
인간과 만나고 있다는 그런 신념이 뿌리깊이 그의 내부에 잠재하여 있
었음을 우리는 알고 있고, 그의 행동 하나하나는 외부적인 면에서는 언
제나 인간과는 떨어진, 그리하여 언어도 그 외의 모든 것도 인간과는 만
나지 않는 것처럼 우리에게 보이지만 우리는 그가 인간과 부단히 '만나'
고 있었음을 알고 있다. …(중략)… 이 작업이야말로 자기의 전존재를
걸고 해명해야 할 그러한 일임은 안다. 그들은 그들이 이 일을 피할 수
없게 저주받은 자들임을 안다. 그들은 그들이 이미 발자크나 졸라와 같
은 신의 위치에 설 수 없음을 알고 있다.[62]

김현의 초기 비평이 반복적인 열거, 주석식의 잦은 삽입부, 현학적 인
용, 수사적이며 비유적인 문체로 구성되어 있음을 쉽게 확인할 수 있다.
위의 예문의 어떤 구절도 논리적인 해명은 없다. 한마디로 정연한 논리
적 진술이 아니다. 그것은 비평 주체의 내면 정서가 담론에 투영되었기
때문이다. 내면 정서를 담론에 투영하는 이러한 특성이 진술의 진위 여
부에 앞서 독자를 정서적 동일화와 감정의 고양 상태로 이끌어간다.[63]

61 「초현실주의 연구」, 『전집』 12, 40쪽.
62 「이상에 나타난 만남의 문제」, 『자유문학』, 1963.11, 『전집』 13, 339~340쪽.
63 김현의 초기 비평에서 나타나는 내면 정서의 투영, 수사적이고 정서적인 담론
    의 구성은 나중에 작품 해석의 중요한 특성을 이루게 된다. 이에 대해서는 이
    숭원, 「김현의 시비평에 대한 고찰」, 서울대학교 사범대학, 『선청어문』 23집,

내면 정서의 투영은 비평가로서 출발기에 있었던 김현의 내면의식을 이해할 수 있다는 점에서 의미가 있다.[64] 하지만 독자의 검증이 차단되었다는 점에서 담론의 사유화라고 볼 수 있는데, 이러한 문체를 전형적으로 사용했던 비평가가 바로 이어령이었다. 김현의 초기 비평에 나타난 문체도 비평적 인식보다 문학적 표현에 가까우며, 이 점에서 굳이 비평이 아니어도 상관없는 '장르 혼용의 글쓰기'[65]에 가깝다.

그러나 논리와 이성의 개입보다 허무, 좌절, 절망, 고독, 불안 등의 정서적 분위기가 지배하던 전후의 시대적 조건과 분위기를 감안하면, 이어령의 문체가 상당히 효과적인 진술 방식이었음을 인정해야 한다. 김현이 50년대 문학을 향하여 비판했던 "감정의 극대화 현상"[66]이란 이를 두고 한 말이다. 특히 문학이 정서적 반응을 의도하고 또 요구하기 마련이라면 이어령의 문체는 문학의 독특한 효과에서 발생하고 있다고 할 수 있다. 그것은 문학의 시대적 반응이라고도 할 수 있다.

그런데 4·19를 통해 역사 변혁의 가능성을 체험한 세대이자 역사상 가장 진보적인 세대라고 주장했던 김현이, 게다가 문학과 현실을 객관적으로 분석하지 않는 정신적 샤머니즘을 비판했던 그가 전후 세대인 이어령의 정서적이고 수사적인 문체와 닮아 있는 것은 무슨 이유인가.

1995 ; 한형구, 「미적 이데올로기의 분석적 수사」, 서울시립대, 『전농어문연구』 10집, 1998과 이명원의 앞의 글 참조.

64 강경화, 「한국 문학비평의 존재론적 지평에 대한 고찰」, 『반교어문연구』 10집, 1999.12 참조.

65 강경화, 『한국 문학비평의 인식과 담론의 실현화 연구』, 태학사, 1999, 121쪽.

66 「테러리즘의 문학」, 『전집』 2, 242쪽.

김현 역시 초기에는 전후의 정서적 분위기와 감성 속에 놓여 있었고, 아직 자신의 비평 세계를 확립하지 못했다는 것을 의미한다.

이 글의 문제의식과 관련하여 더욱 중요한 이유는 김현이 자신의 내부에 살아 있는 전후의 감성과 미정형의 방황 속에서 이어령의 정서적인 문체에 큰 영향을 받았기 때문으로 이해된다. 김현의 초기 비평 문체가 이어령의 문체에서 크게 벗어나 있지 않다는 것이 이를 뒷받침한다. 60년대 비평가 중에서 김현만이 유독 그러한 문체를 구사하고 있으며, 김현의 앞 세대 비평가 중에서 그러한 문체를 사용한 비평가가 이어령 외에 달리 없었음은 물론이다. 이러한 사실을 확인하기 위해 다음의 두 문장을 보자.

(1) 누구보다도 존경하는 서정주 씨는 그러면서 누구보다도 원망스러운 서정주 씨 당신은 우리 시단에 많은 업적을 남기셨습니다. 그런데 또 그 만큼 많은 죄도 남겨놓고 마셨습니다. 오늘의 젊은 시인들은 당신을 닮아서 신라의 태고연한 풍모를 하고 있습니다. 충치 않는 목소리로 당신의 시를 외우고 있는 오늘의 젊은 시인들은 하늘만 보다가 그의 대지를 잃었습니다. 옛날만 생각하다가 오늘을 잃었습니다. 뿌리없는 화초를 가꾸시기에 분망한 당신의 화원에는 그리하여 모두가 병들고 시들어버린 꽃(시인)만이 있습니다. …(중략)… 밖에는 전쟁이 있는데 벌판에서는 학살된 어린아이들이 살아보지도 못한 앞날을 저주하는데 동작동의 묘석은 침묵의 밤을 울어새는데 도시는 피로하였는데 당신은 국화꽃 그늘에서 순수한 주정(酒精)에 취하셨습니다.[67]

(2) 참 무서운 일들이 당신과의 대화가 통하지 않은 채 흘러갔습니다.

67　이어령, 앞의 책(1960), 115쪽.

참 어처구니없는 일들이 당신이 주무시고 계실 때 이 지상을 스쳐 지나
갔던 것입니다. 당신이 어린애들과 '재롱조'로 장난을 하고 계실 때 사
실 우리는 전문명의 파멸에 눈을 마주치고 있었던 것입니다. 그래서 당
신은 어쩌면 장미 나라의 설화에 나오는 백년을 자는 공주에 흡사합니
다. …(중략)… 그 궁전을 장미꽃이 화사하게 덮어버리고 모든 것을 망
각 속에서 어쩌면 황홀한 감각 속에서 당신은 백여 년을 보내버린 것입
니다. 슬프게도 그것은 사실입니다. 오랜 잠 속을 당신이 방황하고 계실
때 궁전 밖에서는 참 많은 일들이 벌어졌던 것입니다. …(중략)… 당신
들이 점잖은 얼굴로 도덕을 논하고 인간을 논할 때 우리는 사실 이제는
없어져버린 인간을 찾아, 아니 인간 존재의 진정한 얼굴을 찾아 거의 눈
물겨운 작업을 하고 있었던 것입니다.[68]

　(1)은 이어령의 「조롱을 여시오」의 일부이며, (2)는 김현의 「앙드레 브
르통이 서정주에게 주는 편지」의 일부이다. 같은 문맥에 끼워 넣어도 마
치 한 사람이 쓴 것처럼 단절감을 전혀 느낄 수가 없을 정도다. 편지체
형식으로, 서정주라는 동일한 대상을 향해, 현실 도피에 대한 비판을,
동일한 발성법으로 말하고 있다. 김현은 점차 자기 세계를 구축하면서
이어령식의 정서와 문체로부터 벗어나 이른바 '김현체'[69]라는 독특한 문
체를 정립하게 되지만, 비평가로서 그의 출발은 등단을 포함하여 이어
령으로부터 시작하고 있었던 것이다. 다소간 의미 맥락은 다르지만 김
현이 이어령의 비평에 대해 당시의 세대를 크게 감동시킨 것 중 하나라
고 했을 때 그 역시 감동받은 세대의 일원이었으며, 또한 그는 이어령의

68　「앙드레 브르통이 서정주에게 주는 편지」, 『전집』 13, 462~465쪽.
69　황지우, 「이 세상을 다 읽고 가신 이」, 『전집』 16, 308쪽.

「저항으로서의 문학」을 "그의 명문 중의 하나"[70]라고 평가하고 있다. 그것은 김현이 이어령을 어떻게 인식하고 있었는가를 단적으로 보여준다.

이처럼 전체적으로 개성적인 두 비평가의 개별화된 비평문 사이에 존재하는 이러한 현상을 어떻게 설명할 수 있을까. 그것은 이어령이 제기한 여러 문제들이 아무런 해결 없이 반복되고 있었던 데서 연유한다. 김현은 근대문학 초기에 제기된 전통의 단절과 서구문학의 문제, 순수와 참여의 대립, 한국어의 발전 등의 문제가 50년대 이어령에게서도 여전히 되풀이되고 있다고 판단했다. 김현의 판단으로는 이어령도 한국문학의 병폐가 무엇인지 잘 알고 있었으나 문제의 해결 없이 방치했다는 것, 그러한 방기는 세대와 역사에 대한 무책임이자 사고의 악순환이라는 것, 따라서 새 세대에게는 그러한 악순환을 저지해야 할 책무가 있다는 것이다. 이것이 세대적 대립성을 가장 선명하게 드러낸 「한국비평의 가능성」과 「테러리즘의 문학」에 담겨 있는 전언의 요지이다. 이러한 사고의 악순환이 반론의 여지가 없는 한국문학의 치명적인 약점이었음을 김현은 간파하고 있었던 것이다. 이것이 이어령과 동일한 문제의식을 동일한 방식으로 제기하면서도 김현 비평이 설득력을 지닐 수 있었던 중요한 요인이다.

그러나 그럼에도 문제는 여전히 남는다. 두 비평 사이에 존재하는 문제'의식'과 제기 '방식', 그리고 담론의 반복적인 유사성은 설명되지 않는다. 물론 문학과 현실에 대한 동일한 입장이나 견해는 흔히 존재할 수 있다. 그러나 문제는 그런 문제의식이 개별적인 사안에만 국한하여 제

---

70 「한국비평의 가능성」, 『전집』 2, 98쪽.

출된 것이 아니라는 사실이다. 이어령이 제기한 여러 문제들이 김현 비평에서도 반복적으로 나타나고, 용어나 개념의 유사성까지 반복되는 현상을 우연으로 보기는 어렵다. 그것은 이어령 비평으로부터 받은 영향이 김현의 의식 심층에 자리 잡고 있었던 것으로 해석하게 만든다. 그 영향이란 차용과 변용을 포함한 이어령 비평의 내면화 과정이라고 할 수 있다. 게다가 그런 문제들이 아직 주체 정립에 몰두하고 있던 시기의 김현 비평에서 중요한 위치를 차지하고 있다면, 그리고 더욱 정교하고 세련된 형태로 재구성하여 자기화하고 있다면, 더욱이 이어령을 포함한 선배 비평가들에 대한 대결 의식과 60년대 세대의 정당성을 주장하는 문맥 속에 제기되고 있다면 이는 분명 비평적 주체화와 무관하지 않다. 그것은 김현이 타자로부터의 개별화와 동일성 확보를 통해 비평적 주체화를 이루었음을 의미한다.

4. 김현 비평의 주체화−동일성과 타자의 변증법

이제까지 김현의 초기 비평에 내면화된 이어령 비평의 흔적들을 중점적으로 살펴보았다. 60년대 비평가 중에서 김현만큼 이어령 비평의 흔적을 간직하고 있는 비평가는 없다. 김현의 비평이 이어령에 비해 한층 논리적이고 분석적이지만 문제의식의 발상과 문제 제기 방식,[71] 그리고 타자에 대한 배타적 전략과 수사적이고 정서적인 언어, 신화와 우화와

---

71 김현은 이어령이 '문제 제기의 명수'였다고 평가한다. 김현, 「한국비평의 가능성」, 『전집』 2, 97쪽.

고사의 활용까지 이어령과 매우 유사한 모습을 보여준다. 이어령과 김현이 활용했던 이러한 방식은 어쩌면 타자를 배제하면서 주체를 정립하는 가장 전형적인 방식일 수 있다는 조심스런 판단도 가능하다. 그것은 그만큼 시대를 읽는 감각 혹은 시대를 자기화하는 감각이 뛰어나다는 사실의 반증이기도 하다. 두 사람이 각각 50년대와 60년대 비평에서 중요한 위치를 차지하는 것도 그 때문일지 모른다. 시대는 발견하는 자 혹은 만드는 자의 몫이라는 것을 두 사람은 실증해 보인 대표적인 사례에 해당한다. 그러나 김현은 여기에 머물지 않고 자기 인식의 심화와 확대를 통해 이어령을 극복하면서 자립적 주체를 이루게 된다. "타자와의 변별적 차이에 의해서만 동일성은 인식되며 따라서 타자는 동일성을 정립하는 조건이 된다."[72]고 한다면 김현 비평의 주체화 과정은 동일성과 타자의 변증법적 과정이었다고 할 수 있다.

아직 분명한 개성도 문학적 입장도 미정형의 상태였던 초기의 김현은 타자의 압도적인 영향 속에 있었다. 김현의 지적 기반은 프랑스 문학을 중심으로 한 서구문학이었다. 그는 프랑스 문학을 정신의 선험적 상태를 받아들였다고 고백하고 있다.[73] 프랑스 문학이 선험적인 상태로 그의 내면을 사로잡았던 이유는 김현의 의식과 정서가 그렇게 받아들이도록 준비된 상태, 즉 그가 호흡하고 있던 전후의 황량한 분위기와 관련이 있다. 사실 1942년생인 김현 역시 유년에 겪은 전쟁과 전후의 삶 역시 피할 수 없었을 것이다. 그는 60년대 세대였지만 50년대 전후 세대들을

72　김형효,『구조주의의 사유체계와 사유』, 인간사랑, 1996, 32쪽.
73　「한 외국문학도의 고백」,『시사 영어 연구』100, 1967.6,『전집』3, 15쪽.

지배하던 정서적 분위기가 거의 선험화된 감성으로 그의 내부에 살아 있었다. 바로 이 때문에 불문학 서적에서 발견한 절망, 부조리, 행동, 불안 등의 언어들에 마취되었다. 그래서 말라르메와 서정주가 다른 언어를 사용한다는 사실도 잊고 보들레르, 랭보, 말라르메, 프루스트, 쥘리앙 그린 등 프랑스 문학에 심취했던 것이다. 그것은 김현 비평의 중요한 지적 토대를 이루게 되지만, 여기서 우리는 김현의 선험적인 정서가 50년대의 정서적 분위기에 지배받고 있었다는 사실을 확인할 수 있다. 이는 50년대 세대가 그랬던 것처럼 김현 역시 이어령의 감성적인 비평에 동화할 수 있었던 중요한 요인으로 작용한다.

프랑스 문학이 김현의 지적 기반이었다면 비평 주체로서 김현을 자극한 것은 50년대 비평, 그중에서도 이어령이었다. 특히 이어령은 김현의 강력한 비평적 타자였다. 이 경우 타자란 주체 형성의 모델로서 거울이자 극복의 대상임을 의미한다. 그것은 여러 차원에서 살펴야 할 문제이지만 무엇보다도 비평가 이어령이 김현 앞에 존재했던 구체적인 실체였다는 사실을 중요하게 지적할 필요가 있다.

이어령의 연보에 따르면, 이어령은 김현이 대학에 입학하던 1960년부터 서울대 문리대에 출강하고 있었다. 김현과 이어령의 만남은 그렇게 자연스럽게 이루어졌다. 그 무렵 이어령은 문단에 풍파를 던진 「우상의 파괴」(1955)에 이어 비평집 『저항의 문학』(1959)과 『지성의 오솔길』(1960)이 중판을 거듭하고 있었으며, 20대인 1966년부터 서울신문, 한국일보, 경향신문의 논설위원으로 활동 중이었다. 김현은 학생 시절부터 시와 콩트, 평론을 발표하면서 문학에 깊은 관심을 가지고 있었는데, 그의 독서 범위가 불문학을 비롯하여 이상·황순원·김성한·이어령

등에 걸쳐 있었음을 고려할 때,[74] 이어령이 김현에게 어떤 존재였는가를 짐작하기는 어렵지 않다. 같은 문리대 출신이자 문단의 총아로 이름을 날리던 이어령은 비평가로서 하나의 구체적인 모델로 다가왔던 것이다.

특히 50년대 비평에서 "전후 비평의 발광체"[75]로 존재했던 이어령 비평만큼 폭발적인 것은 없었다. 이어령과 더불어 50년대 비평을 양분했다고 평가받는[76] 유종호만 하더라도 논리적인 분석과 명료한 표현과 남다른 언어 의식과 재치 있는 비유로 탄탄한 비평문을 구성하였지만 강렬함보다는 차분하게 음미해야 할 비평이었다. 그러나 이어령의 비평은 강렬한 문제 제기와 더불어 정서적 동일화를 일으키는 문체로 당대의 독자들을 감동적인 수준으로 고양시켰다. 김현 역시 인간에 대한 강렬한 긍정과 인간 영혼에 대한 신뢰를 참여의 문맥으로 끌어들인 이어령의 비평에 강렬한 인상을 받았을 것이다. 이런 사실은 후에 김현이 「한국비평의 가능성」에서 이어령의 비평이 당시의 세대를 크게 감동시켰다고 파악한 데서 충분히 짐작할 수 있다. 이런 이유로 김현은 여러 글에서 이어령의 주장에 공감을 나타내고 있다.[77]

이어령의 비평에 대한 김현의 공감은 그의 비평 담론에 지울 수 없는 그림자로 투영되어 나타난다. 당시 김현에게 이어령은 찬사와 비판의 입장을 떠나 문학에 관한 한 하나의 실존적이고 구체적인 대상이었다.

74 홍정선, 「연보 : '뜨거운 상징'의 생애」, 『전집』 16 참조.

75 유종호, 「성장과 심화의 궤적」, 『사상계』, 1965.8, 330쪽.

76 「테러리즘의 문학」, 『전집』 2, 245쪽.

77 「한국문학과 전통의 확립」, 『세대』, 1966.2 ; 「한국비평의 가능성」, 『68 문학』, 1969.1 등이 대표적인 경우이다.

모델로서 이어령은 아직 열어야 할 자신의 '문'의 열쇠를 찾지 못해 "주저하고 망설이고 여기저기를 기웃거리고, 동요하고 있"[78]던 김현에게 비평가로서의 실존을 열어준 열쇠 중의 하나였는지도 모른다. 실제로 김현이 『자유문학』에 추천을 받은 것도 이어령의 주선에 의한 것이었고 이어령과 문학에 관해 많은 담론을 나누며 교분을 맺고 있었다.[79]

그러나 문단에서 차지하는 이어령의 위치에서나, 낡은 문학을 타기하고 새로운 문학을 정립하기 위해서나 이어령은 극복해야 할 타자이기도 했다. 이때 김현이 주목한 것이 '문제의 방기'라는 문제였다. 그것은 이어령 개인의 문제이기도 했지만 50년대 문학 전반의 문제이기도 했다. 방기된 문제, 곧 세대적 책무에 대한 방기를 문제 삼았다는 것은, 바꿔 말하면 50년대 비평의 한계를 극복해야 한다는 명제의 당위성과 함께 그 문제의 해결이 새로움을 보장한다는 현실적인 측면이기도 했다. 동시에 비평가로서 김현이 비평적 주체화를 이룰 수 있는 방법이었다. 이어령은 김현의 자기동일성의 욕망과 비평가로서 주체 정립의 계기이자 극복해야 할 타자였다. 타자화는 자기 안에 타자를 수용하는 과정과 타자를 인식하는 과정 속에 생성되며 그 타자를 몰아내는 과정을 통해 주체화된다. 김현은 이어령이라는 타자의 내면화와 타자로부터의 극복을

78 『존재와 언어』, 「후기」 참조.
79 이어령은 한 대담에서, "김현은 제가 관여하여 『자유문학』에 평론 추천을 받게 됩니다. 서울대학에 출강을 하면서 김승옥, 김치수, 염무웅 등과 알게 된 학생 중의 하나이지요. 문단에 등단하기 전부터 저의 집에 와서 문학 담론을 많이 나누었지요."라고 밝히고 있다. 이어령, 「1950년대와 전후문학」, 『작가연구』 4, 1997.10, 193쪽.

통해 비로소 비평적 자기동일성[80]을 이루었던 것이다.

---

80 비평적 주체화를 위한 욕망의 발현이라는 측면에서 김현은 50년대의 이어령과
    유사한 방식을 보여주면서도 그와는 다른 방식으로 존재하고 있다. 여기에는
    비평가로서 김현의 주체 정립의 개별성이 내재되어 있다. 이어령은 앞 세대 문
    학의 이념과 안이한 인상 비평을 일거에 부정의 대상으로 밀어붙이면서 그 스
    스로 새로운 글쓰기의 '아비-시조'가 되고자 했다. 그래서 인식 주체의 '아비 되
    기(始祖意識)'을 향한 욕망이 타락하고 혐오스런 아비의 세계를 부정하고, 그 세
    계로부터 떠나 자립적 주체를 정립하고자 했다(강경화, 『한국 문학비평의 인식
    과 담론의 실현화 연구』, 태학사, 1999, 91~92쪽).
       그러나 김현의 비평적 주체화는 아비의 세계를 전면적으로 부정하는 이어령
    의 '살부 상징'과 다르다. 김현은 50년대 문학을 전면적으로 부정하지 않는 대신
    그 극복을 통해 새롭게 자신의 일가를 이루려고 하였다. 아비의 세계를 부정하
    지 않으면서 아비의 역할을 맡으려 했다는 점에서 그의 주체화는 '장자 의식'에
    가깝다. 김현의 주체 정립의 기반인 장자 의식은 그의 미학적 세계관을 형성시
    킨 중요한 심리적 기제였던 것으로 보이는데(이명원, 「김현 비평과 근대성의 모
    험」, 『타는 혀』, 새움, 2002, 51~59쪽 참조), 장자 의식으로서 주체화와 주도적
    역할을 통해 김현은 오늘날 우리 문학의 맏형으로서 위치를 구축하게 된다. 김
    현의 이러한 장자 의식은 그의 비평적 생애를 통해 여러 곳에서 확인할 수 있다.
       그가 언제나 세대의 전면에 나섰다는 점, 누구보다도 4·19세대의 문학적 입
    장을 열정적으로 개진했다는 점, 여러 동인들을 규합하면서 60년대 새로운 문
    학의식의 정립을 주도했던 남다른 선구 의식 등에서 우선적으로 파악할 수 있
    다. 그 결과 50년대 세대와 한국 근대작가들의 심리를 규정한 '새것 콤플렉스'가
    70년대 연구자들의 유행어가 되었으며, 『한국문학사』의 「한국문학사 시대구분
    론」이 한국문학에 대한 새로운 시각과 방법론을 제시하였다는 점(조남현, 「땀과
    줏대 그리고 힘의 비평」, 『문학과사회』, 1993. 겨울), '김현식(조남현)'이니 '김현
    체'(황지우)니 하는 사고와 문체의 전범을 마련했다는 것, 김현 사단이라 불리는
    후배 비평가들의 존재와 '문지교실', '문지학교' 등 일군의 문학적 집단을 형성하
    였다는 점, 김현에 대한 평가의 긍정과 부정을 떠나 후배 비평가와 작가·시인
    들로부터 존경하는 스승이자 선배로 존재했다는 점, 나아가 주체의 정신과 정
    신, 자아와 자아 사이의 교감과 일치를 중시하는 '공감의 비평' 등에 이르기까지
    김현은 60년대 세대는 물론 한국 현대 문학비평의 맏형(장자)의 위치에 자리하
    게 된다.

이처럼 김현에게 이어령은 자기동일성의 욕망과 비평가로서 주체 정립의 계기로 존재했으며, 자연스럽게 김현의 내면에 투영되었다.[81] 바꿔 말하면 김현은 이어령을 통해 비평가로서 자신의 욕망을 확인했던 것이다. 나의 욕망은 타인이 욕망하는 것을 욕망함으로써 타인으로부터 인정받고자 하는 욕망이며,[82] 동일성은 모든 동일성과 마찬가지로 차이에 의해 유지된다.[83] 따라서 지적인 성숙, 역량의 축적, 자기 세계의 구축과 함께 김현의 비평적 행위는 대립적인 실천으로 강화된다. 서구문학의 비판적 수용과 이어령에 대한 비판적 인식은 '낡음'과 '새로움'의 대립이었다. 그리고 타자와의 분리를 통해 비로소 비평 주체로서 자신을 정립하게 된다. 그것은 자기 안의 타자였던 이어령과의 분리를 의미하며 그러한 분리 과정은 김현에게 이어령 비평의 한계에 대한 인식으로 나타난다.[84] 실제로 스스로를 객관화하면서 이어령에게 가했던 김현의

이 점은 『전집』 16권에 실린 추도와 회고문을 읽어보면 넉넉하게 짐작할 수 있는데, 가령 김태현의 다음과 같은 발언에서 김현이 어떤 존재인가를 알 수 있다. "어느새 그는 자신이 직접 가르친 제자들뿐만 아니라 그의 저서를 탐독한 많은 후배들에게까지 '정신적인 스승'으로 자리 잡기 시작했다. 비록 그와 한 번도 마주친 적이 없지만 그의 글을 읽는 자체가 이미 그를 스승으로 모시고 싶게 했던 것. 그래서 그는 젊은 문인들 사이에서 '멀리서 존경받는 스승'으로 알려지기도 하였다."(김태현, 「비평의 새 장 연 4·19 세대」, 『전집』 16, 252쪽)

81   비평가든 시인이든 소설가든 막 데뷔한 신인은 의식적이든 무의식적이든 선배로부터 영향을 받고 모방하기 마련이다. 해롤드 블룸은 『시적 영향에 대한 불안』(윤호병 편역, 고려원, 1991)에서 이러한 관계를 단계별로 정리하고 있는데, 블룸의 통찰은 이어령과 김현의 관계에 많은 시사점을 제공한다.

82   강연안, 『주체는 죽었는가』, 문예출판사, 1996, 214쪽.

83   벵쌍 데콩브, 앞의 책, 56쪽.

84   김현이 서구문학에 대한 정신적 불구상태에 있었음을 고백하면서 한국문학의

비판은 가혹했다.

예를 들면, 「한국비평의 가능성」에서 김현은 이어령의 공적을 인정하면서도 신랄하게 비판한다. 김현의 논지를 요약하면, 김동리에 대한 이어령의 도전은 신경질적인 감수성의 발로이며, 그가 참여문학에서 고취하고자 한 인간성은 아무런 내포도 가지지 못한 지극히 추상적인 것이고, 몇 개의 선동적인 어휘로 점철되었을 뿐 아무런 사고의 진전도 보여주지 않는다고 비판한 뒤 신비평으로 전환한 결과가 얼마나 참담한 것이었나를 확인시켜준다는 것이다.[85] 60년대 세대의 세대 의식을 주도했던 김현이 비평가로서 주체 정립의 욕망이 강렬하면 그럴수록 50년대를 대표했던 이어령과의 단절 의식도 그만큼 강렬할 수밖에 없었음은 당연한 귀결이다. 이는 뒤집어보면 김현이 그만큼 이어령을 의식하고 있었다는 반증이다.

이렇게 본다면 이어령 비평을 내면화했던 그가 이어령을 비판한 것은 자기 내부에 대한 성찰이 외부로 향한 것이라고 할 수 있다. 그것은 동시에 타자와의 분리, 곧 비평가로서 김현의 주체화의 과정이었다. 따라서 비평적 주체화를 이루기 위해 김현은 자기 안의 타자인 이어령을 환원시킬 수 없는 이질적인 타자로 분리시켜야 했다. 이러한 과정을 라캉의 타자 의식을 빌려 말하면, 김현에게 이어령은 자기동일성을 확증하

전통 탐색과 서구문학의 주체적 수용을 강조하는 방향으로 나아가게 된 것도 타자로서 서구문학에 대한 내적 분리 과정이었다고 할 수 있다. 「한 외국문학도의 고백」, 『전집』 3, 참조.

85　「한국비평의 가능성」, 『전집』 2, 98~105쪽.

려는 그 순간 김현을 동요시키는 타자였던 것이다.[86] 다시 코제브에 따르면, 새로움을 도입하고자 하는 행동 없이 이 세계에서는 어떠한 새로움도 없다. 그러므로 대립(또는 부정 또는 모순)은 낡음에 새로움을 도입한다. 이때 그 부정성은 자유의 본질 그 자체이다.[87] 비평가로서 김현의 전 생애를 기율했던 리버럴리즘이 서구적 의미의 자유에 가깝지만 동시에 비판적 인식과 부정성의 계기이기도 하다는 점을 상기할 필요가 있다. "자유가 부정성이라면 그 까닭은 자유가 '부정'으로서만 '존재'라고 '실존'할 수 있기 때문이다. …(중략)… 변증법적인 혹은 '부정하는' 행위로서 실현되고 표현되는 자유란 바로 그러한 이유 때문에 본질적으로 '창조 행위'인 것이다."[88] 자신들 세대가 역사상 가장 진보적이라는 김현의 주장 역시 바로 이러한 부정성을 전제로 성립할 수 있다. 김현에게 50년대 문학은 낡음의 세계였고 60년대는 새로움의 세계였다. 한국문학의 낙후성에 대한 비판과 새로움의 추구는 곧 대립과 부정의 표징이었던 것이다.

이러한 김현의 주체화 과정은 "'타자'(l'autre)를 '동일자'(le même)에 환원시키고 그럼으로써 차이를 동일성에 종속시킴이 없이는 타자를 스스

---

86 타자는 단순히 나와 다른 또 하나의 주체가 아니다. 타자의 존재는 타자성의 두 번째 단계에서만 이해될 수 있다. 타자는 또 다른 주체가 아닌 주체가 환원시킬 수 없는 이질성으로 이해될 때에만 비로소 나와 다른 주체 사이에서 중재 역할을 수행할 수 있는 것이다. 권택영 편, 『자크 라캉 욕망이론』, 민승기·이미선·권택영 역, 문예출판사, 1994, 88쪽.

87 뱅쌍 데콩브, 앞의 책, 46쪽.

88 위의 책, 46~47쪽.

로 제시할 수 없다는"[89] 동일성의 논리로 설명할 수 있다. 자연적 존재는 '동일성'에 의해 규정되고 역사적 존재는 부정성에 의해 규정된다면, 행위자의 존재는 '동일자로 남지 않으려는', 즉 차이에의 의지가 있다. 여기서 '차이'는 단지 '다르다'만을 의미하는 것이 아니라 제외시키고 변화시키는 행위를 포함한다. 그런 순환 관계를 끊는 것, 김현의 말대로 '사고의 지독한 악순환'을 저지시키려는 노력의 소산이다. 이런 관점에서 김현의 세대적 대립은 '차이'에 대한 의지이며, 그것은 변화시키려는 부정성에 기반을 둔 역사적 존재로의 욕망이었다. 역사적 존재로의 욕망은 바꿔 말하면 주체화의 욕망이다.

요컨대 주체화의 욕망은 타자에 대한 인식을 전제로 하지만 그에 앞서 김현은 타자와의 동화 관계에 있었다. 선험적으로 존재했던 프랑스 문학이 그러했고, 이어령을 비롯한 한국문학의 영향이 그러한 과정이었다. 그것이 무의식 속에서 자신의 내면을 형성했던 것이다. 그러나 주체에 대한 욕망을 의식하기 위해 필요한 것은 자기의식이다. 김현에게 자기의식은 60년대 세대로서 자기의식이자 50년대 문학에 대한 대립의식이었다. 그의 자기의식과 대립의식은 '낡은 것'과 '새로운 것', '동일성'과 '타자성'에 대한 자각과 인식이라고 할 수 있다.

『68 문학』을 전후하여 이어령과의 세대론적 대결은 김현의 비평적 주체 정립의 마지막 단계에 해당한다. 김현 자신의 발언에 기대면 그의 변모는 1968년을 전후에서 이루어진다.[90] 일차적으로 그것은 인간과 사회

---

89 위의 책, 97쪽.
90 「자서」, 『상상력과 인간』, 일지사, 1973, 『전집』 3.

와의 관계에 대한 천착으로의 변모를 의미한다. 하지만 그러한 변모 속에 비평 주체로서의 자기 정립이라는 의미도 함께 포함된다. 『68 문학』에서 이어지는 『문학과지성』의 창간은 백낙청, 염무웅 등 '창비' 그룹에 대한 대타적인 자세이자 참여와 순수의 문제였으며, 이미 세대적 대결의 문제가 아니라 동세대인들과의 이념 대결로 전환되었음을 뜻한다. 세대론의 관점에서 볼 때 그러한 변화는 근본적으로 세대론의 종결을 의미한다. 69년을 전후하여 세대론이 더 이상 표면화되지 않았던 현상에서 이 사실을 알 수 있다. 이후 김현의 비평 작업은 새로운 차원으로 전개되는데,[91] 그가 이룩한 비평적 성과의 대부분은 이런 작업의 결실인 것이다.

그렇다면 김현에게 50년대 문학, 특히 이어령의 존재는 60년대 비평만이 아니라 김현 개인에게도 60년대 후반부터 활짝 꽃피어날 수 있었던[92] 행복한 조건이 아니었을까. 한 세대는 전 세대와 단절되었다고 주장함으로써 더욱 선명히 전 세대를 계승할 수 있었다는[93] 김현의 말은 이런 의미였을 것이다. 다시 그렇다면 이어령이, 지금의 우리에겐 모든

---

91 『68 문학』을 전후하여 김현의 활동은 첫째 60년대 작가들의 새로움과 개성을 적극적으로 옹호하고 의미화하는 작업, 둘째 언어의 본질과 상상력, 이미지, 구조 등에 대한 깊은 관심, 셋째 '창비' 그룹이 내세운 역사의식과 참여문학에 대한 자율적 문학관을 옹호하는 작업, 넷째 한국문학의 양식화와 사적 체계화 작업, 다섯째 프랑스 문학을 중심으로 한 서구문학의 이론과 사상을 소개·정리하는 작업으로 전개된다.

92 「비평의 유형학을 위하여」, 『예술과 비평』, 1985. 봄, 『전집』 7, 231쪽.

93 「비평은 심판인가 대화인가」, 『반고비 나그네 길에』, 지식산업사, 1978, 『전집』 13, 282쪽.

것을 자유로이 내다볼 수 있는 그 정신의 해방이 시급한 문제라며 "좀 더 기다려봅시다."[94]던 그의 기다림은 어쩌면 김현과 김현 세대에 이르러 해갈되었을지 모른다. 김현이 주장했던 리버럴리즘이 이어령의 말했던 정신의 해방과 상통한다면. 이어령은 한 대담에서, "저에게 있어서 김현은 아주 소중한 존재였습니다. 어떤 형태로든 내 언어를 발전시킬 수 있는 가능성을 가장 많이 가진 비평가였지요."[95]라고 말한 바 있다. 이어령의 이러한 발언이 공연한 의미 부여로 들리지 않은 이유가 여기에 있다.

94 이어령, 「현대의 신라인들」, 『지성의 오솔길』, 동양출판사, 1960, 140쪽.
95 「1950년대와 전후문학」, 『작가연구』, 4, 새미, 1997, 10, 197쪽.

제2장

김현의 초기 비평에 나타난
주체화와 담론의 특성

1. 문제 제기

김현은 문학비평가로서 활동을 시작한 이후 30여 년 동안 거침없는 논리와 단호함으로 문학의 자율성과 미학적 지평을 넓히는 데 앞자리에 섰으며, 동시에 한국문학의 훌륭한 길잡이가 되어주었다. 이와 관련하여 권태현은 "방대하고 꼼꼼한 책읽기와 예리한 분석으로 이 땅의 문학비평의 새 지평을 열었"[1]다고 밝히고 있으며, 조남현은 "김현은 '온통' 수용할 가치가 충분한 존재"[2]라고 평가하고 있다. 또한 그의 문체에 대해서도 "한글 세대의 가장 세련된 문장의 범례를 만들어놓았다."[3]거나 "한

1   권태현, 「비평의 새 장을 연 4 · 19 세대」, 『전집』 16, 문학과지성사, 1993, 251쪽.

2   조남현, 「땀과 줏대 그리고 힘의 비평」, 『문학과사회』 23, 1993. 가을, 1028쪽.

3   김병익, 「순수 비평으로 살다 간 '영원한 새 세대'」, 『전집』 16, 문학과지성사, 1993, 275쪽.

국문학 평론의 미학적 문체를 확립한 비평가"[4]라고 평가하기도 하였다. 김현의 존재는 문학적 입장을 떠나 한국 문학비평에 큰 영향을 미쳤다.

김현이 타계한 뒤 오랜 시간이 지난 만큼 그에 대한 논의는 추모와 헌사를 넘어 다양한 관점에서 깊이 있게 논의되어왔다. 대표적으로 다음 몇 가지 범주에서 진행되어왔는데, 비평적 주체화와 세대론적 전략,[5] 시 비평이나 미의식의 관점,[6] 비평관과 문학론,[7] 한국문학의 양식화와 문학사[8] 등에 대한 고찰을 꼽을 수 있다. 이들 논의를 통해 김현 비평 전반에 대해 다면적이고 깊이 있는 성과를 얻을 수 있었다. 특히 최근의 연구는 김현의 '신화'에서 벗어나 '역사화'하려는 방향으로 진행되고 있

---

4 이경수, 「'나'로부터 출발한 운명적 이중성」, 작가와 비평 편, 『김현 신화 다시 읽기』, 이룸, 2008, 137쪽.

5 김형수, 「김현 비평의 세대론적 전략과 타자의 존재」, 『사림어문연구』 13집, 2000.1 ; 권성우, 「4·19세대 비평의 성과와 한계」, 『문학과사회』 50, 2000. 여름 ; 임영봉, 「4·19세대 비평 담론의 형성과정」, 『우리문학연구』 16집, 2003 ; 강경화, 「김현 비평의 주체정립에 대한 고찰」, 『현대문학이론연구』 25집, 2005.8 ; 하상일, 「김현의 비평과 『문학과지성』의 형성과정」, 작가와 비평 편, 『김현 신화 다시 읽기』, 이룸, 2008.

6 이숭원, 「김현의 시비평에 대한 고찰」, 『선청어문』, 23집, 1995.4 ; 한형구, 「미적 이데올로기의 분석적 수사」, 『전농어문연구』, 10집, 서울시립대, 1998 ; 윤지영, 「현대 시비평에 나타난 성별화 전략」, 『여성문학연구』 15호, 2006.8 ; 조해옥, 「김현의 시 비평에 대한 통찰」, 작가와 비평 편, 『김현 신화 다시 읽기』, 이룸, 2008.

7 최강민, 「김현의 신화와 우상의 탄생」 ; 고봉준, 「고문하는 문학, 꿈꾸는 문학」, 작가와 비평 편, 『김현 신화 다시 읽기』, 이룸, 2008 ; 유성호, 「김현 비평의 맥락과 지향」, 『한국언어문화』 48집, 2012.12.

8 이동하, 「김현의 『한국문학의 위상』에 대한 고찰」, 『전농어문연구』 7집, 1995.2 ; 정은경, 「필연적 미완의 기획으로서의 '문학사'」, 작가와 비평 편, 『김현 신화 다시 읽기』, 이룸, 2008.

다. 이는 김현을 둘러싼 과장된 혹은 왜곡된 '신화'와 '풍문'을 벗겨낸다는 측면에서 중요하고 또한 적절한 작업이다.

이러한 관점에서 이 글이 특히 주목하고자 하는 것은 김현의 초기 비평에 나타난 비평적 주체화의 정신사적 맥락과 담론의 특성이다. 김현 비평의 전체적인 변모의 궤적을 이해하려 한다면 초기 비평은 반드시, 그리고 세밀하게 검토되어야 한다. 물론 초기 비평에 대한 논의가 없었던 것은 아니다. 하지만 이들 논의는 초기 비평의 범주가 자의적일 뿐만 아니라, 「나르시스 시론」, 「비평고」를 비롯한 특정 비평문에 한정되어 있다. 김현의 초기 비평에는 그동안 알려지지 않았거나 새롭게 조명되어야 할 여러 월평과, 「현재를 시점으로 한 시인고」, 「언어로서의 시」, 「현대시와 언어의 조작」, 「한국문학과 전통의 확립」 등 중요한 비평문들이 있다. 따라서 이 글은 기존 논의에서 제외되었던 여러 비평문들을 포함하여 김현의 초기 비평을 전면적으로 검토하기 위해 씌어진다. 이 글의 문제의식은 여기서 출발한다.

이러한 문제의식은 다음 몇 가지 점에서 타당성을 인정받을 수 있을 것이다. 첫째, 이러한 작업은 대표적인 비평문 중심에서 벗어나 김현 비평의 총체적인 모습을 파악하기 위한 선행 작업이라는 점, 둘째, 김현 비평의 기원이자 발원지인 초기 비평에서 비평 주체로서 그의 내면의식과 자기 정립 과정을 짚어낼 수 있다는 점, 셋째, 비평가 김현이 돌연 우리 앞에 나타난 존재가 아닌 이상, 초기 비평에서 70년대 비평 사이에 존재하는 변모의 측면과 그에 따른 담론의 특성을 확인할 수 있다는 점을 들 수 있다.

본격적인 논의에 앞서 다음 세 가지 사실을 전제할 필요가 있다. 첫째, 김현 비평의 연구는 주로『김현 문학전집』을 텍스트로 삼는다. 그러다 보니 대부분 원문 출처를 명기하지 않은 채『전집』으로만 밝히고 있다. 그러나 원문 출처를 명기하지 않는 이러한 방식은 서로 다른 시기의 글임에도, 시기에 따른 인식의 편차와 담론의 특성을 파악하는 데 착각을 불러일으킬 수 있다. 따라서 이 글에서는 다소 번거롭더라도 원문 출처를 병기할 것이다.

둘째, 김현의 초기 비평의 범위 문제이다. 이 글에서 초기 비평은「나르시스 시론」에서『68 문학』을 전후한 시기로 한정할 것이다. 초기의 미정형 상태였던 김현은 한국문학에 대한 통찰과 인식, 시 중심에서 소설로의 영역 확대, 50년대 문학과의 차별화라는 과정을 거치게 된다. 그리고『68 문학』을 전후하여 그의 관심사는 확연히 한국문학의 전반으로 넓고 깊게 응시하기 시작하고,『문학과지성』을 창간한 이후에는 한국문학의 정립을 위한 이론과 방법을 탐색하는 작업으로 나아간다. 그 결과물들이『현대 한국문학의 이론』(1972),『한국문학사』(1973),『한국문학의 위상』(1977) 등이다. 또한『68 문학』을 전후하여 50년대 문학에 대한 대타적인 자세가 구체화되면서 비평적 주체를 정립하게 되기 때문이다.[9]

셋째, 김현은 한 평론집의 서문에서 "『존재와 언어』에 실린 글들을 사로잡고 있는 것은 만남이라는 주제이다."[10]고 밝힌 바 있다. 과연 그의 말처럼『존재와 언어』를 포함한 초기 비평에서 '만남'을 주제로 한 여러 평문들을 만날 수 있다. 초기 비평의 '만남'에는 김현의 정신사적 내면이

---

9   이에 대해서는 강경화,「김현 비평의 주체 정립에 대한 고찰」,『현대문학이론연구』25집, 2005.8, 68쪽.

10   「자서」,『상상력과 인간』, 일지사, 1973,『전집』3, 10쪽.

응축되어 있으며, 그것은 몇 가지 의미론적 층위가 겹쳐져 있는 상징적 표지라는 것이 필자의 판단이다. 때문에 이 글에서는 김현의 비평적 주체화와 관련하여, 그의 초기 비평이 "비평적 사유 체계를 구성해나가는 일련의 '기획된' 글쓰기"[11]였다는 측면에서, '만남'의 양상과 의미를 세세하게 검토할 것이다.

2. 실존적 기획으로서 주체화와 '만남'의 세 층위

1) 자기 존재와의 '대면'과 '만남'

김현은 죽음에 이르는 순간까지도 놀라운 감수성과 비평적 해석으로 '읽고-쓰기'를 멈추지 않았던 것으로 알려져 있다.[12] 그에게 문학은 "일상적 삶보다도 훨씬 귀중한 내 상상적 삶의 흔적들"[13]이라고 말할 만큼, 읽고 쓰는 일 자체가 바로 자신이자 삶의 실천이었다.[14] 그는 문학의 언어를 통해 세계로 들어가고 또한 세상을 이해했으며, 책의 증거 속에 세계와 자신의 존재를 신뢰할 수 있었다.[15] 이런 김현에게 문학은 우선 자

---

11 임영봉, 「김현 초기 비평 연구」, 『어문연구』 134호, 2007. 여름, 250쪽.

12 이인성, 「죽음 앞에서 낙타 다리 씹기」, 『문학과사회』 12, 1990. 겨울 참조.

13 「자서」, 『상상력과 인간』, 일지사, 1973, 『전집』 3, 10쪽.

14 이인성, 「죽음을 응시하는 삶-읽기와 삶-쓰기」, 『전집』 6 참조.

15 『앵무새의 혀』 뒤표지글」(『전집』 16)과 김병익의 「순수 비평으로 살다 간 '영원한 새 세대'」(『전집』 16) 참조. 김현이 문학을 삶의 실천으로 삼은 데는 문학적 공간을 '살 만한 곳'으로 인식한, 그래서 다시 그 세계에 살고 싶다는 요나 콤플렉스도 중요하게 작용했을 것이다. 이에 대해서는 「소설은 왜 읽는가」(『전집』 7) ; 「예

기 자신을 위한 문학, 주체를 정립하기 위한 대상이었다. 그의 말처럼 "삶이 삶을 이해하는 과정 그 자체라면",[16] 비평가로서 자신이 자신을 이해하는 존재론적 자기동일성의 과정이 초기 비평에 내밀하게 담겨 있다.

특히나 "젊음의 이상과 환희가 충만되어 있던 시절"[17]이자 "젊음의 고뇌와 방황…… 그 원천이 어디에 있으며 그 출구가 어디에 있는지 도무지 알 수 없었던 그 깊고 찐득찐득하고 질펀했던 심연!"[18]을 마주했던 20대의 김현에게 자기 구원에의 열망은 존재의 본질에 육박할 만한 문제였다. 그리고 그 모든 것을 담고 있는 것이 '만남'을 향한 열망이다. "내가 열려고 한 문은 무엇일까? 항상 나는 주저하고 망설이고 여기저기를 기웃거리고, 동요하고 있는 듯하다. 그것은 내가 열려고 한 문, 그리고 그 문의 열쇠—그것이 무엇인지 확실히 알 수 없기 때문인지도 모른다."[19]고 밝히고 있다. 그리하여 김현이 주저하고 망설이고 기웃거리면서 발견한 하나의 열쇠가 바로 '만남'의 열쇠였다. 그것은 '만남'의 현상학이라 부를 만한 자기 발견의 과정이었는데, 그의 초기 비평을 면밀히 살펴보면 '만남'이 서로 다른 세 층위로 포개져 있음을 알 수 있다. 그것은 먼저 진정한 자기 존재와의 대면으로부터 비롯된다.

술적 체험의 의미」(『전집』 14) ; 「요나 콤플렉스의 환상」(『전집』 12) ; 「왜 문학은 되풀이 문제되는가」(『전집』 1) 등의 글 참조,

16 「책 끝에」, 『한국문학의 위상』, 문학과지성사, 1977, 201쪽.
17 「편집자의 말」, 『68 문학』, 1969.1.
18 「책 뒤에」, 『반고비 나그네 길에』, 지식산업사, 1978, 『전집』 13, 332쪽.
19 「후기」, 『존재와 언어』, 가림출판사, 1964, 『전집』 2, 199쪽.

우리가 맨 처음 그의 신화에서 주목할 수 있는 사실은 어느 날 그가 '갈증'을 느꼈다는 사실이다. 갈증을 느꼈다는 사실은 그가 무엇인가를 열망하기 시작했다는 것을 의미한다. 사랑에 무감각하였던 그가 갈증을 느꼈다는 사실은 그가 그의 내부에서 타오르고 있었던 — 그러나 이 때까지 느껴본 일도, 이해한 일도 없는 — 욕망의 존재를 그가 처음으로 느끼기 시작했다는 사실을 말한다. …(중략)… 이 때 나르시스는 생각한다. "우물로 가자. 가서 물을 마시자."[20]

시와 시인의 비극적 인식을 다룬 「나르시스 시론」에서 만남을 향한 김현의 존재론적 갈증을 읽을 수 있다. 이 글에서 '우물'[21]은 욕망에 대한 인식과 욕망 해소의 메타포이다. 내부의 타오르는 욕망을 안고 우물로 향한 나르시스는 갈증으로 고뇌하는 자신의 얼굴, 즉 진정한 자신의 존재와 대면한다. 우물을 사이에 둔 두 개의 얼굴은 '인식하는 나'와 '인식되는 나'와 같다. 이때 이전에 상상하던 얼굴과 갈증으로 고뇌에 찬 현실의 두 얼굴 사이에서 나르시스는 현실의 얼굴을 선택한다. 이러한 선택은 가슴속에 감춰져 있던 욕망의 본질, 세계 속에서 자기를 발견하게 촉구하는 악의 욕구였다.[22] 이것이 나르시스 신화가 우리에게 보여주는

---

20 「나르시스 시론」, 『자유문학』, 1962.3, 『전집』 12, 12쪽.

21 이 점에서 '우물'에 대한 바슐라르의 통찰은 시사적이다. 그에 따르면, 우물은 깊이를 알 수 없는 또 다른 원형이며, 인간 영혼의 가장 중요한 이미지이다. 우물이란 자기 '존재의 시원'이며 우물 앞에서의 존재는 자기 존재의 시원을 재는 '시원에의 강박관념'이라는 것이다. 가스통 바슐라르, 『몽상의 시학』, 김현 역, 홍성사, 1981, 130~131쪽.

22 김현이 말하는 '악'은 '도덕적 차원'이 아니라 너와 나, 상상계와 현실계, 육체와 정신의 단절처럼 타자와 영원히 만나지 못하거나 대체될 수 없다는 존재자의 단절을 지칭한다. 그러므로 '악'에 대한 의식은 마치 선악과를 통해 비로소 악을

시의 본질이라고 김현은 말한다. 악이란, 사실은 만날 수 없는 두 존재자의 만남에 대한 타는 듯한 욕구이자 존재론적 기반이었던 셈이다.[23] 그러니까 상상의 얼굴과 현실의 얼굴, 육체와 정신의 분열, 나와 너의 간극 속에 존재하는 악은 존재의 초석을 이루며, 이 악의 의식을 통한 존재와의 응답이 시라는 것이다. 이를 통해 김현은 P=CM(M+R). P는 '시(poésie)'이고 CM은 '악 속의 의식(conscience dans le mal)'이고 M은 '결핍(manque)' 즉 갈증이며, R은 '현실(réel)'이라는 결론을 내린다.

그런데 주목할 것은 시의 본질과 시인의 비극적 인식을 다룬 이 글에서 김현은 나르시스 시론을 빌려 자신의 내면적 욕망을 은밀하게 내비치고 있다는 사실이다. 시인의 갈증이 "시인의 가슴속에 소용돌이치고 있는 하나의 욕망", "쓰지 않고서는 견딜 수 없"[24]는 욕망이라면 그것은 시인만이 아니라 비평가 김현의 내적 욕망과 동질의 것이다. 이 점에서 "이 시적 욕망, 존재의 갈증이 그의 삶의 방식으로 확대되어 나오는 일이, 그에게는 글 쓰는 행위 곧 비평 행위의 비롯함이었다."[25] 동시에 시인의 갈증이 자기의 어떤 것을 내던지며 자기 아닌 타자와의 교섭을 원

자각하게 된 것처럼, 현실을 모르던 인간이 현실을 알게 되면서 진정한 자기 존재의 본질을 인식한 것을 의미한다. 이러한 악의 의식에서 타자(대상)과의 진정한 만남에의 욕구, 즉 무언가를 욕망하는 갈증은 악의 욕구이고, 그것을 시의 본질로 파악한다.

23 「만남 혹은 시인의 환상」, 『문학』 3호, 서울대학교 문리대 문학회, 1964.12, 『전집』 13, 381쪽.
24 「나르시스 시론」, 『전집』 12, 12쪽.
25 김윤식, 「소설·시·비평의 관련 양상」, 『한국현대소설비판』, 일지사, 1988, 244쪽.

하고 있는 욕망이라고 할 때,[26] 그것은 우물을 통해 자신의 현실의 얼굴을 봤던 나르시스처럼 진실한 자기 존재와의 대면을 전제로 한다. 타자와의 만남의 욕망은 동굴에 갇힌 '수인'[27]과 같이 자신 안에 내재된 갈증, 자기 존재에 대한 자각과 인식, 그 단절과 고독으로부터 출발하지 않으면 안 되었다. 자기 존재와 진실한 대면을 통해 타자와 교섭하려는 이러한 욕망이 '만남'의 두 번째 차원에 해당한다.

2) 타자와의 '만남'과 '사랑'

김현은 '시와 악의 문제'라는 부제를 달고 두 편의 글을 썼다. 「나르시스 시론」과 「현재를 시점으로 한 시인고」[28]가 그것이다. 「나르시스 시론」과 달리 어느 곳에서도 언급된 적이 없는 「현재를 시점으로 한 시인고」는 현재를 바라보는 시인의 인식을 세 단계로 나누어 살펴보고 있다. 이 글에서 먼저 눈에 띄는 것은 $Pr-Q \cdot Pa(Pr : présent, Q : quelgue chose, Pa : passé)$나 $Pr=M(Pa+F)$ 또는 $Pr=MS_1(Pa+F)$와 같은 함수관계와 도해 등을 통해 설명하려는 방법적인 시도이다. 그러한 노력과 달리 논리적인

---

26 「나르시스 시론」, 『전집』 12, 13쪽.

27 그의 초기 비평에는 갇힌 존재로서 '수인'이 반복적으로 제시된다. 예를 들면 「현재를 시점으로 한 시인고」(『자유문학』, 1962.7), 「이상에 나타난 만남의 문제」(『자유문학』, 1962.11), 「비평고」(『산문시대』, 1962. 가을~1963. 가을), 「신 없는 시대에서의 질주」(『자유문학』, 1963.3), 「나에게 되살아오는 것은」(『세대』, 1963.12) 등이 있다.

28 「현재를 시점으로 한 시인고－시와 악의 문제」, 『자유문학』, 1962.7. 등단 후 두 번째 글인 만큼 김현의 초기 비평 인식을 파악할 수 있는 중요한 글임에도 어느 곳에서도 언급되지 않은 이유는 아마도 이 글의 존재를 모르기 때문일 것이다.

정연함은 부족한 편이다. 그러나 타자와의 교섭에 대한 김현의 인식을 명징하게 포착할 수 있다는 점에서 세밀한 검토가 필요하다.

이 글에서 김현이 파악한 가장 저급한 시인은 시간을 단지 떨어지는 물처럼 인식하는 '낙수(落水)를 닮은 시인'이다. 과거 경험의 표출만으로 시를 형성하는 이들은 타자와 절연되어 있으며, 자기 존재에 대한 성실한 고찰도 없다. 여기에서 탈출한 시인이 '동혈(洞穴) 내의 시인'이다. 이들은 자기 존재의 의미를 읽으려고 노력하는 시인이다. 자기 존재와 마주했을 때 자기는, 마치 야누스 혹은 거울 앞에 서 있는 얼굴과 거울 속의 얼굴처럼 두개의 얼굴을 가지고 있다. 이 거울이라는 의식을 통해 '상상의 얼굴'은 '현실의 얼굴'과 해후한다. 그러나 상상의 얼굴과의 헤어날 수 없는 간극, 그 존재의 심연은 피할 수 없다. 거기에서 고독과 절망을 발견하며, 실존으로서 시인의 고독을 느낀다. 여기에 이르면 의식으로서 '거울'이 나르시스의 '우물'과 흡사하다는 것을 알 수 있다.

그런데 고독의 동혈에 갇힌 시인은 단지 고독과 개인만을 찾았을 뿐 자기 내부에서 타자로 향하는 갈증을 느끼지는 못한다. 그러기 위해서는 암벽을 다시 오르는 창조적 소수자의 고행이 필요하다. 이들이 '고행을 계속하는 시인'이다. 김현에 따르면 자기로부터의 탈출은 타인과의 교통 속에서만 가능하다. 그럴 때 비로소 타자와의 얼굴이 나타나며, 타자와 시인의 진정한 관계가 빛을 발한다.[29] 그것이 타자와의 연대성이다. 진정한 시도 여기에서 나타난다는 것이 김현의 생각이었다. 바로 이런 인식에서 김춘수의 「부다페스트에서의 소녀의 죽음」을 아주 높게 평

29 위의 글, 220쪽.

가한다.

> 김춘수는 이 작품 하나로라도 문학사를 몇 페이지 차지할 것이다. 이
> 시에서 우리는 여러 개의 이마쥬를 본다. 부다페스트 거리 위에서 쏘련
> 제 탄환에 쓰러진 한 소녀의 얼굴과 한강 백사장 위에서 모래를 움켜쥐고
> 죽은 소녀의 얼굴─그리고 그 위에 오버랩되는 시인 자신의 얼굴이다. …
> (중략)… 모든 얼굴은 (타자건 자기건) 이제 그는 용해하기 시작한다. 그
> 에게는 이미 이 얼굴들은 완전한 자기와 절연된 타자의 얼굴이 아니다.
> 자기 속에 생동하는 타자의 모습이다.[30]

이렇듯 「현재를 시점으로 한 시인고」에서 김현이 가장 중요하게 내세
운 것이 바로 타자와의 연대성이었다. 이를 통해 김현이 타자와의 만남
을 중요하게 인식하고 있었음을 알 수 있다. 실제로 우리는 그의 초기 비
평에서 '자기 인식의 부재─자기 인식과 발견─타자와의 소통'으로 이어지
는 타자와의 만남을 주제로 한 여러 편의 비평문들과 만날 수 있다.

가령, 이상의 문학은 만남의 문학이며, 이상의 편력은 '만남에의 편력'
이었다고 분석한 「이상에 나타난 만남의 문제」를 들 수 있다. 이 글에서
김현은 인간이 인간이 되는 것은 만남을 통해서라고 전제한 다음, 이 만
남이 없이 우리는 진정한 인간일 수 없고, 이미 '나'일 수 없으며, 우리의
전 존재를 던져 해결해야 하는 문제라고 강조한다.[31] 그리하여 그가 파
악한 이상은 갇힌 자의 처절한 고독과 단절에서 출발하여 타자와의 만
남을 희구한다. 그러나 만남을 소유하기 위한 고통스런 편력에도 불구

---

30 위의 글, 221쪽
31 「이상에 나타난 만남의 문제」, 『자유문학』, 1962.11, 『전집』 13, 341쪽.

하고 결국 타자와의 만남에서 실패했다고 평가한다.

또한 「만남 혹은 시인의 환상」에서는 오르페 신화를 '바라봄의 신화'라고 규정한다.[32] 오르페는 자기의 타자인 유리디스를 만나기 위하여 죽음의 길 앞에 섰다는 것, 또한 만남의 환상을 안고 영원한 사물이 되어버린 유리디스에게 생기를 불어넣기 위해 바라보기 시작했기 때문으로 해석한다. 그에 따르면 '바라봄'은 비존(非存)의 존재화이다. 이 점에서 오르페의 바라봄은 진정한 만남에의 욕구라 할 수 있다. 뿐만 아니다. 쥘리앙 그린의 여러 소설들에서 김현이 본 것 역시 자기 존재의 고독과 자각, 방에 갇힌 수인의 처절한 고통, 갇혀 있으면서도 갇힌 줄 모르는 우리들의 슬픔 모습이었다. 때문에 "타자와 교통하고 행복해지려는 욕망"[33]이 결국 좌절된다 하더라도, 신에의 귀의라는 해결보다, 너이고 나이며 우리들인 소설 속 인물들의 고통이 더 중요하다는 것을 배운다고 말하고 있다.[34] 그것은 타자와의 만남, '우리'라는 동질적 연대의식의 표명이다. 이처럼 쥘리앙 그린의 소설에서 김현이 읽어낸 것은 인간 존재의 의미와 구원에의 욕망이었던 것이다. 그렇다면 타자와의 만남을 향한 그의 내적 열망이 자기 구원으로 수렴되는 곳은 어디인가. 이 부분은 김현의 비평 인식과 관련된 핵심적인 사항인데, 초현실주의의 '자유'의 개념을 탐색하는 과정에서 추출해낼 수 있다.

32 「만남 혹은 시인의 환상」, 『문학』 3호, 서울대학교 문리대 문학회, 1964.12, 『전집』 13, 382쪽.
33 「신 없는 시대에서의 질주」, 『자유문학』, 1963.3, 『전집』 12, 192쪽.
34 위의 글, 196쪽.

> 우리는 초현실주의에서 아주 중요한 두 개의 양태를 유출한다. 도덕
> 적 태도로서의 욕망의 해방과 시적 기술의 태도로서 상상력의 자유를
> 이끌어낸다. 그러나 이 두 개의 명제는, 바로 자유라는 그 점에서 합일
> 한다. 해방 libération과 자유 libertég는 동질 개념이기 때문이다.[35]

김현은 먼저 초현실주의에서 자유의 근본적 양태를 이끌어낸다. 자유
는 '문학 형식으로서 시'와 '생존 양식으로서 시'의 종합적 표현이다. 생존
의 양식으로서 시는 '욕망의 해방'이고, 형식으로서 시는 '상상력의 자유'
이다. 이때 해방과 자유는 '자유'라는 점에서 합일한다. 여기서 상상력의
자유는 '시'이며, 해방은 '사랑'이다. 따라서 그가 파악한 자유의 극한적
표상은 '시'와 '사랑'이고, 두 가치만이 영원히 모든 것을 모순되게 인지하
지 않는 척도이며 초월이라고 규정한다. 시가 상상력의 자유에서 생겨난
다는 것은 자연스런 결론이다. 하지만 사랑이 그에게 갖는 의미와 가치
는 무엇인가. 하여 김현 스스로도 묻고 있다. "그러면 사랑은?"[36]

> 사랑은 정말로 대상에 자기의 전부를, 자아의 전체적 성격을 내던진
> 다는 점에서, 그 극한에 이르르면 – 인간이 대상일 때는 성교로, 사물이
> 대상인 경우 편애와 동감으로 – 주체와 객체가 하나가 되고, 모든 것은
> 모순 있게 인지하기를 그친다. 사람들은 이렇게 구원된다. 거기서는 이
> 미 주체와 대상, 너와 나라는 분리가 없고 모든 것의 편재이기 때문이
> 다.[37]

---

35 「초현실주의 연구 – '자유' 개념을 중심으로」, 서울대학교 불어불문학과 졸업논
　　문, 1964, 『전집』 12, 47쪽.
36 위의 글, 60쪽.
37 위의 글, 61쪽.

이처럼 김현에게 사랑은 너와 나의 분리가 없고, 주체와 타자가 하나가 되는 구원의 방식이었다. 그렇기에 "사랑은 너와 나 사이에 있다."는 부버의 명제에서 출발한 '만남'에 대해 "내가 발견한 하나의 열쇠 — 그것은 '만남'의 열쇠이었다."[38]고 고백하고 있다. '사랑'의 명제는 김현에게 오랫동안 깊이 각인되었던 것으로 보인다. 이는 오랜 시간이 지난 후에도 여러 차례 언급하고 있는 데서 확인할 수 있다.[39] 김현이 '만남', 즉 너와 나 사이에 놓인 '사랑'에 대해 "'사랑'은 확실히 타자인 모든 것에게 — 인간이건 사물이건 — '동감(同感)'의 기능의 원천을 이룬다."는 베두엥의 구절을 의미 있게 인용하고 있는 이유도 바로 이 때문이다. 나와 너, 주체와 타자 사이에 놓인 '사랑'이 '동감'의 원천이란 구절이야말로, 비평 주체가 작품을 통해 작가의 삶을 이해하고, 비평 주체와 작가의 두 정신이 작품을 매개로 만나는 정신의 움직임으로서 '공감의 비평'의 태생적인 모습이다.[40] 이처럼 「나르시스 시론」에서 시작된 자기와의 진실한 대면과 타자와의 만남을 향한 욕망은 '사랑'을 전제로 한 대상과의 만남으로 구체화되고 있었던 것이다.

---

38 「후기」, 『존재와 언어』, 가림출판사, 1964, 『전집』 2, 199쪽.

39 예를 들어, 최인훈의 소설을 분석하면서 "사랑은 나와 너 사이에 있으며 구원은 나·너의 연관 속에서 발견"된다고 적고 있으며(「정신의 치유술」, 『현대한국문학전집』 16, 신구문화사, 1967, 『전집』 2, 372쪽), 젊은 시인들의 상상 세계를 이해하는 자리에서도 "사랑이, 너에게만 있는 것도 아니고, 나에게만 있는 것도 아니고, 너와 나 사이에 있"다고(『젊은 시인들의 상상세계』, 문학과지성사, 1984, 『전집』 6, 14쪽) 되풀이 언급하고 있다.

40 강경화, 『한국문학비평의 실존』, 푸른사상사, 2005, 48쪽.

3) '존재'와 '언어'의 만남

김현은 초기 비평에서부터 언어의 존재성과 창조성에 남다른 인식을 보여준다. 그 밑바탕에는 프랑스 문학 특히 상징주의 시인들과 초현실주의자들에 대한 폭넓은 독서 체험이 깔려 있다. 서구문학의 깊고 섬세한 언어 의식을 통해 김현이 가장 민감하게 받아들인 것은 언어의 본질적 속성이었다. 그것은 언어가 존재의 개시이자 은폐라는 '슬픈 역설'[41]에 대한 인식에서 비롯된다. 이 같은 '존재'와 '언어'에 대한 인식이 '만남'의 세 번째 차원이다.

언어가 본질적으로 존재를 개시할 뿐만 아니라 존재를 은폐한다는 것은 널리 알려진 사실이다. 가령, 인간은 순간순간 끊임없이 변모하는 존재의 변화와 의식의 추이에 하나의 언어를 부여한다. 그럼으로써 '무수한 나(les Moi)'의 하나를 나의 전부로 믿게 하거나, 순간의 감정을 전부로 받아들이게 만든다. 또한 존재의 일부분을 언어로 상정하여 인식의 방향을 이끌어가거나, 언어 없이 형성된 것을 언어로 규정함으로써 그것은 왜곡되거나 굴절될 수 있다. 이 점에서 언어는 존재를 획일화하고 은폐하며 배반하기까지 한다. 그러나 김현이 판단하기에 더욱 중요한 문제는 존재를 은폐하는 언어의 분열이 갈수록 심해지고 있다는 사실이다. 그것은 시니피에와 시니피앙, 의미와 형태의 거리감 때문인데, 이러한 생각은 다음의 글에서 그대로 드러난다.

41　「말라르메 혹은 언어로 사유되는 부재」, 1964. 봄, 『전집』 12, 123쪽.

확실히 시니피에와 시니피앙의 거리는 멀어져 있고, 언어는 존재를 은폐한다는 근본적인 성격을 가지고 있다. 그럼에도 불구하고 우리는 숙명적으로 언어로 사고하고 있는 것이다. 여기에 본래적인 모순이 있다. 그러나 이 모순을 뛰어넘을 수는 없다. 우리는 인간이기 때문이다. 이러한 모순 앞에서 우리가 할 수 있는 유일한 길은 이 모순을 깊이 깨닫고 그 한계를 알아야 한다는 그것이다.[42]

문학적 입장에서 언어의 한계와 가능성을 지적하는 부분도 이 지점이다. 그것은 두 방향으로 제시된다. 하나는 언어의 한계를 절실히 느끼고 존재의 획일화를 넘어 현존하는 실재에 도달하려는 노력이다. 그럴 때 존재를 은폐하면서도 존재의 개시가 가능하다고 주장한다.[43] 이것이 일반론적인 주문이라면, 다른 하나는 시의 창작과 관련된 타개책이다. 그는 두 가지의 문제를 제기한다. 첫째는 언어를 사용할 수 없는 미의 지평에 형태로서의 언어를 구축하는, 즉 시의 틀(구조) 속에서 균형을 잡는 방법이다. 둘째는 의식의 성향을 제시하는 언어의 조작과 독특한 어휘군의 형성을 통해 독자적인 시세계를 구축하는 일이다.[44] 그러나 이러한 방법적 제시는 김현이 공들여 설명하고 있음에도 프랑스 시인들의 시와 이론에 지나치게 기대고 있다는 점이 문제로 지적될 수 있다. 때문에 우리 시의 입장에서는 그다지 현실감이 없는 것도 사실이다. 이러한 한계를 김현도 잘 알고 있었던 것으로 보인다. 그는 한국시의 가능성에 대한 언급을 유보하는데, 그러면서도 서구와 다른 한국의 특수성에 대

42 「비평고」,『산문시대』, 1962. 가을~1963. 가을,『전집』 11, 348쪽.
43 위의 글, 352쪽.
44 「현대시와 시어의 조작」,『세대』, 1965.9, 295~297쪽.

제1부 김현 비평의 주체화와 비평 인식

해 보충 설명하는 데서 확인할 수 있다.

그렇긴 하지만 김현이 언어의 한계와 가능성에 대해 남다른 통찰을 보여주었던 것은 사실이다. 익히 아는 바와 같이 그는 평생에 걸쳐 상상력, 이미지, 상징, 리듬, 언어 의식에 거의 집착에 가까운 편향을 보여왔다. 초기에 쓴 월평에서부터, 문학은 언어로 이루어진다는 사실을 망각한 시인들에 대한 통렬한 비판, 그리고 언어적 성취를 이룬 시인들에 대한 지속적인 관심과 아낌없는 칭찬에서 그가 얼마나 언어를 중시했는가를 알 수 있다.[45] 그러나 그의 초기 비평 인식과 관련하여 특히 관심을 기울여야 할 것은 존재와 언어에 대한 탐색이다. 이는 비평가로서 김현의 자기 존재에 대한 인식과도 관련되어 있다. 그러할 때 김춘수론인 「존재의 탐구로서의 언어」는 주목할 필요가 있다. 김현이 쓴 최초의 시인론이 김춘수였다는 것, 그것도 '존재'의 탐구로서 '언어'였다는 점에서 그러하다.

> 바람도 없는데 꽃이 하나 나무에서 떨어진다. 그것을 주워 손바닥에 얹어놓고 바라보면, 바르르 꽃잎이 훈김에 떤다. 花粉도 난다. '꽃이여!'라고 내가 부르면, 그것은 내 손바닥에서 아득히 멀어져간다. ─「꽃」

> 손바닥 위에 있는 꽃을 향해 '꽃'이라고 언어로 부르는 순간, 실재로서의 꽃은 사라져버리고 아득히 멀어간다. 다만 언어가 있을 뿐이다. 그리하여 김춘수가 노래한 대로 존재의 흔들리는 가지 끝에서 너는 이름

45 「언어로서의 시」, 『세대』, 1965.6 ; 「산문과 시」, 『세대』, 1965.7 ; 「한국시의 가능성」, 『세대』, 1965.8 ; 「현대시와 시어의 조작」, 『세대』, 1965.9 ; 「시와 암시」, 『현대 한국문학 전집』 18, 신구문화사, 1967 등의 글 참조.

도 없이 피었다 지는(「꽃을 위한 서시」) 것이다.⁴⁶⁾

김춘수에 대한 유별난 관심은 분명 언어를 통한 존재의 탐구에서 연유
한다. 김현에 의하면 이름 없이 피었다 지는 '무명(無名)'의 상태는 타자와
의 단절을 의미한다. 그런데 언어는 주술적인 힘으로 그것을 부재로부
터 이끌어내 '무엇'이 되게 한다. 그것을 가능하게 해주는 것이 시적 언
어이다. 김현이 절창이라 부른 시 「꽃」에서도 보여지듯 내 앞에 현존하는
그것은 나와 상관없는 현존이었다. 그런데 그것에 언어를 통해 명명하
자 잊혀지지 않는 의미, 꽃이 될 수 있었던 것이다. 이것은 사물과의 교
감을 통한 절대에의 비상을 뜻한다고 김현은 해석한다. 이런 해석 뒤에
놓인 것은 명백히 말라르메의 시와 시학이었다. 언어와 존재의 본질에
사로잡혀 말라르메에 심취해 있던 그에게 이 땅의 김춘수는 '말라르메의
한국적 현현'⁴⁷⁾이었는지 모른다. 김현은 '김춘수의 「분수」가 말라르메의
「분수」처럼 존재론적 구조 위에 형성되어 있는 것'을 보았으며, 김춘수의
'무한'이 말라르메의 '무한과 시의 궤도'가 등가임을 보았고, 시어를 통하
지 않고는 사물의 실재, 플라톤적인 사물의 이데아에 도달할 수 없다는
것을 보았던 것이다. 그러므로 「말라르메 혹은 언어로 사유되는 부재」
(1964)와 비슷한 시기에 쓰여진 「존재의 탐구로서의 언어」(1964)는 김춘
수론이자 동시에 말라르메의 한국적 전용이라고 할 수 있다.

그렇다면 자기 존재의 '흔들림' 속에서 문의 '열쇠'를 찾고 있던 김현에

---

46 「존재의 탐구로서의 언어」, 『세대』, 1964.7, 182쪽.

47 이찬, 「김현, 한국문학의 구체성과 프랑스 문학의 보편성, 그 절망과 열망의 변
　　주곡」, 작가와 비평 편, 『김현 신화 다시 읽기』, 이룸, 2008, 177쪽.

게 말라르메의 존재는 무엇이었는가. 바로 언어를 통한 절대와 실재(이데아)를 향한 노력, 그리고 언어를 통한 구원의 가능성이었다. 그것은 김현의 초기 비평 인식을 사로잡은 비평적 규준이었는데, 말라르메의 시와 시론에서, 언어를 통해 '부재에서 존재화'하는 과정을 이끌어낸다. '부재(비존)-명명-존재'의 개시가 그것이다. 말라르메가 "시는 결코 묘사해서는 안 되고 항상 명명해야 한다."고 할 때의 명명이란 '이데 자체', '플라톤적 레알리테'의 명명을 의미한다. 그것은 추상적인 기호가 아니다. 실체의 문제이다. 김현이 파악한 바에 따르면 사물의 속성을 실체로 가정하는 '묘사'가 존재의 은폐라면, '명명'한다는 것은 존재의 개시이며 현시이다. '명명'이 언어를 통해 이루어진다면, 존재와 이데아의 현시 역시 언어를 통해서만 가능하다.

> 나는 꽃이여!라고 말한다. 그러면 내 목소리가 어떤 윤곽을 지워버리는 망각의 밖에서, 꽃받침으로 알려진 어떤 딴 것으로써, 음악적으로, 같은 그윽한 이데, 꽃다발이 부재인 것으로 올라온다.[48]

위 인용문에서 '꽃'은 통상적인 '꽃'과는 전혀 다르다. '꽃의 이데'이다. 그런데 그것은 부재, 아니 정확히 '부재의 것으로 올라온다'. 그것은 마치 실재는 동굴 밖에 존재하고, 그러므로 우리가 보는 것은 부재이며, 허위인 것과 같다. 이 존재의 부재 속에서 '단단하고 순결한 이데의 세계, 플라톤적 레알리테'[49]를 찾고자 하는 말라르메의 욕구는 부재의 개

---

48 「말라르메 혹은 언어로 사유되는 부재」, 1964. 봄, 『전집』12, 121쪽.
49 위의 글, 122쪽.

시이다. 그러나 부재 속에서 동굴 속 벽면에 비친 그림자의 실체(이데)를 찾아가는 존재의 개시이기도 하다.[50] 그런데 '단단하고 순결한 이데의 세계, 플라톤적 레알리테'를 찾아야 하지만, 문제는 수인이 동굴에 갇혀 있다는 사실이다. 이 점에서 그것은 '하나의 슬픈 역설'이다. 그런데 여기서 중요하게 되새길 부분은 존재의 본질을 향한 이들의 절망적인 몸부림에서 김현이 비평가의 운명 또한 보았다는 사실이다.

> 동굴 속의 수인은 탈출하려 한다. 이 동굴 속에서 탈출하여 광선의 근원, 그리고 영상의 실체를, 말하자면 어슴프레하고 불완전한 그림자 아닌 실체를 찾으려 한다. 여기서 새로운 방향을 향하는 수인이 탄생한다. 모든 문학가(특히 우리가 말하려는 비평가)는 이런 동굴 속의 수인에 불과한 것이다. …(중략)… 문학이라는 벽면에 거짓같이 하나의 영상-작품이 나타나면 모두들 이것을 향해 '그러므로'의 이유를 전개시킨다. 비평이란 한마디로 말하면 동굴 속 수인의 '그러므로'의 무한한 순환이라고 할 수 있다. …(중략)… 그러나 우리는 이 수인의 '그러므로'를 버릴 수가 없음을 안다. '그러므로'를 버린다는 것-그것은 현실 세계(비록 영상일망정)를 도피한다는 것을 의미하기 때문이다. 진정한 영상의 실체를 찾기 위해 수인은 벽면의 그 거대한 침묵 앞에서 절망적인 몸부림을 한다. 이 몸부림의 자취-그것이 비평인 것이다.[51]

동굴에 갇힌 존재, 그럼에도 동굴에서 벗어나 빛나는 태양 아래 이데아의 세계에 도달하고자 몸부림치는 존재, 그들이 김현이 보기에 나르시스였고, 말라르메였고, 시인이었다. 때문에 김현은 "말라르메의 성에

---

50 위의 글, 122쪽.
51 「비평고」, 『산문시대』, 1962. 가을~1963. 가을, 『전집』 11, 284쪽.

서 우리는 무엇을 보았는가? 거기에 다만 수면을 물끄러미 바라보고 있는 나르시스만이 있었다면 당신들은 이해할 수 있을 것인가?"[52]라고 반문했던 것이다. 그러면 그러한 노력은 오직 나르시스와 말라르메만의 몸부림이었을까. 위의 인용에서 드러나는 바와 같이, 영상의 실체, 존재의 본질을 찾아 동굴에서 탈출하기 위해 몸부림쳤다는 점에서 비평가의 운명이기도 했으며, 비평가 김현의 운명이기도 했다. 김현은 여기서 수인들이 "'그러므로'라는 자기 주장을 통해 외부와 교통하기를 시작한 것"[53]처럼, 언어가 매개한 문학을 통해 세계로 들어가고 세상을 이해했다. 또한 '그러므로'라는 수인의 '언어'를 통해 '존재'와 '타자'와의 만남을 시작했던 것이다. 그리하여 김현이 평생에 걸쳐 만났던 수많은 언어와 타자들은 "역사도 사회도 조국도 현실도 아니고 '언어' 자체였던 것, 그의 존재는 바로 이 언어와의 마주침",[54] 즉 자기 존재의 확인 행위였다.

이처럼 김현의 초기 비평은 존재론적인 갈증에서 시작된 자기 존재와의 대면과 만남의 욕망, 그리고 나와 너, 주체와 타자 '사이'의 심연과도 같은 거리에 대한 인식, 그 '사이'를 '사랑'으로 채우면서 언어를 통해 타자와 자기 존재를 찾아가는 탐색의 도정이었다. 이 점에서 그에게 비평은 비평 이상의 것, 즉 '실존적 기획'[55]이었다. 블랑쇼적 의미로 이해한다면[56] 그의 비평적 실천은 고독한 자아, 존재론적 기획이라는 측면에

---

52 「말라르메 혹은 언어로 사유되는 부재」, 1964. 봄, 『전집』 12, 180쪽.
53 「비평고」, 『산문시대』, 1962. 가을~1963. 가을, 『전집』 11, 285쪽.
54 김윤식, 「김현론」, 『작가와 내면풍경』, 동서문학사, 1991, 45쪽.
55 페터 뷔르거, 『지배자의 사유』, 김윤상 역, 인간사랑, 1996, 110쪽.
56 위의 책, 109~117쪽.

서 자기 삶의 실현이었다. 김현이 한국의 작가와 시인 중에서 최초로 쓴 비평이 '만남의 편력'으로서 이상이자, '존재와 언어'에 대한 김춘수였다는 사실은 그의 초기 비평의 관심사를 명징하게 보여준다.

이처럼 비평가로서 자기동일성을 정립하려는 미정형의 '흔들림'은 그의 초기 비평 담론에 그대로 반영되어 있으며, 그 변화의 모습 또한 내포하고 있다. 그러므로 초기 비평 담론의 특성을 살펴보는 일도 놓쳐서는 안 될 부분이다.

3. 초기 비평 인식의 변모와 담론의 특성

1) 내면 정서의 투영과 담론의 변모

김현의 초기 비평에는 도입부에 신화나 우화를 차용하여 담론을 구성하는 방식이 자주 활용된다. 나르시스, 오르페우스, 요나, 동굴의 수인, 이솝, 로빈슨 크루소, 경문왕 설화, 허풍쟁이 토끼 등을 여러 글에서 만날 수 있다. 아마도 어릴 적에 들었던 이야기나 독서 체험과 관련이 있을 것으로 보이는데,[57] 텍스트 변용이라는 측면에서 창의적 발상이 돋보인다.

> (1) **우리는** 한 가냘픈 허풍쟁이 토끼를 잘 **알고 있습니다.** …(중략)… 어느 날 토끼는 땅이 꺼지는 소리를 들었습니다. 그리하여 마구 달리기 시작하였습니다. 만나는 짐승에게마다 토끼는 말했던 **것입니다.** 도망가

---

57 「왜 문학은 되풀이 문제되는가」와 「소설은 왜 읽는가」, 『전집』 7 참조.

라! 땅이 꺼졌다고. 숲은 온통 난리가 났습니다. 서로 먼저 달아나려고 기를 썼던 **것입니다.** 한참 달아나다가 이 일군의 짐승떼들은 태연히 잠을 자고 있는 사자를 만났던 **것입니다.** 곧 사자는 짐승떼들의 시끄러운 소리에 잠을 깼던 **것입니다.** 여기저기서 땅이 꺼졌다고 야단이었지만 사자는 믿을 수가 없었던 **것입니다.**[58](강조 : 인용자)

(2) **우리는** 오르페의 그 슬픈 비극을 잘 **기억하고 있다.** 오르페가 아폴로 신에게서 리라를 받은 음악의 명수였다는 것을, 그가 아내 유리디스를 무척 사랑했다는 **것을,** 그러나 그의 아내가 뱀에 물려 죽자, 그가 아내를 하계에서 다시 데려오려고 결심한 **것을,** 그리하여 그가 하계에 내려가서 하계의 신을 그 흐느끼는 듯한 선율로 매혹했다는 **것을,** 그리하여 하계의 신이 그에게 하계를 벗어날 때까지 뒤를 돌아보아서는 안 된다는 조건으로 유리디스를 돌려보내는 것에 동의했다는 **것을**─이것을 **우리는** 잘 **알고 있다.**[59] (강조 : 인용자)

'우리는 ~알고 있다'로 시작하여 신화, 우화를 도입하는 이러한 담론 구성 방식은 독자들을 흡인력 있게 끌어들이면서 문제를 제기하는 데 효과적이다. 또한 방법적인 신선함과 강렬한 인상도 얻을 수 있다.

그런데 담론의 특성과 관련하여 위 인용문을 통해 몇 가지 사실을 파악할 수 있다. 먼저, 이러한 담론 구성방식을 선택한 김현의 의도가 무엇인가 하는 점이다. 신화는 특정한 시기만이 아니라 모든 시기에 속하는 반복적이고 선택된 일화에 대한 이야기이다.[60] 그러나 상징적 표현

---

58 「연애연습사」, 『새 세대』, 1962.5.11, 『전집』 13, 459쪽.

59 「만남 혹은 시인의 환상」, 『문학』 3호, 서울대학교 문리대 문학회, 1964.12, 『전집』 13, 374쪽.

60 벵쌍 데콩브, 『동일자와 타자』, 박성창 역, 인간사랑, 1991, 134쪽.

의 집적물로 이루어져 있기에 명료한 해석을 거부한다.[61] 또한 우화는 말해진 이야기 속에서만 존재하는 그 무엇이다. 그러므로 그것은 하나의 해석이다.[62]

따라서 그것은 주체의 독특한 해석을 필요로 한다. 우화와 신화의 이런 특성을 김현은 명백히 알고 있었다. 때문에 "한 편의 신화는 그리하여 자기 독특한 언어의 추상화로 그것을 해석하는—진정한 출발점에 도달하기 위하여—개별자의 논리이며 단독자의 논리이다."[63]라고 강조한다. 그가 "우리의 이야기는 아니지만 그것이 하나의 신화라는 점에서 우리의 이야기"[64]라고 강조했던 것, 또한 「나르시스 시론」에서 나르시스 신화의 의미를 새로 읽을 때, 시는 새로운 모습으로 현란하게 나타날 것이라고 단언했던 이유이기도 하다. 이 점에서 그가 즐겨 끌어들였던 신화와 우화는 독특한 언어로 재해석해내는 주체의 담론 기술이라고 할 수 있다. 그리고 그 해석에는 진정한 출발점을 찾으려는 그의 열정과 의도가 담겨 있다.[65]

다음으로 주목되는 것은 위의 인용문들이 반복적인 문장으로 구성되어 있다는 사실이다. 물론 반복의 양상은 조금씩 다르다. (1)은 서술어 '것입니다'를 반복하고 있고, (2)는 하나의 서술어 밑에 목적어를 반복적

---

61   진형준, 『상상적인 것의 인간학』, 문학과지성사, 1992, 70쪽.
62   벵쌍 데콩브, 앞의 책, 229쪽.
63   「만남 혹은 시인의 환상」, 『전집』 13, 373쪽.
64   위의 글, 375쪽.
65   새 출발을 향한 그의 의욕과 열정은 「당선소감」(『자유문학』, 1962.3), 「선언」(『산문시대』), 「편집자의 말」(『68 문학』) 등에서도 확인할 수 있다.

으로 배치한 경우이다. 이러한 형태는 그의 초기 비평에서 자주 나타나는 문장 형식인데, 특히 "괴로운 일인가를 안다. ~일임을 안다. ~저주받은 자들임을 안다. ~설 수 없음을 알고 있다. ~중요한가를 안다."[66]처럼 '안다(알고 있다)'도 '것이다'와 함께 거듭 나타나는 특징이 있다. 또한 어절의 반복과 더불어 쉼표 사용도 잦아진다. 쉼표는 초기 비평뿐만 아니라 80년대 이후까지도 자주 사용하는 김현 특유의 문장 구성법이다. 이는 지시대명사 '그'의 집착스런 사용과 더불어 김현 문체를 둘러싼 논란의 중심에 있곤 하였다. 일반적으로 쉼표는 호흡을 고르거나 아니면 구문을 삽입하여 내용을 보충하는 기능을 하는데, 초기 비평에서는 줄표(-)가 이를 대신하고 있다. 줄표 또한 지나칠 만큼 빈번하게 사용되면서 문장의 흐름을 끊고 의미 파악을 더디게 할 뿐만 아니라 난삽하게 만들기도 한다.

이와 관련하여 눈여겨 볼 사항은 잦은 쉼표와 어절의 반복이 그의 초기 비평에서 또 다른 효과를 가져온다는 점이다. 일반적으로 잦은 쉼표는 호흡을 끊으면서 차분하게 가라앉게 한다. 그런데 그의 비평에서는 쉼표로 끊어졌다가 다시 이어지는 반복성으로 인해 우리의 감정을 고양시킨다는 점이다. 게다가 논리적 검증과는 무관한 신화와 우화의 도입을 통해 더욱 정서적으로 수용하게 만든다.

초현실주의는 필연적으로, 그러므로 예기되고 있었다. 부조리 속에서, 그 지리멸렬함 속에서, 정신의 무정부 상태에서, 견디어 낼 수 없는 혼란 속에서, 그 잔인한 방화 도중에서, 시인들은 이 모든 것을 진화시

---

66 「이상에 나타난 만남의 문제」, 『자유문학』, 1962.11, 『전집』 13, 340쪽.

켜줄 수 있는 질서를, 새로운 시의 도래를, 신은 이미 없었기 때문에 기다리고 있었다.[67]

오르페는 다만 서 있을 뿐이다. 그의 눈앞에 전개되는 숱한 사물들은 그에게는 아직 단순한 사물일 따름이다. 그것들은 오르페에 있어서는 사물 그 자체에 지나지 않는다. 저 푸른색의 하늘, 저 타는 듯한 태양, 혹은 저 검은 반점이 여기저기 박혀 있는 회색의 곰보 조약돌이 오르페에게, 지금 서 있는, 현재로서 서 있는 오르페에게 무슨 의미를 가질 것인가. 이렇게 하여 오르페의 신화는 시작된다.[68]

위 예문에는 논리적 해명이란 없다. 재해석된 신화, 반복되는 쉼표와 열거, 수사적이며 비유적인 문장, 묘한 리듬감의 반복적인 울림 등은 차분한 검증과 정연한 논리를 필요로 하는 비평문이 아니다. '김현체'라 불리는 섬세한 사유와 세련되고 논리적인 문장과는 더더욱 거리가 멀다. 그의 초기 비평의 많은 글에서 찾을 수 있는 이러한 현상의 원인은 무엇보다도 자신의 내면 정서가 짙게 투영되었기 때문이다. 김현 개인적으로는 젊음의 방황, 문학에 대한 열정과 결연함이 반영되어 있으며,[69] 시대적으로는 절망 · 부조리 · 행동 · 불안 · 기분 · 구원 등에 맹목적인 감

---

67 「초현실주의 연구」, 서울대학교 불어불문학과 졸업논문, 1964, 『전집』 12, 40쪽.
68 「만남 혹은 시인의 환상」, 『문학』 3호, 서울대학교 문리대 문학회, 1964.12, 375쪽.
69 20대 초 김현의 내면은 다음 글에서 읽을 수 있다. 「연애연습사」, 『새 세대』, 1962.5.11 ; 「앙드레 브르통이 서정주에게 보내는 편지」, 『새 세대』, 1962.6 ; 「불빛이 말하는 이유」, 『전남일보』, 1962.9.6 ; 「나에게 되살아오는 것은」, 『세대』, 1963.12.

동을 느꼈던[70] 전후의 문화적 감수성과 정서 속에 놓여 있었던 것이다. 이는 김현의 초기 비평 역시 그가 50년대 문학을 비판했던 '감정의 극대화 현상'[71]에서 그리 먼 거리에 있지 않았음을 역설적으로 보여준다.

그런데 초기 미정형의 '흔들림'을 보여주었던 김현은 1966년을 전후하여 점차 자기 세계를 구축하기 시작한다. 이러한 변화는 단순히 시기상의 문제가 아니다. 프랑스 문학에 심취했던 편향적 독서 체험에서 벗어나 구체적인 한국문학 작품과의 만남, 월평을 통한 현장 비평가로서의 감각, 그리고 시 중심에서 소설로의 관심 확대 등이 중요하게 작용하였다. 이에 따라 몇 가지 변화가 수반되는데, 그중에서도 담론 구성 방식과 문체의 변화를 꼽을 수 있다.

(1) 밤마다 어두운 방 한 구석 초라한 램프불 아래에서 곧 닥쳐올 새벽을 무서운 눈으로 기다리며 백지를 한없이 응시하는 그런 고행이 몇 십 년 계속되었음을 우리는 **알고 있다**. 단순히 남의 깃으로 장식하기에는 그의 미에의 추구가 너무 강했음을 우리는 **알고 있는 것이다**. 그러므로 말라르메를 이해한다는 것은 이러한 그의 변신을 이해하는 **것이다**. 이것을 이해함이 없이는 우리는 한없이 남의 깃으로 자기 몸만을 장식한 까마귀의 서글픈 우화만을 – 그리하여 공작으로의 변신을 알지 못하는 –되풀이하게 되는 **것이다**.[72] (강조 : 인용자)

(2) 장용학은 풍문으로 알려진 작가이다. 그만큼 많은 풍문을 만들어 낸 작가도 드물겠지만 또 그만큼 이해되지 못한 사람도 드물다. 그를 비

---

70 「한 외국문학도의 고백」, 『시사 영어 연구』 100, 1967.6, 『전집』 3, 15쪽.
71 「테러리즘의 문학」, 『전집』 2, 242쪽.
72 「절대에의 추구」, 『현대문학』, 1962.12, 『전집』 12, 88쪽.

난하는 사람들이나 그를 찬탄하는 사람들이나—모두 사실은 장용학이라는 풍문에 놀라고 있을 뿐이다. 사실이 그러하다. 한자를 사용한다고 비난한다거나 지나친 관념론자라고 매도한다는 것 자체가 그를 풍문의 작가로 만들어버린 중요한 요인일 것이다. …(중략)… 이러한 풍문 속에서 끄집어내는 일이, 그러므로 지금에 와서는 가장 시급한 일인 듯이 보인다.[73]

말라르메에 대한 글 (1)과 장용학을 다룬 글 (2)에서 확연히 다른 모습을 볼 수 있다. 먼저 눈에 띄는 차이는 (1)과 달리 (2)에서는 '것이었다' '안다'와 같은 반복적인 구문이 없어지고, 신화의 차용과 비유적인 도입부가 사라졌다는 점이다. 또한 장황하지 않은 단문에, 정서적이고 비유적인 표현 대신 차분하고 안정적인 문체로 표현되고 있다. 뿐만 아니라 이후의 다른 글에서도 줄표(—)를 통한 주석식의 삽입 구문도 현저하게 줄어든다. 물론 이런 변화가 돌연 나타난 것은 아니다. 그 변화의 기점에 놓인 글이 「존재의 탐구로서의 언어」이다.

> 김춘수의 기본적인 생에 대한 자세는 그의 『기』에서 잘 나타나 있다. 모든 명철한 젊은이들이 그러하듯, 그도 우선 인간 조건의 자각에서부터 출발한다. "나이들수록 더욱 소나무처럼 정정히 혼자서만 무성해가"는 아버지와 "그 절대한 그늘 밑에서" "곤충의 날개처럼 엷어만 가는" 가슴을 가진 어머니 사이에서 어머니를 닮아 "가슴이 엷은" 김춘수를 "스물 난 새파란 처녀 과수로 춘향이의 정절을 고스란히 지켜온 할머니는" 마음까지도 연약하게, 마치 여복을 입은 릴케처럼 키워주었다. 이 연약한 소년은 처음으로 "언덕에 탱자꽃이 하아얗게 피어 있던 어느

---

73 「에피메니드의 역설」, 『현대한국문학전집』 4, 신구문화사, 1965, 『전집』 2, 314쪽.

날" 집의 우물 속에 떨어진 하늘을 보고 그리움을 배웠다. 그것은 성(性)을 자각한 모든 젊은이들의 그것처럼 "나에게는 왜 누님이 없는가?"라는 단순한 것을 넘어선 "우리들의 살결은 너무 슬픈" 그런 그리움이다.[74]

이 글 역시 줄표를 이용한 부연 설명의 감소, 감정을 고양시키지 않는 절제되고 안정된 문장, 시구들을 해체·재구성하면서 산문적 의미로 곧잘 이해하는 방식, 시인의 내면으로 향하는 시선 등에서 김현 비평만의 독특한 체취가 드러난다. 이 점에서 「존재의 탐구로서의 언어」는 김현다운 비평문의 시작이자 한국문학 비평가로서 진정한 출발에 해당하는 글이라 할 수 있다. 이 과정에는 "아름다운 문장은 사고를 정확하게 전달하는 문장이다. 아름다운 문장을 쓰기 위해서는 상당한 훈련이 필요하다."[75]는 발언에서 알 수 있듯이, 거친 문장을 혐오[76]한 김현이 자기 성찰을 동반한 문체 인식과 문장 훈련이 동반되었을 것이다.

2) 서구문학적 준거틀과 '비공감'의 단호함

김현의 비평 전체를 바라보면 해박한 서구문학적 이론의 활용이 두드러진다는 사실을 알 수 있다. 이는 당대의 독자들에게 강렬한 인상과 설득력을 준 중요한 요인이었을 것이다. 실제 그의 초기 비평에서 서구의 문학인과 이론이 수없이 출몰하는 모습을 쉽게 찾을 수 있다. 그중에서

---

74 「존재의 탐구로서의 언어」, 『세대』, 1964.7, 『전집』3, 177~178쪽.

75 「세 개의 단상」, 『두꺼운 삶과 얇은 삶』, 나남, 1986, 『전집』14, 401쪽.

76 『분석과 해석』, 문학과지성사, 1988, 『전집』7, 14쪽.

도 프랑스 문학은 그의 문학적 체험의 거의 전부였으며, 선험적 대상으로 받아들이기까지 했다. 물론 외국문학 전공자로서 자신의 지식을 활용하는 것은 당연하다. 비단 김현만이 아니다. 50년대의 유종호나 60년대 백낙청[77]의 경우도 사정은 다르지 않다.

문제는 그의 초기 비평 전체에 걸쳐 프랑스 문학은 거의 예외가 없을 정도로 판단의 준거로 존재했다는 점이다. 특히 프랑스 상징주의의 시론과 실존주의 문학론은 그의 초기 비평의 중요한 인식적 준거틀이었다. 그의 등단 평문인 「나르시스 시론」과 「현재를 시점으로 한 시인고」에 편재된 서구문학의 지식과 인용시는 물론, 「이상에 나타난 만남의 문제」에서도 사르트르의 '갇힘'과 앙드레 지드의 '편력'이, 「존재의 탐구로서의 언어」에서는 말라르메의 존재의 현시가, 「풍속적 인간」에서는 외국 작가들의 '풍습'의 세목이, 「꽃의 이미지 분석」에서는 서구 상징주의의 동적 이미지인 '바다' 등이 비교되거나 전거로 제시되고 있다. 이러한 성향은 특히 시 비평에서 두드러진다. 가령 「현대시와 언어의 조작」[78] 한 편에서만도 발레리, 사르트르, 보들레르 등 30번 가까이 프랑스 이론들을 원용하고 있는 데서 충분히 짐작할 수 있다.

이처럼 김현의 초기 비평에서 프랑스 문학은 한국문학을 비추는 거울이나 참조 대상에 머물지 않았다. 인식과 판단의 절대적 준거였다. 이점은 "바타이유가 말하는 내적 경험으로서의 시는 성립하지 않는다고

---

77 이에 대해서는 강경화, 「백낙청 초기 비평의 인식과 구조」, 『정신문화연구』 103호, 2006.6 참조.
78 「현대시와 언어의 조작」, 『세대』, 1965.9.

나는 생각한다.",[79] "시는 말라르메가 말하듯이 '암시'해야 한다고 나는 생각하고 있기 때문이다.", "발레리의 관능적인 시를 보는 듯한~", "묘사란 베르그송이 쓰는 의미로 이미지의 언어화이다.",[80] "앙리 밋쇼의 수일한 시를 보는 듯한 기분이다."[81]와 같은 발언에서 드러나듯 인식과 판단의 절대적 준거였다. 그러나 프랑스 문학을 기준으로 한 한국문학의 비교와 판단에서 함께 눈여겨 봐야 할 것은 이러한 인식의 점진적인 변모의 과정이다.

> 이 암시의 미학은 이원론적 구조를 가지고 있다. 이 미학의 근저에는 플라톤의 동굴의 비유에서 보여지는 것처럼 실재계와 현상계의 이원론이 숨어 있다. 이 암시의 미학이 가장 바라는 것은 주술적 언어를 통해 이 실재에 도달하는 것이다. 이러한 노력 때문에 그것을 항상 좌절시키는 육체나 이데아 자체인 무(無)·심연 등에 대한 탐구가 나타난다. 그러나, 한국에서는 문제가 이처럼 단순하지는 않다. 이원론의 전통은 우리에게는 없었던 듯이 생각된다.[82]

김현은 「시와 암시」라는 글에서 한국시의 혼란한 상황을 벗어나기 위한 타개책의 하나는 언어파 시인들의 존재 의의를 구축하는 것이며, 이를 위해 서구적인 수직적 이원론의 토착화와 전면적인 팽대를 주장한다. 여기서 우선, 한국적 이원론과 서구적 이원론의 타당성 여부를 떠나

79 「꽃의 이미지 분석」, 『문학춘추』, 1965.2, 『전집』 3, 79쪽.
80 「산문과 시」, 『세대』, 1965.7, 『전집』 3, 335~336쪽.
81 「언어로서의 시」, 『세대』, 1965.6, 302쪽.
82 「시와 암시」, 『현대 한국문학 전집』 18, 신구문화사, 1967, 『전집』 3, 61쪽.

이 글 역시 말라르메의 '암시의 시학'이 한국시를 바라보는 판단 준거라는 점은 지적될 필요가 있다. 그런데 더욱 중요한 것이 있다. 서구의 시론과 시를 통해 바라보는 그의 궁극적 관심사가 한국시의 틀을 찾고자 하는 데 있었다는 점이다. 이런 변화는 여러 곳에서 마주할 수 있다. 가령 「상상력의 두 경향」에서 장 이테아의 「발레리의 시학」을 끌어들인 것도 한국시의 미학을 찾아야 한다는 문제의식 때문이었다.[83]

물론 이러한 인식의 바탕에 한국문학의 낙후성이 전제되어 있는 것도 사실이다. 그러다 한국의 구체적인 작가, 시인, 작품을 만나면서 달라지기 시작한다. 이러한 모습은 우선 낙후된 경험적 현실과 미래의 기대지평 사이의 간극, 그의 말처럼 '있었던 것'에서 '있어야 할 것' 또는 '존재할 수 없었던 것'에서 '존재하지 않을 수 없는 것'으로 만들려는 비평적 노력으로 드러난다. 그것은 "우리는 남보다 몇십 년 뒤져 있어야만 한단 말인가"[84]는 이상의 발언을 거듭 인용하고, "정말로 우리가 그 일을 맡지 않는다면 그 누가 그 일을 맡을 수 있을 것인가?"[85]라는 결의에 찬 책무를 내세울 만큼 절실한 것이었다. 그 변모는 대략 1966년을 전후한 시기로 판단된다.

예를 들면, 모국어의 가능성을 보여줄 시인에 대한 기다림을 드러낸 「한국시의 가능성」(『세대』, 1965.8)과 한국문학의 전통에 대한 관심에서 '자국어의 틀'을 추출해야 한다고 강조하는 「한국문학과 전통의 확립」

---

83 「상상력의 두 경향」, 『사계』 2호, 1967, 『전집』 3.

84 「풍속적 인간」, 『한국문학』, 1966. 가을·겨울, 『전집』 2, 356쪽 ; 「한국문학의 양식화에 대한 고찰」, 『창작과비평』, 1967. 여름, 『전집』 2, 47쪽.

85 「편집자의 말」, 『68 문학』, 1969.1.

(『세대』, 1966.2.) 그리고 한국시의 틀을 언급하는 「시와 암시」(『현대 한국문학 전집』 18, 신구문화사, 1967), 나아가 한국문학의 양식화를 문제 삼는 「한국문학의 양식화에 대한 고찰」(『창작과비평』, 1967. 여름)로 이어지는 일련의 비평적 작업에서 변모의 추이를 가늠할 수 있다. 이 시기를 전후하여 판단의 준거로서 프랑스 문학을 앞세웠던 경향이 현저하게 줄어든다. 그에 따라 한국인의 상상 체계를 탐색하고,[86] 한국적 허무주의와 샤머니즘의 극복을 주장하는 한편,[87] 한국문학의 새로운 이념형을 찾으려는 노력[88]을 지속적으로 보여주었음은 우리가 아는 바와 같다.

> 글을 쓴다는 개성적인 행위는 글을 쓰는 자의 자리에 대한 탐구가 없는 한, 도로에 그쳐버릴 우려가 많다. 자기 문화의 특수성을 깨닫지 못하는 자가 어떻게 자기 문화를 만들어낼 수 있단 말인가? 문화의 고고학은, 그러므로 자기가 서 있는 상황을 투철히 인식하고, 그것을 고려하여 극복해나가려는 태도를 말함이다.[89]

이러한 변화는 자국어로서 한국어와 자신이 놓인 '자리'에 대한 인식이 전제되어 있음은 물론이다. 또한 정직한 자기 성찰과 한국문학에 대한 소양의 축적과 더불어 가능했던 것이다. 따라서 그의 변모의 과정은,

---

86 「바다의 이미지 분석 · 서」, 『불문과 학회지』, 서울대학교 불어불문학과, 1968.
87 「허무주의와 그 극복」, 『사상계』, 1968.2 ; 「한국비평의 가능성」, 『68 문학』, 1969.1 ; 「샤머니즘의 극복」, 『현대문학』, 1968.11.
88 「한국문학의 가능성」, 『창작과비평』, 1970. 봄 ; 『한국문학사』, 민음사, 1973 ; 『한국문학의 위상』, 문학과지성사, 1977.
89 「글은 왜 쓰는가」, 『예술계』, 1970. 봄, 『전집』 3, 28쪽.

"그가 타기해 마지않았던 '새것 콤플렉스'의 자기 그림자와 끊임없이 싸우면서 자신을 넓혀나"[90]간 비평적 노력의 결과라고 할 수 있다. 그러나 프랑스 문학을 거의 선험적으로 받아들였던 비평 초기, 한국문학을 전체적으로 통람할 소양이나 인식이 결여 되었던 김현에게 프랑스 문학의 기준에서 바라본 한국문학은 결점 투성의 미달형에 불과하였다. 때문에 그의 평가는 차고 냉혹했다. 몇몇 구절을 제시하면 다음과 같다.

　－그의 되지도 않게 흥분하는 시 비슷한 것[91]

　－적어도 말라르메의 『에로디아드』가 발레리의 『젊은 파르크』로 변모하는 정도의 변조는 보여주어야 한다고 생각하고 있을 뿐이다. 거의 유행가같이 구질구질하고 너덜너덜한 시구들은 정말 삼가주었으면 한다.

　－이제는 신물이 날 지경인 패배 의식이 전편을 통해 흘러내리고 있다.

　－이 시를 읽어갈 흥미는 사실 전혀 없다.

　－그 통속성 같은 것은 거의 읽기가 어려울 지경이다.[92]

　－이달에 발표된 수십 편의 시(?)들을 읽어가면서 나는 소위 시란에 실린 것들의 조잡함과 비천함과 피곤함과 더불어 짜증을 느끼지 않을 수가 없었다.[93]

90　정과리, 「김현문학의 밑자리」, 『문학과사회』 12, 1990. 겨울, 1374쪽.
91　「산문과 시」, 『세대』, 1965.7, 『전집』 3, 337쪽.
92　「한국시의 가능성」, 『세대』, 1965.8, 『전집』 3, 339~340쪽.
93　「언어로서의 시」, 『세대』, 1965.6, 300쪽.

그의 평가는 냉혹하고 매몰차다. 물론 시답지 않은 시를 쓰는 시인들을 향한 경종과 안타까움이 배어 있다. 그렇긴 하지만 우리가 알고 있는 김현의 섬세하며 따뜻한 공감의 모습은 전혀 아니다. 차라리 오만과 치기에 가깝다. 그 때문에 훗날 "그 치기와 감상이 없었다면 지금의 내가 있을 수 있을 것인가."[94]라고 되새겼을 것이지만, 초기의 비평에서는 아직 한국문학의 작품을 '가슴으로' 받아들일 따뜻함과 유연함이 준비되어 있지 않았다. 그러한 상태에서 "비평은 논리 조작의 기술이 아니라, 삶을 이해하고 반성하는 정신의 움직임"[95]이나 "비평은 심판이 아니라 비평가와 작가의 열린 대화의 장소"[96] 혹은 "비평이란 두 개의 의식의 능동적 부딪침─울림"[97]과 같은 김현 특유의 비평관을 감득할 수는 없다. 아니면 초기 비평 중에서도 섬세한 감수성과 실존적 정신분석으로 시인의 상상 세계를 분석하여 비평적 공감의 단초를 보인 「시인의 상상적 세계」(『사계』 3, 1968)나 그의 뛰어난 시 비평문의 하나인 「바람의 현상학」(『월간문학』, 1971.3)과 같은 김현 비평의 정수를 만나기 위해서도 좀 더 시간이 필요했던 것이다.

이 같은 '비공감'의 단호함과 함께 특별히 눈여겨 볼 사항은 자신의 비평적 주체화를 정립하기 위한 전략적 담론의 활용이다. 앞에서 밝힌 대로 김현은 1966년을 전후하여 자신의 비평 세계를 형성하기 시작한다.

94 「책 뒤에」, 『반고비 나그네 길에』, 지식산업사, 1978, 『전집』 13, 332쪽.
95 「비평 방법의 반성」, 『문학사상』, 1973.8, 『전집』 2, 193쪽.
96 「비평은 심판인가 대화인가」, 『반고비 나그네 길에』, 지식산업사, 1978, 『전집』 13, 280쪽.
97 『문학과 유토피아』, 문학과지성사, 1980, 『전집』 4, 9쪽.

때를 같이하여 그는 「한국문학과 전통의 확립」(『세대』, 1966.2)과 「미지인의 초상1」(『세대』, 1966.8)을 시작으로 일련의 비평문을 통해 55년대 세대와 65년대 세대를 구분한 뒤, 4·19세대로 통칭되는 60년대 문학인들의 문학적 특성을 적극적으로 옹호하는 작업을 지속적으로 전개한다. 그런데 참여문학을 비판하거나 혹은 50년대 문학과의 차별화를 시도하는 과정에서 김현은 단호하면서도 과격한 담론들을 활용한다. 예컨대 이런 글에서는 거의 어김없이, 사고의 지독한 악순환, 사고의 미분화, 새것 콤플렉스, 구호의 난무, 논리적 야만, 사고의 상투화, 악질적인 면모, 선동적인 어휘, 테러 행위, 고질적 병폐, 너절한 나팔수 등의 어사들이 반복적으로 나타난다. 문제는 이러한 어사가 상당히 효과적인 의미항들을 생성해낸다는 점이다. 가령 '사고의 지독한 악순환'만 해도 '악순환'이 의미하는 단절의 당위성과 '지독한'의 한정어가 지닌 절대적 필요 그리고 그 말에 담긴 주체의 결연한 의지와 역사적 정당성은 쉽게 부정될 수 없는 강렬함을 내포하고 있다.[98] 김현은 이런 단호하고 공격적인 언표들을 내세워 참여문학 진영과 50년대 문학인들을 담론적으로 제압하면서 자신들 세대의 문학적 책무를 선명하게 내세울 수 있었던 것이다.

---

98 강경화, 앞의 글(2005), 72쪽.

4. 결론

이제까지 김현 비평의 전체적인 변모의 궤적을 이해하려는 선행 작업의 하나로 그의 초기 비평을 통해 비평적 주체화와 담론의 특성을 살펴보았다. 그 결과 그의 비평적 자의식을 규정하는 '만남'의 의미가 단일한 것이 아니라 세 층위로 포개져 있음을 알 수 있었다. 먼저 '만남'은 존재론적 갈증에서 비롯된 자기 존재와의 대면을 뜻한다. 그런데 그것은 비단 시인의 욕망만이 아니라 김현 자신의 내적 열망을 드러낸 것이다. 그리고 자기 존재와 진실한 대면을 통해 타자와 교섭하려는 열망이 '만남'의 두 번째 차원이다. 그에게 타자와의 '만남'은 인간 존재의 의미와 구원에의 욕망이었다. 그리고 너와 나, 주체와 타자 사이의 '사랑'으로 구원될 수 있다고 믿었다. 여기서 '동감'의 원천인 사랑을 통해서 '공감의 비평'의 태생적인 모습을 확인할 수 있다. '만남'의 세 번째 차원은 '존재'와 '언어'에 대한 인식이다. 그는 존재를 개시하고 은폐하는 언어의 역설에서 문학적 언어의 한계와 가능성을 진단한다. 또한 언어를 통해 존재의 본질을 찾으려는 시인들의 몸부림에서 비평가의 운명을 보았다. 그것은 비평가 김현의 운명이기도 했다. 이로써 김현은 '언어'를 통해 '존재'와 '타자'와의 만남으로 나아간다. 그 과정은 비평가로서 자기 정체성을 찾아가는 탐색의 도정이었다. 이 점에서 그에게 비평은 '실존적 기획'이자 자기 삶의 실현이었다.

김현의 초기 비평 담론의 두드러진 특색은 신화와 우화를 차용하는 도입부에서 찾을 수 있다. 그것은 독특한 언어로 해석해내는 주체의 담론 기술이라고 할 수 있다. 새로운 해석에는 새로운 출발점을 찾기 위한 김현의 의도가 내재되어 있다. 또 다른 특성으로 쉼표와 줄표를 통한 주석식의 삽입 구문과 어절의 반복을 들 수 있다. 이와 더불어 수사적이고 비유적인 문장으로 감정을 고양시키고 정서적으로 수용하게 만든다. 거기에는 논리적 해명은 없다. 이러한 현상은 전후의 문화적 감수성과 내면의 정서가 담론화되었기 때문이다.

이러한 담론적 특성은 60년대 중반 이후에는 확연히 다른 면모를 보여준다. 이 시기부터 그의 비평은 분석적이고 정연한 논리와 장황하지 않은 단문, 차분하고 안정적인 문체로 표현되고 있음을 볼 수 있다. 이러한 변화는 자기 성찰을 동반한 문체 인식과 문장 훈련이 동반되었기 때문이다. 반면 50년대 문학과의 차별화를 통한 주체화의 과정에서는 공격적이고 전략적인 담론들을 효과적으로 활용하는 모습을 확인할 수 있다.

한편, 아직 미정형의 상태였던 초기 그의 비평적 기반은 프랑스 문학이었다. 문제는 프랑스 문학이 한국문학을 비추는 거울이나 참조 대상에 머물지 않았다는 점이다. 비평 인식과 판단의 절대적 준거였다. 때문에 그의 초기 비평에는 프랑스 시와 시론이 인용의 형태로 수없이 출몰한다. 그렇기에 서구문학을 준거틀로 삼아 바라본 한국문학은 초라했고 미달형이었다. 이러한 인식은 1960년대 한국문학의 경험 공간과 기대지평 사이의 간극에서 연유한다. 하지만 동시에 한국문학에 대한 깊이 있는 통찰과 소양이 미흡한 데 결정적인 원인이 있다. 김현의 초기 비평에서 드러나는 이러한 문제점은 그의 비평 전체에 걸쳐 변화와 갱신의 과정으로 나타난다.

그 변화의 구체적인 모습은 자국어로서 한국어와 자신의 '자리'에 대한 인식, 서구문학적 규준의 약화와 자기반성, 한국문학의 소양 강화와 진지한 접근, 구체적인 작가·작품과의 따뜻한 만남과 섬세한 분석 등으로 나타난다. 이를 통해 초기 비평에서 보여주었던 한계와 문제점들을 상당 부분 극복해나간다. 나아가 한국인의 상상 체계를 탐색하고, 한국문학의 이념형을 찾으려는 비평적 노력으로 이어진다. 그가 이룩한 비평적 성과의 대부분은 이러한 작업의 결실이었다. 그의 초기 비평에는 여기에 이르는 내적 계기들과 변모의 구체적인 모습이 담겨 있다. 김현 비평의 전체적인 변모의 궤적을 이해하기 위한 선행 작업으로 그의 초기 비평을 세세하게 검토했던 이유가 여기에 있다.

김현의 소설비평에 대한 연구
— 비평 인식과 사유 체계를 중심으로

1. 문제 제기

문학비평가로서 김현은 48세라는 나이로 안타까운 생을 마감할 때까지 한국 비평문학사에 빼어난 성과를 남겼으며, 동시에 깊고 높은 수준을 보여주었다. 이 점은 다음과 같은 찬사와 평가만으로도 넉넉히 가늠할 수 있다. 이를테면 김현은 "그 무엇에 비교할 수 없는 열정과 깊이와 넉넉함으로 한국문학의 모든 분야를 풍요롭게 만드는 작업에 온 힘을 기울였"[1]고, "문학과 비평의 행복한 만남을 육체화한 비평가"[2]이며, 그의 비평에 이르러 "비로소 문학비평은 독립된 창작 영역으로서의 자리를 차지하게 되"[3]었다는 평가를 들 수 있다. 또한 "우리 문학은 그의 매

---

1   「발간사」, 『문학과사회』 12, 1990. 겨울, 1362쪽.
2   유성호, 「김현 비평의 맥락과 지향」, 『한국언어문화』 48, 2012.8, 194쪽.
3   이경수, 「'나'로부터 출발한 운명적 이중성」, 작가와 비평 편, 『김현 신화 다시 읽기』, 이룸, 2008, 137쪽.

만짐에 의해 비로소 순금으로 변해가기조차 하였"[4]으며, "현재 한국 현대 비평사를 통하여 가장 찬연한 성과 중의 하나"[5]라는 찬사를 보내기도 하였다. 물론 찬사만이 아니라 그에 대한 비판적인 문제 역시 꾸준히 제기되었는데, 김현의 존재는 입장에 따라 공감, 반발, 저항을 일으킨 '뜨거운 상징'[6]으로 한국 문학계에 큰 영향을 미쳤다.

그러나 김현 비평은 한국 문학사의 상징적인 존재를 넘어 이미 학문적인 탐색의 대상이 되었으며, 그동안 다양한 관점에서 깊이 있게 진행되었다.[7] 그럼에도 아쉬운 점은 김현의 소설비평에 대한 집중적인 논의가 '의외로' 미흡하다는 사실이다. 김현 비평의 독창적인 시각과 비평적 혜안이 잘 드러난 영역이 무엇보다 그의 문학론과 시비평이었다는 점에서 당연한 현상이긴 하다. 그러나 김현 비평의 전체적인 변모의 궤적과 특성을 이해하려 한다면 그의 소설비평 또한 세밀하게 고찰되어야 한다. 실제비평으로서 소설비평은 이론비평의 실천적 현장이며, 이론과 실제의 정합성을 판단할 중요한 영역이다. 따라서 김현의 소설비평을 통해 그가 문학론에서 개진했던 문학과 비평에 대한 인식을 확인할 수 있어야 한다는 점에서도 그러하다.

그런데 김현의 소설비평에 대한 그동안의 논의는 대체로 70년대 이후의 소설비평이나 몇몇 대표적인 비평문에 한정되었다. 때문에 김현

4　김윤식, 『작가와 내면풍경』, 동서문학사, 1991, 94쪽.
5　권성우, 「김현론」, 김윤식 외, 『한국 현대 비평가 연구』, 강, 1997, 356~357쪽.
6　「뜨거운 상징을 찾으며」, 『전체에 대한 통찰』, 나남, 1990, 8쪽.
7　강경화, 「김현의 초기 비평에 나타난 주체화와 담론의 특성」, 『현대문학이론연구』 56집, 2014.3, 174~175쪽.

이 소설비평을 시작한 60년대 중반에서 70년대 중반 이전의 소설비평에 대한 연구는 영성(零星)한 실정이다. 또한 이 시기의 소설비평 중에는『전집』에 수록되지 않은「위선과 패배의 인간상」,「한국문학과 전통의 확립」,「한국현대소설을 진단한다」,「샤머니즘의 극복」,「1968년의 작가 상황」,「세대교체의 진정한 의미」 등의 중요한 평문들이 있다. 따라서 이 글은 그동안 논의에서 제외되었던 여러 월평과 비평문들을 포함하여 김현의 소설비평을 세밀하게 검토하기 위해 씌어진다.

본격적인 논의에 앞서 이 글에서 다루고자 하는 소설비평의 범주와 이 글의 문제의식을 먼저 밝힐 필요가 있다. 첫째, 이 글에서 대상으로 삼으려는 김현의 소설비평은 60년대 중반부터『문학과지성』 창간을 전후한 시기로 한정하고자 한다.[8] 그 이유는 다음과 같다. 초기 미정형 상태였던 김현은 시 중심에서 소설로의 영역 확대, 한국문학에 대한 통찰과 인식, 50년대 문학과의 차별화라는 과정을 거치면서 비평적 주체를 정립하게 된다. 그리고 김현 자신이 비교적 정확하게 짚어내고 있는 것처럼,[9] 1964~65년 무렵부터 문학과 인간에 대한 비평적 관심이 변모되기 시작한다. 그리고『문학과지성』 창간을 전후하여 그의 관심사는 다시

제1부 김현 비평의 주체화와 비평 인식

---

8 강경화,「김현 비평의 주체 정립에 관한 고찰」,『현대문학이론연구』 25집, 2005. 8, 68쪽. 이 시기는 정과리의 구분에 따르자면 첫 번째 시기와 공접한다. 정과리는 김현의 비평이 적어도 세 번의 변모를 거쳤다고 개진하면서, 문학의 원형을 탐구하던 첫 번째 시기, 한국문학의 새로운 이념형을 모색하면서 한국문학을 체계적으로 이해하려던 두 번째 시기, 1980년 이후 80년대 문학의 이해와 프랑스 비평사 연구 및 폭력과 권력을 탐구하던 세 번째 시기로 나누었다. 이에 대해서는 정과리,「못다 쓴 해설」,『전체에 대한 통찰』, 나남, 1990 참조.

9 「자서」,『사회와 윤리』, 일지사, 1974,『전집』 2, 147쪽.

한 번 변모하여 확연히 한국문학의 전반을 넓고 깊게 응시하기 시작한 점을 들 수 있다. 이는 『문학과지성』의 창간이 '창비' 그룹에 대한 대타적인 자세이자, 자신들 세대의 비평적 주체성이 정립되었음을 의미한다.[10] 이후 그의 비평은 세대론을 넘어 한국문학의 정립을 위한 새로운 차원으로 전개되는데, 그 결과물들이 우리가 아는 바와 같이 『현대 한국문학의 이론』(1972), 『한국문학사』(1973), 『한국문학의 위상』(1977), 『우리 시대의 문학』(1979), 『문학과 유토피아』(1980) 등이다.

둘째, 김현의 비평 인식을 이해하기 위해서는 전체적인 맥락의 관점에서 바라보아야 한다는 사실이다. 그의 비평을 면밀하게 읽어보면 비평 전체에 걸쳐 곳곳에서 김현 특유의 여러 개념들과 마주할 수 있다. '허무주의', '패배주의', '샤머니즘', '양식화', '풍속', '이념형', '역사의식', '새것 콤플렉스', '문화의 고고학' 등등이 그것이다. 이러한 개념적 용어들은 자칫 각기 개별적인 것으로 이해하기 쉽다. 그러나 이것들은 서로 인과관계나 혹은 상호보충적으로 때론 개념의 진폭에 따라 긴밀하게 연결된 하나의 체계를 구성하고 있다는 것이 필자의 판단이다. 따라서 김현의 비평적 사유 체계를 전체적인 관점에서 바라보고자 한다면, 이들이 어떤 관계로 김현의 비평 인식을 형성하고 또 드러나는지에 대한 해명은 반드시 필요한 작업이라고 할 수 있다.

---

10 하상일, 「김현의 비평과 『문학과지성』의 형성과정」, 『김현 신화 다시 읽기』, 53
    쪽 ; 강경화, 「김현 비평의 주체 정립에 관한 고찰」, 『현대문학이론연구』 25집,
    2005.8, 89쪽.

2. 시대의 매너로서 '풍속'의 부재와 '새것 콤플렉스'

김현의 초기 비평은 존재론적인 갈증에서 시작된 자기 존재와의 대면과 만남의 욕망, 그리고 나와 너, 주체와 타자 '사이'의 심연과도 같은 거리에 대한 인식, 그 '사이'를 '사랑'으로 채우면서 언어를 통해 타자와 자기 존재를 찾아가는 탐색의 도정이었다.[11] 이 점에서 그에게 비평은 비평 이상의 것, 즉 '실존적 기획'[12]이었다. 그러나 아직 비평가로서 자기동일성도, 세대론적 주체화도, 한국문학의 정체성도 정립하지 못했던 미정형의 '흔들림' 속에서 점차 자신이 비평 세계를 형성하기 시작한 것은 60년대 중반부터라고 할 수 있다. 60년대 중반 이후 김현은 비평적 판단의 준거로서 프랑스 문학을 앞세웠던 경향이 줄어드는 대신 한국문학의 틀과 미학을 찾기 위한 탐색으로 나아간다. 그렇다면 60년대 중반부터 나타나는 이러한 변화의 기점에 놓인 것은 무엇인가. 그것은 비평 대상의 변모와 자기 정체성에 대한 반성에서 비롯되고 있다. 이와 관련하여 김현은 다음과 같이 직접적으로 표명하고 있다.

> 64년에서 67년에 이르는 사이, 나는 시인의 삶에 대한 태도와 그것을 표현한 언어를 약간은 형식주의적인 관점에서 관찰하였다. 그러나, 68년 이후부터의 글에는 사회와의 관계라는 것이 상당히 중요시되고, 이미지보다는 원초적인 투기(投企), 삶에 대한 태도가 더욱 탐구의 대상이 된다. …(중략)… 그 평문들과 소설론·비평론을 함께 읽으면, 67, 8년

11 강경화, 앞의 글(2014), 186쪽.

12 페터 뷔르거, 『지배자의 사유』, 김윤상 역, 인간사랑, 1996, 110쪽.

이 나에게 대단히 중요한 전기가 되었다는 것을 다시 확인할 수 있다.[13]

　　1973년 『상상력과 인간』을 내놓은 후에, 나는 거기에 표명된 문학과 인간에 관한 나의 생각이 아직도 정확하게 전달되고 있지 못하다는 느낌을 받았다. 1967, 8년경에 이루어진 나의 변모를 그것은 지나치게 급격한 것으로 이해시키는 것 같았기 때문이다. 나는 그 변모가 1964, 5년경의 소설 평론에서부터 서서히 진행된 것이라는 것을 밝힐 필요를 느꼈다.[14]

　　위의 발언은 두 가지 사실을 눈에 띄게 표명하고 있다. 첫째, 1967~1968년이 자신의 비평에서 중요한 전기가 되었는데, 그 변모는 급격한 것이 아니라 1964, 65년경의 소설비평에서부터 서서히 진행되었다는 것,[15] 둘째, 그 변모의 중심에 삶과 사회에 대한 탐구가 놓여 있었다는 점이다. 실제로 김현은 66년부터 확연히 소설로의 관심의 폭이 넓어지고, 그와 더불어 사회, 역사, 현실, 삶의 문제가 그의 소설비평의 중심적인 자리를 차지하게 된다. 그것은 그가 한국문학을 이 땅의 경험적 현실로 인식했음을 의미한다.

　　이러한 인식의 변모와 더불어 그가 비평적 노력을 기울였던 것은 한국문학의 낙후성을 극복하는 일이었다. 선험적 대상이었던 서구문학과 경험적 현실인 한국문학 사이의 간극 앞에 선 그에게 그것은 절실한 문

13　「자서」, 『상상력과 인간』, 일지사, 1973, 『전집』 3, 10쪽.
14　「자서」, 『사회와 윤리』, 일지사, 1974, 『전집』 2, 147쪽.
15　그런데 실제 김현의 비평 목록을 살펴보면, 김현의 생각과 달리 등단 이후 1965년까지 소설비평문은 단 3편이며, 1964년과 1965년엔 각각 1편에 불과하다.

제였다. 그런 절실함이 "우리는 남보다 몇십 년 뒤져 있어야만 한단 말인가"[16]라는 이상의 발언을 거듭 인용하고, "한국 소설이 저 지루하고 답답한 골방 속에서 벗어나고, 저 구질구질한 외국 사조 답습의 정신에서 벗어나"[17]야 한다고 강조했으며, 보다 큰 용기를 얻기 위해 "솔직히 한국문화의 지저분함을 인정하는 데서 시작해야 하리라고"[18] 주문하며, "정말로 우리가 그 일을 맡지 않는다면 그 누가 그 일을 맡을 수 있을 것인가?"[19]라는 결연한 책무를 내세우게 만들었던 것이다.

한국문학의 낙후성에서 벗어나기 위한 그의 비평적 노력은 장르적 특성에 따라 다르게 나타난다. 시의 영역에서 한국시의 '틀'과 '미학'을 찾기 위한 작업으로 진행되었다면, 소설에서는 한국적 풍속의 탐색과 정립에 대한 지속적인 관심으로 나타난다. 그것이 한국문학의 본질적인 문제라고 판단했던 것이다.

이와 관련하여 주목할 만한 비평문이 「한국문학과 전통의 확립」(『세대』, 1966.2)이다. 이 글은 이전의 비평문에서는 볼 수 없었던 여러 문제적인 인식들을 담고 있다. 이 글에서 언어 일반이 아닌 자국어로서 한국어의 중요성, 50년대 문학의 성과와 한계, 전통 단절과 전통의 확립 문제, 작품보다 우선하는 참여의 도그마에 대한 경계, 한국시의 가능성과 자국어의 틀에 대한 관심 등이 거의 처음으로 표명되고 있다. 이러한 인

16 「풍속적 인간」, 『한국문학』, 1966. 가을·겨울, 『전집』 2, 356쪽 ; 「한국문학의 양식화에 대한 고찰」, 『창작과비평』, 1967. 여름, 『전집』 2, 47쪽.

17 「풍속적 인간」, 『한국문학』, 1966. 가을·겨울, 『전집』 2, 365쪽.

18 「한 외국문학도의 고백」, 『시사영어연구』 100, 1967.6, 『전집』 3, 22쪽.

19 「편집자의 말」, 『68 문학』, 1969.1.

식은 아직 시론적인 수준이어서 본격적인 논의에는 미치지 못한다. 하지만 이후 김현 비평에서 60년대는 물론 70년대 이후까지 깊이와 넓이를 갖추면서 되풀이 강조되는 문제의식들이다. 김현이 한국어를 모국어로 사용하고 있다는 자각으로부터 외국문학 수용에 대한 반성과 한국문학에 대한 애정을 드러내기 시작한 것도 한국문학 전통의 확립에 대한 탐구로부터 시작된 것이다.[20] 그런데 이 글에서 특히 소설비평과 관련하여 관심을 가져야 할 것 중의 하나는 '풍속'에 대한 그의 언급에 있다.

> 사실상 오늘날에 있어서 문제되어야 할 것은 한국문학은 단절되었느냐, 그렇지 아니하냐, 혹은 작가나 시인들은 현실에서 참여해야 하느냐 그렇지 않으냐, 아니면 소외되어 있는 고대문학은 어떻게 처리되어야 하느냐, 하는 피상적인 문제보다는 지금 이 시대를 딴 시대와 구분하는 시대의 매너, 최인훈 씨가 즐겨 말하는 그 태도의 정착을 작품을 통하여 찾아내는 일이라고 나는 생각한다.[21]

'풍속'은 김현의 소설비평, 나아가 그의 비평론을 이해하기 위한 중요한 디딤돌이다. 실제로 김현은 여러 비평문에서 '풍속'의 중요성을 되풀이 강조하고 있다. 「한 외국문학도의 고백」에서는 '풍속'이 문학작품의 중요한 기반임을 지적하고, 「글은 왜 쓰는가」에서는 한 시대의 상징적 기호이자 성감대임을 강조하며, 「개화기 문학의 두 측면」에서는 그 사회의 풍속과도 밀접하게 연결된 의미 체계가 문학의 언어라고 규정한다.

20 「한 외국문학도의 고백」, 『시사영어연구』 100, 1967.6 참조.
21 「한국문학과 전통의 확립」, 『세대』, 1966.2, 252쪽.

또한 풍속은 한국문학의 이념형의 탐색과도 관련된다.[22] 때문에 「광신의 현실 파악」과 「풍속과 이념의 괴리 현상」 등의 글에서 이념과 풍속의 괴리 현상에 대해 한탄하고 있다. 나아가 '풍속'은 김현 비평에서 새것 콤플렉스나 세대 인식, 역사 인식이나 문화의 고고학 등과 같은 김현 특유의 비평적 문제들과도 긴밀하게 연관되어 있다.

위의 인용문에서 시대의 매너는 '풍속'을 뜻한다. 김현은 한국문학에서 전통의 단절 여부나 문학의 현실 참여는 오히려 피상적인 문제일 따름이라고 판단했다. 문제의 본질은 시대의 매너를 작품을 통해 찾아내는 일에 있다. 언뜻 간략한 언급처럼 들리는 대목이지만, 그러나 이것이 30년대 문학과 50년대 문학 사이에 변별점이 없는 이유이고, 한 시대 문학의 구조나 틀을 찾아야 할 비평가의 임무에 해당하며, 한국문학의 특수성과도 관련되어 있다. 이 점에서 시대의 매너 곧 풍속을 찾는 작업이 소설비평에서 중요한 문제의식으로 제시되었던 것이다.

한국 소설과 풍속에 관해 본격적으로 논의하는 대표적인 글이 「풍속적 인간」이다. 최인훈의 『크리스마스 캐럴』 연작을 다룬 이 글에서 김현이 주목한 것은 한국 소설에서 진정한 근대인으로서 풍속적 인간의 가능성에 대한 탐색이다. 그가 파악한 바에 따르면, 한국 소설에 형상화된 근대인들은 치명적인 결점을 안고 있고, 그것은 돈에 대한 멸시와 근대화에 대한 불철저한 인식에서 연유한다. 그 핵심에 놓인 것이 바로 시대의 매너로서 풍습의 부재라고 보았던 것이다.

김현은 돈을 자본주의 혹은 근대 사회에서 유동하고 변화하는 사회

---

22 「한국문학의 가능성」, 『창작과비평』, 1970. 봄.

를 만드는 데 커다란 역할을 하는 매개물로 받아들이고 있다. 특히 그가 돈을 통해 이해하고자 하는 것은 '문화의 암시적 의미' 또는 '성립되고 있는 문화의 총체'적 성격이다. 이것이 시대의 매너이다. 한 시대를 다른 시대와 구분하는 시대의 매너가 풍습인데, 결국 풍습은 돈이 만들어낸다고 보고 있다. 마찬가지로 소설 속 인간은 풍습이 만든다. 그렇다면 그가 제시하는 풍습의 구체적인 세목은 무엇인가. 이를테면 인사말의 어조와 말다툼할 때의 말투, 속어와 유머와 유행가의 음조, 어린애들이 노는 법, 급사가 접시를 놓을 때의 몸짓, 우리들의 좋아하는 그 "음식의 성질"에 의해서 소설의 인간은 '만들어'진다. 또한 "때로는 복장과 장식에 의해서, 때로는 어조 · 몸짓 · 강조 · 리듬, 때로는 특별한 빈도와 특별한 의미를 갖고 사용되는 말에 의한 사소한 동작에 의해서" 암시된다.[23] 그러니까 풍속이란 한 사회의 독특한 구조 속에 자라나 일정한 형식을 갖춘 생활방식의 총화라고 할 수 있다. 그것이 소설 속 인물을 생생하게 만든다. 김현이 보기에 한국 소설의 가장 치명적인 결함, 또는 한국 소설의 주인공들이 겪는 가장 곤란한 상황은 바로 이 풍속의 결여에 근본적인 원인이 있다.

한국 소설의 대부분이 아무런 현실감도 우리에게 주지 않고, 아무런 밀접한 동류 의식도 우리에게 주지 않는 것은 바로 이러한 잘난 체하는 것의 결여 때문인 것이 확실하다. 인물을 규정하는 유일한 수단인 풍습, 시대를 가르는 매너를 찾지 못했을 때 그 인물이 유령인 그대로 남아 있으리라는 것은 두말할 필요가 없을 것이다. 한국의 소설가들에게 주어

---

23 「풍속적 인간」, 『한국문학』, 1966, 가을 · 겨울, 『전집』 2, 354쪽.

제3장 김현의 소설비평에 대한 연구

지는 것은 기껏해야 하숙방과 다방, 그리고 농촌이며, 십대의 뿌리 깊지 못한 곳에서 나오는 대화뿐이다. 바로 그렇기 때문에 한국 소설은 지루하고 재미없고 따분하다.[24]

    돈의 멸시와 풍속의 결여 속에 소설가들은 현실을 탐구할 기회조차 없다. 또한 소설의 인물은 아무런 현실성이 없는 '허공에 뜬 바보 같은 유령들'만 나타난다. 사정이 이와 같다면 한국 소설의 치명적인 결함을 타개하기 위한 방법은 자명하다. 우리 스스로 우리에게 맞는 풍습을 만들고 형상화하는 것이다. 이광수 문학이 여러 한계에도 불구하고 문학사적 가치를 지니는 것도 풍속의 변화와 갈등을 예리하게 포착했기 때문이다.[25] 한 사회의 풍속에서 자라난 감정을 묘사하고 전달함으로써 한 사회의 정확한 모습을 표출해내는 것이 소설의 임무이자 작가의 도리이기 때문이다.[26] 마찬가지로 한국 소설이 추구해야 할 과제는 '허공에 뜬 존재'로서가 아니라 풍속 속에 단단하게 구축된 풍속적 인간이어야 한다. 그렇다면 한국 소설의 이러한 치명적 결함이 생겨난 근본 원인은 무엇인가. 또 하나의 문제는 여기에 내장되어 있다. 그것은 서구문학을 직수입했던 한국문학의 태생적 한계와 관련되어 있다.[27] 그렇기에 그것은 동시에 한국문학이 극복해야 할 과제이기도 했다.

---

24 위의 글, 355쪽.

25 「개화기 문학의 두 측면」, 1972, 『전집』 13, 260쪽 ;「이광수 문학의 전반적 검토」, 『이광수』, 문학과지성사, 1977.

26 「한국문학의 기조」, 『동아일보』, 1967.8.1, 『전집』 15, 260쪽.

27 「한국문학과 전통의 확립」, 『세대』, 1966.2, 252쪽 ;「젊은 세대의 문학」, 1966.7, 『전집』 13, 266쪽 ;「한국현대소설을 진단한다」, 『현대문학』, 1968.1, 332쪽.

최인훈의 '크리스마스'라는 이 괴상한 의식을 통해서 우리에게 제기하려 하는 것은 한마디로 말한다면 서구적인 풍습과 토속적 풍습의 사이에서 고통을 겪고 있는 풍속적 인간에 대한 것처럼 생각된다. 그리고 그 결론은 서구의 경험적인 것을 선험적인 것으로 받아들여서는 안 된다, 경험적인 것은 항상 경험적인 것으로 받아들여야 한다는 것인 듯하다. 말하자면 모두가 경험하고 실험된 후에 얻어져야 한다는 것이다. … (중략)… 이러한 최인훈의 말의 배후에는 우리나라와 같이 스포일된 사회에서도 결국 우리 자신의 성감대를 꾸며낼 수 있다는 것, 우리 자신에게 맞는 풍속을 만들어낼 수 있다는 것이 숨겨져 있다. 어떻게? 방법은 단 한가지다. 경험적인 것을 결코 선험적인 것으로 받아들이지 않는 방법을 통해서.[28)]

서구문학의 직수입이란 그들의 발상법이나 표현 양식을 그대로 빌려왔음을 뜻한다. 뿐만 아니라 외국의 풍속마저 우리 사회에 대한 고려와 반성 없이 우리 것인 양 받아들였던 것도 포함한다. 그것은 위에서 드러나는 바와 같이 서구의 경험적인 것을 선험적인 것으로 받아들인 결과이다. 김현은 '경험적인 것'과 '선험적인 것'이 전도된 상황을, 한국문학만의 특수성을 이해하는 의미 깊은 지표로 인식했다. 그 점은 한국문학의 전개 과정과 비극적 상황을 논의하는 60~70년대 비평문의 여러 곳에서 자주 논의의 중요한 단서로 제시될 뿐만 아니라, 「비평의 유형학을 위하여」(『예술과 비평』, 1985. 봄)나 「60년대 문학의 배경과 성과」(1986. 겨울) 등 80년대의 비평까지 지속적으로 나타나고 있는 데서 확인할 수 있다.

---

28 「풍속적 인간」, 『전집』 2, 364~365쪽.

그런데 이처럼 경험적인 것을 선험적인 것으로 받아들인 전도된 상황에서 김현도 실은 예외적인 존재가 아니었음을 우리는 알고 있다. 그 역시 프랑스 문학을 정신의 선험적 형태로 받아들인 '정신의 불구자'였음을 고백한 바 있다.[29] 이처럼 한 사회의 독특한 구조 속에서 형성되어온 풍속과, 그 속에서 자라난 감정을 무시하고 서구에서 수입된 새로운 것을 마치 우리 것인 양 파악하는 풍토를 김현은 '착란된 풍토'라 불렀다.

> 그렇다면 우리는 어떤 행동을 할 수 있을까? 썩지 않고, 경험적인 것을 선험적인 것으로 받아들이지 않고, 어떻게 우리의 착란된 문화를 이끌어나갈 수 있을까? 나는 우선 솔직히 한국 문화의 지저분함을 인정하는 데서 시작해야 하리라고 생각한다. 물론 그것은 굴욕과 수치를 느끼기 위해서가 아니라, 보다 큰 용기를 얻기 위해서이다. 그리고는, 한국 문화의 전통적인 기반을 과거의 문학 작품 속에서 추출해내는 오랜 어려운 작업이 필요하다. 그 작업이 어느 정도의 성과를 올렸을 때, 그 행복된 결과 위에서 우리는 우리의 착란된 현대 문학을 올바른 방향으로 지양시키지 않으면 안 된다.[30]

'착란된 풍토'의 정신적 기반을 이루는 것은 무엇인가. 다름 아닌 '한국문학의 고질적인 질병'[31]이라 여긴 '새것 콤플렉스'이다. 거기에는 일테면 프랑스 문학은 좋고 한국문학은 엉터리라고 인식했던 김현 자신처럼, 서구의 것은 언제나 좋고 옳다는 생각, 다시 말해 새것에 대한 갈망

29 「한 외국문학도의 고백」,『시사 영어 연구』100, 1967.6.
30 위의 글,『전집』3, 22쪽.
31 「1968년의 작가 상황」,『사상계』, 1968.12, 130쪽.

과 과거의 것에 대한 경멸이 숨어 있다.[32] 그래서 시를 쓰는 사람들은 든든한 후견인으로서 외국 시인의 시론으로 자기를 무장시키고, 소설을 쓰는 사람들은 외국의 새로운 사조에 민감한 반응을 표시하여 자기의 견문이 넓음을 과시해왔다.[33] 이 경우 "한국의 현실은 항상 몇 십 년 뒤 떨어진 외국의, 서구의 현실에 지나지 않는다."[34] 바로 이 때문에 한국 문학의 올바른 진전을 위해, 그리고 새것 콤플렉스를 극복하기 위해 지속적인 비판과 열정적인 노력을 기울였던 것이다. 이는 프랑스 문학을 선험적으로 받아들였던 자기 고백과 반성을 거쳐, 한국문학의 정립을 위한 자국어의 틀과 구조, 한국문학의 양식화와 이념형, 한국인의 상상체계를 탐색해갔던 비평적 궤적에서 확인할 수 있다.[35] 그것은 "그가 타기해 마지않았던 '새것 콤플렉스'의 자기 그림자와 끊임없이 싸우면서 자신을 넓혀나"[36]간 비평적 작업의 결과였다고 할 수 있다.

김현이 생각하기로, 어느 사회이든 다른 사회와 구별되는 상상력의 편향과 집단적 무의식을 가지고 있다. 그런데 그 사회의 내적 필연성에 의거하여 얻은 문학 형태를 다른 사회에서 같은 형태로 추출해내려 한다면 말도 되지 않는다. 그래서 그는 "한국 문학사를 점철해온 새것 콤플렉스는 한국인의 상상력의 편향이 밝혀지지 않은 데 대한 음험한 징

32　「테러리즘의 문학」, 『문학과지성』, 1971. 여름, 『전집』 2, 245쪽.
33　「젊은 세대의 문학」, 1966.7, 『전집』 13, 266쪽.
34　「한국문학의 가능성」, 『창작과비평』, 1970. 봄, 『전집』 2, 57쪽.
35　강경화, 앞의 글(2014), 192~193쪽.
36　정과리, 「김현문학의 밑자리」, 『문학과사회』 12, 1990. 겨울, 1374쪽.

벌"[37]로까지 받아들였다. 그런데 이러한 '새것 콤플렉스'가 다른 한편으로 역사의식의 불철저함과도 깊이 연루되어 있음을 놓쳐서는 안 된다. 서구의 이론을 하나의 이념형으로 직수입하는 '새것 콤플렉스'는 이 땅과 저 땅을 구별하지 않은, 일테면 정신의 무국적 상태에서 자기가 속한 상황에 대한 투철한 역사의식이 없을 때 생겨나기 때문이다.[38] 불철저한 역사의식으로서 '새것 콤플렉스'는 50년대 문학을 비판하기 위한 상징적 언표이기도 했다. 그가 50년대 문학이 보편주의와 세계주의의 미로를 헤매었다고, 그들이 외친 인간이 한국인의 구체적인 모습이 없는 추상적인 인간이었다고 비판한 것[39]도 이런 까닭에서였다.

3. 역사의식의 층위와 문화의 고고학

'새것 콤플렉스'의 착란된 풍토와 관련된 역사의식은 김현의 비평에서 매우 중요한 의미를 담지하고 있다. 그것은 자신의 비평적 주체화와 60년대 세대로서의 정체성 그리고 한국문학의 과제와 연결되어 있기 때문이다. 역사의식은 서로 다른, 그러면서도 밀접하게 연계된 다면적 층위로 나타난다. 먼저 가장 기본적으로 그것은 엘리엇이 말한 전통 의식을 뜻한다. 전통은 역사의식을 가져야 하며, 이때의 역사의식은 과거가 과거로서만 존재하는 것이 아니라 현재에도 존재하고 있고, 한 작가가 글

---

37 「여성주의의 승리」, 『현대문학』, 1969.10, 『전집』 3, 105쪽.
38 「한국문학의 가능성」, 『창작과비평』, 1970. 봄, 『전집』 2, 56쪽.
39 「테러리즘의 문학」, 『문학과지성』, 1971. 여름.

을 쓸 때 의식하지 않을 수 없다는 의미에서의 역사의식이다.[40] 이런 측면에서 한국의 문학인들이 재래의 시가와 소설에서 어떤 규제나 아무런 영향을 받지 않았다는 것, 때문에 전통의 단절을 주장하고 서구문학에 대한 극도의 경사를 보였다는 것이다. '새것 콤플렉스'와 역사의식의 결여가 만나는 부분도 이 지점이다. 사실 김현의 초기 비평에서 전통에 대한 그의 인식 역시 이런 관점에서 크게 벗어나 있지는 않다. 그러나 그는 점차 전통 단절보다는 극복의 가능성에 비평적 노력을 기울이기 시작한다.[41] 때문에 전통 단절에 대해 "이러한 현상은 60년대 초기에 들어와서야 겨우 전통이 단절되었다는 것의 진정한 의미는 무엇이며, 그것의 극복은 어떻게 이루어질 수 있느냐의 문제로 바뀐다."[42]는 그의 말이 공연한 자기과시로만 들리지 않는다. 역사의식이 역사를 위한 헌신이며, 역사를 만들어나가려는 노력이라고 할 때,[43] 그것은 전통의 확립을 위한 새로운 세대의 역사적 책무를 포함한다. 이러한 세대 의식의 책무로 나타나는 것이 역사의식의 두 번째 차원이다.

> 역사의식을 갖기 위해서는 테제가 필요합니다. 만일 테제가 없다면 자기 자신이 테제가 되지 않으면 안 됩니다. …(중략)… 전통이 단절되어 있다면 그 전통을 우리가 형성해주어야 한다는 겁니다. …(중략)… 그것이 한국 문학이 우리에게 지워준 가장 큰 과제입니다. "자기 손이 타는 한이 있더라도" 우리는 불을 밝히고 이 작업을 해내지 않을 수 없

---

40 T.S. 엘리어트, 『문예비평론』, 이경식 편역, 범조사, 1985, 12~13쪽.
41 「한국문학과 전통의 확립」, 『세대』, 1966.2.
42 「테러리즘의 문학」, 『문학과지성』, 1971. 여름, 『전집』 2, 244쪽.
43 「세대교체의 진정한 의미」, 『세대』, 1969.3, 205쪽.

습니다.[44]

역사의식으로서 세대 의식은 자기 세대가 갖는 역사적 의미이자, 자신들 세대의 책무로 표명된다. 그것은 위 예문처럼 결연한 의지를 동반한다. 이러한 세대 의식은 그의 비평에서 상당히 지속적이면서 공격적인 방식으로 표출된다. 그 이유는 그의 비평적 주체화나 세대적 정체성과 관련되어 있기 때문이다. 자신들 세대의 역사적 책무와 가능성은 50년대 문학과의 차별화로 나타난다. 그 대표적인 글이 「한국비평의 가능성」, 「1968년의 작가 상황」, 「세대교체의 진정한 의미」, 「테러리즘의 문학」으로 이어지는 일련의 비평문들이다. 「한국비평의 가능성」에서 김현은 50년대 비평의 성과로 인정적 휴머니즘에 대한 비판, 전통과 토속성의 구분, 비평 의식·역사의식의 자각을 꼽고 있다. 그럼에도 김현이 보기에 그들은 치명적인 약점을 안고 있었다.

> 그들이 내보인 치명적인 약점은 그들 자신이 문제를 설정하고 그것을 해결해나가려고 애를 쓰다가 부딪친 문제, 혹은 반드시 부딪쳤어야 했을 문제의(고의적이건 무의식적이건) 방기이다.[45]

30년대 비평에서부터 당대까지 아무런 논리적 진전을 가져오지 못하는 사고의 지독한 악순환, 바로 그렇기 때문에 65년대 비평가들이 짊어지지 않을 수 없는 과제는 문제 해결의 과정에서 만나게 되는 숱한 난관

44 「젊은 세대의 문학」, 1966.7, 『전집』 13, 268쪽.
45 「한국비평의 가능성」, 『68 문학』, 1969.1, 『전집』 2, 103쪽.

들을 포기해버리는 '그 악순환을 저지하려는 진지한 노력'이라는 것이다. 자신들 세대의 가능성을 자신 있게 개진할 수 있었던 데는 새로운 세대의 역사인식에 대한 자부심이 깔려 있다. 65년대 작가들의 세련된 언어 의식은 역사의식의 결여라는 55년대 작가들의 비판에 대해 김현은 다음과 같이 반박한다.

> 55년대의 작가들이 전쟁, 죽음, 절망, 사창가, 대포집 등의 추상적이고 비논리적인 세계에 안주함으로써 한국문학의 가장 시급한 면, 한국적인 발상법의 한계, 한국적 현실의 특이성, 한국어의 특성과 결점에 대한 탐구를 오히려 포기한 것에 비하면, 김승옥씨의 한국적 발상법에 대한 천착, 박태순씨의 한국적 현실의 특이성에 대한 탐구, 이청준씨의 한국인의 정신을 망치는 것에 대한 천착, 박상륭씨의 샤머니즘적 세계의 논리화, 서정인씨의 한국농촌에서의 쁘띠 인텔리의 권태와 좌절 등은 보다 더 뚜렷한 현실에 대한 감각을 입증한다. 65년대 세대의 특성은 역사의식의 결여로 인한 세련된 감수성에 있는 것이 아니라, 나로서는 역사에 대한 뚜렷한 자각에 있다고 생각한다.[46]

김현의 주장에 따르면 65년대 작가들의 세련된 언어 의식은 저절로 얻어진 것이 아니다. 한국적인 현실 속에서 '영혼의 영토'를 지키기 위한 힘든 노력의 결과이며, 그것은 65년대 작가들의 가장 근본적인 특징이라는 것이다. 50년대 문학인들과의 차별적 입장은 「테러리즘의 문학」에서 보다 선명하게 부각된다. 이 글에서 김현은 50년대 문학의 한계를 첫째, 사고와 표현의 괴리, 둘째, 감정의 극대화, 셋째, 폐쇄적 개방성으

---

46 「1968년의 작가 상황」, 『사상계』, 1968.12, 132~133쪽.

로 정리한다. 그러면서 김현은 이러한 한계가 책임질 수 없는 역사에 대한 한탄에서 기인한다고 규정한다.

> 50년대의 모든 문학적 이론 뒤에는 자신이 책임질 수 없는 역사에 대한 한탄이 숨어 있다. 어느 경우에는 그것이 긍정적으로, 또 어느 경우에는 그것이 부정적으로 나타날 뿐, 책임질 수 없는 역사에 대한 자각은 편재해 있다. 자신이 책임질 수 없다는 자각은 자기와 사회와의 관련을 회의하게 만들고, 미래의 역사에 대한 희망을 상실하게 한다. 그때 생겨나는 것은 추상적 논리와 거기에서 파생되는, 확인되고 검증될 수 없다는 점에서, 논리의 테러리즘이다. 50년대 문학인들의 감정의 극대화와 새것 콤플렉스는 결국 자신이 책임질 수 없는 역사에 대한 환멸에서 기인한다.[47]

위의 진술에는 50년대 세대에 대한 비판과 함께 60년대 세대로서의 역사에 대한 믿음과 책임감이 함축되어 있다. 이처럼 김현이 시대와 역사에 대한 책임감을 자기 세대의 책무로 받아들였다는 것은 50년대 문학과의 차별화가 세대적 인정투쟁의 욕망에서만 발원된 것이 아니라는 것을 뜻한다. 이와 관련하여 특히 되새겨보아야 할 사실은 50년대 문학인들에 대한 모든 비판의 중심에 역사적 책무에 대한 방기가 놓여 있다는 점이다. 훗날 김현은 "사일구 세대만이 자기가 부딪친 세계와 성실하게 싸운 세대는 아니었지만"[48]이라며 포용적인 입장을 취하지만, 당시의 김현은 시대와 역사에 대한 책임감을 오직 자기 세대의 책무로 받아

47 「테러리즘의 문학」, 『문학과지성』, 1971. 여름, 『전집』 2, 256쪽.
48 「60년대 문학의 배경과 성과」, 1986. 겨울, 『전집』 7, 243쪽.

들였고, 그러한 책무는 4 · 19세대로서의 자부심이기도 했던 것이다.[49] 이에 대한 그의 의지는, "정말로 우리가 그 일을 맡지 않는다면 그 누가 그 일을 맡을 수 있을 것인가? 저마다 자기의 변명을 내세울 수는 있지만, 한 시대의 인각이 찍힌 한 그루우프는 자기의 사명을 내버린 데 대한 변명을 해낼 수 없다."[50]고 할 만큼 결연했다. 시대와 역사에 대한 책임 의식은 특히 소설을 평가하는 중요한 기준이기도 했다. 현실을 외면하지 않고 정면으로 대결하려는 의지만이 상황을 극복할 수 있기 때문이다. 예컨대 유현종의 일련의 작품과 소설 속 인물들에 대해 다음과 같이 평가한다.

> 초반의 서문돌은 현실과 강인하게 대결하는 의지와 신념의 인물로 그려져 있다. 남들이 결국은 다 아부하고, 다시 그 손 속에서 놀아나고 만, 황조역에 대한 그의 태도는 현실의 무거운 중압을 느낀 자가 택할 수 있는 아주 떳떳하고 티피컬한 태도이다. 현실이 아무리 잔인하다 하더라도 그것과 똑바로 대결하겠다는 그의 태도는 퍽 상찬할 만하다. 그런 서문돌이 갑자기 현실의 무게를 견디지 못하고 현실의 고환을 차버린다. 후반의 서문돌은 그 감탄할 만한 능력에도 불구하고 일종의 기만자에 지나지 않는다. 황조역과의 기대되었던 대결은 갑자기 바뀌어서 서문돌의 영웅적 행위로 환치된다. 현실과의 진지한 대결은 뒤로 물러가고, 감상적이고 충격적인 한 거인이 갑자기 전면에 나타나, 그의 현실의 모든 무게를 지워버린다. 그의 현실의 모든 것은 그의 감상적인 거인으로 인해서 순식간에 다 극복되어 버린다. 한기자의 태도 역시 그렇다. 현실의 모순과 갈등은 그의 영웅적인 행동―일종의 소설적 아이러니로 인해 우

49 강경화, 「김현 비평의 주체 정립에 관한 고찰」, 『현대문학이론연구』 25집, 2005. 8, 72쪽.
50 「편집자의 말」, 『68 문학』, 1969. 1.

리는 알고 있지만 작중인물들은 모르는-에 의해 완전히 해결되어버린다. 그 감상적인 행동에는 월남의 어떠한 현실 단면의 바람직한 해결도 들어 있지 않다.[51]

유현종의 소설 속 인물에 대한 비판의 요지는 영웅적인 것처럼 보이는 거인들이 실은 현실을 기피한 감상주의라는 것이다. 김현이 파악하기에 정말로 역사와 의지를 아는 사람들은 현실과 부딪쳤을 때, 그것과 정면에서 대결하기를 피하고 감상으로 넘겨버리지 않는 사람들이다. 유현종 소설에서 바람직한 인간들은 감상적 영웅주의자가 아니라 오히려 소박한 현실주의자라고 평가한 것도 이런 이유에서이다.

반면 이청준의 소설이 유현종의 소설에 비해 현실감을 갖는 것도 이청준 소설의 인물들은 뚜렷한 세대 의식을 갖고 자신들 세대의 비극적 모습을 여러 면에서 파악하려고 노력하고 있기 때문이다.[52] 이러한 인식은 김현의 소설비평 여러 곳에서 마주할 수 있다. 이효석을 두고 자신이 처한 열악한 환경에서 눈을 돌린 위장된 조화라고 비판한 것도 같은 맥락이며,[53] 책임 의식이 결여된 연민은 센티멘털한 휴머니즘의 낙서가 되어버린다거나,[54] 상황을 극복하려는 의지를 가진 인물은 자기 세계를 가진 셈[55]이라는 평가들이 그것이다.

---

51 「미지인의 초상2」,『동서춘추』, 1967.7,『전집』2, 273~274쪽.
52 위의 글, 276쪽.
53 「이효석과「화분」-존재에의 잠김」,『사상계』, 1966.3.
54 「굴욕과 수락」,『현대한국문학전집』17, 1967,『전집』2, 406쪽.
55 「자기 세계의 의미」,『한국 단편 문학 대계』12, 삼성출판사, 1969,『전집』2, 385쪽.

그런데 50년대 문학을 향한 김현의 공격적인 비판에는 세대적 정체
성과 비평적 주체의 정립이라는 현실적 욕망이 자리하고 있었던 것도
숨길 수 없는 사실이다. 자신의 비평 세계를 정립하기 시작하는 60년
대 중반, 「꽃의 이미지 분석」(『문학춘추』, 1965.2)에서부터 「1968년의 작
가 상황」(『사상계』, 1968.12)에 이르는 수십 편의 비평문 모두를 검토해
보면,[56] 우수하다고 평가한 작가·시인들이 극히 한정적임을 알 수 있
다. 그중에서 반복적으로 언급되는 작가로는 김승옥, 박태순, 이청준,
박상륭, 서정인, 최인훈, 홍성원 등이 있다. 이 점은 중요하다. 인적 구
성상 거의 60년대 세대인 이들은 80년대 중반까지도 계속해서 논의의
대상이 되었는데[57] 이들이야말로 김현의 비평적 주체화를 이루는 데 없
어서는 안 될 존재이기도 했다. 비평가에게 "모든 작가들이 분석의 대
상이 될 수는 있지만, 뛰어난 작가들과의 싸움을 통해서만 비평가는 자

---

56 「언어로서의 시―5월의 시단」, 『세대』, 1965.6 ; 「산문과 시」, 『세대』, 1965.7 ;
    「한국시의 가능성」, 『세대』, 1965.8 ; 「현대시와 시어의 조작―언어의 지평에서」,
    『세대』, 1965.9 ; 「시와 탐구의 태도」, 『문학』, 1966.8 ; 「상상력의 두 경향」, 『사계』
    2호, 1967 ; 「시와 암시」, 『현대 한국문학 전집』 18, 신구문화사, 1967 ; 「김승옥
    론」, 『현대문학』, 1966.3 ; 「미지인의 초상」, 『세대』, 1966.8 ; 「풍속적 인간」, 『한
    국문학』, 1966. 가을·겨울 ; 「정신의 치유술(최인훈)」, 『현대한국문학전집』 16,
    신구문화사, 1967 ; 「미지인의 초상2」, 『동서춘추』, 1967.7 ; 「젊은 시인들의 정
    신적 방황과 그 표현」, 『월간문학』, 1968.11 ; 「1968년의 작가 상황」, 『사상계』,
    1968.12.
57 80년대 중반의 글을 모은 비평집 『분석과 해석』에도 이들은 여전히 분석의 대상
    으로 존재한다. 이 때문에 애호하는 시인과 소설가들에게 집착하는 태도를 보
    인다는 지적을 받기도 했다. 이에 대해서는 조남현, 「땀과 줏대 그리고 힘의 비
    평」, 『문학과사회』 23, 1993. 가을, 1023~1024쪽 참조.

란다."[58]는 그의 말처럼 그들이 수준 높은 작가인 것은 분명하다. 그러나 그것 말고도 세대적 정체성을 정립해야 했던 김현에게, 이들은 "자신의 목소리를 뒷받침해줄 수 있는 작가들"[59]이었다. 실제로 김현은 「김승옥론」(『현대문학』, 1966.3)을 시작으로 일련의 비평문을 통해 50년대 문학과의 차별화를 꾀하면서 60년대 문학의 특성을 적극적으로 옹호하는 작업을 지속적으로 전개한다.[60]

질서나 테제 혹은 전통이 없다면, 작가로서는 자기 자신이 그것이 되지 않으면 안 된다는 그 자각은 55년대의 작가들에게서는 참 찾기 어려운 것에 속한다. 적어도 그 한 가지 사실만으로도 나는 55년대 작가들과 65년대의 작가들을 구별할 필요가 있다고 생각한다. 적어도 그들은 자기 자신 역시 정체되어 있다는 것을 알고 거기서 벗어나려고 애를 쓰고 있기 때문이다. 이 사실은 아무리 강조해도 지나치지 않을 것이다.[61]

55년대 작가들이 만든 주인공들의 가장 큰 특성 중의 하나는 그들이 대부분 자신의 상황을 무의지적으로 수락해버린다는 것이다. 상황의 절

---

58 『행복한 책읽기』, 문학과지성사, 1992, 『전집』 15, 235쪽.
59 「젊은 문학을 만나고 싶다」, 『전집』 14, 301쪽.
60 「미지인의 초상」, 『세대』, 1966.8 ; 「미지인의 초상2」, 『동서춘추』, 1967.7 ; 「허무주의와 그 극복」, 『사상계』, 1968.2 ; 「한국비평의 가능성」, 『68 문학』, 1969.1 ; 「젊은 시인들의 정신적 방황과 그 표현」, 『월간문학』, 1968.11 ; 「샤머니즘의 극복」, 『현대문학』, 1968.11 ; 「1968년의 작가 상황」, 『사상계』, 1968.12 ; 「한국시의 이해」, 『문화비평』, 1969. 봄 ; 「자기 세계의 의미」, 『한국 단편 문학 대계』 12, 삼성출판사, 1969 ; 「세대교체의 진정한 의미」, 『세대』, 1969.3 ; 「1969년의 문학적 상황 Ⅰ, Ⅱ」, 『월간문학』, 1969.10,12 ; 「테러리즘의 문학」, 『문학과지성』, 1971. 여름.
61 「미지인의 초상─승옥과 성원의 경우」, 『세대』, 1966.8, 『전집』 2, 261쪽.

대적인 압력을 그들은 선험적인 것으로 받아들인다. …(중략)… 반면에 65년대 작가에 이르면서 소설의 주인공들은 섬세한 변모를 감수한다. 55년대 작가들의 무의지적이며 수동적인 주인공들의 의식이 점차 깨어나기 시작하고, 자기 환경과 상황의 의미를 캐어내려는 시도를 시작하게 된다. …(중략)… 65년대 작가들의 주인공들은 그 상황을 뚜렷이 인식함으로써 그 상황을 극복해내는 것이다.[62]

위의 예문에서 보는 바와 같이 김현은 여러 비평문을 통해 현실의 '수락'과 '극복', 역사에 대한 '방기'와 '책무'를 50년대 문학과 60년대 문학을 가르는 근본적인 차이로 제시해왔다. 이것은 자기 세대의 문학이 갖는 의미와 특성을 내세우려는 노력의 일환이었다. 이를 통해 김현은 자신의 비평적 주체화를 현실화하면서, 4·19세대의 문학적 책무를 선명하게 내세울 수 있었던 것이다. 이러한 작업에는 물론 자기 확인의 과정, 그러니까 역사적 상황 속에서의 위치와 책임에 대한 투철한 인식이 전제되지 않으면 안 된다.

정말로 한 시대를 살고자 할 때는 그 시대의 병폐와 고질에 대한 문화사적인 탐구가 앞서지 아니하면 안 된다. 그 탐구는 왜 우리는 이런 탐구를 하지 않으면 안 되는가 하는 것에 대한 탐구까지를 포함한다. 이 탐구는 자기 자신에 대한 투철한 인식에서 출발한다. …(중략)… 자기 자신의 위치에 대한 확인 없이 그것을 뛰어 넘겠다는 태도는 한국문학의 고질적인 특성 중의 하나인 지적 스노비즘에 지나지 않는다.[63]

---

62 「자기 세계의 의미」, 『한국 단편 문학 대계』 12, 삼성출판사, 1969, 『전집』 2, 383~384쪽.
63 「세대교체의 진정한 의미」, 『세대』, 1969.3, 205쪽.

자신이 놓인 위치에 대한 문화사적인 탐구는 이제 역사의식의 세 번째 층위인 문화의 고고학으로 연결된다. 김현이 문화의 고고학을 거론한 애초의 문제의식은 참여론 시비와 관련해서였다.[64] 그는 도식적인 참여를 부정하는 대신에 한국의 현실에 대해 정당하고 논리적으로 고찰하는 문화의 고고학으로 전환해야 한다고 주장한다. 현실, 참여, 반항, 프롤레타리아, 부르주아 등의 상투적이고 선동적인 어휘를 피하고, 혼란된 양상의 근본 구조를 밝히는 문화의 고고학적 노력이 시급하다는 것이다. 그가 말하는 우리 문화의 고고학은 우리의 발상법은 무엇이며, 그것이 서구의 발상법과 어떻게 다르고, 왜 그렇게 되었는가를 밝히는 것이다. 김현의 역사의식이 함유하는 또 다른 개념이 그것이었다. 김현이 한국 현대소설을 진단하는 자리에서 꼽은 문제점 중의 하나가 바로 역사의식의 결여였다. 이때의 역사의식이 도식적인 참여가 아님을 강조한 뒤 다음과 같이 진술한다.

> 서구와 우리 사이에 존재하는 간격을 이해하고, 그 문화구조의 공접(共接)부분 공접하지 않는 부분을 밝혀내는 일을 말한다. 그것은 일종의 문화의 기원학이며 고고학이다. 서구정신의 형성이 어떠한 바탕 위에서 어떻게 형성되어 나왔는가, 그 문화의 기원은 어떤 것인가를 밝히는 일이 그때에는 우리 문화 혹은 정신의 고고학과 동시에 이루어져야 한다.[65]

64 「참여와 문화의 고고학」, 『동아일보』, 1967.11.9 ; 「1968년의 작가 상황」, 『사상계』, 1968.12.

65 「한국현대소설을 진단한다」, 『현대문학』, 1968.1, 333쪽.

김현의 입장에서 문화의 고고학이야말로 '정당한 역사의식'[66]이었다. 여기에는 앞에서 언급했던 자기 자신의 '위치'에 대한 투철한 인식이 바탕에 깔려 있다. 그 자신의 고백에 따르면, 프랑스 문학에 심취했던 김현이 한국문학에 대해 관심을 갖게 된 것도 이 때문이다. 그러니까 외국문학을 선험적으로 받아들였을 때 정작 외국문학도, 한국문학도 이해하지 못하는 오류를 정정하기 위해서였다. 그리고 그러한 성찰 끝에 도달한 것이 문화의 고고학이었다는 것이다. 문화의 고고학은 자기가 서 있는 상황을 투철히 인식하고 그것을 고려하여 극복해나가는 태도를 말한다. 이러한 인식에서 "자기 문화의 특수성을 깨닫지 못하는 자가 어떻게 자기 문화를 만들어낼 수 있단 말인가?"[67]라고 반문한다. 그것은 한국 사회의 현실과 상관없이 무차별 수입되고 전파되고 소멸하는 '새것 콤플렉스'에서 벗어나는 것, 그리고 새로운 이념을 한국사회의 자연적인 형성 과정에서 유출하고 논리화시켜 한국 사회의 상징적 기호로 만드는 작업을 포함한다.[68] 그가 한국문학의 이념형을 발견하려고 노력했던 것도 이런 문제의식에서였다. 여기서 문화의 고고학이 다시 '경험적-선험적'인 것의 전도 및 '새것 콤플렉스'와 연결되어 있음을 확인할 수 있다.

---

66 「1968년의 작가 상황」, 『사상계』, 1968.12, 137쪽.
67 「글은 왜 쓰는가」, 『전집』 3, 28쪽.
68 위의 글, 26쪽.

4. 샤머니즘과 허무주의의 극복

　김현의 비평에서 역사의식이 단일한 의미가 아니라 외연이 넓은 개념임을 앞에서 살펴보았다. 역사의식을 통해 그가 강조한 것은 자신들 세대의 역사적 책임을 방기하지 않겠다는 의지의 발현이며, 그것은 근본적으로 한국문학의 가능성을 열기 위한 탐색의 과정이었다. 그 가능성과 짝을 이루는 구체적 작업으로 내세운 것이 샤머니즘과 패배주의의 극복이다.[69] 우리 문화의 근본적 양상을 밝히려는 문화의 고고학은 우리 문화가 커온 '자리'를 알아내는 것, 그리고 우리 문화의 전통적인 기반을 과거의 문학작품 속에서 추출해내는 작업과 통한다.[70] 그 원점에 놓인 과제가 김현에게는 한국인의 정신적 편향 혹은 상상 체계에 대한 탐구였다.

　　허무주의와 샤머니즘의 극복이라는 주제는 한국문학의 여러 측면을 조사함으로써, 한국인의 상상 체계에 접근해나가려고 애를 쓴 나의 모든 탐구의 원점이다. …(중략)… 이 문제의 천착이 없는 한, 한국문학이 정당하게 자리잡을 「자리」를 못 찾게 될 우려가 있다. 한국인의 상상 체계의 근본적인 모습이 밝혀지지 않는다면, 한국문학의 평가란 거의 기대할 수 없을 것이다. 한 나라의 문학이 보편성을 획득할 수 있기 위해서는, 그 나라의 상상 체계의 근본적인 모습이 그 특수성을 발판으로 「인간」의 상상 체계 속으로 확산되어가는 과정이 면밀히 탐구되어야 할 것인데, 그러한 탐구의 가능성은 한국문학이 설 수 있는 「자리」를 빨리

69　김현의 첫 소설비평집인 『사회와 윤리』 1장의 표제가 '샤머니즘과 허무주의'였다는 점은 그래서 의미가 깊다.

70　「한 외국문학도의 고백」, 『시사 영어 연구』 100, 1967.6, 『전집』 3, 22쪽.

찾아내야만 얻어질 수 있다.[71]

한국문학의 양식화를 고찰하는 한 글에서 김현은 한국인의 정신적 편향이 '미래상의 현세적 집약'에 있다고 파악한다. 그것은 현세의 이익을 무가나 주술 등에 의해 추구하는 현세 집약적 샤머니즘이라고 할 수 있다. 김현은 이러한 사고 양식에서 개인의식의 소멸, 사고의 미분화, 맹목적인 신앙이라는 독특한 세 가지 틀이 생겨난다고 보았다.[72] 개인의식의 소멸은 샤머니즘의 집단적 주술성이나 개인의식의 초탈과 깊은 연관이 있다. 개인의식이 중요한 것은 그것이 자기 세계나 개성의 확보에 필요한 것임은 물론, 자기가 속한 사회와 위치를 확인하는 역사의식도 투철한 개인의식에서 출발하기 때문이고, 문학이 사회와 관련을 맺고 있는 것도 개인과 현실이 만나는 현장을 통해서이기 때문이다. 샤머니즘의 세계와 그것을 극복하려는 노력 역시 비개성적인 것에 대한 혐오와 개인적인 삶의 가능성에 대한 열망을 전제로 한다.[73] 그러니까 샤머니즘의 극복이라고 할 때 그것이 지향하는 것은 이러한 샤머니즘적 현상에 대한 극복과 밀접하게 연결되어 있다.

그러나 실제 김현이 소설 분석을 통해 샤머니즘의 극복 문제를 구체적으로, 그리고 다양한 관점에서 뒷받침한 예는 그리 많지 않다. 샤머니즘 세계의 극복이라는 주제와 관련하여 가장 잘 들어맞는다고 주목한

---

71 「샤머니즘의 극복」, 『현대문학』, 1968.11, 296쪽.
72 「한국문학의 양식화에 대한 고찰」, 『창작과비평』, 1967. 여름, 『전집』 2, 18~24쪽.
73 「샤머니즘의 극복」, 앞의 글, 301쪽.

작가는 박상륭이었다. 그리고 그의 여러 비평문에서 박상륭 소설의 특성과 의미를 집중적으로 강조하는 모습을 볼 수 있다. 김현의 분석에 따르면, 박상륭 소설은 소설의 중요 무대로서 농촌, 문장의 율조성, 정확한 남도 사투리, 폐쇄적이고 주술적인 비유와 어휘를 통해 일상적인 논리를 거부하는 샤머니즘의 세계를 형성한다. 특히 자연의 변화를 통한 시간의 묘사나 추상명사의 구상적 사용 등 언어의 주술적 사용은 농촌인 생활의 한 방식을 보여준다. 그들의 특성은 모든 것이 자기와 관련되어 있다는, 아니 모든 것이 자기 속에 존재한다는 맹목적인 신앙이라는 것이다. 김현의 지적대로라면, 관념이 실체가 되어 있고, 실체가 관념이 되어 있는 그러한 세계는 논리를 거부하는 '경악의 세계'이다. 그러나 논리를 거부하는 세계에 자신의 힘으로 모든 것을 해결하려는 사색인의 등장으로 지적이며 논리적인 세계의 출현을 가능케 하고 있다는 것이다. 그러면서 김현은 박상륭 소설이 샤머니즘적인 세계에서 출발하고 있는데도, 기이한 우회로 끝에서 지적이며 논리적인 세계의 출현을 가능케 하고 있다고 평가한다.[74] 이러한 논의에서 김현이 샤머니즘을 극복하기 위한 방법으로 제시한 것은 '샤머니즘적 세계의 논리화'[75]였다.

샤머니즘의 논리화는 샤머니즘적인 것을 소재로 택하면서도 샤머니즘의 세계에 몰입하는 것이 아니라, 오히려 그것을 객관적이고 논리적으로 묘사해내는 것, 그럼으로써 그 세계의 의미와 한계를 두드러지게 드러내 보인다는 것을 뜻한다.[76] 이것은 한국 소설의 약점과도 관련이

---

74 위의 글, 306~307쪽.
75 「1968년의 작가 상황」, 『사상계』, 1968.12, 133쪽.
76 「요나 콤플렉스의 한 표현」, 『전집』 2, 431쪽.

있다. 김현이 꼽는 한국 소설의 가장 큰 약점의 하나는 모든 것을 감정적으로 처리하여 현실을 정확히 바라보는 것을 방해하는 것이다.[77] 이를테면 현실과의 긴장 관계를 비논리적이고 순간적으로 해소시키는 세계에는 불화마저도 화해의 형태로서 존재한다.[78] 그런데 박상륭의 세계는 현실을 외면하지 않고, 불화를 불화답게 파악하여 불화에 대한 두려움과 저항 정신을 독자에게 불러일으킨다는 것이다. 박상륭이 뛰어나게 우수한 작가인 이유가 여기에 있다.

물론 샤머니즘은 일차적으로 한국인의 삶을 관류하는 무속 신앙이면서 미신이라고 지칭될 수 있는 토속적이고 불합리한 세계에 대한 정신적 성향을 뜻한다. 그러나 김현의 비평에서 보다 확장된 의미는 "현실을 객관적으로 정확히 파악하여 그것의 분석을 토대로 어떠한 결론을 도출해내는 것을 방해하는 모든 것을 말한다."[79] 김현이 샤머니즘의 극복을 한국문학의 중요한 과제로 설정한 데는 그것이 당대 사회의 병폐이자 혼란된 양상의 근본 원인이라고 진단했기 때문이다. 다시 말해 논리적이고 객관적인 분석이 없는 '정신의 샤머니즘'이 지독한 사고의 악순환을 가져온 원인이었다. 그렇기에 문제 해결의 과정에서 제기된 숱한 난관들을 파헤치고 극복하려는 노력을 방기하였다는 것이다.[80] 또한 논리적으로 사태를 파악할 수 없을 때 감정의 극대화 현상이 유발된다. 그러한 현상은 구체적인 사실에 대한 냉철한 인식과 판단보다 추상적인 당

---

77 「광적인 아름다움」, 『전집』 15, 369쪽.
78 「글은 왜 쓰는가」, 『전집』 3, 29쪽.
79 「『문학과지성』 창간호를 내면서」, 『전집』 16, 49쪽.
80 「한국비평의 가능성」, 『68 문학』, 1969.1, 『전집』 2, 105쪽.

위에 대한 무조건적인 찬탄을 낳는다. 이것이 '논리적 야만주의'[81]에 해당하는데, 참여와 순수의 지루한 순환 논쟁이나 50년대 문학의 양분화 현상 역시 문제 제기를 상투적인 방법으로 척결하는 비논리적 태도에 원인이 있다.[82]

샤머니즘의 여러 현상에 대한 비판과 함께 김현이 극복하고자 했던 심리적 기제는 허무주의였다. 그가 말하는 허무주의는 두 가지를 포함한다. 하나는 개인과 존재에 대한 강한 의식과 성찰을 전제로 하지 않는 '비개성적 허무주의'이고, 다른 하나는 한국적 현실의 후진성과 분단된 한국 현실에서 형성된 '심리적 패배주의'이다. 김현의 판단에 따르면 그 것이 한국인의 의식을 참담하게 만들고, 문화 · 사회 · 정치 전반에 걸쳐 한국인을 억누르는 억압체였다. 그런데 앞에서 살펴본 샤머니즘의 극복 이란 명제가 대체로 선언적이고 이론적인 측면에 중심이 놓여 있다면, 허무주의의 실상과 그 극복은 구체적인 작품 분석이 병행된 실제비평의 차원에서 논의되고 있다. 예컨대 한국 여류시인들의 공통적 특성인 '감 상과 체념의 응어리'[83]나 또는 초기 자유시에서 나타나는 '탄식과 설움'[84] 역시 허무주의의 한 양상이라고 할 수 있다.

이처럼 허무주의는 시와 소설 모두에 걸쳐 나타나는 현상이지만 특히 소설비평을 통해 본격적으로 개진한다. 그것은 사회의 많은 모순점들에 대해 고의적으로 눈을 감은 채, 자신의 힘으로 무엇을 개척하려 하지 않

---

81 「테러리즘의 문학」, 『문학과지성』, 1971. 여름, 『전집』 2, 242쪽.
82 위의 글, 253쪽.
83 「감상과 극기」, 『한국여류문학전집』 6, 1967, 『전집』 3, 35쪽.
84 「여성주의의 승리」, 『현대문학』, 1969.10, 『전집』 3, 117쪽.

는 안일한 사고방식이 한국 현대 소설의 근간을 이루고 있기 때문이다. 더욱 문제적인 것은 이러한 태도의 연장에서, 소설의 주인공들도 체념과 오기에 절여진 인간들로 나타나고 있다는 점이다.[85] 뿐만 아니다. 무협소설에 대한 중산층의 흥미 역시 개인의 무력함과 무의미성이 바탕이 된 비개성적 허무주의와 밀접한 관련을 맺고 있다는 것이 김현의 진단이다.[86] 이러한 허무주의는 체념과 실의의 동의어이며, 센티멘털한 포즈에 함몰되어 상황을 이겨내려는 의지와 노력도 없는 수동적인 태도를 말한다.

「모반」은 "하나만을 위해서 있지 둘을 위해서 있는 것은 아닌" 어떤 비밀 결사의 우수한 저격수가 그 비밀 결사를 벗어난다는 얘기이다. 그 탈피의 동기, 말하자면 그의 정신적 외상의 근저를 이루고 있는 것은 그의 어머니의 죽음과, 그 대신에 범인으로 체포된 자의 집인 빈가(貧家)의 노모이다. …(중략)… 지나치게 상투적이고 센티멘틀한 이 설정은 배반한 동료의 죽음을 통해 더욱 절실하게 그의 가슴을 두드린다. 결국 탈퇴다. 그의 탈퇴의 변은 이렇다. "나는 평범한 인간들을 한 사람이라도 더 사랑해보고 싶어졌단 말이다." 이렇게 해서 자신의 존재 이유를 상황과의 대립에서 찾지 못한 그는, 자신도 속이고 타인도 속이는 '인간애'의 포즈를 취한다. 우리에게는 그래서 그의 결사 가입 역시 포즈가 아니었던가 하는 의심이 드는 것인데 그렇다면 그의 「모반」이야말로 다시 재확인된 그의 포즈임에 틀림없다. …(중략)… 이런 세 타입의 유형은 그것이 전부 자아의 상실·기만·포기라는 점에서 몰개성적 허무주의의 심연에 깊이 자리하고 있다. 상황과 타인에 대한 어떠한 대립의식, 거리 의식도 거기서는 생겨나지 않는다. 생겨나는 것은 예절·자유…

85 「한국문학의 기조」, 『동아일보』, 1967.8.1, 『전집』 15, 260쪽.
86 「무협소설은 왜 읽히는가」, 『세대』, 1969.10.

혹은 오기·허풍·오만… 혹은 센티멘틀리즘을 동반한 포즈이다.[87]

상황과의 대결을 회피하고 자신 속에 아무런 성찰의 지주를 갖고 있지 않은 이러한 태도를 몰개성적 허무주의라고 규정한다. 김현의 분석에 따르면 몰개성적 허무주의는 세 타입의 유형으로 나타난다. 첫째 유형은 상황을 이겨내려는 의지 없이 상황 속에서 발버둥치고, 둘째 유형은 추상화된 어떤 것에 대해 무조건적으로 숭앙하며, 셋째 유형은 진정한 정신적 외상도 없이 포즈화한 외상을 정말인 것처럼 받아들인다. 김현은 구체적인 작품 분석을 통해 손창섭의 「잉여인간」에서 드러나는 이러한 타입이 여러 작가들의 작품에 침투되어 있음을 확인하고자 한다. 그러니까 첫째 유형은 이범선의 「오발탄」과 전광용의 「꺼삐딴리」에서, 둘째 유형은 이호철의 「고여있는 바닥」과 남정현의 소설에서, 셋째 유형은 김성한의 「바비도」와 오상원의 「모반」에서 반복적으로 나타나고 있음을 보여준다.

문제는 무기력, 체념, 포기, 허무, 실의, 좌절 등의 의식적 성향을 기반으로 한 한국적 허무주의 혹은 심리적 패배주의가 춘원을 시작으로 황순원과 김동리를 거쳐 이호철과 김승옥의 소설에까지 광범위하게 걸쳐 나타나고 있다는 사실이다. 이에 대한 김현의 관심은 오래전부터 있었던 것을 보인다. 이 점은 실질적으로 김현의 첫 소설비평에 해당하는 「위선과 패배의 인간상」에서 엿볼 수 있다. 대표적 농촌소설인 『흙』과 『상록수』를 대상으로 한 이 글에서 논의의 초점은 등장인물의 현실 직시

87 「허무주의와 그 극복」, 『사상계』, 1968.2, 『전집』 2, 218~219쪽.

와 대결 의식의 졸렌(sollen)에 놓여 있었다. 일테면 『흙』에서 허숭의 농촌운동은 현실과 대결하지 않고 도피한 위선과 작위의 드라마이며, 『상록수』에서 현실을 직시하려는 동혁의 노력 역시 위선과 기만에 불과하다고 파악한다. 그러면서 "정말로 중요한 것은 안일에서 나오는 위선과 패배 의식이 아니라 인간의 존엄(dignité, 품격)을 찾는 인간존재의 개현(開顯)"[88]이라고 강조하고 있다. 이를 통해 도피와 위선과 패배 의식에 대한 김현의 부정적 문제의식이 '허무주의'라고 명명하기 이전부터 있었던 것으로 이해할 수 있다.

문학의 새로운 지평을 열고, 자신들의 세계를 정립하고자 했던 김현이 허무주의에서 기인한 심리적 패배주의의 세계를 비판한 것은 당연한 일이었을 것이다. 예컨대 김성한의 작품에서 감동을 받지 못하는 이유가 짙은 허무주의적 체념 때문이라고 밝히면서 다음과 같이 기술한다.

> 사교가 묻는다. "밤이면 몰래 영역 복음서를 읽었다는데, 그것이 옳다고 생각하느냐 그르다고 생각하느냐?" 바비도의 생각은 퍽 쇼킹하다. "전에는 옳다고 생각했습니다." "그럼 지금은 어떻게 생각하는가?" 이번의 바비도의 대답은 더 자극적이고 돌발적이다. "다 흥미가 없어졌으며, 그래서 옳다고도 그르다고도 생각지 않습니다." 그리고 그는 덧붙인다. 교회뿐만 아니라 온 인간 세상, 나 자신에 대해서까지 흥미가 없어졌습니다." 이러한 바비도의 대답은 힘을 가진 조직체 앞에서 개인의 모든 것은 무력하다는 것을 느낀 바비도의 의식이 정당하게 그 논리적 해결점을 발견하지 못하고, 짙은 허무감과 결부하여 세상사 흥미없다는

88 「위선과 패배의 인간상」, 『세대』, 1964.10, 153쪽

제3장 김현의 소설비평에 대한 연구

냉소로 변한 것을 알려준다.[89]

　　모든 것에 대한 무관심과 그 무관심에서 기인하는 냉소를 불러일으킨
것은 바로 체념이었다. 그래서 바비도의 죽음은 신념의 순교자가 아니
라 체념의 순교자이다.「광화문」의 김홍집의 죽음 역시 체념을 통해 죽
음의 유혹을 받고 거기에 굴복한 것으로 김현은 파악한다. 또한 이범선
의 주인공들 역시 수동적이고 체념적인 인물들이라는 점에서는 마찬가
지이다. 그들은 사태를 정당하게 자신과의 대결 속에서 파악하지 않고
모든 정당하지 못한 것을 자신의 내부에서 일어나는 악덕의 소산으로
돌리려는 소시민적 체념과 굴종을 보여준다는 것이다.[90] 뿐만 아니다.
허무주의와 패배주의에 대한 그의 문제의식은 그의 비평 곳곳에서 마
주할 수 있다. 가령 역사를 위한 몸부림은 패배주의의 소산이라는 비판
이나[91] 국수주의적이고 권력지향적인 우파적 민족문학은 "한국 우위주
의의 가면을 쓴 패배주의자의 문학에 지나지 않는다."는 주장,[92] 그리고
"작가 자신들이 너무 쉽게 해답을 상정하거나, 해답을 포기해버린 데서
얻어지는 패배주의적 사고"[93]에 대한 지적 등을 들 수 있다. 이러한 발언
들에서 우리는 상황과 대결하지 않는 수동적이고 무책임한 태도에 대한

제1부　김현 비평의 주체화와 비평 인식

89　「신념과 체념의 인간상」,『세대』, 1967.7,『전집』2, 309쪽.
90　「소시민의 한계」,『한국 단편 문학 대계』9, 삼성출판사, 1969,『전집』2, 331
　　~332쪽.
91　「세대교체의 진정한 의미」,『세대』, 1969.3, 205쪽.
92　「민족문학의 의미」,『월간문학』, 1970.10,『전집』2, 226쪽.
93　「테러리즘의 문학」,『문학과지성』, 1971. 여름,『전집』2, 253쪽.

김현의 부정적 인식을 다시 확인할 수 있다. 이 때문에 훗날 4·19세대는 "냉정하게 사태를 분석하고 종합하는 총체소설가들이었다."[94]고 술회할 수 있었겠지만, 상황에 굴복하는 체념과 패배주의에 대한 관심은, 상상력과 욕망에 대한 탐구로 진행되는 70년대 중반까지 지속적으로 나타난다. 때로 그것은 상대를 비판하기 위한 전략적 담론이자 상징적 언표로 기능하기도 한다. 참여론 시비가 사실상 패배주의의 가장 음험한 증상이라는 공격적 발언이나,[95] 50년대 세대가 자신들의 책임을 방기했다고 비판하는 대목에서 볼 수 있다.

그렇다고 김현이 부정적 인식만을 드러낸 것은 물론 아니다. 그의 실질적인 의도는 허무주의와 패배 의식의 극복에 있었다. 때문에 김현은 비판의 한편에서 극복의 가능성을 탐문하기도 하였는데, 몇몇 작가들에게서 그 가능성을 보았다. 이를테면 산다는 것이 굴욕이라면 그 굴욕마저 감수하고 살아야 한다는 긍정적 구원의 태도를 보여준 홍성원이나(「미지인의 초상 1」), 날카로운 의식을 통해 현대 한국 사회의 여러 모습을 전체적인 면에서 명쾌히 파악하고 있는 서정인(「행동·지성으로 아는 현실」) 등을 들 수 있다. 그중에서도 특히 김승옥의 소설에서 "자기 자신이 스스로 해내지 않으면 몰개성적 허무주의의 극복이란 불가능하다는 사고의 편린"을 보았으며, 최인훈에게서는 "자기 정체의 내부에서 썩어가고 있는 것에 대한 저항의식의 확대"에서 해결의 실마리를 찾는다. 그러면서 김현이 제시하는 극복의 방법은 "자신의 내부와 자신의 외

---

94 「60년대 문학의 배경과 성과」, 1986. 겨울, 『전집』 7, 245쪽.
95 「1968년의 작가 상황」, 『사상계』, 1968.12, 130쪽.

부를 세밀히 살피고, 개인의 수평에서 상황을 극복해나가려고 노력하는 과정에서 그것이 얻어질 수 있"[96]다는 것이다.

김현의 판단대로 자신이 서 있는 사회를 정확하게 파악하지 않고, 자신의 힘으로 문제를 해결하지 않으려는 사고방식이 한국 소설의 기조를 이루고 있다면,[97] 그리고 그러한 전형적인 패턴이 한국적 허무주의에서 기인한 심리적 패배주의라면 그 극복의 방법은 분명하다. 그것은 사회의 현실을 정확하게 보고, 주어진 상황을 회피하거나 체념하지 않는 것, 그리고 그것을 극복하고 말겠다는 적극적인 자세와 의지이다. 이것이 50년대 문학을 비판했던 김현의 기본적인 인식이었고, 자신들 세대가 열고자 했던 새로운 문학의 지평이었다.

5. '있는 그대로'의 현실과 삶의 기원으로서 '살 만한 곳'

김현이 제시한 허무주의의 극복 가능성과 관련해서 다시금 중요하게 되새겨야 할 사항이 있다. 그것은 사회의 많은 모순들에 눈을 감지 않고 현실을 정확하게 보아야 한다는 사실이다. 김현의 작가관에 따르면, 작가는 한 사회의 정확한 모습을 그리는 것을 임무로 삼고 있다.[98] 또한 유동하는 사회의 어떤 면을 예리하게 파헤쳐 자신의 구조 속에 그것을

---

96 「허무주의와 그 극복」, 『전집』 2, 220~221쪽.
97 「한국문학의 기조」, 『동아일보』, 1967.8.1.
98 「참여와 문화의 고고학」, 『전집』 15, 264쪽.

육화시키는 것을 목적으로 해야 한다.[99] 이때 '정확하게 본다'는 것은 현실을 왜곡하거나 과장하지 않고 '있는 그대로' 보는 것을 의미한다. 김현의 비평에서 소설을 이해하고 평가하는 중요한 기준이 바로 '있는 그대로'이다. 그가 소설에서 중요하게 여겼던 것은 "작가의 현실 인식은 어떻게 행해져야 하는가" 그리고 그들이 "인간의 삶을 파괴하려는 여러 가지 힘들과 어떻게 싸우고, 그것을 어떻게 표현하려고 애를 썼는가"[100]였다. 삶의 현실은 어떻게든 살지 않으면 안 되는 세계이기 때문이다.

김현이 소설을 통해 읽어낸 것 중의 하나는 인간은 어떻게든 살아야 한다는 삶의 의지와 구원의 문제였다. 가령 유현종의 소설에서는 산다는 것이 아무 의미가 없다 하더라도 사람은 살지 않으면 안 된다는 것을 (「미지인의 초상2」), 그리고 홍성원의 『디데이의 병촌』에서는 현실은 현실대로 받아들이고, 사람들은 거기서 살아나가지 않으면 안 된다는 생활 철학이 가치 있음을 밝히고 있다(「굴욕과 수락」). 또한 김승옥의 「서울 1964년 겨울」에서는 '사내'의 죽음을 통해 가장 중요한 것은 산다는 것과 자기 구원이었음을 읽었으며(「김승옥론」), 장용학의 소설에서는 인간의 구원도 생의 한가운데에서 구원되어야 의미 있음을 강조하고 있다(「에피메니드의 역설」). 뿐만 아니라 최인훈의 「가면고」에서는 현대인의 유일한 구원의 방법으로서 사랑이 제시되고(「정신의 치유술」), 쥘리앙 그린의 여러 소설에서 김현이 읽어낸 것 역시 인간 존재의 의미와 구원에의 욕망이었다.[101] 그런데 그것은 비단 소설의 영역에 국한된 문제는

99 「한국현대소설을 진단한다」, 『현대문학』, 1968.1, 331쪽.
100 「자서」, 『전집』2, 147~148쪽.
101 강경화, 앞의 글(2014), 181쪽.

아니었다. 실존적 개인으로서 김현 자신이 10대 후반부터 말년에 이르기까지 그를 사로잡고 있었던 문제였음이 분명하다.

　　내 글쓰기의 시작에서부터 지금에 이르기까지, 중산층으로서 내가 살아나가는 길이 바람직한 것인가 아닌가 하는 반성이 내 글들의 기본 요소를 이루고 있다. …(중략)… 어떠한 일이 있더라도 살아서 이 세계의 무의미와 싸워야 한다. 10대 후반에서부터 사실 그 정확한 뜻이 무엇인지도 모르고 되뇌이던 말의 뜻을 이제야 알겠다.[102]

'어떠한 일이 있어도 살아야겠다.'는 것은 물론, '이 세계의 무의미와 싸워야 한다.'는 말에서 알 수 있듯이 생물학적인 연명을 의미하지는 않는다. 그렇다면 문제는 어떻게 살아야 하는가에 달려 있다. 이에 대한 끊임없는 성찰과 모색이 욕망과 억압과 몽상에 대한 비평적 탐색 및 꿈과 고통으로서의 문학의 기능에 대한 인식을 가능하게 한 내적 동인이었을 것이다. 다시 그렇다면 인간은 어떻게 살아야 하는가. 김현이 여러 곳에서 힘주어 표명한 바와 같이 인간답게 행복하게 사는 것이다.

　　한국인은 한국인으로서 뿐만이 아니라 인간으로서 인간이 누릴 수 있는 모든 것을 누릴 수 있어야 한다. 그러한 나의 인간관은 합리적인 사고와 그것을 밑받침해주는 자유분방한 상상력의 힘을 부인하려는 모든 것에 부정적인 시선을 던지게 했다. 인간은 행복하게, 다시 말해서 인간답게 살 수 있어야 한다. 한국인이라고 해서 그 권리가 없어지는 것은 아니다.[103]

---

102 「책 뒤에」, 『두꺼운 삶과 얇은 삶』, 1986, 『전집』 14, 406쪽.
103 「자서」, 『사회와 윤리』, 일지사, 1974, 『전집』 2, 147쪽.

작가는 자기 생존의 가장 아픈 상처를 그가 속한 사회의 질환으로 환치시킬 수 있어야 하며 그 반대의 작업도 수행할 수 있어야 한다. …(중략)… 그러나 중요한 것은 사회와 자기가 굳게 얽매여 있으며 인간은 행복하게 살 권리를 갖고 있다는 것을 확실하게 깨닫는 일이다.[104]

김현은 어떤 의미에서든지 인간은 행복하게 인간답게 살 의무와 권리를 갖고 있다고 믿고 있다.[105] 그러기 위해서 인간은 그가 알맞게 살 수 있는 터전을 만든다. 그러나 그 터전 속에서 인간이 인간답게 살고 있지 못하다고 자각했을 때 자기가 살고 있는 터전에 대한 반성도 없이, 그것을 개선하려는 의지도 없이 그러한 현실을 수락하고 방관해서는 안 된다. 그렇기에 작가가 민족을 위해 봉사하는 것은 한국인이 인간답게 살게 하기 위해 싸우는 일이며, 비평가는 그러한 지적 노력을 폭넓게 문화 전반으로 확대시킴으로써 작가와 마찬가지로 싸워야 한다고 강조한다.[106] 만일 현실의 모순을 수락, 체념해버린다면 "삶의 의미와 가치에 대해서 아무런 성찰도 필요로 하지 않은 문학이 생겨난다."[107] 인간이 행복하고 인간답게 살 수 있는 세계야말로 가장 '살 만한 곳'이 아닌가. 특히 김현에게 소설은 모든 예술 중에서 '살 만한 곳'에 대한 근원적인 반성과 '살 만한 곳'을 만들려는 근원적인 욕망이 만나는 자리이다.

제3장 김현의 소설비평에 대한 연구

---

104 「전환기의 문학」, 『동아일보』, 1972.10.28, 『전집』 15, 293쪽.
105 「수동적 세계관의 극복」, 『어둠의 혼』 해설, 국민서관, 1973, 『전집』 2, 438쪽.
106 「비평 방법의 반성」, 『문학사상』, 1973.8, 『전집』 2, 192쪽.
107 「한국소설의 가능성」, 『문학과지성』, 1970. 가을, 『전집』 2, 94쪽.

여기 내 욕망이 만든 세계가 있다라는 소설가의 존재론이, 이 세계는 살 만한 세계인가라는 읽는 사람의 윤리학과 겹쳐진다. 소설은 소설가의 욕망의 존재론이 읽는 사람의 욕망의 윤리학과 만나는 자리이다. 모든 예술 중에서, 소설은 가장 재미있게, 내가 사는 세계는 살 만한 세계인가 아닌가를 반성케 한다. 일상성 속에 매몰된 의식에 그 반성은 채찍과도 같은 역할을 맡아 한다. 이 세계는 과연 살 만한 세계인가. 우리는 그런 질문을 던지기 위해 소설을 읽는다.[108]

김현에게 '살 만한 곳'이란 어떤 공간인가. 어머니의 뱃속에 있을 때의 편안함을 되찾고 싶어하는 곳이자 행복한 무의식의 절대이며,[109] 언제나 되돌아가고 싶은 추억의 공간이고,[110] 예술 속 세계처럼 편안함을 주는 곳이다.[111] 예술적 욕망의 본디 모습은 그것에 편안하게 파묻혀 그 곳에서 계속 살고 싶다고, 그곳은 살 만하다고 느끼는 것이다. 이때 예술 속 편안함은 현실이 요구하는 대로 살아가는 '현실 영합적 편안함'이 아니다. '현실 부정 속의 편안함'이다. 왜 그런가 하면, 그 편안함 뒤에, 세계는 그토록 편안하지 않으며 고통스러운 것이라는 인식이 뒤따르기 때문이다. 따라서 예술 작품 속의 편안함이란 이 세계를 '살 만한 곳'으로 만들고 싶다는 느낌의 다른 말이라고 할 수 있다.[112] 그래서 김현은 아름다운 이미지를 산출하려는 의지·욕망의 상상력은 세계를 살 만한 곳으로

108 「소설은 왜 읽는가」, 『전집』 7, 222쪽.
109 「요나 콤플렉스의 한 표현」, 『박상륭 소설집』 해설, 한국문학사, 1971, 『전집』 2, 429쪽.
110 「소설은 왜 읽는가」, 『전집』 7, 215쪽.
111 「진흙 덩어리들」, 『전집』 14, 432쪽.
112 「예술적 체험의 의미」, 『전집』 14, 323쪽.

만들려는 욕망과 동형이라고까지 말한다.[113] 소외되고 타락한 세계가 개조되어야 하는 것도 그 때문이다.

그러기 위해 작가가 우선해야 할 것은 현실을 '있는 그대로' 드러내는 일이다. 작가는 독자들에게 현실을 제시함으로써 독자들 스스로가 그 현실에 대해 생각하고 의문을 제시하여 혹은 분노하고 혹은 애정을 느낄 수 있도록 하지 않으면 안 되기 때문이다.[114] 동시에 인간의 행복한 삶이라는 이름 밑에 감춰진 훼손된 가치, 억압적 폭력, 이데올로기적 허구 등을 드러내는 작업은 현실을 있는 그대로 드러냄으로써만 가능하기 때문이다. '있는 그대로'의 현실에 대해 김현은 여러 곳에서 의미를 부여해왔다. 예컨대 1930년대 정치성을 배제한 문학이 한국민을 '있는 그대로' 그리겠다는 노력을 보여준 최초의 문학이라고 평가하고,[115] 삶의 무의미와 현기증 나는 존재의 허무성을 '있는 그대로' 받아들이면서 살기 위해서는 광기만이 유일하다는 것을 보여준 박태순의 「단씨의 형제들」은 60년대가 낳은 가장 우수한 문학이라고 상찬하며,[116] '있는 그대로'의 현실은 작가가 의지적으로 파악한 현실이며, 그 현실을 제대로 드러내기 위한 적합한 언어가 세련된 언어라고 주장한다.[117] 또한 정치적 야만주의나 심미적 추상주의에서 벗어나 한국 현실의 모순을 '있는 그대로'

113 「님과 사랑」, 『한국문학』, 1979.11, 『전집』 4, 96쪽.
114 「인간 본능의 왜소함을 직조」, 『중앙일보』, 1972.4.13, 『전집』 15, 44쪽.
115 「토속성과 세계성」, 『대학신문』, 1968, 『전집』 13, 434쪽.
116 「광신의 현실 파악」, 『대한일보』, 1970.12.2, 『전집』 15, 403쪽.
117 「1968년의 작가 상황」, 『사상계』, 1968.12, 133~134쪽.

드러내는 작업의 필요성을 강조하며,[118] 한국 현실의 기묘한 모순을 그
대로 기술하는 데에 한국 소설의 가능성이 있다고도 주장한다.[119] 이러
한 일련의 발언에 주목해보면 김현이 '있는 그대로'의 현실을 얼마큼 중
시했는지를 알 수 있다. 그 이유는 무엇보다 그러한 현실을 통해 삶과
진실을 드러내고, 그것과 대면하면서 보다 나은 세계와 삶, '살 만한 곳'
을 지향할 수 있기 때문이다.

> 예술에 있어 중요한 것은 어떤 모순을 해답과 함께 제기하는 것이
> 아니라 모순을 모순답게, 모순을 모순으로 인정하게끔 제기하는 것이
> 다.[120]

> 진정한 예술은 도식적인 해답을 제공하지 않는다. 진정한 예술은 삶
> 과 현실의 모순을 제기하고, 그러한 모순을 개인의 의식 속에 존재시킴
> 으로써 그 개인을 고문한다. 한국 소설의 가능성은 고문하는 기술 형식
> 을 발견하는 데서 찾아질 수밖에 없다.[121]

김현이 말하는 '있는 그대로'의 현실은 모사(模寫)적 차원이 결코 아니
다. 현실의 핵심을 깊은 통찰력으로 정확하게 파악하여 그 실체를 문학
적으로 드러낸 현실을 말한다. 그곳에 진실이 있다. 그러니까 '있는 그
대로' 현실을 드러낸다는 것은 불화를 불화답게, 모순을 모순답게, 결핍

---

118 「소재 확대, 사회 측면 해부」, 『대한일보』, 1971.4.20, 『전집』 15, 413쪽.
119 「한국 소설의 가능성」, 『문학과 지성』, 1970. 가을, 『전집』 2, 91~94쪽.
120 「전제 없는 상징, 지식인의 허약상」, 『대한일보』, 1971.3.11, 『전집』 15, 412쪽.
121 「한국소설의 가능성」, 『문학과지성』, 1970. 가을, 『전집』 2, 94쪽.

을 결핍답게 드러내는 것이다. 독자는 작가가 드러낸 현실의 구조를 자기 안으로 끌어들여 사회의 부조리한 여러 측면을 새롭게 발견하게 된다. 그럼으로써 가짜 화해, 가짜 행복, 가짜 욕망, 가짜 충족에서 빠져나와 불화를 불화로, 불행을 불행으로, 모순을 모순으로, 결핍을 결핍으로, 억압을 억압으로 인식하게 만든다. 바로 이 때문에 박상륭 소설의 화해의 세계는 그 어떤 소설보다도 불화에 대한 두려움과 저항 정신을 불러일으키고,[122] 최인훈의 소설을 읽으면 화해와 평화의 세계에서 벗어나 우리를 더욱 잔인하게 고문하는 불화의 세계로 들어가게 만든다.[123] 그것은 또한 김원일 소설이 독자에게 두려움과 공포를 주는 이유이며,[124] 이청준의 소설에서는 사회를 새로운 눈으로 보게 만드는 고문 장치인 것을 확인시켜준다.[125] 일상적 삶 속에 편안하게 잠든 의식을 끊임없이 일깨워 이 세계와 현실의 진정한 모습을 보여준다는 점에서 그것은 고문이다. 좋은 작품이 독자를 고문하는 이유도 여기에 있다. 이때 아름다움은 기존 질서를 부정함으로써 얻어지는 것이고, 그것은 고통스러운 현실 인식으로 나타난다.[126] 그러나 그 부정의 고통은 역설적으로 행복하다.

---

122 「요나 콤플렉스의 한 표현」,『박상륭 소설집』해설, 한국문학사, 1971,『전집』2, 433쪽.

123 「헤겔주의자의 고백」,『한국 대표 문학 선집』11,『전집』2, 335쪽.

124 「수동적 세계관의 극복」,『어둠의 혼』해설, 국민서관, 1973,『전집』2, 437쪽.

125 「긍정과 고문」,『뿌리깊은 나무』, 1976.4,『전집』15, 465쪽.

126 「비평의 방법」,『문학과지성』, 1980. 봄,『전집』4, 344쪽.

감히 말하거니와 가짜 화해로 끝나는 고통의 제스처보다는 끝내 부정적인 행복스러운 고통을 우리는 보여주지 않으면 안 된다. 고통의 제스처는 추하다. 그것은 결국에 가서는 불화를 가짜로 해소시키기 때문이다. …(중략)… 그러나 부정적인 고통은 역설적이게도 행복스럽다. 자신이 고통이 됨으로써 그 부정적인 고통은 모든 거짓 화해와 거짓 고통을 뚜렷하게 보여 주고, 결국은 인간이 행복스럽게 살지 않으면 안 된다는 것을 보여주기 때문이다. 우리는 고통하기 위해서 태어난 것이 아니다. 우리는 행복스럽게 살기 위해서 태어난 것이다. 그래서 우리는 고통스럽게 행복을 생각하는 것이다.[127]

있는 그대로의 세계, 어떻게 살기를 요구하는 세계, 그렇게 살지 않으면 이단시 되는 세계를 어떠한 위협에도 굴하지 않고 있어야 할 세계, 개조해야 할 세계, 자유롭게 살 수 있는 세계로 바꾸겠다는 의지 …(중략)… 말의 진정한 의미에서 창작품이란 정신의 자유를 억압하는 힘과의 싸움의 과정에서 얻어지는 것이라는 것을 입증한다.[128]

'있는 그대로'의 현실은 그 세계를 수락하는 것도 아니며, 또한 '있는 그대로' 드러난 현실에 멈추는 것도 아니다. 그 현실을 넘어서기 위한 것이다. 이때 부정적인 고통은 자신이 고통이 되어 행복한 삶을 싸워 얻게 하는 힘이다. 그것은 세계를 상투적으로 이해하고, 그 상투적 세계를 그대로 수락하지 않겠다는 의지와 결부되어 있다. 예술은 자신이 고통, 불행 그 자체가 되어 기존의 문화와 이데올로기를 부정하고 새로운 형태를 만들어야 한다.[129] 마치 책 읽기를 통해 자기가 불행이나 결핍이

127 「문학은 무엇에 대하여 고통하는가」, 『문학과지성』, 1975. 겨울, 『전집』 1, 「58쪽.
128 「획일주의에의 반성과 자성」, 『국제신보』, 1974.1.5, 『전집』 15, 302쪽.
129 『현대 프랑스 문학을 찾아서』, 홍성사, 1978, 87쪽.

되어, 충족이나 행복을 싸워 얻게 하는 움직임이며, 그런 의미에서 매우 고통스러운 작업인 것과 같다.[130] 현실을 그대로 수락하는 한 새로운 세계에 대한 전망이 생겨날 수 없는 것은 당연하다. 그래서 인간의 이름으로 인간을 불행하게 하는 모든 것에 대해 저항해야 한다는 김현의 전언은 "자기 손이 타는"[131] 한이 있더라도 포기할 수 없을 만큼 강렬했다.

그렇기에 우리가 알고 있듯, 김현이 70년대 중반 이후 일련의 비평적 작업을 통해 폭력의 구조와 억압의 부정적 힘에 대한 지속적인 탐색으로 나아간 것은 당연한 일이다. 그것은 폭력과 억압이 없는 사회에 대한 비평적 노력의 일환이었지만, 그 시작과 끝에 놓인 것은 자유롭고 행복하게 사는, 그 '살 만한 곳'을 향한 그의 근원적 소망이었다. 김현이 소설을 통해서 보고자 했던 것은 '있는 그대로'의 현실과 삶의 현장이었으며, 문학을 통해 이루고자 했던 것은 있어야 할 세계, 행복한 세계, '살 만한 곳'에 대한 꿈이었다. "글쓰기 자체가 사는 것 자체라는"[132] 것이 김현의 신념이고, 그의 비평이 '실존적 기획'으로서 자기 삶의 실현이었다면,[133] '살 만한 곳'에 대한 그의 지향은 삶의 기원(祈願)이자 문학의 기원(祈願)이었다고 할 수 있다.

130 「책 읽기의 괴로움」, 『세계의 문학』, 1984. 봄, 127쪽.
131 「전환기의 문학」, 『동아일보』, 1972.10.28, 『전집』 15, 293쪽.
132 「무엇이 지금 문제되고 있는가」, 『문학과지성』, 1976. 봄, 『전집』 1, 69쪽.
133 강경화, 「김현의 초기 비평에 나타난 주체화와 담론의 특성」, 『현대문학이론연구』 56집, 2014.3, 186쪽.

6. 맺음말

김현의 소설비평에 대한 집중적인 연구가 미흡하다는 문제의식에서 그의 소설비평에서 드러나는 비평 인식과 사유 체계의 구체적인 면모를 살펴보았다. 김현 비평의 전체적인 특성을 이해하려 한다면 이론비평의 실천적 현장인 소설비평 또한 세밀하게 고찰되어야 한다. 김현의 소설비평에 대한 고찰을 통해 알 수 있었던 것은 그의 비평 전체에 걸쳐 폭넓게 나타나는 김현 특유의 여러 개념들, 일테면 '풍속', '이념형', '새 것 콤플렉스', '역사의식', '문화의 고고학', '허무주의', '심리적 패배주의', '샤머니즘', '양식화', '있는 그대로', '살 만한 곳' 등등이 긴밀하게 연결되어 그의 비평적 사유 체계를 이루고 있다는 점이다. 또한 그가 문학론에서 제기했던 여러 비평적 문제들이 이론으로 끝나지 않고 구체적인 작품 분석에 적용되고 있음을 확인할 수 있었다. 실제로 풍속의 이념화, 역사에 대한 책임 의식, 투철한 시대 인식, 샤머니즘의 논리화, 패배주의의 극복, 있는 그대로의 현실 등은 소설을 이해하고 평가하는 중요한 척도였다.

아직 비평가로서 자기 정체성을 정립하지 못했던 김현이 자신의 비평 세계를 형성하기 시작한 것은 60년대 중반부터였다. 이후 김현이 비평적 노력을 기울인 것은 한국문학의 낙후성을 극복하는 일이었다. 60년대 중반의 경험적 현실과 이상적인 기대 지평 사이의 막막한 거리에 놓여 있던 그에게 그것은 당연하고 또한 절실한 문제였다. 한국 소설의 치명적 결함인 풍속의 부재, 풍속과 이념의 괴리 현상, '경험적인 것'과 '선험적인 것'이 전도된 '새것 콤플렉스', 역사의식의 불철저함과 세대적 책무의 방기, 비개성적 허무주의와 심리적 패배주의 등 김현의 눈에 비친 한국문학은 초라하였다.

이러한 진단에서 김현은 한국적 풍속의 형성을 주장하고, 역사적 책임에 대한 투철한 인식을 강조하였다. 또한 자신이 놓인 위치와 혼란된 양상의 근본 구조를 밝히는 문화의 고고학을 통해 한국문학의 새로운 이념형과 상상 체계를 탐색하였다. 이를 통해 '새것 콤플렉스'에서 벗어나고자 했다. 이와 짝을 이루는 과제가 샤머니즘과 허무주의와 극복이었다. 그것은 한국인의 상상 체계 또는 정신적 편향에 접근하려고 했던 김현의 비평적 탐구의 원점에 해당한다.

김현이 소설을 통해 읽어낸 것 중의 하나는 삶의 의지와 구원의 문제였으며, 평생에 걸쳐 그가 소망한 것은 행복하고 인간답게 사는 '살 만한 곳'이었다. 이를 위해 작가가 우선해야 할 것은 현실을 '있는 그대로' 드러내는 일이다. 그것은 불화를 불화답게, 모순을 모순답게, 결핍을 결핍답게 드러내는 것이다. 그럼으로써 인간의 행복한 삶을 파괴하고 훼손하는 억압적 폭력과 싸우면서 현실을 변화시킬 수 있다고 믿었다. 김현이 70년대 중반 이후 일련의 비평적 작업을 통해 폭력의 구조와 억압의 부정적 힘에 대해 지속적으로 탐색한 것은 그래서 자연스럽다. 물론 '살 만한 곳'이 사회적 합의나 공의(公義)를 이루기 어려운 추상적인 개념인 것은 분명하다. 그러나 김현이 소설을 통해서 보고자 했던 것은 '있는 그대로'의 현실과 삶의 현장이었으며, 문학을 통해 이루고자 했던 것은 있어야 할 세계, 행복한 세계, '살 만한 곳'에 대한 꿈이었다.

물론 이러한 과정에서 김현 역시 한때는 전통단절론에 경사되었고, '새것 콤플렉스'에 빠져 있었으며, 4·19세대의 역사적 책무와 문학적 의미를 적극적으로 옹호하는 한편, 50년대 문학은 실제 이상으로 폄하하기도 하였던 부정적 측면이 간과되어서는 안 될 것이다. 그러나 이러한 부정적인 모습은 점차 자기 성찰과 갱신을 통해 상당 부분 극복하는 방향으로 나타난다. 70년대 중반 이후 그가 이룬 결실은 이러한 자기 갱신과 노력의 결과였다. 또한 '문학은 써먹을 수가 없기 때문에 유용하다'는 특유의 문학론이 모리스 블랑쇼의 말처럼 '무용한 것으로 의도된 것이 항상 슬그머니 문화적으로 유용한 것으로 자신을 변화시킨다'는 측면에서 어쩌면 '자기기만'[134]일 수도 있을 터이다.

그러나 무엇보다 특히 한국문학의 낙후성을 극복하고 새로운 한국문학을 정립하기 위한 열정과 진정성이 김현 비평을 추동한 내적 동인이었던 사실은 높게 평가되어야 할 것이다. 1962년 "당신은 우리의 이름을 아시는가. 이 몸부림을 아시는가. …(중략)… 우리는 새로이 태어나기 위해 내 몸을 불사르는 불사조의 위치에 있었다."[135]로 시작하는 「당선소감」에서부터 만년에 이르기까지 김현의 비평 인식 전체를 일관한 것이 있다면 그것은 한국문학의 정립에 대한 바람이었다. '살 만한 곳'에 대한 김현의 지향이 삶의 기원(祈願)이자 문학의 기원(祈願)이었던 것처럼 건실한 한국문학을 정립하기 위한 그의 소망 역시 삶과 문학의 절실한 기원이었다.

---

134 페터 뷔르거, 『지배자의 사유』, 김윤상 역, 인간사랑, 1996, 105쪽.
135 「5회 신인작품 당선소감-광인대화초」, 『자유문학』, 1962.4, 83쪽.

제4장

|

김현의 대중문화 비평에 대한 고찰

1. 문제 제기

이 글은 김현의 대중문화 비평의 양상과 실체를 구체적으로 살펴보고, 그의 대중문화 비평이 갖는 의미를 재조명하려는 데 목적이 있다. 김현은 1962년 「나르시스 시론」으로 활동을 시작한 이후 문학의 자율성과 미학적 지평을 넓게 여는 데 앞자리에 섰으며, 평생에 걸쳐 건실한 한국문학을 정립하기 위한 남다른 열정과 노력을 보여주었다. 이러한 사실을 반영하듯 그의 비평적 업적과 관련하여 수많은 호평과 찬사가 있어왔으며, 그에 대한 연구 역시 여러 분야에서 다양하게 이루어져왔다. 이들 논의를 통해 김현 비평 전반에 대한 다면적이고 역동적인 모습이 깊이 있게 천착되었다.[1] 그런데 그러한 다양한 논의와 성과에도 불

---

1   강경화, 「김현 초기 비평의 나타난 주체화와 담론의 특성」, 『현대문학이론연구』
     56집, 2014.3, 174~175쪽.

구하고 아쉬운 점은 김현의 대중문화 비평에 대한 논의가 매우 미흡하다는 사실이다.[2] 물론 그에게 '문학'비평은 한 사람의 비평가로서 김현을 규정하는 절대적인 영역이며, 그를 둘러싼 수많은 논의와 평가의 핵심적인 부분이고, 그의 독창적인 시각과 비평적 혜안이 역력하게 발휘된 분야임은 분명하다. 이 점에서 문학비평을 중심으로 전개된 그동안의 논의는 당연한 현상이다. 하지만 김현 비평의 전체적인 모습을 제대로 이해하기 위해서는 문학비평의 한편에 대중문화에 대한 비평이 자리하고 있다는 것도 놓쳐서는 안 된다.

김현은 대중문화 비평이 본격적으로 시작되기 훨씬 전인 1960년대 후반부터 1980년대까지 대중문화 관련 글을 지속적으로 발표해왔다. 당시로서는 본격적인 비평의 대상으로 취급되지 않았던 대중문화에 대해,[3] 그것들은 현대사회에서 새로 생겨난 새로운 예술 형태라고 주장하

---

2   대표적으로 권성우, 「김현론」(김윤식 외, 『한국 현대 비평가 연구』, 강, 1997) ; 김성훈, 『한국 만화비평의 선구자들』(부천만화정보센타, 2007) ; 김성훈, 「김현의 '만화비평'에 관한 재발견」(『오늘의 문예비평』 77호, 2010. 여름) 등의 몇몇 논의들이 있을 뿐이다.

3   주지하듯 한국에서 대중문화 비평이 본격적으로 시작된 것은 1990년대에 들어서였다. 그것은 여러 사회문화적인 변화와 관련이 있는데, 다음의 기사는 1990년대 대중문화 비평가의 등장에 따른 문화적 현상의 변화를 잘 보여준다.

"영화, 비디오, 만화, 광고, 대중음악, 패션, 스포츠… 대중문화 전반에서 평론가들이 우후죽순으로 솟아나고 있다. 특정 분야만이 아니다. 대중문화 일반을 다루는 식자들이 문화평론가 또는 문화비평가란 이름으로 신문, 잡지, 주간지의 지면을 장식하고 있다. 가히 대중문화 평론가들의 시대다. 80년대까지 평론이라면 문학, 연극, 미술 등 고급예술을 대상으로 한 것을 지칭했다. 영화, 대중음악, 텔레비전 등은 품평의 대상은 됐을지언정 본격적인 비평의 대상은 아니었다. 그 시절 문학은 예술비평의 정점에 군림하며 고급한 담론을 독점하다시

면서 진지한 성찰의 대상으로 삼아야 한다고 강조해왔다. 그만큼 대중 문화에 대해 당대의 어떤 비평가보다 먼저, 그리고 집중적인 관심을 기울이면서 비평적 성찰을 수행하였던 것이다. 보수적이고 엘리트주의적인 시각이 지배적이었던 당시 문화계의 인식과 풍토를 감안하면 그의 대중문화 비평은 상당히 선구적이며 열린 비평적 시각이었다고 할 수 있다.

과연 김현이 기대하고 예견한 대로 20여 년이 지난 후 한국의 대중문화는 '대중문화 공화국'[4]으로 불릴 만큼 우리 문화계의 전체 지형도를 바꿔놓았다. 이 점에서 김현은 한국 대중문화의 새로운 지평을 열었다고 할 수 있다. 따라서 김현의 다채로운 비평 전체를 제대로 이해하기 위해서는 그의 대중문화 비평에 대해서도 심도 있게 살펴야 할 것이다. 그렇지 않을 경우 그것은 김현의 비평을 특정한 영역 속에 가두는 일이 될 것이며, 그의 비평이 갖는 중요한 측면을 놓치는 일이 될 것이다. 이러한 문제의식에서 이 글은 「소비문화의 환상」(1968.11) 등 『전집』에서 누락된 몇몇 비평문을 포함하여 대중문화 관련 비평문 전체를 대상으로 김현의 대중문화 비평에 대해 세밀하게 고찰하고자 한다.

피 했다. 문학평론가들은 문학을 자료로 삼아 세상을 평하는 문화비평가 몫까지 함께 했다. 90년대 들어 이 독점이 해체됐다. 온갖 장르의 문화에 비평의 현미경을 들이대는 새로운 스타일의 문화평론가들이 생겨나고 있다."(『한겨레』, 1997.5.23)

4   강준만, 『대중문화의 겉과 속』, 인물과사상사, 2013, 5쪽.

2. 대중문화 시대의 개막과 김현 초기 비평의 문화주의적 관점

1) 1960년대 사회문화적 상황과 대중문화 시대의 선언

한국에서 대중문화(예술)의 역사가 시작된 것은 일제강점기인 1920년대 무렵이었다. 『동아일보』, 『조선일보』 등의 민간 신문과 다양한 잡지의 창간, 라디오 방송의 송출, 음반 사업과 유성기의 보급, 대중가요의 유행과 영화의 제작 등을 통해, 비록 계층적으로나 양적으로 제한적이었지만, 문화의 산업적 생산과 상품 문화의 속성을 지닌 근대적 대중문화가 형성되기 시작하였다.[5] 이후 해방과 전쟁을 거치면서 미국 문화의 급속한 유입으로 한국의 대중문화는 미국식 대중문화의 절대적인 영향 아래 일반 대중의 삶 속으로 점차 확산되기 시작한다. 그러나 고등교육을 받은 새로운 대중과 새로운 문화시장의 형성은 60년대 중반 이후에야 비로소 가능해진다.[6] 한 연구자는 60년대 말부터 우리나라에서 전개되어온 문화 현상 가운데 가장 두드러진 특징은 대중문화의 급격한 팽창, 혹은 문화의 대중화 경향이었다고 지적한다. 매스미디어의 대량 보급, 산업화에 따른 도시화와 산업 노동자의 대량 등장, 경제의 팽창에 따른 문화 시장의 확대, 교육받은 인구의 증가 등이 상호 작용하여 그와 같은 문화 현상을 촉진시켰다는 것이다.[7] 점차 대중사회와 대중문화의

5   김창남, 『대중문화의 이해』, 한울, 2010, 117~119쪽.

6   이어령, 「대중문화시대의 개막」, 『신동아』 29호, 1967.1, 137쪽.

7   유재천, 「대중문화와 문화의 대중화」, 『문학과지성』 창간10주년 기념호 복간본, 2015.12, 282쪽.

시대로 접어들기 시작했던 1960년대 후반의 서울 풍경은 이러했다.

> 채 말도 또렷이 못하는 어린이가, 모여 앉은 친척 가족들 앞에서 약광
> 고 노래가 아니면 이른바 어른들의 대중가요를 숨가쁘게 읊조린다. 박
> 수갈채가 나온다. 덥수룩한 머리에 반장화 같은 것을 신은 10대들이 왁
> 자지끌한 음악에 도취되어 어깨춤을 춘다. 그런가 하면 주말도 아닌데
> 극장문이 메어져라 몰려나오는 사람들 틈엔 방금 본 멜러 드라마에 끌
> 려 흘린 눈물자욱을 감추지 못하는 여인네들의 모습이 눈에 뜨인다.
> 명동 어귀는 밤낮 없이 사람의 물결이 넘실거리고 그 속에 낀 군중 속
> 의 고독한 인간은 이미 초저녁부터 들이킨 막걸리에 거나하다. 서울의
> 거리도 이젠 대중들의 거리이고 그들은 대중문화 속에 몰입되어 자기를
> 잊은 채 하루살이 삶을 누리고 있다는 인상을 짙게 한다.[8]

"아버지는 유행가를 좋아하고 어머니는 TV를 보며 아이들은 아메리
칸 폽송을 들"[9]었던 이 같은 대중문화 시대의 개막을 상징적으로 선언
한 사람은 이어령이었다. 그는 '문제 제기의 명수'[10]답게 이미 1965년에
유행가 가사, 눈물의 코미디, 영화의 신인 발굴 시스템, 상습 도박 여배
우, 영화 검열, 스포츠, 관광 문화 등 대중문화의 부정적 측면을 꼬집은
바 있다.[11] 이어 1967년 1월 한국 대중문화 논의의 시발점으로 평가받기
도 하는[12] 「대중문화시대의 개막」을 발표한다. 이 글에서 이어령은 대중

8   김경동, 「대중사회와 대중문화」, 『사상계』, 1968.5, 121쪽.

9   오갑환, 「대중예술의 기능과 책임 – 한국의 대중문화는 실재하는가」, 『세대』,
    1968.6, 147쪽.

10 「한국비평의 가능성」, 『현대한국문학의 이론』, 민음사, 1974, 188쪽.

11 이어령, 「대중문화의 고발」, 『차 한 잔의 사상』, 삼중당, 1968, 135~149쪽.

12 「대중문화의 새로운 인식」, 『뿌리깊은 나무』, 1978.4, 『전집』13, 322쪽 ; 박상희,

문화 시장의 변화를 시기별로 정리한 뒤 다음과 같이 주장한다.

　　교육을 받은 새로운 대중의 출현과 그리고 매스콤이라는 문화의 전달
수단의 변화로 해서 이 땅에는 일찍이 보지 못한 급격한 대중문화가 싹
트기 시작했다. 전쟁과 그리고 매스콤의 시설부족으로 50년대까지 동면
상태에 있었던 대중문화가, 60년대에 이르러 결정적으로 새로운 문화시
장을 만들어내었다. 60년대의 한국문화는 여러 면에서 「대중의 시대」로
들어선 건널목이었다고 할 수 있다. …(중략)… 종전에 볼 수 없었던 매
스콤에 의한 새로운 대중이 이 땅에 군림하게 되었으며 다른 문화의 양
상에 커다란 변화를 가져오게 한 것이다. 시인이나 작가가 방송극을 쓰
고 스크립터로 전향해나가는 경향이나 대중을 사로잡았던 신문연재소
설이 그 빛을 잃어간 것만 해도 60년대에 일어난 새 현상이라 할 수 있
다. 여기에 다시 TV와 영화산업의 팽창으로 코메디안이나 배우와 탈렌
트의 새로운 형의 문화영웅이 탄생되고 있다.[13]

이전과는 다른 새로운 대중사회와 대중문화 형성의 기폭제는 무엇보
다 상업방송과 TV 등 다양한 대중매체의 출현이었다. 1960년대는 산업
화와 근대화 정책의 추진과 더불어 신문, 잡지, 라디오, TV 등 대중매
체의 제도적 정비가 이루어진 시기이다. 우선 라디오에서는 문화라디오
(1961), 동아라디오(1963), 동양라디오(1964)가 개국하고, 이와 더불어
1961년 공보부 주관으로 농어촌 라디오 보내기 운동이 전개되면서 라
디오의 보급이 폭증세를 보였다.[14]

　　「대중문화에 대한 기독교교육적 이해」, 장로회신학대학교 석사학위 논문, 2001,
　　76쪽.

13　이어령, 「대중문화시대의 개막」, 137쪽.

14　고정일, 「조선 창조경영의 도전자들」, 『주간조선』, 2015.9.21 ; 윤해동·천정

TV로는 KBS-TV(1961), TBC-TV(1964), MBC-TV(1970)가 개국했으며 TV 보급 대수와 시청 인구는 나날이 증가하였다. 또한『주간한국』(1964),『주간중앙』(1968),『선데이서울』(1968),『주간조선』(1968),『주간경향』(1968),『주간여성』(1969) 등의 주간지들이 창간되어 대중적 인기를 구가한다. 이들 대중매체를 통해 대중문화가 확산되면서 한국 사회는 급속하게 대중사회와 대중문화의 시대로 접어들게 되었다.

그러나 대중문화가 사회 저변으로 확대되고 있었던 것은 분명하지만 1960년대 한국 사회에서 대중문화 시대는 아직 '개막'에 지나지 않았다. 대중문화의 완연한 개화를 이루기에는 경제 · 사회 · 문화적 기반은 턱없이 허약했다. 이러한 진단은 곳곳에서 확인할 수 있다. 가령 당대의 한국 사회는 서구 사회의 "현대 대중사회적 생활방식을 부식(扶殖)해 들여오고 있는 과정 속에 있"[15]었고, 우리나라의 대중화 현상은 아직 "외래문화의 영향 아래 피상적으로 이룩된 것"이어서 "서구 사회같이 사회 전 구조 면에서 대중화 현상이 충만하다고는 도저히 말하기 어"[16]려운 수준이었다. 더욱 문제적인 것은 대중문화의 주된 수요층이 대중 일반이 아니라 소수의 중상류층에 한정되어 있었다는 점이다.

> 소위 대중 예술의 영역은 아직도 한국에서는 넓지가 못하다. 텔레비는 서울의 중상류의 독점물이고 영화는 도시 중간층 이상의 오락장소이다. 잡지의 독자는 더욱 적다. 라디오만 해도 아직도 도시적인 것이다. 역시 대중 예술이란 도시의 것이지 농촌의 것은 아니다. 도시민도 전부

　환 · 허수 외 3인 편,『근대를 다시 읽는다 1』, 역사비평사, 2006, 406쪽.
15　고영복,「대중사회에서의 여가와 오락」,『세대』, 1968.6, 142쪽.
16　김경동,「대중사회와 대중문화」,『사상계』, 1968.5, 125쪽.

의 것이 아니고 생활의 최소한 여유를 가진 중류와 상류의 것이다. 즉 한국의 대중 모두의 것이 아니고 일부 대중의 것일 뿐이다.[17]

때문에 대중사회와 대중문화의 현상을 점검하고 분석하는 당대 논의의 대부분은 서구, 특히 미국 사회를 전제로 하고 있었다. 이러한 현상은 미국과 한국의 경제·사회·문화적인 기반을 고려하면 당연한 일이다. 단적인 예로 대중문화의 가장 보편적인 매체이자 중심적 위치를 차지하는 TV 보급률의 격차는 이를 상징적으로 보여준다. 대중사회와 대중문화에 대해 진지하게 논의되던 1961년 미국의 텔레비전 보급 현황을 보면 총 가구 수 53,464,000가구에 TV 보급 대수는 57,600,000대였다.[18] 그러니까 가구당 보급률(대/가구)이 1.078대였는 데 비해, 우리나라는 1985년에 0.69대였고, 1989년에 와서야 가구당 1대에 해당하는 1.04대에 이르게 된다.[19] TV 보급률로만 본다면 미국과 25년 정도의 시차가 있었던 셈이다.

이처럼 1960년대 한국 사회는 아직 서구에 미치지 못한 수준에서 이제 겨우 대중문화 시대로 전환하는 단계에 있었다. 그럼에도 분명한 것은 대중문화가 1960년대 사회 전반에 걸쳐 중요한 위치를 차지하게 되었다는 사실이다. 소위 고급예술(Superior arts)인 순수시, 회화, 조각, 음악, 연극 등의 생산층과 소비층은 극히 소수에 지나지 않은 반면, 매스

17 오갑환, 「대중예술의 기능과 책임 – 한국의 대중문화는 실재하는가」, 『세대』, 1968.6, 146쪽.
18 강현두, 「역자해설」, 『대중시대의 문화와 예술』, 홍성사, 1980, 7쪽.
19 전력거래소, 「가전기기보급률 조사 통계 결과 공표」, 2012.3.16.

미디어를 통해 전파되는 잡지, 소설, 만화, 라디오, 텔레비전, 영화 등의 대중예술은 수백만의 청중을 갖고 있으며, 그 때문에 "오늘날 우리 사회를 지배하고 있는 새로운 예술 형태로 가장 두드러진 것은 역시 대중예술"[20]이라고 진단하곤 하였다. 이러한 사회문화적 상황을 반영하듯 1960년대 후반부터 대중사회와 대중문화에 대한 진지한 논의와 연구가 진행되기 시작하고, 당대의 주요 종합지들 역시 영화, 만화, 연극, 텔레비전 등 대중문화와 관련된 다양한 담론들의 장을 마련하였다.

예를 들면 「지난달의 영화」(1960.10~1961.11)와 「영화편상」(1962.1~1964.5)을 연재한 바 있던 『사상계』는 1965년엔 「대중 속의 지식인」을 특집으로 준비하는가 하면, 1968년엔 「예술의 프리즘」란을 통해 음악, 전위예술, 재즈, 미술, 오페라 등에 대한 기사를 연재하였다. 『창작과비평』 역시 영화에 관련된 글들을 담아내고 있다.[21] 특히 『세대』는 「세대 레뷰」를 통해 출판, 과학, 미술, 음악, 영화, 건축, 방송비평 등을 시리즈로 연재하는가 하면, 대중사회와 대중문화, 대중오락,[22] 영화,[23] 텔레비

---

20 오갑환, 앞의 글, 145~146쪽.

21 대표적인 예로, A. 하우저, 「영화의 시대」, 백낙청 역, 『창작과비평』, 1966. 가을 ; 김수영, 「영화수상(隨想)」, 『창작과비평』, 1967. 여름 ; 최인훈, 「영화수상(隨想)」, 『창작과비평』, 1967. 겨울 등을 들 수 있다.

22 고영복, 「대중사회에서의 여가와 오락」, 『세대』, 1968.6 ; 오갑환, 「대중예술의 기능과 책임」, 『세대』, 1968.6 ; 임영, 「한국대중의 오락수준」, 『세대』, 1968.6 ; 고명식, 「대중쾌락주의의 기수 휴 · 헤프너—성의 개방을 주장하는 「프레이보이」지의 총수」, 『세대』, 1969.1 등

23 변인식, 「반 · 문예영화론」, 『세대』, 1968.1 ; 「방화와 시네포엠」, 『세대』, 1968.2 ; 「외화의 고급관객」, 『세대』, 1968.3 등의 연재물 ; 김준길, 「한국의 연극 · 영화 주인공성격」, 『세대』, 1970.5 ; 최명관 · 홍윤숙 · 민희식 · 민영빈 등의 「영화단

전,[24] 대중영웅,[25] 주간지,[26] 캐리커처,[27] 해외 만화 소개,[28] 인기 배우 등 다양한 대중문화 담론들을 지속적으로 기획하여, 대중문화의 양상과 특성을 기민하게 반영하고 있다. 이렇듯 사회 전반의 분위기나 문화계의 추세로 볼 때 1967년 이어령의 '대중문화 시대의 선언'은 공연한 과장이나 호들갑이 아니었음을 알 수 있다.[29] 물론 한국의 대중문화가 "값싼 현실도피, 저속성의 추구, 품위의 결여, 지나친 성의 노출, 악과 폭력의 무분별한 도양(跳梁), 센세이셔널리즘의 병적인 강조 등을 두드러진 특색으로 하고 있다."[30]는 비판적인 시각이 완강했던 것도 사실이다. 하지만 대중문화가 사회 저변으로 확대되고 그 영향력 또한 급속히 확대되리라는 것을 당대의 문화계와 사회학계에서는 불가피한 사실로 받아들이고 있었던 것이다.

상」 시리즈.

24 문영림, 「매일밤 1000만 명이 보는 TV시대의 우상 : 죠니 · 카슨」, 『세대』, 1969. 3 ; 박무승, 「텔레비전문명은 세계를 삼킬 것인가」, 『세대』, 1970.12 등.

25 김희준, 김지미 · 조오련 · 신성일 등에 관한 「대중영웅론」(1970.6~1971.3 연재).

26 최창용, 「한국판현대삼국지〈주간지〉: 선데이서울 · 주간경향 · 주간여성」, 『세대』, 1970.10.

27 허례허식10장, 현대미신10장, 낭비학10장, 샐러리맨의 1일, 오락10태, 교통지옥해소10안 등 각각의 주제를 글과 그림으로 연재한 「캐리커처」 시리즈 (1969.1~1970.5).

28 「해외만화지상박람회」(1970.9~12), 「해외명작만화순례」(1971.1~1971.10).

29 이는 새로운 문화시장의 분석을 통해 1970년대 한국문화의 양상을 여섯 가지 패턴으로 정리했던 이어령의 전망이 70년대에 생겨난 문화적 상황과 거의 비슷하게 맞아 떨어진 데서 확인할 수 있다. 이에 대해서는 이어령, 「대중문화시대의 개막」, 『신동아』 29호, 1967.1 참조.

30 여석기, 「정책의 빈곤 · 대중문화의 타락」, 『사상계』, 1968.5, 162쪽.

2) 김현 초기 비평의 문화주의적 관점

1960년 후반 사회·문화계를 중심으로 대중문화가 확산되고 있던 상황에서 김현은 본격적인 대중문화 논의의 중심에서는 비켜나 있었다. 대신 문학비평가로서 한국문학을 해석하고 평가하는 그의 몇몇 초기 비평에 문화주의적인 관점이 반영되어 있음을 볼 수 있다. 1962년 등단한 이후 아직 비평가로서 자기동일성도, 세대론적 주체화도, 한국문학의 정체성도 정립하지 못했던 미정형의 '흔들림' 속에 놓여 있던 김현이 점차 자신이 비평 세계를 형성하기 시작한 것은 60년대 중반부터라고 할 수 있다. 60년대 중반 이후 김현은 비평적 판단의 준거로서 프랑스 문학을 앞세웠던 경향이 현저히 줄어들면서 한국문학의 틀과 미학을 찾기 위한 탐색으로 나아간다.[31] 이러한 변화와 더불어 그가 지속적으로 탐구했던 것은 한국문학의 낙후성을 극복하고 건실한 한국문학을 정립하는 일이었다. 한국문학의 낙후성을 극복하려는 그의 구체적인 작업은 한국문학의 틀과 이념형의 탐색, 새것 콤플렉스의 탈피, 허무주의와 샤머니즘의 극복 등으로 진행되는데, 특히 그가 소설에서 중요하게 탐색했던 것은 한국적 풍속의 정립이었다. '풍속'에 대한 관심을 통해 김현의 문화적인 시각을 찾아볼 수 있다.

'풍속'이란 한 시대와 다른 시대를 구분하는 시대의 매너를 의미한다.[32] 그가 파악하기에 당대 한국문학에서 전통의 단절 여부나 문학의

31 강경화, 「김현의 소설비평에 대한 연구」, 『정신문화연구』 141호, 2015. 겨울, 66쪽.

32 「풍속적 인간」, 『한국문학』, 1966. 가을·겨울, 『전집』 2, 354쪽.

현실 참여는 오히려 피상적인 문제였다. 문제의 본질은 시대의 매너를 찾아내는 일에 있다고 판단했다.[33] 그 때문에 그는 여러 비평문에서 '풍속'의 중요성을 되풀이 강조하고 있다.[34]

그가 강조하는 '풍속'에서 우리가 주목해야 할 것은 우선 풍속의 구체적인 세목에 있다. 김현에 따르면, 인사말의 어조와 말다툼할 때의 말투, 속어와 유머와 유행가의 음조, 어린애들이 노는 법, 급사가 접시를 놓을 때의 몸짓, 우리들의 좋아하는 그 "음식의 성질"에 의해서 소설의 인간은 '만들어'진다. 또한 모파상의 살롱 분위기, 플로베르나 발자크의 시민 계급의 풍습, 미첼의 남부 미국의 풍습, 혹은 톨스토이, 체홉의 제정 러시아의 찐득찐득한 분위기, "때로는 복장과 장식에 의해서, 때로는 어조·몸짓·강조·리듬, 때로는 특별한 빈도와 특별한 의미를 갖고 사용되는 말에 의한 사소한 동작에 의해서" 암시된다. 이것은 그러므로 필연적으로 한 문화에 속하는 사람들을 모으고 다른 문화에 속하는 사람들과 구별하게 하는 것을 말하고 있다.[35] 그러니까 풍속이란 구체적인 삶의 현실이자 한 사회의 독특한 문화 속에 자라나 일정한 형식을 갖춘 생활방식의 총화라고 할 수 있다. 이런 '풍속'이야말로 문화를 구성하는 중요한 요소라고 할 수 있는데,[36] 이 점에서 풍속을 강조하는 김현의 시

33 「한국문학과 전통의 확립」, 『세대』, 1966.2, 252쪽.

34 「젊은 세대의 문학」, 1966.7, 『전집』 13 ; 「한 외국문학도의 고백」, 『시사 언어 연구』, 1967.6 ; 「글은 왜 쓰는가」, 『예술계』, 1970. 봄 ; 「광신의 현실 파악」, 『대한일보』, 1970.12.2 ; 「풍속과 이념의 괴리 현상」, 『대한일보』, 1971.1.14 ; 「개화기 문학의 두 측면」, 『반고비 나그네 길에』, 지식산업사, 1978 등.

35 「풍속적 인간」, 『전집』 2, 354쪽.

36 문화는 뜻을 분명히 표현할 수 있는 말(articulate speech), 말로 표현될 수도 있고

각에 그의 '문화주의적 관점'이 반영되어 있다고 할 수 있다.[37]

다음으로 '풍속'에 주목해야 할 두 번째 사항은 문화의 고고학적 탐색과의 관련이다. 김현은 '풍속'의 부재를 한국문학의 본질적인 문제라고 판단했다. 그가 '풍속'의 중요성을 계속 강조했던 이유도 한국소설의 가장 치명적인 결함이 바로 이 풍속의 결여에 있다고 파악했기 때문이다.[38] 그런데 문제는 이러한 치명적인 결함의 근본 원인이 서구문학을 직수입했던 한국문학의 태생적 한계에 있었다는 사실이다. 다시 말해 서구에서 경험적인 과정을 통해 형성된 것을 우리는 한국사회와 상관없이 선험적인 것으로 받아들인 결과인 것이다. 이처럼 한 사회의 독특한 구조 속에 형성되고 발전해온 외국의 풍속을 아무 반성도 없이 마치 우리 것인 양 받아들이는 것을 김현은 '착란된 풍토'[39]라 불렀다. 착란된 풍토의 정신적 기반을 이루는 것은 다름 아닌 한국문학의 고질적 질병인 '새것 콤플렉스'이다.[40] 이러한 새것 콤플렉스를 극복하려는 김현의 작업

또한 표현되었던 신앙, 그리고 관습, 인습적인 태도, 도구, 그릇, 장식품, 또한 의복 등으로 구성되어 있다. 레스리 A. 화이트, 『문화의 개념』, 이문웅 역, 일지사, 1981, 23쪽.

37 문화주의는 오페라 발레, 연극, 고전음악, 미술 등 고급문화의 편견에서 벗어나 대중적 취향을 반영하는 문화들에 대해 더 큰 비중을 두고 문화현상을 분석하고자 한다. 황인성, 「구조주의와 기호학 그리고 문화연구」, 정재철 편저, 『문화연구 이론』, 한나래, 1998, 11쪽. 또한 문화주의적 사고의 핵심은 문화가 역사적 산물임을 이해하고 그 의미와 기능을 비판적으로 볼 줄 아는 것이다. 김창남, 『대중문화의 이해』, 한울, 2010, 29쪽.

38 「풍속적 인간」, 『전집』 2, 357쪽.

39 「한 외국문학도의 고백」, 『시사 영어 연구』 100, 1967.6. 『전집』 3, 19~21쪽.

40 「1968년의 작가 상황」, 『사상계』, 1968.12, 130쪽.

은 자신의 위치에 대한 문화사적 탐구인 '문화의 고고학'으로 이어진다.

> 역사의식은 서구와 우리 사이에 존재하는 간격을 이해하고, 그 문화
> 구조의 공접(共接)부분 공접하지 않는 부분을 밝혀내는 일을 말한다. 그
> 것은 일종의 문화의 기원학이며 고고학이다. 서구정신의 형성이 어떠한
> 바탕 위에서 어떻게 형성되어 나왔는가, 그 문화의 기원은 어떤 것인가.
> …(중략)… 그때에는 우리 문화 혹은 정신의 고고학과 동시에 이루어져
> 야 한다.[41]

우리 문화의 근본적 양상을 밝히려는 문화의 고고학은 우리의 발상법
은 무엇이고, 서구와는 어떻게 다르며, 왜 그렇게 되었는가를 밝히는 일
이다. 그것은 우리 문화가 커온 '자리'를 알아내는 것, 그리고 우리 문화
의 전통적인 기반을 과거의 문학작품 속에서 추출해내는 작업과 통한
다.[42] 그래서 문화의 고고학은 자신이 놓인 위치와 자기 문화의 특수성
에 대한 인식을 전제로 한다.[43] 김현이 한국인의 정신적 편향 혹은 상상
체계를 지속적으로 탐색한 것도 이런 문제의식에서였다. 그가 "한국 문
학사를 점철해온 새것 콤플렉스는 한국인의 상상력의 편향이 밝혀지지
않은 데 대한 음험한 징벌"[44]로까지 받아들였던 것도 이 때문이다. 이처
럼 시대의 매너이자 문화의 세목으로서 '풍속'은 선험적인 것과 경험적
인 것, 새것 콤플렉스, 문화의 고고학 등 김현 비평의 중요한 인식적 고

제1부 김현 비평의 주체화와 비평 인식

---

41 「한국현대소설을 진단한다」, 『현대문학』, 1968.1, 333쪽.
42 「한 외국문학도의 고백」, 『시사 영어 연구』100, 1967.6, 『전집』3, 22쪽.
43 「글은 왜 쓰는가—문화의 고고학」, 『예술계』, 1970. 봄, 『전집』3, 28쪽.
44 「여성주의의 승리」, 『현대문학』, 1969.10, 『전집』3, 105쪽.

리를 형성하며, 그러한 인식의 밑자리에는 문화주의적 시각이 놓여 있다.

자기 문화의 특수성에 대한 문화의 고고학적 인식은 당대 한국 사회와 문학을 바라보는 시각에서도 그대로 이어진다. 「소비문화의 환상」이란 글에서 김현은 문학에 대담하게 도입된 '성'의 문제를 비판적으로 제기한다.

> 최근에 발간된 몇몇 주간지의 선정적인 기사들, 동대문 시장에서 대량으로 판매되는 싸구려 「에로」 소설의 범람, 그리고 사람들 의식 속으로 급속히 파고 들어가고 있는 쾌락제일주의 등은 사태의 추이를 심상찮게 바라보는 많은 사람들을 실망시켜왔다. 심지어 모 주간지에서는 「터키탕」에 관한 기나긴 안내 기사를 실어놓고서, 그 다음 호에서는 「그 기사가 제일 재미있었다」는 식의 독자 투고를 실을 정도로 대단한 자부심과 의욕을 표명하고 있다. 이러한 사태와 내면적으로는 긴밀한 관련을 맺고 있는 것이겠지만, 문학의 영역에서까지 이러한 류의 쾌락제일주의가 극적으로 팽창되어가고 있다.[45]

1960년대 후반 몇몇 주간지와 월간지의 선정성과 음란성은 서울대 학생들이 주간지 불매운동(1969년 6월)을 벌일 만큼 심각한 수준이었다. 예를 들면 『선데이서울』의 경우 철두철미한 흥미 위주의 오락잡지로서 과부와 젊은이 사이의 불륜 치정, 전위예술의 노출증, 스타들의 이면 생활, 나이트클럽의 흐느끼는 여체의 신비상, 오나시스의 절륜(絶倫)한 정력 등과 같은 성적 욕망과 환상을 표현하고 있으며, 『주간여성』은 여

---

45 「소비문화의 환상─오도되고 있는 성의 문학」, 『세대』, 1968.11, 282쪽.

성 문제를 둘러싼 스캔들 발굴이나 섹스 기사를 자주 싣고, 『아리랑』이
나 『인기』 등의 월간지는 선정성으로 검찰에 의해 기소되기도 하였다.[46]
김현의 위의 비판은 이러한 사정에서 연유한다.

그렇긴 하지만 김현은 성, 섹스, 에로, 성개방 등 당대의 성문화에 대
해 매우 보수적이었다. 훗날 그는, 인간은 "아이를 낳기 위해서 서로
의 살을 섞는 게 아니라, 서로를 사랑하기 위해, 즐기기 위해 살을 섞는
다."[47]는 바슐라르의 행복한 인간관에 공감하지만, 1960년대 후반 성의
개방성에 대한 김현의 인식은 경직되어 있었다. 이를테면 "성의 개방이
란 개인이 가족 단위로 존립할 수 있는 마지막 방도"[48]라거나 "결혼의 약
속 없는 성교란 파렴치의 극치이다."[49] 또는 프랑스의 에로 문화에 대해
"성을 이렇게 공개적으로 팔아도 괜찮은 것일까"[50]라고 질문하는 데서
확인할 수 있다.

그런데 김현이 성의 문학을 부정적으로 바라본 데는 기본적으로 성의
개방에서 받은 약간의 불쾌감 혹은 혐오감과도 무관하지 않다.[51] 하지
만 근본적인 이유는 '성'을 통한 쾌락주의가 문학작품에 빈번하게 나타
나고 있기 때문이었다. 더욱이 그러한 현상에는 우리 사회에 대한 고려

---

46 최창용, 「선데이 서울·주간경향·주간여성─주간지 시대의 선두를 차지하기
    위한 3파전」, 『세대』, 1970.10.
47 「상상력과 행복감」, 『현대프랑스 문학을 찾아서』, 홍성사, 1978, 302쪽.
48 「소비문화의 환상─오도되고 있는 성의 문학」, 『세대』, 1968.11, 290쪽.
49 「무협소설은 왜 읽히는가─허무주의의 부정적 표출」, 『세대』, 1969.10, 『전집』 2,
    232쪽.
50 「성은 어디까지 해방될 수 있는가」, 『서울평론』, 1975.2.20, 『전집』 13, 413쪽.
51 「소비문화의 환상─오도되고 있는 성의 문학」, 『세대』, 1968.11, 283쪽.

가 없는 새것에 대한 맹목적인 추종, 곧 '새것 콤플렉스'가 깔려 있다고 판단했기 때문이다. 「소비문화의 환상」에서 김현은 티보데의 소설론을 참고하여 서구 사회에서 성이 등장하게 된 사회·문화적인 상황을 중세 사회로부터 부르주아지 문화와 풍속, 나아가 20세기로 이어지는 사회 변천의 과정으로 서술한다. 그에 따르면 성의 문화는 20세기 부르주아 사회가 심각한 위기에 직면한 뒤에 천착하기 시작했다는 것이다. 그렇게 천착된 '성'은 그러므로 쾌락의 도구가 아니라 새로운 사회를 향해 열려 있는 통로인 셈이다. 이때 새로운 사회는 소비사회를 의미한다. 그렇다면 당대의 한국 사회는 소비사회인가? 다시 말해 산업화가 고도로 발달한 사회인가? 당시 사회학자들은 현대사회를 대량생산에 따른 소비사회로 규정한다. 하지만 그것은 당대 한국 사회가 아니라 앞으로 예견되는 사회이거나 대량생산이 대량소비를 만들어내고 있는 미국 사회를 전제로 하고 있다.[52] 그럼에도 '한국 사회=소비사회'라는 환상과 가설 아래 '성'을 도구로 삼은 문학은 나쁜 상상력을 자극하는 불순한 정신의 대표적인 것이라고 비판한다. 그러니까 김현이 보기에 서구 사회에서 성이 자체 내의 모순을 극복하기 위해 제기되었다면, 한국에서는 하나의 사조로서 실험적으로 직수입되었던 셈이고, 그것은 우리 사회와 문화에 대한 고려가 없는 새것에 대한 맹목적인 추종에 불과할 뿐이었다.

이처럼 문학작품을 분석하고 평가하는 데에 사회문화적 관점을 보여주었던 김현이 대중문화 자체를 직접 분석의 대상으로 삼은 것은 무협

---

52 고영복, 「대중사회에서의 여가와 오락」, 『세대』, 1968.6 참조.

소설이었다. 무협소설은 선정적인 주간지와 더불어 남성들의 판타지를 반영하는 저급한 싸구려 대중문화를 대변한다.

> 황당무계한 기연(奇緣)의 연속, 주인공의 어처구니없는 초능력, 지루할 만하면 등장하는 싸구려 외설, 기본적인 문법조차 지키지 않은 엉터리 문장, 한 문장으로 한 단락을 구성해 놓은 시원한(?) 본문편집, 두껍지만 잘 부스러지는 질 나쁜 종이, 그리고 가끔씩 눈에 띄는 라면 국물들… 어린 시절 대여점에서 빌려보았던 무협소설에 대한 인상들이다.[53]

이것만이 아니다. 중간중간 얼룩진 배설물의 흔적들을 포함하여 무협소설의 이미지는 어둡고 음습하다. 그럼에도 김현은 「무협소설은 왜 읽히는가」를 통해 무협소설에 대해 진지한 고찰을 시도한다. 이 글은 "본격적인 무협소설 비평의 효시"[54]라고 평가받을 만큼 "김현이 대중문화에 대한 인식을 최초로 체계적으로 보여주"면서 "무협지 문화(대중문화)에 대해 냉철하게 탐구하고 있다는 점에서 그 선구적인 의의를 찾을 수 있"[55]는 글이다. 김현이 당시로서는 희귀하게, 아니 최초로 무협소설을 본격적인 분석의 대상으로 삼은 것은 김현 자신이 무협소설에 상당한 매력을 느낀 독자였기 때문이다. 실제로 그의 말처럼 김현은 무협소설에 대한 성찰을 위해 번역의 문제, 독자층, 출판사, 대서점 등에 대해 탐문하였으며, 또한 무협소설의 정형화된 틀, 기본 줄거리, 무술의 습득 과정, 마두의 독과 거처의 표상 등에 대한 서술은 무협소설을 탐닉한 사

---

53 김동식, 「신무협에 투영된 한국사회」, 『데일리한국』, 2003.10.28.
54 위의 글.
55 권성우, 「김현론」, 김윤식 외, 『한국 현대 비평가 연구』, 강, 1997, 356~357쪽.

람만이 쓸 수 있을 만큼 요령 있게 정리되어 있다.

그러나 그것만이 아니다. 김현이 무협소설을 분석한 애초의 의도는 한국의 비개성적 허무주의와 관련해서였다. 허무주의는 샤머니즘의 극복과 더불어 김현이 "한국문학의 여러 측면을 조사함으로써, 한국인의 상상 체계에 접근해나가려고 애를 쓴" 그의 모든 탐구의 '원점'에 해당한다.[56] 그는 당시에 가장 대중적인 인기를 누렸던 무협소설의 분석을 통해 무협소설에 대한 중산층의 지대한 흥미는 개인의 무력함이 바탕이 된 비개성적 허무주의의 음험한 발로라고 파악했다. 그래서 김현은 이 글에서 두 가지 문제를 진지하게 따지고 있는데, 첫 번째의 문제의식은 무협소설은 '왜 예술이 아닌가' 하는 문제이다.

> 교양소설은 한 개인의 형성을 있는 그대로 묘사함으로써 독자를 그 세계 속으로 이끌고 간다. 그렇지만 독자 자신으로는 그 세계란 무섭고 불편한 세계이다. 그 세계 속에서는 일상의 편안함마저 불편한 것으로 느껴지며, 쾌락은 증오와 혐오로 느껴진다. …(중략)… 예술이란 그런 의미에서 자각이며 고문이다. 그것은 인간의 여러 가능성을 하나하나 확인해주며, 그중의 어느 하나만을 택한 것에 대해 질타한다. 예술은 순간적인 쾌락이 아니라, 오히려 계속적인 자기 각성이다.[57]

무협소설의 주인공들에게는 생의 의미란 미리 주어져 있으며, 사회인이 된다는 것은 그것을 완전히 자기 것으로 만든다는 것을 뜻한다. 그들에게는 존재의 무의미성, 존재의 다면성이란 없다. 생의 의미는 단 하나이며 그들은 그것을 위해 싸운다.

---

56 「샤머니즘의 극복」, 『현대문학』, 1968.11, 296쪽.
57 「무협소설은 왜 읽히는가―허무주의의 부정적 표출」, 『전집』 2, 235쪽.

교양소설의 주인공들은 그렇지 않다. 그들은 존재의 무의미함, 존재의 다면성을 깊이 알고 있다. 다만 어느 계기를 통해 그 한 면을 택하지만 그것이 절대적이라고는 생각하지 않는다. 그래서 그들은 항상 주저하고 더듬거리고 모색한다. 예술이 이런 모색 이외의 다른 아무것도 아니라면 무협소설은 분명히 예술이 아니다.[58]

김현에 따르면 예술은 자각이며 고문이다. 그 점에서 교양소설은 진정한 예술이다. 그러나 무협소설은 교양소설과 같은 생의 형성이란 없다. 무협소설이 보여주는 것은 기존 윤리의 확대이며 성공한 인간의 확인에 불과하다. 이 점에서 무협소설은 추상적 개념을 확대하여 인간을 없애고 독자의 의식마저 마취시킨다는 것이다. 고문과 모색이야말로 예술의 핵심 사항으로 파악한 김현에게 무협소설은 진정한 예술이 될 수 없었다.

다음으로 김현이 집중했던 것은 무협소설은 '왜 비개성적 허무주의와 밀접한 관련을 맺고 있는가' 하는 문제이다. 중산층은 한 시대의 사회적 성격을 결정짓는다. 그런데 자본주의의 발달로 개인의 무력함과 무의미성은 점차 중산층을 파고들고, 매스미디어의 발달은 그들의 비개성화를 더욱 심화시킨다. 김현은 이러한 중산층의 비개성적 성격이 무협소설에 대한 기호로 나타난 것으로 분석한다. 말하자면 중산층은 무협소설 속에 나오는 기인·고수들의 상투적인 틀 속에 안주함으로써 현실을 떠나 '환각제의 세계'로 도피하는 것이다. 그의 말처럼 "문학작품은 반드시 독자들을 전제로 하고 있으며" 그 독자들의 반응은 "문학에 대한 그 사회

---

58 위의 글, 236~237쪽.

의 반응에 다름 아니"[59]다. 이런 측면에서 보자면 무협소설에 탐닉하는 현상에 일상의 불안과 초조를 벗어나려는 한국 중산층의 무의식적 심리가 반영되어 있다는 김현의 문화사회적인 분석은 높이 평가할 만하다.

하지만 그의 생각처럼 무협소설이 설혹 독자들을 일시적인 쾌락에 빠지게 하고, 삶에 대한 반성을 불가능하게 하며, 사고의 정당한 진전을 방해한다는 점에서 '나쁜 작품'[60]일 수는 있다. 하지만 그것이 예술이 아니라고 단정할 근거로는 턱없이 미약하다는 점은 지적하지 않을 수 없다. 예술은 분명 고문과 자각과 모색만으로 규정할 수 없는 그 이상의 세계를 형성하기 때문이다.

또한 교양소설과 무협소설의 대비를 통해 예술과 비예술의 경계를 가른 뒤, '무협소설은 분명히 예술이 아니다'고 강조하는 그의 인식을 통해 그가 당시에는 예술을 '교훈'과 '반성'으로 바라보는 공리적이고 계몽주의적인 입장에 기울어져 있었음을 알 수 있다. 사실 이러한 입장이야말로 김현의 근본적인 예술관이자 문학관이었다. 그는 평생에 걸쳐 예술 작품이란 인간의 감정과 인식을 끊임없이 자극하고 고문하는 것이라고 믿었다. 그럼에도 김현은 「무협소설은 왜 읽히는가」에서처럼 무협소설을 진정한 예술에 미달하는 저급한 문화의 한 표상으로 평가하면서도, 흔히 고급예술이라고 불리는 순수한 소설이나 시만이 아니라 무협소설과 같은 대중문화적 현상도 '곰곰이 생각'[61]하고 진지하게 성찰할 대상으로 삼았던 것이다.

---

59 「문학이란 무엇인가」, 『한국문학』, 1973.11, 『전집』 2, 156쪽.
60 위의 글, 161쪽.
61 「무협소설은 왜 읽히는가-허무주의의 부정적 표출」, 『전집』 2, 230쪽.

3. 새로운 예술 형태로서 대중문화와 만화의 예술성

1) 새로운 예술로서 대중문화와 대중문화의 한 장르로서 문학의 위상

1960년대 후반 문화주의적 관점에서 부분적으로 문학을 분석하고 평가했던 김현이 대중문화 자체에 대해 본격적인 관심을 드러낸 것은 1975년부터라고 할 수 있다. 여기에는 두 가지의 계기가 작용했다고 할 수 있다. 하나는 1974~1975년 프랑스 유학 시절에 경험했던 새로운 예술에 대한 문화적 충격이고, 다른 하나는 1970년대에 들어 대중문화에 대해 점차 활발하게 논의되기 시작한 문화계의 흐름을 들 수 있다. 1971년 한완상과 노재봉의 '대중사회 논쟁' 이후 1970년대 내내, 한국 사회가 과연 '대중사회'인지, 대중문화의 향유와 상품 소비의 주체로서의 '대중'을 어떻게 평가해야 하는지가 학문적 성찰의 주요 테마가 되었다.[62]

이러한 추세를 반영하듯 『세대』지 또한 여전히 영화, TV, 가요 등 대중문화 담론을 활발하게 게재하고 있었으며, 1970년대 후반에 들어서면 문학계에서도 『문학과지성』, 『세계의 문학』, 『창작과비평』 등을 중심으로 대중사회와 대중문화에 대한 관심을 조금씩 드러내기 시작한다. 이것은 이 시기에 "대중문화라고 부를 수 있는 현상이 지식인들의 성찰을 요구하는 도전적인 문제거리로서 의식되기 시작했다는 것을 뜻한다."[63] 그러나 에드워드 실즈, 레오 로웬달, 오르테가 이 가세트, 프랑크

---

62 송은영, 「1960~70년대 한국의 대중사회화와 대중문화의 정치적 의미」, 『상허학보』 32, 2011.6, 191쪽.

63 김종철, 「대중문화와 민주적 문화」, 『세계의 문학』, 1978. 여름, 16쪽.

푸르트 학파 등 서구의 대중문화 이론을 중심으로 한 사회학계의 활발한 토론이나 관심과 달리, 1970년대 후반 문학계에서 제기된 대중문화 논의는 아직 본격적인 차원이 아니라 조심스럽게 진행되고 있었다. 그것도 대체로 사회·경제적, 지적 엘리트들이 향유하는 고급문화와 구별되는 관점에서 접근하였다. 때문에 이들의 논의 역시 대중문화의 현상과 정의, 대중문화의 수용, 대중과 엘리트의 관계, 대중문화와 고급문화의 차이 등에 대해 일회적이고 시론적인 수준에서 개진되고 있었다.[64]

이런 사정에 비춰볼 때 새로운 예술로서 대중문화의 가능성을 강조하면서 1975년부터 지속적이고 본격적으로 제기된 김현의 대중문화 비평은 당시로서는 선구적인 관심이었으며, 사회의 변화와 문화의 흐름을 읽는 남다른 안목의 결과라고 할 수 있다.

대중문화에 대한 김현의 관심은 우선 대중문화가 저급하다는 편견을 부정하는 데서 출발한다. 대중문화가 저급하다는 인식은 오래된 통념이었다. 엘리트주의적 부정론에서 볼 때 대중의 취향은 그 자체로 저급한 것으로 취급되었고,[65] 대중문화는 고급문화와 달리 내면적인 통찰력을 기르지 못하며, 인간 의식을 퇴행시킬 것이라는 입장[66] 등이 일반적이었다.

---

64 김용직, 「대중사회와 시의 길」, 『세계의 문학』, 1977. 겨울 ; 백낙청, 「문화의 대중성과 예술성」, 『연세춘추』, 1978.1 ; 김종철, 「대중문화, 고급문화, 사회」, 한국사회과학연구소 편, 『예술과 사회』, 민음사, 1979 ; 「좌담회 : 대중문화의 현황과 새 방향」, 『창작과비평』, 1979. 가을 참조.

65 김창남, 『대중문화의 이해』, 한울, 2010, 48쪽.

66 오갑환, 「대중예술의 기능과 책임 – 한국의 대중문화는 실재하는가」, 『세대』, 1968.6, 148쪽.

젊은이들이 즐겨 읽는 책은 동서양의 정평있는 고전이 아니고 저속한 번역소설이 아니면 사이비 문학적, 사이비 정신분석, 사이비 문명비판적 수필물이며, 아동들의 정신을 빼앗고 있는 것은 유치하기 짝이 없는 만화책들이고, 온 가족이 즐겨 시청하는 텔레비전 프로는 마음의 양식이 될 실속있는 내용이 없고, 유행하는 노래는 외국의 저속한 유행가 아니면 그 못지않게 질이 낮은 대중가요라는 것이다.[67]

이처럼 대중문화는 대체로 저속하다든가 상식적이라든가 하는 말로써 설명되는 성질의 문화이며,[68] 아무도 저급하고 거친 대중문화에 대해 호의적인 감정을 느끼지 않았다.[69] 대중문화를 바라보는 이러한 인식이 흔히 대중과 대중문화를 향한 지식인의 역할과 책무로 나타나곤 하였다. 그래서 문화 생산자들의 강력한 리더십을 요구하거나,[70] 지적 엘리트들은 몽매한 대중 및 그 문화에 대해 책임을 져야 하고,[71] 저급한 매스미디어의 흥미와 오락성에 빠진 대중들을 계도하는 지도자로서 지식인의 역할을 부여했던 것이다.[72] 미학 역시 오랫동안 대중문화 혹은 대중예술을 진지하게 다루어야 할 대상으로 간주하지 않았다. 그래서 "대중문화는 미학의 중요 대상인 예술과는 무관하거나 심지어 대립적인 것으로 여겨졌다."[73] 김현은 이러한 고급문화와 대중문화 사이에 본질적

67 위의 글, 149쪽.
68 여석기, 「대중문화와 지식인」, 『사상계』, 1966.4, 38~39쪽.
69 김종철, 「대중문화, 고급문화, 사회」, 현대사회과학연구소 편, 『예술과 사회』, 민음사, 1979, 103쪽.
70 이어령, 「한국 대중문화시대의 개막」, 『신동아』, 1967.1, 142쪽.
71 여석기, 「대중문화와 지식인」, 『사상계』, 1966.3, 41쪽.
72 한영현, 「『사상계』와 대중문화 담론」, 『국제어문학회』 54집, 2012.4, 445쪽.
73 이영욱, 「대중(예술)문화」, 미학대계간행회, 『현대의 예술과 미학』, 서울대학교

인 차이가 있다고 믿는 사고 자체를 부정했다. 고급문화는 저급문화의 반대이지 대중문화의 반대는 아니다. 그 때문에 그러한 구별 자체를 우습게 생각했다. 이 점에서 대중문화와는 다른 소수의 귀족문화나 엘리트 문화가 있어야겠다고 생각하는 사람들은 '시대착오적인 사람이거나 환상가'[74]에 불과할 뿐이었다.

　김현이 보기에 대중문화는 여전히 합당한 의미를 부여받지 못하고 있었다. 그것은 흔히 예술 자체의 자율성을 아직 획득하지 못한 채 경멸적인 관점에서 운위되고 있었고, 대중에게 재미만을 주는 오락품 정도로만 취급받고 있다는 것이다.[75] 이러한 문화적 상황에서 김현은 대중문화에 대한 인식의 전환을 촉구한다. 그것은 새로운 예술 형태로서의 대중문화의 존재였다. 그에 따르면 영화나 만화 혹은 유행가와 같은 새로운 예술은 20세기의 물량주의적 세계를 형태화하려는 노력이 낳은 새로운 산물이다. 그런데도 새로운 형태의 예술인 대중예술과 엘리트 예술의 양분화 현상은 갈수록 심해지고 있다고 판단했다. 그리고 그 원인으로 새로운 예술 양식에 대한 이해의 부족에서 기인한다고 진단한다.

　　대부분이 자기들이 생각하고 있는 예술의 개념을 파괴할지도 모를 새로운 예술을 예술로서 받아들이지 않고, 현재 있는 전통적 예술에 못 미치는 저급예술로 그것을 받아들이고 있기 때문이다. 영화는 연극보다 못한 것으로, 만화는 그림보다 못한 것으로, 유행가는 가곡보다 못한 것으로, 쇼는 오페라나 무용보다 못한 것으로 치부된다. 그래서 영화나 만

　출판부, 2007, 241쪽.

74　「문화의 코미디」, 『뿌리깊은 나무』, 1977.7, 『전집』 13, 190쪽.

75　「대중예술은 존재하는가」, 『대학신문』, 1977.3.14, 『전집』 13, 424~425쪽.

화·쇼·유행가 등은 집단적인 대중 사회가 필연적으로 만들어낼 수밖에 없는 예술로 이해되는 것이 아니라, 저급한 수준의 대중들을 위해 고급예술에서 파생된 것으로 생각된다.[76]

위와 같은 태도는 대중예술을 이해하는 데 전혀 도움이 안 된다는 것이 김현의 시각이다. 대중문화는 저속한 대중들을 위한 저급한 문화가 아니다. 현대의 대중사회가 필연적으로 만들어낸 새로운 형태의 문화라는 것이 그의 기본적인 인식이었다. 그럼에도 예술에 대한 기존의 생각에 갇혀 대중예술을 새로운 예술로 받아들이지 않고 저급예술로 평가한다면 그러한 생각을 교정하는 방법은 명확하다. 그러한 태도의 교정은 예술에 대한 정의를 새로 내리고, 대중이라는 개념을 재정립하는 것에 의해서 어느 정도 가능해질 수 있다. 그의 입장에서 볼 때 예술의 내용 자체가 변화하고 있는데 예술이라는 개념 자체는 그대로 있다는 것은 모순이 아닐 수 없다.

이러한 인식에서 김현은 「대중예술은 존재하는가」, 「대중문화의 새로운 인식」, 「대중문화 속의 문학」 등의 글을 통해 대중, 대중사회, 대중문화, 대중소설 등의 개념을 재규정하는 작업을 수행한다. 이를테면 '대중'이란 문화적으로 교양이 낮은 사람을 지칭하는 것이 아니라, 대중사회 이전의 사회가 만들어낸 문화적 교양과는 다른 문화적 교양을 받은 사람이라고 규정한다. 이에 준한다면 '대중소설'은 흥미 위주의 통속소설이라는 경멸감 대신에 이전과는 다른 문화적 교양을 가진 사람을 위한

76　위의 글, 427쪽.

제1부　김현 비평의 주체화와 비평 인식

소설인 것이다.[77] 예술에 대한 경직된 인식이나 문화적 관습 때문에 생긴 엘리트 문화와 대중문화에 대한 편견을 버린다면 엘리트 문화─대중문화 혹은 고급문화─저급문화의 구분은 사라질 것이다. 그럴 때 대중예술은 "대중예술에 반대되는 대중들의 예술, 혹은 정말 대중적인 예술"[78]이 될 수 있다. 대중예술이 아닌 '대중들의 예술', '대중을 위한 예술'이란 '대중이 만들고 누리는 예술',[79] 그러니까 전문가를 자처하는 그 모두를 포함한 우리가 대중의 한 사람으로서 능동적인 주체자가 되어 대중문화를 산출하고 향유할 수 있는 예술을 뜻한다. 대중예술에 대한 인식 전환의 성패는 여기에 달려 있는 셈이다.

> 대중 예술이 아니라 대중을 위한 예술의 가능성은 우리가 대중과 예술에 어떠한 새로운 의미를 부여할 수 있는가에 달려 있다. 그 의미 부여에 실패한다면 예술은 전통적인 것에서 조금도 변화할 수가 없다. 그리고 예술이 변화하지 못한다면 그 예술과의 부단한 접촉에 의해 사회 변화의 방향과 폭, 의미를 알게 될 사회 역시 변화를 중지할 수밖에 없다. 더 정확하게 말하자면 변화를 중지하는 것이 아니라 내부에서 일어나고 있는 변화의 의미를 파악할 수 없게 된다. 그때 사회는 비문화적 사회가 될 것이다.[80]

이렇게 볼 때 「대중예술은 존재하는가」라는 제목의 질문은 '대중예술'은 존재하지 않는다는 것, 대신 '대중들의', '대중들을 위한' 예술만이 존

77 「대중문화 속의 문학」, 1978.5, 『전집』 13, 296쪽.
78 「만화도 예술인가」, 『서울평론』, 1975.5.8, 『전집』 13, 76쪽.
79 「대중문화의 새로운 인식」, 『뿌리깊은 나무』, 1978.4, 『전집』 13, 330쪽.
80 「대중예술은 존재하는가」, 『대학신문』, 1977.3.14, 『전집』 13, 427쪽.

재한다는 문제 제기적인 질문이었음을 알 수 있다. 여기서 상기해야 할 것은 김현이 현대사회의 새로운 예술 형태로서 대중예술의 잠재력을 믿고 있었지만 그렇다고 전폭적으로 믿었던 것은 아니라는 사실이다. "나는 대중을 익명화시키고, 대중의 욕망을 상품화시키는 대량 생산되는 예술품에 대해서는 부정적이지만, 익명화된 대중에게 너희들은 익명화 되었다고 말할 수 있는 대중예술에 대해서는 긍정적이다."[81]라는 그의 언급은 대중문화의 부정적 측면에 대해서도 김현이 허투로 넘기지 않았음을 보여주는 대목이다.

> 대중은 대중 매체가 만들어낸 대중 문화 시대에 능동적인 주체자의 구실을 맡지 못하고, 수동적인 향유자의 자리에 머물러 있다. 그것은 그 대중이 자신의 문화 역량에 대한 자신을 아직 못 가지고 있기 때문에 생긴 현상이다. 대중이 대중 문화의 능동적인 주체자가 아직 못되고 있기 때문에 대중 문화는 대중 매체의 대중화 현상에 중독되어 있다. 대중 매체는 취미와 심미안 같은 것을 포함한 생활 전반을 대중화시켜 대중을 완전히 익명화시켜버린다. 대중화 현상의 무시무시한 피해라 할 만 한 것은 가짜 욕망의 개발과 역승화 현상이다.[82]

김현은 대중매체가 조장하는 가짜 욕망의 추구와 억압적 심리의 한계를 통해 대중문화의 부정적 측면을 지적하고 있다. 뿐만 아니라 대중매체로 인한 대중화, 익명화, 상품화, 획일화 등의 현상에 대해 여러 곳에서 비판하고 있음을 확인할 수 있다.[83] 이와 관련하여 김현은 대중매체

---

81 「현대 사회와 새로운 예술의 대두」, 『부대신문』, 1975.5.15, 『전집』 13, 420쪽.
82 「대중문화의 새로운 인식」, 『전집』 13, 325쪽.
83 80년대에 쓰여진 「'라면' 문화 생각」(『뿌리깊은 나무』, 1980.3)에서도 라면 문화

를 대하는 문학인들의 반응을 '순결주의'와 '실용주의의 태도'로 나누어 정리한 뒤, 각각에 대해 다음과 같이 묻는다.

먼저, 대중매체를 깔보는 '순결주의' 문학인들의 의식 속에는 "문학에는 문학에만 고유한 어떤 것이 있으며, 대중매체는 그것을 훼손시킨다는 생각이 숨어 있다. 그러나 솔직히 고백해서 문학에 문학에만 고유한, 영원히 불변하는 것이 있을까? 그렇다면 그것은 무엇일까? 그것은 말한 필요도 없이 자명한 것일까?"라고 질문한다. 이어 대중매체를 이용해야겠다고 생각하는 '실용주의' 문학인들의 의식 속에는 "문학도 상품이라는 생각이 숨김없이 드러나 있는데, 문학은 아이스크림이나 냉장고와 같은 것일까? 문학은 소비될 운명을 지닌 상품일 따름일까?"[84]라는 질문은 던진다. 이러한 질문에는 두 가지 태도 모두에 대한 김현의 부정적 인식이 반영되어 있다. 그러한 인식은 문학 역시 대중문화의 한 장르라는 사실을 분명히 전제로 한 발언이다.

> 대중 사회 속에서 문학이 차지하고 있는 위치는 대중 사회가 산출해 놓은 다른 장르, 예컨대 만화·영화·쇼·디자인 등과의 관련 밑에서 탐구되어야 할 것인데, 그것은 우선 대중 사회를 우리가 어떻게 이해해야 할 것인가 하는 문제와 대중 사회에서의 문학의 개념을 어떻게 정의해야 할 것이냐에 달려 있다.[85]

가 평준화와 획일화된 현대사회의 삶과 사고를 상징한다는 측면에서 부정적으로 평가한다.

84 「대중문화의 새로운 인식」, 『전집』 13, 328쪽.
85 「대중문화 속의 문학」, 1978.5, 『전집』 13, 293쪽.

동시에 대중문화 속에서의 문학의 위상에 대한 성찰과도 대응된다. 첫째, 만일 순결주의와 반대의 입장에서 문학만의 고유하고 영원불변한 것이 없다고 한다면 그것은 '대중사회에서 문학의 개념 자체가 변해야 한다'는 주장으로 연결된다. 이것은 두 가지 문제를 함축하고 있다. 하나는 대중사회가 새로운 예술 장르를 만들어냈다면 문학은 그것을 어떻게 이해해야 하는가의 문제이다. 이에 대해 김현은 영화나 만화가 문학 속에 편입되어 문학의 하위 장르를 이루어야 한다는 입장이다.[86] 그럴 때 문학의 장르 개념은 당연히 대폭 바뀔 수밖에 없다. 김현은 여기서 그럴 만한 합당한 논리적 근거를 제시하지는 않고 있다. 그런데 문제는 이러한 발언이 이미 독립적인 장르인 영화계나 만화계의 공분을 부를 만큼 문학 중심의 전복적인 발언이 아닐 수 없다는 사실이다. 뿐만 아니다. 문학의 외연을 영화와 만화 등 대중문화 전반으로 넓힐 때 오랜 시간 동안 구축해온 문학의 엄밀한 내포 역시 역설적으로 한없이 넓어질 수밖에 없고, 결국 문학의 내포는 사라진다는 점에서 더욱 문제적이다.

문학의 개념 변화와 관련된 다른 하나는 대중소설에 관한 것이다. 김현에 따르면 문학은 고급 독자만이 아니라 대중들을 상대로 한다. 그런 만큼 대중소설=통속소설이라는 경멸적인 표현에서 벗어나야 한다. 그의 말처럼 대중소설에 대한 편견에서 벗어나면 순수문학과 대중문학의 구별은 별 의미가 없어진다. 작품 평가도 순수소설이냐 대중소설이냐가

86 이로부터 10여 년이 지난 1980년대 중반에 오면 만화가 광고, 디자인, 의복과 더불어 미술이라는 개념 속에 포함되기를 바라는 것으로 김현의 생각이 바뀐다. 「미술 비평의 반성」, 1985.10, 『전집』 14, 332쪽.

아니라 좋은 소설이냐 나쁜 소설이냐가 기준이 되는 것이다. 단적으로 말해서 '좋은 대중문학'과 '평범한 순수문학'[87] 중에서 어느 것이 좋은 문학인가의 선택만이 중요하다. 이 같은 맥락에서 볼 때 쇼, 디자인, 영화, 만화 등의 대중문화는 결코 저질의 예술이 아니다. "뛰어난 수준의 쇼는 발레보다 더 예술적이며, 뛰어난 수준의 만화는 사이비 그림보다 더 큰 즐거움을 준다. 문제는 천하게 생각하는 보수주의자들의 마음에 있"[88] 을 뿐이다.

두 번째, 대중매체에 대한 '실용주의의 태도'와 달리 문학이 소비되는 상품이 아니라는 입장에 설 때 문학의 상품화는 우려할 만한 현실이다. 김현 역시 대중사회화해가는 한국 사회에서 문학이 점점 상품화되어가는 현실을 인정한다. 그것은 대중문화 속에서 문학의 위상과 관련되어 있다. 영화와 만화 같은 새로운 장르의 성장세에 밀려 문학이 문화의 중심부에서 주변부로 밀려나고 있다고 진단한다. 이러한 상황에서 김현은 문학의 상품화에 대해 양가적인 태도를 취하고 있다. 우선 그는 문학의 상업주의적 경향과 장사꾼으로서 예술가의 존재를 부인하지 않는다. 자본주의 사회에서는 예술가도 장사꾼이다. 예술가가 장사꾼보다 더 고상하다는 것은 편견이고, 상업주의를 부인하는 김수영의 시나 조세희의 소설들도 대량 생산 소비되는 현실은 피할 수 없다. 문제는 좋은 장사꾼으로서 예술가에 대해 고민하는 데 있다는 것이다.[89]

이런 한편에서 때로는 문학의 상품화를 부정하기도 한다. 그런데 주

---

87 「대중문화 속의 문학」, 『전집』 13, 297쪽.
88 「대중문화의 새로운 인식」, 『뿌리깊은 나무』, 1978.4, 『전집』 13, 331쪽.
89 「70년대 문학과 상업주의」, 『뿌리깊은 나무』, 1979.5, 『전집』 14.

목할 것은 김현이 문학의 상품화 자체를 부정한 것은 아니었다는 사실이다. 다만 그는 마치 카세트, 인스턴트, 기성복과 같이 광고 · 판매의 전략에 따라 소비되고 버려지는 '소비재 상품(produit jetable)'으로서의 문학을 부정했다. 그럴 경우 문화의 소비재화에 대응하기는커녕 그것을 오히려 가속화할 수 있기 때문이다.[90] 바로 그 때문에 소설과 달리 시만큼은 상업주의적 발상에 대항하는 상징적 존재로 남기를 기원했을 것이다. 김현은 아직 상업화되지 않은 시와 시인이 문화의 가장 예민한 성감대로서 문학의 상품화와 싸워주기를 바랐다.[91] 이를 위해 독자들에게 새롭게 세계를 볼 수 있는 힘을 부여해주거나,[92] 신성한 것에 대한 도시인의 갈망을 탐구하여 영화 · 만화 · 광고와 같은 여러 대중예술 속에서 시가 회생되기를 기원하기도 했던 것이다.[93] 이러한 양가적 태도에는 새로운 대중문화의 급격한 성장과 그 위세에 눌려 점차 위축되고 있는 문학의 위상에 대한 위기의식과 안타까움이 배어 있다. 때문에 대중문화에 대한 김현의 다음과 같은 전망이 40년이 지난 지금 돌이켜보면 오히려 과장이 아닌 탁월한 시각으로 느껴진다.

현대 사회의 새로운 예술은 현대 사회의 새로운 잠재력의 한 표현으로서 이해될 수 있을 것이다. 30년이나 40년이 지난 후에, 현대 예술을 개관하여 볼 때, 소설이라는 19세기의 대장르가 서서히 붕괴되어 르포나 내면 일기로 변모해가면서, 영화나 만화에 의해서 압도되어가는 것

---

90 「문학은 소비 상품일 수 없다」, 1982.2.24, 『전집』 14, 292~293쪽.
91 「상업주의를 막는 둑」, 『뿌리깊은 나무』, 1978.4, 『전집』 13, 208쪽.
92 「시는 과연 죽었는가」, 1977, 『전집』 13, 286쪽.
93 「시는 회생할 수 있을까」, 『뿌리깊은 나무』, 1977.10, 『전집』 13, 289쪽.

이 선명히 드러날지 모르겠다. 영화나 만화에 대한 이론적 탐구가 물론 그때에 선행되어야 할 것이다.[94]

김현의 예견대로 오늘날 영화와 만화가 누리고 있는 대중적 인기는 소설을 압도한다. 80년대 이후 '만화를 원작'으로 한 '영화'만 하더라도 그렇다. 1980년대 김수정의『오달자의 봄』과 이현세의『공포의 외인구단』으로부터 2010년대 강풀의『그대를 사랑합니다』, HUN의『은밀하게 위대하게』, 윤태호의『이끼』와『내부자들』에 이르기까지 수십 편을 훨씬 상회하는 만화 원작과 엄청난 관객 동원력만으로도 만화와 영화의 대중적 인기와 위세는 그 누구도 부정할 수 없기 때문이다.

그런데 위의 발언에서 우리가 주목해야 할 또 다른 사항은 "만화와 영화에 대한 이론적 탐구가 선행되어야 한다."고 언급하는 대목이다. 대중문화 관련 글에서 김현이 언급한 대중예술 중에서 그가 특히 관심을 집중했던 장르가 바로 만화였다. 그런 만큼 김현의 만화비평은 그의 대중문화 비평을 이해하는 데 중요한 부분이라고 할 수 있다.

2) 대중문화로서 만화의 예술성과 그 선구적 안목

대중문화 장르인 '만화'에 대해 김현이 최초로 발표한 비평문은「만화도 예술인가」라는 다소 자극적인 제목의 글이다. 이 글은 대중예술을 새로운 예술의 형태로 부각시킨「현대 사회와 새로운 예술의 대두」와 함

---

94 「현대 사회와 새로운 예술의 대두」,『부대신문』, 1975.5.15,『전집』13, 422쪽.

께 1975년 5월에 동시에 발표되었다. 내용상 두 글은 대중예술에 대한 총론과 각론에 해당한다. 이 점에서 두 비평문은 의도적으로 기획되었다고도 볼 수 있다. 이후 일련의 비평문을 통해 새로운 형태의 예술로서 만화에 대한 깊이 있는 성찰을 시도한다.

김현이 만화를 대중문화의 중요한 장르로 인식하게 된 직접적인 계기는 프랑스에서 받은 문화적 충격 때문이었다. 그 이전까지는 김현 역시 "젊은이들이 도대체 할 일이 그렇게도 없어서 만화책을 보고 있단 말인가"라며 "멸시 섞인 탄식"을[95] 던지기도 했고, "만화는 어린 아이나 정신박약자들이 보는 것이지 점잖은 문화인들이 볼 것이 못 된다"[96]고 생각했으며, "만화와 같은 저급한 오락물을, 혹은 고귀한 지식이 필요시되지 않는 오락물을 읽는 데서 연유"[97]하는 '부끄러운 감정'을 느끼기도 했었다. 그런 만큼 당대 일반의 인식 수준과 다를 바 없었던 김현은 프랑스의 새로운 문화적 풍토를 접한 다음에 만화를 새롭게 인식하게 된다. 그는 프랑스 곳곳에서 만화책을 읽고 있는 수많은 사람들을 보았으며, 저명한 문고인 10/18판에 만화가 발간되고 있었고,[98] 뛰어난 예술가와 학자들의 연구가 활발하게 이루어지는 있었던 문화를 체험한다. 김현은 그것을 '만화가 주는 압력'이라고 고백하고 있는데, 여기에서 그는 만화에 대한 기존의 편견을 깨고 다음과 같은 인식의 전환에 이르게 된다.

---

95 「만화도 예술인가」, 『서울평론』, 1975.5.8, 『전집』 13, 70쪽.
96 「만화는 문학이다」, 『뿌리깊은 나무』, 1977.1, 『전집』 13, 298쪽.
97 「시사 만화에 대한 단상」, 『신문연구』, 1977. 봄, 『전집』 13, 311쪽.
98 한국에서도 어문각출판사에서 1972년부터 1984년까지 총 429권의 서점용 만화를 발행한 만화문고 '클로버문고'의 의의 역시 되새겨야 할 것이다.

나는 만화를 어린이들이 보는 유치한 수준의 그림이 아니라 구라파가 새로이 만들어내려 하는 한 예술의 형태로 파악할 수 있게 되었다. 만화는 영화와 함께 어쩌면 19세기에 소설이 맡아 했던 역할을 20세기에 맡고 있는지 모른다. 그 사회의 구조적 모순을 드러내고 그것에 그 사회의 구성원들의 관심을 집중케 하는 역할을 말이다. 그래서 나는 결국 만화란 무엇인가, 만화도 예술일 수 있는가, 만화가 예술이라면 그것은 어떤 형태로 독자들에게 작용하고 있는가 하는 문제들을 심각하게 생각하지 않을 수 없었고 당연히 대중 예술이란 무엇인가라는 질문까지 받아들이게 되었다.[99]

위의 발언에는 만화의 사회적 역할과 만화의 예술성 여부에 대한 김현의 생각이 고스란히 담겨 있다. 먼저, 만화의 사회적 역할론은 그의 기본적인 문학관을 반영한 것이라고 할 수 있다. 김현 특유의 문학관은 '문학은 억압하지 않는다는 것, 대신 억압의 실체를 파악하여 인간으로 하여금 세계를 개조하지 않으면 안 된다는 당위성을 느끼게 한다'는 것으로 요약할 수 있다. 이러한 그의 문학관은 그의 비평 전체에 편재되어 나타난다.

예를 들면 "진정한 예술은 삶과 현실의 모순을 제기하는 것"[100]이라거나, 혹은 작가의 도리는 한 사회의 정확한 모습을 그리는 것을 임무로 삼고 있으며,[101] 그가 속한 사회가 현현해주는 모순과 갈등을 그의 개인적 체험이나 사고 속에 용해시켜 그것을 형상화하고,[102] 독자들에게 현

---

99 「만화도 예술인가」, 『서울평론』, 1975.5.8, 『전집』 13, 71쪽.
100 「한국소설의 가능성」, 『전집』 2, 94쪽.
101 「참여와 문화의 고고학」, 『전집』 15, 264쪽.
102 「부조리에 대한 의미 부여」, 『전집』 15, 429쪽.

실을 제시함으로써 독자 스스로 그 현실에 대해 생각하고 혹은 분노하고 혹은 애정을 느낄 수 있도록 하지 않으면 안 된다[103]는 발언 등이 그것이다. 여기에서 김현이 만화를 소설과 같은 반열에 놓고 있다는 것을 알 수 있다.

이러한 인식에서 김현은 만화 연구물들의 목록을 정리하고, 만화를 기호론으로 분석한 논문을 소개하기도 한다. 그중에서 그의 관심을 끈 것 중의 하나는 '부정 정신의 소산'으로서 만화의 표현 방식이었다. 이러한 관점은 뒤에 박수동의 만화집 『고인돌』을 두고, 그의 에로틱한 만화는 남성 위주의 한국 사회에 대한 비판적 의미를 갖고 있으며, 우리 속의 이기주의와 허세·과장벽을 그대로 감지한 풍자만화라는 평가로 나타난다.[104] 말하자면 김현의 관점에서 박수동의 만화는 우리가 꿈꾸는 사회를 위해 지금의 사회를 분석하고 비판하는 하나의 형식이었던 것이다.

다음으로, 그렇다면 과연 만화는 예술인가의 문제이다. 이에 대해 김현은 미켈 뒤프렌의 글인 「대중예술은 존재하는가」에 기대어, "대중예술과 엘리트 예술을 구분하려는 태도에 의해서는 그 문제의 해결이 나지 않는다"고 말하고서, "중요한 것은 예술의 개념 자체를 재정립하는 것이라고 말하고 있다."[105] 여기에 이르면 대중예술을 이해하기 위해 '대중'과 '대중예술'에 대한 개념을 재정립해야 한다고 강조했던 앞서의 김현의 주장이 곧 미켈 뒤프렌의 견해이기도 했다는 것을 알 수 있다. 그리하여

---

103 「인간 본능의 왜소함을 직조」, 『전집』 15, 44쪽.
104 「우리 사회의 건강한 에로티시즘-박수동의 『고인돌』」, 1978. 『전집』 13 참조.
105 「만화도 예술인가」, 『전집』 13, 76쪽.

김현은 다음과 같은 결론을 내린다.

> 매스 미디어의 대중화 작업(massification)에 저항하여, 제도화되어 체제 속에 안주하지 않는 대중들의 예술은 가능하다. 그리고 그중의 하나가 만화라고 나는 믿는다. 만화는 대중 예술이 아니라 대중들의 예술이다. 만화 비평이 가야 하는 것은 결국 그 사회 비평적 성격의 만화적 형태가 대중들의 어떤 심리와 결부되어 있는가를 밝히는 것이다.[106]

이것이야말로 김현이 되풀이해서 주장했던 저급한 '대중예술'이 아니라 진정한 '대중들의 예술'인 것이다. '만화는 예술이다'라는 김현의 이러한 발언은 지금으로서는 당연하게 보인다. 하지만 당시의 문화적 상황으로 보면 상당히 문제적인 주장이 아닐 수 없다. 이 글이 발표된 1970년대 만화에 대한 인식은 매우 열악했고, 상황은 척박하였다. 만화는 '불량만화'라는 강고한 시선에 갇혀 있었으며, 그 때문에 여러 차례 소각되는 운명에 처하기도 하였다.[107] 이런 상황은 만화 관련 매체에 발표된 글과 여러 논문집에 수록된 글들을 살펴보면 쉽게 가늠할 수 있다.[108] 1960년대 후반에서 1980년대까지 만화에 대한 학술 연구는 거의 만화의 교육적 차원에서 진행되었다. 때문에 대부분 교육평론사, 교육

---

106 위의 글, 77쪽.

107 '클로버문고의 향수' 카페, 『클로버문고의 향수』, 한국만화영상진흥원, 2009, 16쪽.

108 김성훈, 『한국 만화비평의 선구자들』, 부천만화정보센타, 2007, 75쪽과 「김현의 '만화비평'에 관한 재발견」, 『오늘의 문예비평』 77호, 2010. 여름, 264쪽 ; 장진영, 「한국 만화문화의 생성과 수용과정 연구」, 공주대학교 박사학위 논문, 2011. 2, 243~244쪽 참조.

위원회, 교육연구소 등에서 발간하는 논문집에 수록되어 있으며, 그 내용도 '아동의 학습에 미치는 영향', '만화의 폭력성', '건전한 만화의 양성화 방안', '만화의 교육적 가치' 등으로 요약할 수 있다.

이러한 상황을 감안하면 만화를 예술적 측면에서 진지하게 접근한 김현의 글은 상당히 문제적이고도 신선한 시각이었음을 알 수 있다. 물론 김현이 처음으로 만화의 예술성을 제기한 것은 아니다. 1940년대 양미림은 「만화시비」(『백민』, 1948.7)에서 신흥 예술로서 만화의 독특한 매력에 주목한 바 있으며, 1960년대 김성환 화백도 「만화예술론」(『세대』, 1968.2)에서 풍자와 비판이라는 만화의 사회적 역할을 역사적으로 살피면서 만화의 예술성을 매우 조심스럽게 개진한 바 있다. 그렇지만 문학비평가인 김현이 만화가 갖는 비판적 기능과 사회 구성원들의 의식적 결집까지 고려하면서 만화를 진정한 대중예술로 주장한 것은 만화에 대한 사회적 인식의 전환을 촉구하는 강렬한 문제 제기였다고 할 수 있다.

이제 이러한 인식은 2년 뒤에 발표한 「만화는 문학이다」라는 비평문을 통해 보다 진전되고 명확한 형태로 표명된다. 이 글에서 김현은 만화를 분명한 문화적 사실이자 중요한 문화적인 장르로 받아들여야 하고, 그러기 위해 만화가 예술이라는 것을 분명하게 깨닫지 않으면 안 된다고 단호하게 주장한다. 나아가 '만화는 문학이다'라면서 만화의 위상을 명확하게 규정하기에 이른다.

> 만화는 선으로 표현된 문학이다. 이 주장에 반대하는 사람이 많이 있으리라 생각한다. …(중략)… 만화는 물론 19세기식의 문학은 아니다. 그러나 그것이 문학의 조건을 충족시키고 있는 것은 사실이다. 그러니

그것을 문학이라고 부르지 않을 도리가 없다. 만화는 문학이다. …(중략)… 한마디로 말해서 그것은 독특한 형태의 문학이다. 그것은 문학의 여러 특징을 그대로 다 갖추고 있다. 그것은 허구성과 창의성과 정서 환기의 특징이다. 과장은 세계를 충격적으로 새롭게 만든다. 일상성 속에 갇혀 있는 의식이 그대로 받아들이는 것에 그것은 강렬하게 반발한다. 그 반발은 만화에서 과장되게 표현된다. 그 과장을 표현하는 데에 그것은 고전적인 문학 수사법을 많이 따른다.[109]

만화를 새로 생겨나는 '새로운 형태의 문학'으로 수용하기 위해서는 문학에 관한 19세기식 고정관념을 바꾸어야 한다는 전제가 깔려 있다. 그것은 대중예술을 받아들이기 위해 예술에 대한 개념을 바꾸어야 한다고 했던 것과 같은 맥락이다. 동시에 만화, 영화, 쇼와 같은 새로운 형태의 대중예술은 사회의 변모와 필연적인 관계가 있고, 그런 만큼 시간이 지남에 따라 더욱 중요한 예술로 떠오를 것이라는 단단한 믿음이 깔려 있다.

이 글에서 김현이 만화를 통해 읽어낸 것은 한국 중산층의 삶이었다. 그는 만화가 일상인의 삶의 모험을 생명력 있게 그려내고 있다고 파악한다. 일상인의 삶의 모험은 그 시대의 중산층의 그것과 다르지 않다는 것이 김현의 생각이다. 이러한 측면에서 그는 당시의 유명한 신문만화인 「고바우 영감」과 「두꺼비」를 ① 돈에 대한 태도와 관심사 ② 가치 지향과 이념 ③ 구성 방식의 차이라는 세 가지 관점에서 분석하고 있다. 그가 '고바우 영감'과 '두꺼비'를 분석한 것은 두 인간형이 당대 한국의

109 「만화는 문학이다」, 『전집』 13, 303~304쪽.

중산층, 곧 당대 일반인의 초상화이자 우리들 저마다의 모습이라고 판단했기 때문이다. 또한 「시사만화에 대한 단상」에서는 시사만화에 대한 분석을 통해 한국 만화의 특성을 6가지로 유형화하여 드러내고 있다. 시사만화의 특성에 대한 이러한 유형화 작업은 이전의 한국 만화비평에서는 보기 드문 특기할 만한 사실이라고 할 수 있다.

그런데 위에서 만화가 갖추고 있다고 언급한 허구성, 창의성, 정서 환기가 문학만의 고유한 특징이고, 그것이 만화를 문학이게 하는 '문학성(littérarité)'일까? 라는 의문은 피할 수 없다. 또한 예술에서 표현 매재(媒材)는 장르의 성격을 규정하는 중요한 판단 기준이다. 그런데 만화를 '선'으로 표현된 문학으로 규정한다면, 범박하게 말해서 음악은 '가락'으로 표현된 문학이고, 영화는 '영상'으로 표현된 문학이며, 무용은 '율동'으로 표현된 문학이라고 규정할 수도 있을 것이다. 그렇다면 '만화는 문학이다'라는 그의 주장은 '문학 텍스트는 문학 언어에 의해 이루어진다'[110]는 그 자신의 발언에 비춰보더라도 납득하기 어려운 것이 사실이다. 이러한 한계는 훗날 "나는 문학 전공자이기 때문에 만화를 문학 속에 집어넣는 버릇을 갖고 있다."[111]고 고백한 바와 같이 문학중심적인 사고가 반영된 결과라고 할 수 있다.

한편 「만화의 기호학에 대하여」라는 글을 통해 김현은 만화를 기호학적 방법론으로 분석하기도 한다. 특히 기호학은 문학·영화·사진·TV 등 대중문화의 텍스트를 분석하는 데 매우 유용한 방법론적 틀

110 「문학 텍스트를 어떻게 이해할 것인가」, 『문학과지성』, 1976. 여름. 『전집』 1, 79~88쪽.
111 「만화 기호학에 대하여」, 『예술비평』, 1984. 겨울. 『전집』 14, 336쪽.

을 제공한 것으로 평가받고 있다.[112] 기호학은 인간의 모든 기호를 대상으로 하되 언어학적 방법론을 차용한다. 김현이 만화 기호학에서 의도한 목표 역시 만화를 언어 기호처럼 분석하는 데 있다.

> 만화 기호학의 관점에서, 만화는 그림과 문학 사이에 있는 기호이며, 만화 기호학은 그래서 때로 그림 기호학의 하위 부류로 인식되기도 하고 문학 기호학의 하위 부류로 인식되기도 한다. …(중략)… 만화도 하나의 이야기이기 때문에 만화 기호학은 이야기 기호학의 예를 따를 수 있다. 다시 말해서 그것은 기능 단위의 차원, 행위자의 차원, 묘사의 차원을 갖고 있다.[113]

만화는 캐릭터와 배경, 말 칸과 글자, 효과 등 시각적 의미와 언어적 의미를 담은 아이콘을 조합하여 의미를 발생시킨다. 이 중에서 특히 만화의 가장 핵심인 캐릭터는 여러 상징적인 의미를 내포한 언어적 기호이며, 배경·말 칸·글자 등도 이야기의 진행과 상황을 알려주는 언어적 성격을 지니고 있다.[114] 그러니까 김현은 만화를 선으로 표현된 문학, 곧 이야기라는 언어적 차원에서 만화의 기호학적 분석을 처음으로 시도했던 것이다. 이 때문에 한국 만화 역사에서 최초의 본격적인 기호학적 접근이자 만화에 대해 새로운 인식틀을 제공했다고 평가받고 있다.[115] 김현이

---

112 김창남, 『대중문화의 이해』, 한울, 2010, 79쪽.
113 「만화 기호학에 대하여」, 앞의 글, 336쪽.
114 장진영, 「한국 만화문화의 생성과 수용과정 연구」, 공주대학교 박사학위 논문, 2011.2, 42~43쪽.
115 김성훈, 「김현의 '만화비평'에 관한 재발견」, 『오늘의 문예비평』 77호, 2010. 여

만화를 기호학으로 분석한 것이 그의 비평적 탐구력과 열정의 소산임은 분명하다. 그러나 이와 더불어 만화에 대한 프랑스의 연구 경향이나 대중문화에 대한 롤랑 바르트의 기호학적 분석의 영향도 있었을 것이다. 뿐만 아니라 J.B. 파쥬의『구조주의란 무엇인가』(1972)를 번역했던 경험도 작용했을 것이다. 이 책은 구조주의가 "언어와 인간의 기호에서, 의미를 산출시키는 모든 배열"[116]이라고 규정하듯 기호학을 언어학적 모델의 중요한 분야로 삼고 있으며, 그 적용 분야 역시 요리, 유행 복장, 영화, 텔레비전, 정보, 광고, 신화 등에 걸쳐 있다. 이런 측면에서 보자면 김현이 만화를 기호학적으로 분석한 것은 그리 놀랄 일은 아니다.

그런데 「만화 기호학에 대하여」에서 다시금 주목해야 할 사항은 김현이 기호학을 '학문적 방법론'의 하나로 강조하고 있다는 사실이다. 그러니까 기호학을 통해 만화를 분석했다는 것은 그가 '만화도 예술인가'와 '만화는 문학이다'라는 규정을 거쳐 이제 만화를 학문적 연구의 대상으로 받아들였음을 뜻한다. 학문으로서의 만화와 관련하여 돌아볼 때 김현이 「만화 기호학에 대하여」를 발표하기 훨씬 전인 1977년에 벌써 다음과 같이 주장하고 있음을 새삼 환기할 필요가 있다.

> 이제는 한국 만화에 대해서 말하지 않으면 안 되겠다. 그러나 나는 한국 만화에 대한 나의 의견을 펼치는 데에 도움을 받을 수 있는 만화에 대한 글을 거의 찾아내지 못했다. …(중략)… 만화에 대한 글이 적은 것은 만화가 한국에서는 아직까지 문화적인 사실로 인정되지 않고 있음을

름, 268쪽.
116 J.B. 파쥬,『구조주의란 무엇인가』, 김현 역, 문예출판사, 1972, 15쪽.

반영한다. 그러나 만화는 이제 하나의 문화적인 사실이다. 현대 문학을 전공하는 사람들에겐 그것은 그냥 지나칠 수 없는 사실인 것이다. …(중략)… 그런 작업이 빠른 시일 안에 이루어지지 않으면, 만화라는 이 어린 예술의 참모습을 잃어버리기 쉽다. 그러기 위해서는 대학 국문과나 미학과에 만화 강좌가 설치되어야 하고, 좋은 만화 비평가와 만화 연구가가 나와야 한다.[117]

김현은 한국 만화계의 척박한 풍토에서 자료 정리의 필요성과 만화학 개설의 당위성을 교육·문화계를 향해 역설하고 있다. 이 점은 만화 자료 수집의 어려움을 토로하는 한 만화 연구가의 언급에서도 확인할 수 있다.[118] 물론 만화학을 주장한 것이 그가 처음은 아니다. 1968년『조선일보』는 한 사설에서 불량만화의 폐해를 줄이고 좋은 만화를 창작하기 위한 방안으로 만화학을 제창한 바 있다.[119] 그렇지만 만화를 중요한 예술 장르로 인식한 김현이 예전 '육전소설'의 운명으로 전락해서는 안 된다는 절박함과 안타까움에서 한국의 모든 만화를 수집·분류하고, 그것을 학문적으로 연구해야 한다는 주장과는 차원이 다르다.

김현의 기대와 바람대로 1990년 공주전문대학에 만화학과가 처음으로 개설된 이후 전국 곳곳의 많은 대학에 만화·애니메이션학과가 생겼으며, 한국만화학회도 결성되고(1996), 학문적으로 연구되면서 많은 학위 논문도 생산되고 있다. 뿐만 아니라 만화영상도서관이나 만화역사박물관까지 생겨났다. 만화의 이러한 위상 변화에서 대중문화에 대한 김

---

117 「만화는 문학이다」,『전집』13, 307쪽.
118 김성훈,『한국 만화비평의 선구자들』, 부천만화정보센타, 2007, 7쪽 참조.
119 「「만화학」연구를 제창한다」,『조선일보』, 1966.6.28 사설.

현의 탁견을 다시 한 번 확인하게 된다. 이런 측면에서 현대 대중사회의 중요하고 새로운 예술 장르로서 만화의 가치와 위상을 확고하게 규정한 김현의 선구적인 안목과 비평 작업은 높게 평가되어야 할 것이다.

4. 맺음말

김현 비평의 전체를 객관적으로 이해하기 위해서는 문학비평만이 아니라 대중문화에 대한 그의 비평적 성찰도 중요하게 살펴봐야 한다는 문제의식에서 대중문화에 대한 그의 인식과 대중문화 비평의 구체적인 실체를 세밀하게 고찰하였다. 이러한 고찰을 통해 확인할 수 있었던 것은 김현이 당대의 어떤 비평가보다 앞서 대중문화에 대한 집중적인 관심과 비평적 성찰을 통해 대중문화의 새로운 지평을 열었다는 사실이다.

한국에서 대중문화 시대가 본격적으로 '개막'되기 시작한 것은 1960년대 중반이었다. 이 무렵 김현의 몇몇 초기 비평에는 그의 문화주의적인 관점이 반영되어 있다. 한국문학의 치명적 결함이 '풍속'의 부재에 있다고 파악하고, 한국적 '풍속'의 형성과 문화의 고고학적 탐색을 주장하거나, 당대 사회문화적 상황에 대한 진단을 통해 '성'을 도구로 삼는 오도된 대중 소비문화의 환상을 비판하기도 하였다. 특히 저급한 대중문화의 표상으로 평가받는 무협소설과 같은 대중문화적 현상에도 주목하여 치밀하게 분석한 것은 선구적인 의의를 지닌다.

김현이 대중문화에 대해 본격적인 관심을 드러낸 것은 1970년대 중반부터였다. 그는 대중문화를 다룬 일련의 비평문을 통해 대중문화가 저급하다는 편협한 인식을 부정하고, 대중문화는 현대사회가 새로 만들어낸 새로운 예술 형태라는 사실을 강조하였다. 그리고 그러한 통념을 불식하기 위해 '대중'과 '대중문화'의 개념을 재정립해야 한다고 되풀이 주장하였다. 이를 통해 저급한 문화로서 '대중문화'가 아니라 대중들이 능동적으로 참여하고 진정으로 즐기는 문화로서 '대중들의, 대중들을 위한 문화'의 가능성을 찾고자 하였다.

대중문화의 여러 장르 중에서 김현이 특히 관심을 기울인 것은 만화였다. 그는 만화가 유치하다는 편견을 벗고 사회적 역할을 충분히 수행할 수 있는 중요한 예술 장르로 받아들였다. 그리고 그것을 입증하기 위해 예술로서의 만화의 위상과 가치를 확고하게 규정하려는 비평적 작업을 수행하였다. 그가 만화에 대한 모든 자료를 수집·분류하기를 강조하고, 만화학 강좌의 개설을 촉구하는 한편, 시사만화를 비롯한 구체적인 작품을 분석하고, 만화를 기호학적 방법론으로 접근한 것도 그런 비평적 작업의 일환이었다. 그것은 만화의 예술적 가치에 대한 획기적인 문제 제기였다.

김현이 이처럼 만화를 비롯한 대중문화에 대해 선구적인 안목으로 진지하게 성찰할 수 있었던 이유는 무엇인가. 우선은 프랑스의 문화적 풍토에 대한 경험, 대중사회화되어가는 한국 사회에 대한 통찰력, 그리고 문화의 흐름을 짚어내는 남다른 안목을 꼽을 수 있을 것이다. 그러나 그것 못지않게 중요한 사실이 있다. 그것은 김현이 여러 곳에서 밝히고 있는 바와 같이, 자신 역시 만화에 미쳤으며,[120] 무협지를 탐닉했고,[121] 대

---

120 「시사 만화에 대한 단상」, 『신문연구』, 1977.5, 『전집』 13, 311쪽.
121 「무협소설은 왜 읽히는가」, 『세대』, 1969.10, 『전집』 2, 227~230쪽.

중소설의 애독자였으며,[122] 대중가요를 즐겨 들었던 애청자이자, 국적을 가리지 않고 영화와 비디오를 보는 주요 관객이었을 뿐 아니라[123] TV와 쇼를 즐겨 보았던 시청자였다는 것, 그러면서도 자신이 편협한 엘리트주의자가 아니라 대중의 한 사람이었음을 잊지 않았다는 사실에 있다. 이 점에서 김현의 대중문화 비평은 "매혹된 자만이 그 자신을 매혹시킨 대상의 실체를 가장 구체적이며 세밀하게 파악할 수 있다는 사실을 환기시켜준다."[124] 거기에는 동시에 엘리트주의에 대한 비판이 함께 담겨 있다.

> 놀라운 것은 문화의 뒷면으로 물러난 예술에 대한 비평(평가/감상)은 계속 그 양이 늘어가고 있음에도 불구하고 문화의 앞면으로 새롭게 부상한 예술, 예를 들어, 만화 · 광고 · 영화 · 포르노 소설·포르노 시 · 무협소설(/시) 등에 대한 언급은 그 양이 거의 늘고 있지 않다는 것이다(아니, 아직 비평의 진정한 대상으로 취급되지 않고 있다).[125]

이러한 발언을 통해 김현은 겉으로는 대중문화를 경멸하면서도 남이 보지 않는 곳에서는 그 누구보다 대중문화를 즐기는 지식인의 자기기만과 속물근성을 비판하고 있다. 이러한 인식에서 김현은 유하의『무림일기』가 만화, 영화, 프로 레슬링, 무협소설, 초능력자, 포르노 등을 소비하는 '나는 키치 소비자이다'라고 당당하게 말함으로써 "사실은 키치를 몰래

---

122 「대중문화 속의 문학」, 1978.5, 『전집』13, 296쪽.
123 「겉멋 부림의 세계」, 1985.6, 『전집』14, 341쪽.
124 권성우, 「김현론」, 김윤식 외, 『한국 현대 비평가 연구』, 강, 1996, 371쪽.
125 「키치 비판의 의미」, 『무림일기』 해설, 1989, 『전집』6, 277쪽.

소비하면서 겉으로는 그것을 비판하는 척하는 속물들에 대한 하나의 비판[126]이라고 평가했던 것이다. 그 말은 대중문화를 성찰의 대상으로 삼는 것까지 부끄럽게 여기는 '사이비-예술가'들을 향한 비판을 포함한다.

누구나 알고 있듯 대중문화는 우리들의 삶과 무관할 수 없고, 그 때문에 반드시 성찰의 대상으로 삼아야 한다고 김현은 믿었다. 이런 그에게 대중문화 비평은 자신의 생활과 관련된 일상적 실천으로서의 비평이었다고 할 수 있다. 대중문화를 통해 김현이 꿈꾸었던 것은 '즐김'의 대상으로서 문화와 예술이 빚어내는 여러 '겹'과 '겹'으로 이루어지는 '문화적인 두께' 혹은 '두꺼운 삶'[127]이었다. 거기에는 '고급문화-저급문화'와 같은 '급'으로서 문화적 위계는 존재하지 않는다. 다만 그 누구랄 것 없이 대중의 한 사람으로서 우리 모두가 즐기는 문화만이 존재할 뿐이다.

126 위의 글, 278쪽.
127 「두꺼운 삶과 얇은 삶」, 『전집』 14 ; 「'라면' 문화 생각」, 『뿌리깊은 나무』, 1980.3, 『전집』 14 ; 「좋은 꿈 꾸기」, 『전집』 14 참조.

백낙청 비평의
인식구조와 실제비평

제1장

백낙청 초기 비평의 인식과 구조

1. 문제 제기

백낙청은 박경리의 『시장과 전장』에 대한 서평인 「피상적 기록에 그친 6·25 수난」(『신동아』, 1965.4)으로 활동을 시작한 이후 한국 문학비평의 역사적·실천적 지평을 확대하는 데 결정적인 역할을 담당하였다.[1]

---

1 비평가로서 백낙청의 출발을 명확하게 규정하기는 쉽지 않다. 「피상적 기록에 그친 6·25 수난」에 이어 한국영어영문학 세미나(1965.4.2) 주제발표문의 요지인 「문명의 위기와 문학인의 입장」을 『조선일보』(1965.4.6)에, 그것을 다시 보충 정리한 「궁핍한 시대와 문학정신」을 『청맥』(1965.6)에, 그리고 월평인 「저항문학의 전망」(『조선일보』, 1965.7.13), 「문단의 한 해 문학의 한 해」(『조선일보』, 1965.12.19)를 발표한다. 이때까지 백낙청의 신분은 '서울대 문리대 전임강사, 영문학자'로 소개된다. 그러다가 「서구문학의 영향과 수용」(『신동아』, 1967.1)에서부터 '문학평론가'라는 호칭이 처음으로 병기되어 나타난다. 그러나 이 글이 「새로운 창작과 비평의 자세」(『창작과비평』, 1966) 이후 『창작과비평』 외부에 발표한 그의 첫 글이라는 점, 『창작과비평』에 실린 글이 대체로 신분 표기 없이 저자명(역자명)만을 밝히고 있다는 점을 고려하면, 문학비평가로서 백낙청의 신

1960년대 이후 문학의 사회적 실천에 대한 열정과 구체적인 방향 설정의 수준에서 백낙청은 빼놓을 수 없는 성과를 남겼으며, 동시에 높은 수준을 보여주었다.

김우창의 지적대로 그의 비평은 "60년 중반 이후 여러 어려운 상황 속에서 우리로 하여금 우리가 개인적으로 서 있는 자리와 우리 사회의 상황을 급하게 돌아보지 않을 수 없도록 하는 양심의 위기를 유발하던 것이었다."[2] 이러한 비평적 성과와 관련하여 백낙청의 "참여론은 식민지 시대 이래 우리 문단에 상투형으로 굳어버린 순수론을 근본적으로 깨뜨리면서 제출되었고, 그 이후 문학을 바라보는 우리의 눈에 획기적인 변혁을 초래했"[3] 다는 것, 그의 "민족문학론은 우리 문학이 오랜 자기망각 과정에서 진정으로 깨어난 소망스런 출발"[4]이자 "민족사적 현실에 입각하여 더욱 구체화하고, 세계문학과의 대응관계에서 그 의의를 확장하였다."[5]는 평가를 받아왔다. 백낙청 비평의 전반을 살펴보면 이러한 평가가 지나친 과장이 아님을 알 수 있다. 물론 그에 대한 비판 역시 만만치 않게 제기되어왔던 것도 사실이다.

그런데 지금까지 진행되어온 백낙청에 관한 기존 논의의 대부분은 민족문학론에 집중되었다.[6] 백낙청 비평을 규정하는 고유한 문제의식이

분은 「새로운 창작과 비평의 자세」부터라고 할 수 있다.
2 김우창, 「민족 문학의 양심과 이념」, 『지상의 척도』, 민음사, 1981, 304쪽.
3 최원식, 「70년대 비평의 방향」, 『민족문학의 논리』, 창작과비평사, 1991, 324쪽.
4 최원식, 위의 글, 305쪽.
5 구중서, 「70년대 비평의 현황」, 『민족문학의 길』, 새밭, 1979, 88쪽.
6 대표적인 논의로는 다음을 들 수 있다. 구중서, 앞의 글 ; 김우창, 앞의 글 ; 김치수, 「양심 혹은 사랑으로서의 민족문학」, 『문학과지성』, 1978. 가을 ; 김주연,

민족문학론에 있음은 물론이다. 우리가 알고 있듯이 그의 비평은 참여문학론과 시민문학론에서 민족문학을 거쳐 리얼리즘론, 농민문학론, 제3세계 문학론, 민중문학론, 분단체제론 등으로 전개된다. 그런데 그것들은 모두 민족문학론을 중심으로 통합되고 또한 민족문학론에서 분화된 것이다. 민족문학론이야말로 백낙청을 우리 비평사에 각인시킨 결정적인 영역이며, 동시에 우리 문학에 남긴 공적이기도 하다. 이 점에서 민족문학론을 중심으로 전개된 기존 논의의 시각과 노력은 당연하다.

그러나 백낙청 비평의 전체를 이해하려 할 때 초기 비평의 검토는 반드시 선행되어야 한다. 그러지 않을 때 다음과 같은 문제점을 내포하게 될 것이다. 우선 그러한 이해 방식은 백낙청 비평의 총체를 민족문학론 중심의 영역 속에 완고하게 가두는 일이 될 수 있다. 또한 여기에서 실제와 달리 과장 확대되거나 혹은 폄하될 가능성마저 배제할 수 없다. 더욱 중요한 문제는 그의 비평의 전체적인 궤적 속에 내재한 변화와 지속의 역동적인 과정이 묻힐 수 있다는 점이다. 민족문학론으로 전개되는 70년대 비평과 초기 비평 사이에는 급격하거나 완만한 변화의 과정이 존재하기 때문이다. 이 글의 문제의식은 여기에서 출발한다.

「민족문학론의 당위와 한계」, 『문학과지성』, 1979. 봄 ; 최원식, 앞의 글 ; 성민엽, 「민중문학의 논리」, 『1985년 가을』, 현암사, 1985 ; 김인환, 「민족문학과 리얼리즘」, 『외국문학』, 1985. 여름 ; 김태현, 「백낙청론」, 『문학의 시대』(3), 풀빛, 1986 ; 김명인, 「시민문학론에서 민족해방론까지」, 『사상문예운동』, 1990. 봄 ; 하정일, 「시민문학론에서 근대극복론까지」, 『한국문학평론』, 1997. 여름 ; 문홍술, 「90년대 민족문학론의 위기, 그 실체」, 『무애』, 1998.5 ; 김미정, 「1970, 90년대 민족문학론에 나타난 '주체성'에 대한 인식」, 『동남어문논집』 15, 2002.12 ; 고명철, 「민족문학 '운동'으로서의 실천적 비평」, 『만해학보』, 6집, 2003.

물론 초기 비평에 대한 논의가 전혀 없었던 것은 아니다.[7] 그러나 이들의 관심은 「새로운 창작과 비평의 자세」에 한정되어 있고, 여타의 논의들도 「시민문학론」이라는 특정한 비평문만을 포함한 민족문학론 중심이었다는 점에서는 다를 바 없다. 이러한 작업에서 확인할 수 있는 사실은 백낙청의 초기 비평의 구체적인 면모가 제대로 드러나지 않았다는 점이다. 그의 초기 비평에는 보기에 따라 새롭게 조명되어야 할 여러 월평과 「궁핍한 시대와 문학정신」, 「서구문학의 영향과 수용」, 「역사소설과 역사의식」, 「한국소설과 리얼리즘」 등의 중요한 평문들이 있다.

따라서 이 글은 기존의 논의에서 제외되었던 월평과 시평을 포함한 여러 비평문들을 대상으로 백낙청 초기 비평을 전면적으로 재검토하기 위해 씌어진다. 이러한 시각이 갖는 타당성은 다음 몇 가지 점에서 인정될 수 있을 것이다. 첫째, 특정한 담론이나 대표적인 평문 중심에서 벗어나 한 비평가를 총체적으로 이해하기 위한 선행 작업이라는 것, 둘째, 초기의 비평에서 백낙청 비평의 기본적인 인식구조를 발견할 수 있다는 것, 셋째, 전체적인 전개 과정 속에 내포된 변화와 지속의 측면, 그리고 그 성과와 한계를 짚어낼 수 있다는 점을 들 수 있다.

본격적인 논의에 앞서 초기 비평의 범위를 명확하게 규정할 필요가 있다. 이 글에서는 초기 비평을 「시민문학론」(1969)까지로 한정할 것이다. 이러한 판단에는 다음과 같은 근거를 전제로 한다. 먼저 비평 활

---

7   이 글의 문제의식과 관련하여 주목할 글로는, 권성우, 「60년대 비평문학의 세대론적 전략과 새로운 목소리」, 『1960년대 문학연구』, 예하, 1993과 「1960년대 비평에 나타난 '현대성' 연구」, 『한국학보』 96, 1999. 가을 ; 이명원, 「백낙청 초기비평의 성과와 한계」, 『타는 혀』, 새움, 2000이 있다.

동의 시간적 공백을 들 수 있다. 백낙청은 「시민문학론」(『창작과비평』, 1969. 여름)을 끝으로 미국으로 떠난다.[8] 이때 『창비』 편집인도 신동문으로 바뀌는 동시에, 발행도 창작과비평사에서 직접 담당한다.[9] 그가 미국 생활을 끝내고 활동을 재개한 것은 1973년 3월 『농무』 '발문'부터이며, 1972년 겨울호부터 다시 편집을 맡게 된다.[10] 그리고 1973년 「문학적인 것과 인간적인 것」(『창비』, 1973. 여름)을 발표하면서 본격적으로 활동하기 시작한다. 그러니까 「시민문학론」에서 본격적으로 활동의 재개한 사이에는 4년 남짓의 공백기가 존재하는 것이다.

문제는 이것이 단순한 시간적 공백만을 의미하지는 않는다는 데 있다. 그 공백은 비평적 인식의 간극과 변화를 포함한다. 이 기간 동안 서구문학적 준거틀의 약화, 한국문학의 특수성에 인식, 주체적 시각의 강화, 분단 상황의 예각화, 문학의 도구성으로의 경사, 민족문학이란 용어의 등장과 개념의 내실 등의 인식적 변화가 동반된다. 이러한 변화는 「민족문학 이념의 신전개」(1974)를 예비하는 것인 동시에 '시민적 전망'에서 '민족·민중적 전망'으로의 인식적 전환이 이루어지고 있었던 것을 의미한다.[11] 이런 점을 고려한다면 백낙청의 초기 비평은 「시민문학

---

8   앞으로 『창작과비평』은 『창비』로 표기할 것임.
9   『창비』, 1969. 가을·겨울 합병호, 「사고」, 715쪽.
10   이에 대한 사정은 『창비』, 1972. 겨울, 「편집후기」에 "그동안 외국에 나가 있던 백낙청씨가 귀국과 함께 다시 본지의 편집인으로 복귀했다."는 동정 기사에서 확인할 수 있다.
11   시민적 전망은 백낙청의 의식을 지배하는 문학적 지향이다. 그는 민족문학론을 적극적으로 개진하면서도 여전히 '시민문학·민족문학'(「민족문학 이념의 신전개」), '시민의식·민중의식' 혹은 '시민문학·민중문학'(「문학적인 것과 인간적

론」을 정점으로 중요하게 구획된다고 할 수 있다. 이제 이러한 전제를 바탕으로 백낙청의 초기 비평에 내재한 비평 인식과 인식구조를 중심으로 살펴보자.

2. 순수 · 참여의 대립 지양과 문학의 조건 개선

1) 순수와 참여의 비판적 인식

백낙청 비평은 40여 년에 이르는 긴 활동에도 불구하고 단순할 만큼 일목요연하게 파악할 수 있다. 그 이유는 무엇보다도 이론적 선명함과 분명한 방향성 때문이다. 그의 비평 전체를 요약한다면 참여문학론, 시민문학론, 민족문학론, 분단체제론의 과정으로 심화 확장되었다고 정리할 수 있다. 물론 각각의 비평적 입장을 채우는 구체적인 입론과 현실성은 단순하지 않다. 예를 들면 농민문학론이나 제3세계론 그리고 리얼리즘론 등은 보다 세부적인 각론들이라고 할 수 있다. 이러한 비평 활동의 궤적에서 분명하게 알 수 있는 것은 백낙청 비평이 문학의 사회적 실천이라는 비평 인식을 시종 견지하고 있다는 사실이다. 실제로 그에게서는 초기 비평에서부터 참여문학의 입장이 선명하게 드러나고 있음을 볼 수 있다.

「궁핍한 시대와 문학정신」[12]에서 문학과 사회에 대한 아놀드 하우저의 적극적 통찰과 시인에서 비평가로의 전환을 통해 지성인의 진정한 참여를 강조하고 있으며, 「저항문학의 전망」,[13] 「작단시평–문단의 한 해 문학의 한 해」[14] 등의 월평에서는 남정현의 구속과 문단의 현황, 한일회담반대서명작가의 구속과 노벨상수상작의 번역금지 등의 문단적 사회적 상황을 거론하면서 문학의 사회적 기능과 참여의 당위성을 주장하고 있다. 이러한 사실들을 통해 우선 백낙청 비평의 문제의식과 방향성의 윤곽을 파악할 수 있다.

특히 『창비』 창간호에 실린 「새로운 창작과 비평의 자세」는 그의 문학적 입장을 구체적인 형태로 제기한 야심적인 글이다. 이 글의 문제의식은 순수문학에 대한 비판 의식에서 출발한다. 비판의 핵심은 역사와 현실을 초월하려는 순수문학 역시 결국 특정한 이데올로기의 산물이며 지배계급의 이념에 이바지해왔다는 것이다.

> 문학이 역사적 현실과 이데올로기를 초월한 그 자신만의 영역을 지켜야 한다는 주장은, 문학이 질적으로 우수해야 하고 그런 의미에서 순수해야겠다는 말과는 매우 다르다. 후자가 이데올로기와 상관없이 통용될

12　「궁핍한 시대와 문학정신」(『청맥』, 1965.6)은 한국영어어문학회의 세미나 발표문을 보충 정리한 것으로, 「문명의 위기와 문학인의 입장」(『조선일보』, 1965.4.6)은 그 요약문이다.

13　『조선일보』, 1965.7.13.

14　『조선일보』, 1965.12.19.

수 있는 상식인 데 반해 앞의 것이야말로 어떤 특정한 이데올로기의 산물이며 삶에 대한 특정한 태도를 나타낸 것이다.[15]

순수문학에 대한 백낙청의 지적은 예리하다. 그의 지적대로 문학의 순수성 주장이 역설적으로 언제나 정치적이었음은 문학사가 증명한다. 가령, 역사와 정치를 무시하고자 하는 시도 자체가 이데올로기성을 뚜렷하게 부각시킬 뿐 아니라,[16] 문학과 예술의 특수한 정치적 역할의 조건으로 작용하기도 한다. 넓게는 정치에 대한 무관심과 환멸을 조장함으로써 정치적이다. 또한 문학의 자율성과 순수성을 옹호해야만 하는 현실적 상황에서 주장되고, 동시에 정치적인 문학에 저항하는 하나의 방식이기에 또한 정치적이다.[17] 만일 예술이 자신의 자율권을 단언하는 경향이 있다면 그것은 오히려 정치에 대한 개입의 힘을 보존하고 있기 때문이다.[18]

순수문학을 향한 백낙청의 비판은 크게 두 가지로 요약할 수 있다. 우선, 순수문학은 주체와 객체, 인식과 행위, 정신과 물질을 확연히 가르는 철학적 태도에 이론적 근거가 있는데, 그것은 이미 시효가 만료되었으며, 문학은 사회의 여러 영역과 독립된 별개가 아니라는 것이다. 문학과 사회의 제반 영역을 불가분의 관계로 파악하는 이러한 관점은 그의

15 「새로운 창작과 비평의 자세」, 『창비』, 겨울, 1966.1. 이 글에서는 『민족문학과 세계문학』, 창작과비평사, 1979, 319쪽.
16 테리 이글턴, 『문학이론입문』, 김명환 · 정남영 · 장남수 역, 창작사, 1986, 240쪽.
17 폴 프티티에, 『문학과 정치사상』, 이종민 역, 동문선, 2002, 81쪽.
18 위의 책, 73쪽.

비평에서 매우 중요한 인식론적 기반에 해당한다. 바로 이런 인식에 기반을 두고 있기에 일찍부터 사회과학적 방법의 원용을 주장하고,[19] 문학의 존재 조건에 대한 탐색을 시도하였으며, "민족문학의 개념을 고수할 것을 요청하는 어떤 구체적인 민족적 현실이 있어야 한다."[20]는 민족문학론으로 구체화될 수 있었을 것이다. 역사적 현실을 떠난 백낙청 비평을 생각할 수 없는 이유가 여기에 있다.

순수문학 비판의 다른 하나는 서구의 순수문학이 근면한 산업사회의 산물이었던 데 반해 한국의 순수문학의 근저에는 양반계급의 생활 태도가 있다는 것, 따라서 사회에 소극적이고 안이한 창작 태도, 족벌주의, 관권에 대한 외경 등 비순수한 경향이 있다는 것이다. 그래서 예술 문제에 개인적 정분이나 의리를 얽어 넣는다는 것은 독신죄(瀆神罪)나 다름없는 짓이라고 비판하면서,[21] "전근대적인 기반을 숨긴 채 아득한 남의

---

19 여기에서 백낙청 비평의 이론적 근거를 제공한 아놀드 하우저의 『문학과 예술의 사회사』와의 관련성을 찾아볼 수 있으며, "한 시대의 문화 그 시대의 경제적·사회적 기반에 의해 어떻게 규정되고 있는가에 관한 현대 사회과학의 가르침에 문학하는 사람도 좀 더 귀를 기울일 필요가 있겠다."(「새로운 창작과 비평의 자세」, 348쪽)는 것, 그리고 다음과 같은 발언을 참고할 수 있다. "현대에서 우리의 복잡한 삶을 지적으로 정리하는 가장 중요한 수단 중에 하나가 사회과학적인 탐구방법이라고 생각합니다. 그래서 제 주장은 어디까지나 사회과학과 문학이 다루는 모든 분야의 상호연관성을 염두에 두고, 사회과학적인 지식이 문학에 도움을 주고 또 문학은 사회과학에 도움을 주도록 해 나가자는 것인데요, 이것은 하나의 상식이라고 생각합니다."(「작가와 평론가의 대결─문학의 현실참여를 중심으로」, 『사상계』, 1968.2, 152쪽)

20 「민족문학 개념의 정립을 위해」, 『민족문학과 세계문학』, 창작과비평사, 1978, 124쪽.

21 문단의 파당적 행태는 단편적이나마 「작단시평─문단의 한 해 문학의 한 해」

문학의 구호, 그나마 시효가 엔간히 지난 구호를 빌려온 것은 하나의 이론으로 문제 삼을 여지도 없다."[22]고 단언한다.

순수문학론자들이 자신들의 주장과 달리 특정한 정치적 이데올로기와 특정한 문학적 입장을 대변해왔고, 그것을 권력적 담론으로 활용해왔던 것이 사실이다.[23] 특히 분단 상황에서 반공의 이름으로 행사했던 '순수문학'의 억압적 담론은 당대인들은 물론, 백낙청의 판단으로도 "'자유기업'과 더불어 한국 민주주의의 철칙처럼 되어 여하한 이탈 행위도 용납되기 어려웠다."[24]는 주장에 타당성을 부여할 만한 상황이었다. 이 점에서 그의 비판은 순수문학에게는 참으로 뼈아픈 지적인 것만은 분명하다. 그러나 순수문학을 비판하는 백낙청의 발언에 대해 몇 가지 측면에서 비판이 가능한 것도 사실이다.

먼저, 위의 예문에서 '문학이 역사적 현실과 이데올로기를 초월한 그 자신만의 영역을 지켜야 한다는 주장'과 '문학이 질적으로 우수해야 하고

제2부 백낙청 비평의 인식구조와 실제비평

(『조선일보』, 1965.12.19)에서도 비판한 바 있다.

22 「새로운 창작과 비평의 자세」, 앞의 글, 322쪽.

23 백낙청이 비평 활동을 시작하던 1960년대 중반만 하더라도 순수 진영의 대표적인 인물인 김동리와 조연현은 문단의 지도부에 있었다. 이 무렵을 전후하여 김동리는 민족문화중앙협의회 부이사장, 민족문화추진위원회 이사, 한국예술문화윤리위원회 상임위원을 맡고 있었으며, 순수-참여 논쟁에서 순수문학을 대변했던 이형기, 원형갑, 감상일 역시 한국문인협회의 간부진으로 참여하고 있었다(한강희, 「1960년대 한국문학비평 연구」, 성균관대학교 박사학위 논문, 1997.12, 125쪽). 특히 그들은 반공이란 이름으로 강력한 권력적 담론을 형성했던 것이다. 이에 대해서는 강경화, 『한국 현대문학의 이면과 탐색』, 푸른사상사, 2005, 1부 참조.

24 「새로운 창작과 비평의 자세」, 앞의 글, 317쪽.

그런 의미에서 순수해야겠다는 말과는 매우 다르다'는 지적은 당연하다. 문제는 문학의 '문학의 순수성'과 '질적 우수성' 사이의 논리적 정합성이 성립하려면 문학의 순수성이 곧 문학의 질적 우수성을 보장한다는 순수문학론자들의 또 다른 명제의 전제를 필요로 한다. 그런데 이에 대한 어떤 근거도 제시되어 있지 않다. 백낙청은 자의적인 전제를 통해 순수문학의 부당함을 지적하고 있는 것이다. 다음으로 한국 순수주의의 뿌리라는 양반문학의 이념에 대한 백낙청의 인식이 매우 피상적이라는 사실이다. 때문에 비판의 진정성과 함께 설득력에도 의문이 간다.

더욱 문제적인 것은 순수문학이 서구의 중산층 이데올로기라는 점을 근거로 비판하고 있다는 점이다. "건실한 중산계급의 발전을 본 일 없는 한국 사회에 유럽 부르조아지 시대의 예술신조가 뿌리박았을 리 없다."[25] 는 판단이 그것이다. 순수주의가 특정한 이데올로기라는 지적은 타당하다. 하지만 특정한 이데올로기의 형식으로 문학의 정치주의에 대타적일 수밖에 없었던 한국 순수문학의 특수한 발생론적 맥락은 전혀 고려되지 않고 있다. 다만 서구적 기준에 의해 '제대로' 정리 안 된 전근대적 자세를 '제대로' 소화 못 한 근대 서구 예술의 이론을 빌려 옹호하려는 노력으로 폄하하고 있다. 나아가 이는 한국의 후진적 사회구조를 견지하려는 것과 정확히 대응되는 현상이라고 주장한다.[26] 이러한 순수문학 비판에

---

25 위의 글, 321쪽.
26 한국의 순수주의가 서구 예술의 이론을 '제대로' 이해 못 한 오해의 소산이라는 백낙청의 주장과 관련하여, 아이러니하게도 서정주 역시 사회참여론이 구미 사조에 대한 소화부족과 전통의 단절에 그 원인이 있으며, 서양 사조들을 면밀하게 대조 소화해갔다면 그런 무가치한 혼란은 없었을 것이라고 인식하고 있다.

서 백낙청의 서구문학적 사고의 틀을 파악할 수 있다. "우리가 부모의 피와 살을 받았듯이 이어받은 전통이 태무하다."[27]는 극단적인 전통 단절을 낳게 한 인식론적 편향성도 이처럼 한국의 문학적 현실과 전통에 대한 인식의 결여에 있었던 것이다.

그런데 순수문학 비판보다 더욱 중요하게 짚어보아야 할 사항은 따로 있다. 백낙청이 참여문학에 대해서도 강도 높게 비판하고 있다는 사실이다. 만일 순수문학 비판만이 부각될 경우 한국문학의 낙후성을 극복하고 새로운 문학의 기반을 닦기 위한 그의 문제 제기가 협소하게 제한될 우려가 있다. 백낙청의 패기와 열정은 순수·참여의 대립을 넘어 저 높은 차원을 향해 있었다. 여기에 새로운 창작과 비평의 자세를 열정적으로 개진했던 본의가 있으며, 초기 백낙청의 비평 인식을 이해하는 중요한 단서가 담겨 있다. 참여문학에 대한 백낙청의 시각을 짚어보자.

백낙청은 「궁핍한 시대와 문학정신」에서 진정한 참여란 삶에 기여하는 것이며, 그것은 도의적 의무가 아니라 작가적 생명이라고 강조한다. 그에게 현실 참여는 문학인의 '순교'를 거론할 만큼 절실했다. 그가 보기에 현실 참여를 주장하는 허다한 주장이 생산적 실효를 거두지 못하고 있었다. 따라서 한국문학의 장래는 순수와 참여의 허구적인 문학 이념으로부터 벗어나는 데 있다고 판단했던 것이다. 이러한 인식에서 기존의 참여문학의 한계를 냉철하게 평가하는데, 그의 비판적 성찰은 곳곳에서 확인할 수 있다. 가령 "대국적 안목 없는 순수주의 비판은 지엽적

서정주, 「사회 참여와 순수 개념」, 『세대』, 1963.10. 이 글에서는 홍신선 편, 『우리문학의 논쟁사』, 어문각, 1985, 42쪽.

27　「새로운 창작과 비평의 자세」, 앞의 글, 332쪽.

논쟁이나 파벌싸움에 말려들기 쉬울 뿐만 아니라 문학의 온전한 사회적 기능을 옹호하지 못하기 쉽다."[28]는 우려나, 혹은 "요즈음 우리 주변에서 '참여'의 이름으로 행해지는 많은 비판은, 순수주의에 숨겨진 사회적 배경과 정치적 향배를 들춰내는 데 날카로운 대신 작품의 실지비평에 이르러 소재본위 혹은 피상적 경향성본위의 도식화에 그치는 경우가 대부분인 것 같다."[29]는 평가 등이 그것이다.

그가 사르트르의 「상황」을 인용하여 문학의 도구성을 부정한 것도 소박한 공리성의 한계를 인식한 결과이며, 문학의 이월가치를 통해 창작활동의 자율성과 문학의 순수성을 인정한 것도 참여문학의 이념적 도식성과 사회적 행동강령에 대한 근원적 불신과 관련이 있다. 백낙청이 원용한 문학의 이월가치는 기본적으로 위대한 문학이 갖는 항구적 보편성이다. 그러나 그것은 동시대의 서로 다른 정치적 이념과 역사적 배경 사이에서도 이월될 수 있다. 다시 말해 이월가치는 경직된 이념을 넘어서는 경계의 이월을 포함한다. 동시에 그런 가치가 발휘하는 문학적 힘에 대한 역사적이고 시대적인 신뢰를 대신하는 것이다. 이러한 관점에 섰을 때 이념적 경계에 갇혀 문학의 이월가치가 공존하는 세계를 용납하지 못하고 "고정된 정책이나 사회적 행동강령으로 문학을 규제하려는 노력은 문학을 죽이는 일"[30]이었다.

때문에 백낙청은 '보수반동'이라는 사회과학의 불분명한 용어로 작품을 평가하는 일부 참여론자들의 난폭한 평론을 질타하는가 하면, 문학

---

28 위의 글, 322쪽.
29 위의 글, 324쪽.
30 위의 글, 325쪽.

의 참여를 마치 정치적인 활동에 직접 가담하는 것으로 오해하는 소아병적 사고를 비판한다.[31] 그가 경계한 것 중의 하나는 이처럼 참여의 '맹목적 행동주의'[32]였다.

> 이제 우리의 상황이 고전적 예술은 물론 문화활동 자체를 위협하는 것이라 해서 즉시 문학과 예술 내지는 지성의 활동을 버리고 더 「직접적」 참여를 주장한다면 그것은 가일층의 속단이 되기 쉬울 것이다. 사태가 절박할수록 사태에 대한 정확한 판단을 생략할 수 없다.[33]

순수주의 비판에 이어 참여론자들의 경직성을 비판하는 대목에서 다음 몇 가지를 알 수 있다. 백낙청의 참여는 도식적인 강령이나 직접적인 행동이 아닌 작품을 통한 참여라는 것, 문학의 사회적 기능에 대한 근본적인 인식의 변화가 필요하다는 것, 대국적 안목 없는 순수주의 비판이어서는 안 된다는 것, 따라서 "우리의 현실과 문학의 참 기능에 대한 소상한 성찰"[34]을 통해 "인간에 대한 어떤 궁극적 이상의 차원에서 비판하고 변화시켜야"[35] 한다는 것이다.

결국 백낙청은 문학의 현실적 참여를 견지하면서도 순수와 참여 모두를 비판하는 양비론적 입장에 있었다. 그것은 애매한 절충주의가 아니다. 새로운 창작과 비평을 정립하기 위한 비평적 노력의 일환이었다. 이

---

31 「작가와 평론가의 대결」, 『사상계』, 1968.2 참조.
32 「새로운 창작과 비평의 자세」, 앞의 글, 356쪽.
33 「궁핍한 시대와 문학정신」, 앞의 글, 140쪽.
34 「새로운 창작과 비평의 자세」, 앞의 글, 318쪽.
35 위의 글, 322쪽.

러한 일련의 작업을 통해 그가 근본적으로 제기하는 문제는 문학의 참기능과 인간에 대한 궁극적 이상이었다. 그것은 무엇인가. 이에 대한 해명은 백낙청이 열정적으로 개진했던 새로운 창작과 비평의 자세만이 아니라 초기 그의 비평 인식을 이해하는 가장 중요한 단서이다. 그렇다면 이제 "참된 순수성을 자랑할 작품을 만드는 것과 그러한 순수성을 살린 이상을 갖고 현실을 비판하며 개조하는 것은 바로 한 가지 작업이다."[36]는 발언 속에 내장된 문학의 순수한 기능이란 무엇인가를 검토해보기로 하자.

2) 건전한 놀이로서 문학의 기능과 문학의 조건 개선

백낙청은 이제 막 비평가의 자리에 들어설 무렵의 월평은 물론, 아놀드 하우저의 문학을 검토하는 자리에서도 진정한 현실 참여의 가능성은 당시의 역사적 상황에 달려 있다고 주장한다. 백낙청이 아놀드 하우저에 주목한 것 역시 하우저의 문학적 전환에 나타난 문학과 사회에 대한 통찰이었다.

> 문학은 작가 개인뿐 아니라 그 사회의 산물로서, 문학의 문제를 그 사회적 상황과 떼어서 이해하고 해결할 수가 없다는 것이다. 시인이 자신의 고독과 불안을 토로하는 데 전념하는 것 자체가 하나의 사회적 현상이며 이른바 객관적 예술의 우월성을 주장한 것은 이러한 현상이 극복되어야 할 상황임을 밝힌 것이다.[37]

---

36 위의 글, 327쪽.
37 「궁핍한 시대와 문학정신」, 앞의 글, 133쪽.

개인의 고독과 불안도 사회적으로 매개되어 있다는 이러한 견해는 지금으로서는 상식에 속하지만 당시로서는 남다른 통찰이 아닐 수 없다. 아도르노는 루카치를 향하여 고독 자체도 사회적으로 중재되며, 근본적으로 역사적 내용을 갖고 있다는 사실을 알았어야 했다고 언급한 바 있다.[38] 마르크스 역시 '소외'를 인간 조건의 의식과 자체의 역사적 사명 의식을 상실한 사회에서 그 사회에 속한 한 인간이 완전히 이질화된 자신을 비로소 인식할 때 경험하게 되는 무능함과 고독의 감정으로 정의하고 있다.[39] 그러나 개인의 고독과 사회의 긴밀한 관련성을 깊게 인식하지 못한 당대의 풍토에서 백낙청은 그것을 '보기 드문 상식'으로 이해하고 있다. 가령 이런 것이다.

> 현대문명을 규탄하고 자신의 고립을 서러워하는 작가는 허다하지만, 다른 사회현상과 더불어 자신의 감정과 그 감정을 표현한 그의 예술조차도 하나의 극복되어야 할 현상임을 인정하는 이는 드문 것 같다. 오히려 자기의 불행을 어떤 정서적 우월성의 증거로 과시하려는 경향이 너무나 많은 것이 사실이다.[40]

바로 이러한 독선을 아놀드 하우저가 참된 예술의 이름으로 배격했다는 것이 백낙청의 판단이다. 당대의 한국적 상황에서 하우저를 통해 비추고자 했던 문학정신이 이와 같다면 문학의 현실 참여에 대한 백낙청의 인식이 꽤 뿌리 깊은 것임을 다시 확인할 수 있다.

---

38 T.W. 아도르노, 『아도르노의 문학이론』, 김주연 역, 민음사, 1985, 80쪽.
39 레나토 포지올리, 『아방가르드 예술론』, 박상진 역, 문예출판사, 1996, 164쪽.
40 「궁핍한 시대와 문학정신」, 앞의 글, 133쪽.

그러나 우리가 더욱 주목해야 할 것은 백낙청의 참여의 입장이 아니다. 그보다는 현실 참여를 이루기 위해 갖추어야 할 몇 가지 조건에 대한 인식에 있다. 백낙청은 그 조건으로 풍부한 소재, 유능한 독자를 기를 양식, 서구문학과 같은 풍부한 유산을 꼽고 있다. 더욱 의미 있게 되새길 부분은 이것 못지않게 한 사회의 제도적 여건을 적시하고 있다는 점이다. 제도적 여건이란 최소한의 치안 상태, 어느 수준 이상의 경제생활, 어느 정도 이상의 교육받은 인구, 정치적 자율성의 존중, 비평 정신이 성숙할 여유, 그리고 동맹과 선동 없이 사람을 움직일 수 있는 지성을 말한다.[41]

여기서 일차적으로 파악할 수 있는 것은 다음 네 가지이다. 첫째, 그의 현실 참여가 매우 실제적인 동시에 '조건 만들기'로서의 참여라는 사실이다. 참여의 조건을 제도적 차원에서 접근한 사실 자체가 우리 문학사에서 매우 이례적인 경우에 해당한다. 둘째, 그것이 당대 한국 사회와 문학의 현실에 대한 사태 분석에 근거하여 제기한 문제라는 것, 셋째, 이러한 문제의식을 「새로운 창작과 비평의 자세」에서 한국문학의 변혁을 위한 조건으로 다시 제기할 만큼 중요하게 인식하고 있었다는 것, 넷째, 문학과 사회의 제도적 조건 만들기는 그가 보편적 이상으로 믿고 있는 문학의 진정한 사회적 기능, 즉 참여의 본질적인 의미와 밀접한 관련이 있다는 점이다.

여기에서 이미 짐작할 수 있는 바와 같이, 문학의 참여가 본질적으로 '문학은 무엇을 할 수 있는가'라는 기능적 측면을 강조한 것이라면, 문학

---

41 위의 글, 138~139쪽.

의 현실 참여와 참여의 조건은 곧 문학의 사회적 기능으로 수렴된다. 문제는 그가 믿고 있는 문학의 진정한 사회적 기능이 무엇인가에 있다.

> 이상적인 경우는 물론 모든 사람이 다 가장 훌륭한 문학을 가장 건전하게 즐기는 상태일 게다. 그러기 위해 충분한 물질적 시간적 여유가 있어야 하고 참된 자유와 높은 문화수준이 보편화되며, 같은 이념으로 뭉친 공동사회가 이루어져야 할 것이다. 작가가 자기의 문학적 재능을 살리는 것이 자기 사는 사회를 즐겁게 하는 것이요, 개인감정을 노래하는 것이 바로 사회를 반영하는 것이며 사회를 반영하는 것만으로 보다 나은 장래를 이룩하는 일을 돕는 결과가 될 것이다. 독자 또한 작가에 못지 않게 행복하리라. 시간을 흥겹게 보내는 동안 저절로 위대한 문학의 감화를 받고 사회의 발전에 이바지하며, 자기 맡은 직책에 충실하는 순간순간이 보다 나은 문학의 생성을 촉진하는 것이다.[42]

백낙청이 추구하는 문학의 기능은 영원불변의 심미성의 창조도, 인민의 저항을 대변하는 것도, 진리의 자기 계시도 아니다. 이것들은 모두 위압적인 이론에 불과하다. 문학의 진정한 사회적 기능은 고급한 놀이, 곧 모든 사람이 가장 훌륭한 문학을 가장 건전하게 즐기는 '즐거움'에 있다. 이를 위해 어떤 조건이 필요하다는 것이 백낙청의 주장이었던 것이다. 백낙청이 그 전제 조건으로 들었던 것은 물질적 시간적 여유, 참된 자유와 높은 문화수준, 같은 이념으로 뭉친 공동사회의 전제 등이 그것이다. 이는 위에서 제시한 문학과 사회의 제도적 조건과 다르지 않다.

이러한 문학의 기능과 문학적 조건에 비추었을 때 당대 한국 사회는

---

42 「새로운 창작과 비평의 자세」, 앞의 글, 328쪽.

어떠했는가. 백낙청의 판단에 따르면, 60년대 중반 한국 사회는 문학의 건전한 놀이를 언급하는 것조차 허무할 정도였다. 물질적 시간적 여유를 가질 수 없는 100달러 내외의 1인당 연평균 소득, 참된 자유와 높은 문화 수준 대신 반공 이념의 제도적 억압과 유명무실한 6년간의 의무교육 그리고 분단 상황으로 인해 같은 이념으로 뭉친 공동사회조차 생각할 수 없었다.[43] 뿐만 아니라 한국의 대다수 대중들은 문학을 읽을 여유도 능력도 의욕도 없는 사람들에 불과하다. 우리에게 이어받은 문학 전통이 태무하다는 전통단절론이나 사르트르의 '현실의 독자층'과 '잠재적 독자층'을 원용하여 대중을 향한 창작과 비평의 자세를 촉구한 것도 당대 한국의 현실에 대한 이 같은 냉철하면서도 비관적인 인식에서 연유한다. 이 때문에 그의 실천적 과제가 "민중은 왜 독서 행위로부터 소외되었고 어떻게 하면 현실의 독자가 될 수 있으며 그들을 위해 무엇을 할 것인가"[44]라는 문제의식으로 제시되었던 것이다.

> 잠재독자층의 압도적인 숫적 우세와 극심한 소외상태, 그리고 현실독자들의 한심한 수준─이것이 현대 한국문학의 사회기능을 규정하는 결정적 여건이다. 이런 상황에서 현실독자층의 대다수에게 오락을 제공하는 일이 참된 문학의 기능일 수 없음은 물론이다. …(중략)… 애초부터 문학이 그들의 오락일 수도 없는 사람들의 괴로움과 억울함을 대변하는 것, 동시에 최고의 수준을 고집하는 독자에게 즐거움을 주는 것, 그리고 그것이 그의 용기와 양심을 마비시키지 않고 오히려 북돋아주는 건전한 놀이가 되는 것─이러한 조건을 다 갖춤으로써만 한국문학은 오늘의 사

---

43 위의 글, 333쪽.
44 「새로운 창작과 비평의 자세」, 앞의 글, 334쪽.

회에서 살 수 있으며, 작품은 팽팽한 긴장과 생명력을 얻을 것이다.[45]

당대 독자들의 의식 상태를 '한심한 수준'으로 평가하는 발언의 한편에, 서구적 교양에 물든 지식인의 지적 자부심이 짙게 배어 있음을 볼 수 있다. 물론 이러한 자부심이 지식인의 책무를 강조한 내적 동인이었을 것이다. 문학을 건전한 놀이로 삼을 여유가 없는 불행한 대중들을 위해 문학이 그들의 대변자가 되어야 한다는 주장은 매우 현실적인 제안이다. 이것은 언뜻 지식인의 계몽적 대중교화론에 가까워 보인다. 하지만 문학의 이상적 상태인 건전한 즐김은 작가와 독자의 긴밀한 소통과 연대 없이는 불가능하다. 대중과 소통할 수 없는 문학이 건전한 놀이로 대중들에게 향유될 수 없음은 당연한 일이기 때문이다.

그의 초기 비평에서 이례적으로 높이 평가하는 이광수 문학의 힘을 대중과의 소통과 잠재적 독자들을 향한 부름에서 찾은 것도 이런 까닭이다. 또한 바로 이러한 인식에서 현실과 절연된 순수주의를 귀족적인 여유와 전근대적인 특권이라고 비판했던 것이며, 같은 이유로 참여문학의 직접적 참여와 행동강령에 대해서도 그것이 오히려 문학을 죽이는 일이라고 비판했던 것이다. 그는 한 글에서 "『창비』로 말하자면 그 창간호(1966) 권두 논문에서 바로 순수 · 참여 논쟁의 지양을 내세웠다."[46]고 말한 적이 있다. 이 발언이 문학의 이상적 차원을 지향하면서 낙후된 한국문학의 조건에 대한 냉철한 인식과 순수 · 참여의 대립을 넘어서야 할

---

45 위의 글, 335쪽.
46 「1983년의 무크운동」, 『한국문학의 현단계Ⅲ』, 창작과비평사, 1984, 19쪽.

당위성을 반영하고 있다면, 그것은 수사적 차원이 아니라 한국문학의 새로운 도약을 위한 백낙청의 절실한 문제의식으로 이해할 수 있을 것이다.

이 같은 백낙청의 비평 인식에서 무엇보다 주목해야 할 사항은 두 가지이다. 하나는 문학의 진정한 사회적 가능이 발휘될 수 있도록 문학의 조건을 개선해야 한다는 입장이며, 다른 하나는 그것을 직접 실천하는 역사의 주동적 역할을 작가와 지식인이 담당해야 한다는 실천적 의지이다.

> 한국에 관한 한, 민중의 저항을 가로막고 근대화를 위한 가장 보편적인 이상을 제시하며 또 실천하는 역사의 주동적 역할을 작가와 지식인이 맡아야 한다는 데엔 딴 말이 있기 어렵다.[47]

그러나 우리가 놓쳐서는 안 될 중요한 사항은 문학의 본원적 조건과 존재 방식에 관한 인식이다. 다시 강조하자면, 백낙청이 생각하는 문학의 진정한 사회적 기능은 건전한 놀이로서 문학, 즉 즐김으로서 문학의 존재이다. 그것은 결코 천박한 도구적인 차원과는 다르다. "예술적 즐거움은 바로 삶의 가장 순수하고 절대적인 가치"[48]라는 의미에서의 문학적 향유이다. 이러한 인식은 오랜 시간이 지난 뒤에까지 지속되고 있음을 볼 수 있다. 가령, "시대를 넘어 지속되는 '예술적 즐거움'이 바로 예

---

47 「새로운 창작과 비평의 자세」, 앞의 글, 356쪽.
48 위의 글, 354쪽.

술을 통해 구현되는 진리와 유관하다."[49]는 언급이 그것이다. 사실 그의 시민문학 역시 "이상적으로 모든 시민이 공유하는 문학"[50]이 아니던가. 이와 함께 문학의 이월가치와 창작의 자율성, 그리고 현실 독자와 잠재 독자의 문제 제기도 소통 가능한 즐김과 문학적 영향력에 바탕을 둔 발언이었다. 이러한 이해를 기반으로 했을 때에야 비로소 다음의 발언이 지니는 의미가 제대로 드러난다.

> 문학이 문학 아닌 것으로 변할 때 문학의 사회기능도 없어지게 마련이다. 어떤 부정적 사회기능을 가진 문학이 특정한 역사적 상황과 인간의 산물인 만큼, 문학으로부터 좀더 적극적인 사회기능을 요구할 때 그러한 문학을 낳을 수 있는 사회 및 인간에 대한 꿈이 있어야 하며 그 꿈의 실현에 문학이 참여하기 위한 구체적 복안이 요구된다.[51]

문학의 존재 방식에 대한 위의 인식은 백낙청 비평의 전체를 규율하는 핵심이라고 판단한다. 여기서 확인할 수 있는 것은 사회와 인간에 대한 꿈의 실현에 문학이 참여하기 위한 복안이 있으며, 문학은 문학 아닌 방식으로 존재해서는 안 된다는 도저하고 합리적인 인식이다. 문학을 선택한 비평가로서 문학이 문학 아닌 다른 어떤 방식으로도 존재해서는 안 된다는 인식이야말로 문학을 정치적, 사회적 투쟁의 수단으로 삼았던 과거 참여문학론자들과는 차별되는 그의 합리적인 면모이다.

이런 그에게 절실한 문제는 문학이 진정한 기능을 발휘할 수 있도록

49 「작품 · 실천 · 진리」, 『민족문학의 새 단계』, 창작과비평사, 1990, 366쪽.
50 「시민문학론」, 『민족문학과 세계문학』, 창작과비평사, 1978, 24쪽.
51 「새로운 창작과 비평의 자세」, 앞의 글, 322쪽.

작가, 독자, 제도 등 사회적 조건을 만드는 일이었다. "후진국에서는 문학 한다는 것과 문학을 위한 준비 활동을 한다는 것을 겸하는 형태를 모색하는 데 집중된다."[52]는 주장은 아직 본격적인 문학의 여건이 성숙되지 않았던 60년대 한국의 현실에서 문학을 위한 준비 작업을 동시에 해나가야 한다는 이중이 어려움을 말하고 있는 것이다. 그에게 절실한 것은 역사적 현실이 아니라 문학적 현실로서 문학의 조건이었다. 바로 이 때문에 한일 국교의 재개가 물질적 안정과 여유를 전제로 하는 문학에는 오히려 새로운 기회와 가능성일 수 있다는 기대를 갖게 하였으며,[53] 5 · 16 이후의 경제성장을 긍정적으로 인식하고 있었던 것이다.

그러나 역사적 현실의 개선보다 문학적 현실의 개선, 즉 삶과 역사적 조건보다 문학의 조건에 주안점에 놓여 있었던 초기의 비평 인식은 점차 삶과 역사적 현실의 변혁과 개선으로 변모된다. 이러한 변화의 가장 두드러진 징후는 문학의 자율성에 대한 인식의 편차에서 단적으로 드러난다. 60년 중반 백낙청이 창작 활동의 자율성, 즉 문학의 진정한 순수성을 인정하고 있음은 앞에서 언급한 바와 같다. 물론 그것이 역사적 관심과 제약으로부터 면제되는 자율성이 아니라는 유보적 단서를 달고는 있다. 하지만 미학적 자율성과 작가적 순수성에 대한 입장은 70년대에 이르면 확연히 문학의 도구성으로 기운다.

> 작품의 〈자율성〉이란 말은 또 작품은 도구가 아니라는 말로 풀이되기도 한다. …(중략)… 이것 역시 예술의 중대한 일면을 꼬집는 반면에 공

---

52 위의 글, 344쪽.
53 「저항문학의 전망」, 『조선일보』, 1965.7.13.

연한 신화나 특권의식을 조장하기 쉬운 말이다. 세상에 완전히 자율적인 존재가 없듯이 삼라만상이 다 도구로 쓰여야 할 측면이 있는 것도 사실이다. …(중략)… 유독 예술작품이라는 물건만이 예외가 될 수는 없다.[54]

확실히 문학의 도구적 측면을 강조하고 있다. 특히 이러한 인식의 변화가 초기 비평의 정점인 「시민문학론」(1969)에서 민족문학의 이념을 정립하는 「민족문학 이념의 신전개」(1974) 사이에 자리한다는 사실에도 유의할 필요가 있다. 여기에서 새로운 창작과 비평의 자세에서 시민문학론을 거쳐 분단 모순의 극복, 인간 해방의 논리, 전 지구적 민중 연대로 이어지는 백낙청 비평의 전개 과정이 문학의 조건 만들기에서 역사 사회적 현실의 개선이라는 인식의 변모 과정이었음을 알 수 있다.

3. 비평론의 인식구조

1) 양비론과 상황 의식

백낙청의 초기 비평을 검토해보면 호소력과 설득력이 유감없이 발휘되고 있다. 그것은 열정적인 패기와 폭넓은 공감대를 바탕으로 하고 있기 때문인데, 공감의 요인으로 우선 양비론적 인식구조를 들 수 있다. 참여의 입장을 견지하면서도 기존의 순수와 참여를 비판적으로 지양한다거나(「새로운 창작과 비평의 자세」, 「궁핍한 시대와 문학정신」), 서구

---

54 「문학적인 것과 인간적인 것」, 『창비』, 1973. 여름, 111쪽.

문학을 수용하는 두 가지 방식에 내재된 한계를 비판적으로 검토함으로써 선명한 입장을 제시한다거나(「서구문학의 영향과 수용」), '소시민'을 바라보는 두 가지 태도를 비판 지양하면서 시민성을 강조하는(「시민문학론」) 등의 양비론이 그것이다. 또한 "4·19가 완전히 성공하여 순조롭게 계승·발전되고 있다는 것이 무책임한 이야기듯이 4·19가 완전히 실패하고 끝나버렸다는 해석도 위험한 것이다."[55]와 같은 양비론적 서술로 자주 표현된다. 이를 통해 순수와 참여의 대립을 부정적인 차원으로 밀어내면서 진정한 현실 참여의 의미 맥락을 새롭게 하고, 소시민성을 극복하고 시민성을 확보해야 한다는 비평적 입장을 효과적으로 개진할 수 있었던 것이다. 부정적 현상의 지양과 새로운 차원의 지향이라는 관점에서 그의 양비론은 변증법적 인식구조에 기반을 두고 있다고 할 수 있다.

그러나 백낙청의 비평이 설득력과 호소력을 가질 수 있었던 보다 중요한 이유는 비평의 기반을 역사적 현실과 문학적 상황에 두었다는 사실에 있다. 가령, 「궁핍한 시대와 문학정신」만 해도 "우리들 자신의 상황과 밀착시켜" 혹은 "가장 필요로 하는 것은 이 변화에 어떠한 최선의 구체적 대책을 마련할 것인지 알기 위하여 자신의 상황을 선명히 인식하는 일이다." 또는 "한국 같은 상황에서 사태를 선명히 밝히는 일은 오히려 획기적인 사건이 될 수도 있을 것이다." 등의 상황 인식을 통해 현실 참여의 문제를 주장한다.

당대 현실에 기반을 둔 상황 인식으로부터 한국문학의 현실적 조건에

55 「시민문학론」, 앞의 글, 57쪽.

대한 남다른 인식으로 이어지고, 그리고 그러한 상황에서 한국의 문학인이 해야 할 역할을 제시하려 했던 것이다. 새로운 창작과 비평의 자세를 향한 문제 제기가 그것이었다. 백낙청 비평의 기반으로서 역사적 현실은 분단 상황의 인식에서 분명한 형태를 찾아볼 수 있다.

> 한국의 작가는 양단된 국토에서 아직도 준전시(準戰時)상태라는 눈 위에 서리맞은 악조건으로 출발하면서, 18세기식의 민권론 같은 편리한 원칙에 기대는 것조차 허용되지 않는다.[56]

> 우리의 행동범위가 국토양단이라는 이상현상에 의해 극도로 제한되고 있음은 이미 지적한 대로이다. 이러한 사태에서 문학은 다른 분야가 맡기 힘든 또 하나의 중대한 소임을 갖게 되었다. 남북통일을 위한 소임이다.[57]

이 같은 인식에서 자유를 위한 구체적 투쟁과 통일을 위한 문학적 소임을 당대 한국문학의 구체적인 방향성으로 제시한다. 그러나 문제는 이러한 상황 인식과는 별도로, 문학의 방향성 차원에서는 그것이 원론적이고 피상적인 수준에 머물고 있다는 점이다. 많은 글에서 언급되는 분단 상황은 위 예문에서 보여주는 것 이상의 집중적인 논의를 찾아볼 수 없다. 물론 깊이 있는 논의를 불가능하게 했던 시대적인 여건도 감안해야 할 것이다. 이는 '매카시즘 공포증'[58]을 언급하는 상황에서 짐작할

---

56 「새로운 창작과 비평의 자세」, 앞의 글, 346쪽.
57 위의 글, 349쪽.
58 「작가와 평론가의 대결」, 『사상계』, 1968.2, 154쪽.

수 있다.

그렇다 하더라도 그것은 당대인이라면 누구나 공유하는 보편적인 인식에 지나지 않는다. "준전시 상태"가 의미하듯 조국 통일의 염원을 피력하면서도 적대국으로서 북한의 위협을 절실하게 의식하고 있었으며,[59] 무엇보다도 분단에 내재된 이념적 금기와 경직성을 넘어, 현실 곳곳에 작용하는 삶의 구체적 세목을 드러내지 못하고 있다. 이 경우 그것은 선언 이상의 의미를 가지지 못한다. 역사적 조건으로서 상황의 강조만으로는 구체적인 실천력을 담보할 수 없기 때문이다. 분단 모순이 당대 사회의 문제점을 야기한 본질적인 모순이라는 것, 평화통일을 위해서는 민주화와 자주화가 선행되어야 한다는 성숙한 인식에 이르기 위해서는 좀 더 시간이 필요했다. 그것이 70년대 민족문학론으로 구체화되었음은 우리는 알고 있다. 특히 그의 비평 전체가 문학과 상황의 긴밀한 유대관계를 전제로 하고 있다는 점을 상기한다면 역사적 상황 의식이야말로 백낙청 비평의 이론적 토대를 이루는 중요한 인식구조임을 확인할 수 있다. 새로운 창작과 비평의 자세, 시민문학론, 민족문학론, 분단체제론, 전 지구적 자본주의 시대의 민족문학으로 이어지는 일련의 과정은 역사적 상황의 변화에 기민하게 반응한 비평적 대응이었다.

2) 서구문학적 준거와 전통의 단절 의식

백낙청 초기 비평을 일별해보면 풍부한 서구문학적 지식의 활용이 두

---

59 「서구문학의 영향과 수용」, 『신동아』, 1967.1, 406쪽.

드러진다는 사실을 알 수 있다. 이는 당대 독자들에게 강렬한 인상을 줄수 있었던 중요한 요인의 하나일 것이다. 실제로 그의 비평은 예외가 없을 정도로 서구문학적 지식을 근거로 하고 있다. 현실 참여의 문학적 조건, 아놀드 하우저의 비평적 전환, 문학의 순수성을 비판하는 철학적 근거와 역사적 배경, 문학의 이월가치, 문학의 사회적 기능, 현실의 독자와 잠재적 독자, 시민계급과 시민의식, 서구 시민문학의 전통, 18세기 프랑스와 19세기 러시아, 독일의 고전주의, 19세기의 위대한 리얼리즘, 루카치의 역사소설론과 스콧의 역사소설 등 초기 비평의 핵심적인 내용들이 모두 서구의 문학사와 문학으로 구성되어 있다. 또한 수없이 출몰하는 문학인들은 물론, 심지어 서구 시민문학의 전통을 이해하기 위해 계보학이나 수형도(樹型圖)가 필요할 정도이다.

그런데 이러한 현상을 단순히 부정적이라고 말하기는 어렵다. 외국문학 전공자가 자신에게 가장 낯익은 영역을 활용하는 것은 당연한 일이다. 백낙청 자신의 말대로 서구문학의 영향 및 수용의 문제가 우리에게 절실한 하나의 역사적 과제라면, "서구문학의 영향을 의당 하나의 사회적 역사적 상황으로 파악하며 그 수용에 요구되는 사회의식 및 역사의식의 성격을 검토해볼 필요가 있다."[60] 이는 한국문학을 위해 매우 긴요한 작업임이 분명하다. 보다 본질적인 문제는 다른 데에 있다.

(가) 건실한 중산계급의 발전을 본 일 없는 한국사회에 유럽 부르조아

---

60 위의 글, 398쪽.

지 시대의 예술신조가 뿌리박았을 리 없다.[61]

(나) 〈시민의식〉을 실재하는 시민계급의 의식상태로 규정한다면 서구적 부르조아지가 성립된 바 없는 한국의 역사에서 시민의식을 찾는 것은 무의미한 일이 된다.[62]

위 예문은 각각 「새로운 창작과 비평의 자세」(가)와 「시민문학론」(나)의 구절이다. 몇 년의 시차에도 불구하고 문장구조와 인식구조가 거의 동일하다. 언뜻 한국의 특수성을 말하는 것 같지만, 그것이 한국문학의 후진적 상황을 전제로 하고 있음을 놓쳐서는 안 된다. 그에게 서구문학은 참조 대상을 넘어 하나의 모델형이자 평가의 절대적인 척도로 존재한다. "한국처럼, 문학의 보호를 맡은 귀족층도 없고 건전한 중산층의 성장도 없는 나라에서 문학이 현실적 기반을 얻는 것은 널리 대중에게 읽히는 길뿐이다."[63]라고 주장하면서 문학의 조건을 위한 문학인의 역할을 제시할 때, 그것은 서구적 조건을 전제로 한 것이다. 또한 참다운 시민문학과 시민정신을 주장할 때도 18세기 프랑스 문학을 모델로 삼았으며, 이광수와 김동인의 역사소설에서 역사의식의 부재를 비판할 때의 기준 역시 루카치의 역사소설론과 스콧의 역사소설이었다.[64]

이러한 서구문학적 준거틀은 한국 사회와 문학에 대한 실제 이상의

---

61 「새로운 창작과 비평의 자세」, 앞의 글, 321쪽.
62 「시민문학론」, 앞의 글, 35쪽.
63 「새로운 창작과 비평의 자세」, 앞의 글, 346쪽.
64 「역사소설과 역사의식」, 『창비』, 1967. 봄.

펌하 의식으로 나타난다. 예를 들면, 그는 아놀드 하우저의 문학적 성과
는 영국의 위대한 전통과 결부되어 있다고 이해한다. 그러면서 지적한
한국적 상황은 문학 유산의 빈곤, 낙후된 유교 체제, 타율적 문화 상황
이었다.[65] 이와 함께 비평문의 여러 곳에서 '발전을 본 일 없는' '성립된
바 없는' '서구와 달리' '영국이나 프랑스와 달리' '서구의 시민문학적 전
통과 달리' '프랑스와 러시아 최악의 시대에도 없었던' 등등의 구절들을
쉽게 접하게 된다. 문제는 이러한 어사의 이면에 서구문학의 미달형으
로서 한국문학을 바라보는 차별화된 인식이 내재되어 있다는 사실이다.

앞의 예문에서도 파악할 수 있듯이 서구적 시민문학의 관점에서 바라
본 한국의 사회와 문학은 결점투성이의 미달형이었다. 그러니까 당대의
사회와 문학이 처한 위기를 구체적인 상황에서 진단하려는 노력에도 불
구하고 그것은 결국 한국문학의 빈곤성과 낙후성으로 귀결되었던 것이
다. 이러한 문제는 서구문학의 시각에서 한국문학을 판단하는 인식구조
에 결정적인 원인이 있다. 그것이 다음과 같은 극단적 전통 단절 의식으
로 표명된 것은 당연한 일이다.

> 우리 문학의 참다운 고전을 딴 데서 찾아보려는 노력도 있다. 소수 지
> 배층의 문화가 아닌 우리의 서민문화, 그리고 실학파의 작품이야말로
> 한국 고유의 문학유산이며 주체적 근대화의 발판이라는 것이다. …(중
> 략)… 그러나 과연 여기에 산 전통이 있는가? 적어도 역사가 좀 다른 코
> 스를 밟았을 경우 스스로 근대화하여 1960년대에 생동할 수 있는 전통
> 이 있었던가? …(중략)… 한가지 뚜렷한 정답이 있다면 실제로 주어진

65 「궁핍한 시대와 문학정신」, 앞의 글, 139쪽.

역사에서 한국사회와 한국문학의 독자적 근대화가 이루어지지 않았다는 사실이다.[66]

이러한 전통 인식이 "우리의 동양적·한국적 전통은 그 명맥이 끊어졌고 이를 뜻깊게 되살릴 길은 아직 열리지 않았다."[67]라고 규정하게 하였다. 이 같은 자기 폄하는 근대문학을 바라보는 시각에서도 드러난다. 일제강점기에서 동시대에 이르는 동안 부각되는 문학인은 이광수에 불과하다. 60년대까지 확대하더라도 백낙청의 전폭적인 지지를 받은 인물로는 한용운과 김수영 정도만 꼽을 수 있을 정도이다. 염상섭의 『삼대』도 불철저한 시대 인식에서 비판적이며, 홍명희의 『임꺽정(林巨正)』마저 고담에 불과하다고 평가한다.

더욱 문제적인 것은 20년대의 한용운과 60년대의 김수영 사이에 존재하는 이 땅의 수많은 작가와 작품이 외면당했다는 점이다. 따라서 그 기간은 문학적, 시대적 공백으로 남게 된다. 이러한 단절은 서구에 몰입된 상태에서 한국문학의 가치를 제대로 평가하지 못한 데 근본적인 원인이 있다. 어쩌면 고등학교를 졸업하자마자 미국으로 유학 간 백낙청에게 한국 근대문학에 대한 소양이 거의 없었기 때문일 수도 있다.

물론 우리는 초기 비평에서 노출하였던 단절적 시각이 정직한 자기 성찰과 한국문학에 대한 소양의 축적을 통해 점차 극복해되어가는 모습을 보게 된다. 이러한 변화는 「시민문학론」에서 자기반성하고 있는 대목

---

66 「새로운 창작과 비평의 자세」, 앞의 글, 331~332쪽.
67 위의 글, 332쪽.

뿐 아니라,[68] 다음과 같은 인식에서도 확인할 수 있다.

> 그때 그때의 부분적인 단절과 비약과 왜곡을 포함하여, 연속되는 하
> 나의 커다란 흐름으로 그 구체적인 모습을 드러낼 때 한국 사회의 정체
> 성론 및 한국전통의 단절론, 그리고 그것이 암시하는 정치적 · 경제적
> 또는 문화적 식민지화의 당위론을 완전히 극복할 수 있을 것이다.[69]

그리하여 백낙청은 4 · 19의 전통을 원효, 실학, 동학, 그리고 3 · 1운
동으로 이어지는 한국문학의 연속적 흐름으로 파악하기에 이른다. 이러
한 변화는 『창작과비평』에 실학의 고전을 연속으로 기획한 의도와 깊은
관련이 있으며, 국문학계의 연구 성과[70]에서도 직간접으로 영향을 받았
을 것이다. 또한 시대적 단절로 남아 있던 문학사적 공백이 근대문학의
작가와 작품들로 채워지고 있으며, 60년대 문학을 50년대 문학의 연속
으로 바라보려는 합리적인 시각도 확보한다. 그러나 서구문학에 침윤되
어 있던 초기 비평의 인식구조에는 한국문학의 전통을 전체적으로 통람
할 소양이나 인식이 결여되어 있었다. 다만 서구문학의 준거틀로 조망
된 한국문학은 다음과 같은 존재에 불과하였다.

---

68 「시민문학론」, 앞의 글, 36~37쪽.
69 위의 글, 40쪽.
70 해방 후 고전문학 연구사는 정병욱, 『한국고전의 재인식』, 홍성사, 1979, 6부 ;
조동일, 『우리 문학과의 만남』, 홍성사, 1983, 1부 ; 국어국문학회 편, 『국어국문
학 40년』, 집문당, 1992 ; 류준필, 「광복 50년, 고전문학연구사의 전개과정」, 『한
국학보』, 1995. 봄 참조.

자신의 과거 문학의 후신도 아니요 현재 세계문학의 일부도 아니며 그렇다고 20세기 한국이라는 소우주가 따로 있어 그 속에서 자기 나름의 완벽한 기능을 가진 것도 아닌 문학 – 이것을 한 나라 한 사회의 문학이라고 부르는 것부터가 억지인 듯도 하다.[71]

그의 눈에 비친 한국문학의 수준은 한 나라의 문학이라고 부르기 민망할 정도의 수준이 아닌가. 기대하는 지평은 저 멀리 있는데, 경험하는 현실은 이처럼 후진적이고 낙후된 모습이었다. 경험 공간과 기대 지평 사이의 막막한 거리에 놓인 지식인이, 그렇다고 홀가분하게 문학의 부재를 선포할 수도 없는 상황에서 '한국의 문학인은 무엇을 할까?'라는 질문을 던지는 것은 당연한 일이다. 그러한 질문은 백낙청에게 문학하는 자세가 "목숨과도 같은 자세"[72]여야 한다는 결의에 찬 주문을 동반할 만큼 절실한 것이었다. 그러나 그 절실함의 한편에서 현실적 맥락을 떠난 이상주의적 경향이 자리하고 있다는 점도 그의 인식구조와 관련하여 주목해야 할 것이다.

3) 이상적 모델형의 지향과 추상적 관념화

미국 유학에서 돌아온 백낙청이 발 딛은 이 땅의 문학은 초라하기 그지없었다. "문화의 유산이 빈곤하고 문학 활동의 기반이 태무한 곳"에서 할 수 있는 유일한 방도는, "재래식 장르 개념과 수법은 물론, 창작과 비

---

71 「새로운 창작과 비평의 자세」, 앞의 글, 340쪽.
72 위의 글, 357쪽.

평 활동의 경계, 문학과 문학 아닌 것의 구분, 훌륭한 것과 훌륭하지 않은 것의 차이까지도 깡그리 새로 찾아내"[73]어 새롭게 창조하는 길밖에 없다. 이런 작업을 통해 그는 '모든 사람이 다 가장 훌륭한 문학을 가장 건전하게 즐기는 상태'를 꿈꾸었다. 이러한 상태를 구현하기 위해 그가 힘썼던 것이 문학의 조건이었음은 앞에서 살펴본 바 있다. 백낙청은 그와 가장 가까운 역사적 전례를 고대 그리스와 17세기 프랑스와 중국의 당송 시대에서 찾고 있다.

우리가 주목하고자 하는 것은 그가 역사적 전례로 삼았던 문학의 존재 방식이 현실적으로 불가능한 '이상적 모델형'이라는 사실이다. 그것은 고대 그리스처럼, 항상 전 시민이 한 자리에 모인 곳에서 발표되고, 모든 청중이 참여하여 축제처럼 흥겹게 즐길 수 있는 문학, 아니면 17세기 프랑스의 경우처럼 높은 문화 수준과 동일한 종교 및 사회 이념으로 뭉쳐진 공동체에서 작가와 독자가 긴밀히 대화하는 가운데 고전적인 미덕을 갖춘 문학이다. 그러한 상태는 작가와 사회와 독자들의 개별적인 즐김이 완전한 하나의 합일 상태로 존재하는 이상적인 사회를 전제로 한다. 이 점에서 백낙청 비평이 궁극적으로 이상적 모델형을 지향하고 있다는 것을 짐작할 수 있다. 이러한 짐작은 그의 비평 전체에 걸쳐 폭넓게 포진하고 있는 데서 확인할 수 있다. 「시민문학론」의 다음과 같은 부분을 보자.

우리가 〈소시민〉과 대비시켜 우리의 미래를 위한 이상으로 내걸려는

73 위의 글, 341쪽.

〈시민〉이란, 프랑스혁명기 시민계급의 시민정신을 하나의 본보기로 삼으면서도 혁명 후 대다수 시민계급의 소시민화에 나타난 역사의 필연성은 필연성대로 인정해주고, 그리하여 그러한 필연성을 기반으로 하여 ―또는 그와 다른 역사적 배경인 경우 그와 다른 필연성을 기반으로 하여―우리가 쟁취하고 창조하여야 할 미지·미완의 인간상인 것이다. … (중략)… 다만 우리가 할 수 있고 마땅히 해야만 하는 것은, 넓게는 인간의 전 역사와 좁게는 각개인의 자아를 깊이 더듬어 우리가 추구할 수 있고 추구해야만 하는 시민의 길을 찾아가는 작업일 것이다.[74](밑줄 : 인용자)

민족문학과 더불어 백낙청 특유의 이념형의 하나인 시민문학론은 서구적 모델형을 근거로 하고 있다. 그러나 그의 시민문학론이 서구적 모델을 취하면서도, 당대 한국 사회의 역사적 배경과 지향성을 전망적으로 반영하고 있다는 점에서 그것은 비평적·역사적 의미를 갖기에 충분하다. 우리의 경우 시민사회와 시민의식에 대한 인식이 본격적으로 등장한 것은 4·19를 거친 60년대 중반 이후부터였다고 할 수 있다. 특히 「시민문학론」을 전후하여 이에 대한 논의가 활발하게 전개된다. '소시민의식'과 '시민의식'을 둘러싼 문단의 논의는 물론,『사상계』도 몇 번에 걸쳐 시민사회에 관한 특집을 마련한다.[75] 이와 함께 60년대부터 시민의 자발적 힘에 의한 역사적 추동력이 형성되고 있었다는 점을 고려한다면, 그의 비평적 기획이 60년대 사회 구성원들의 의식 수준과 당대 사회

---

74 「시민문학론」, 앞의 글, 14쪽.
75 대표적인 경우로는 「특집 시민사회의 의식구조」,『사상계』, 1968.2 ;「시민사회의 윤리와 복지국가에의 환상」,『사상계』, 1969.7 ;『「시민없는 도시」의 환상」,『사상계』, 1970.3 등을 들 수 있다.

의 역사적 방향성과 무관하지 않음을 알 수 있다.

문제는 백낙청이 당대 사회의 과제를 시민혁명의 완수로 파악하고 있다는 사실이다. 시민혁명의 완수라는 과제의 설정은 그의 이상적 실천 지향을 드러낸 것이다. 완성이란 미완을 전제로 한다. 그에게 인류의 꿈을 향한 어떤 대사건과 혁명도 완전한 성공이란 존재하지 않는다. 3·1운동도, 4·19도, 심지어 프랑스혁명마저 미완의 혁명이다. 그의 시민적 이상에 준한다면 시민혁명, 시민의식, 시민문학은 실천으로서 지향성이지만 끊임없이 완성을 추구하는 이상적 모델인 셈이다.

위 예문의 '시민' 역시 프랑스혁명의 시민정신을 본보기로 삼으면서도 아직은 찾아가야 할 미지·미완의 인간상이다. 그가 창조해야 할 '시민'은 그러므로 하나의 이상상이다. '시민다운 시민', '참다운 지성인', '진정한 시민정신', '완숙한 시민문학' 등의 어사에 주목하는 이유도 여기에 있다. 그의 비평 곳곳에서 나타나는 진정한, 원숙한, 참다운, 정당한, 제대로, 진정한 등등은 이상적인 모델형을 향한 수식어이자 미달형의 한정어와 다름없다.

특히 이것들이 현실적 의미를 갖기 위해서는 내포의 구체적인 의미의 해명이 필요하다. 하지만 객관적으로 규정할 어떤 조건도 그는 제시하지 않는다. 따라서 그것은 우리 모두의 보편적 공의(公義)에 의해 결정될 수밖에 없는 추상적인 차원이다. 아울러 '궁극적 이상' '시민적 이상', '이상적 차원' '이상적으로' '문학인의 이상' '이상의 실현' '이상적인 문학' 등 그의 비평에서 널리, 그리고 중요하게 제시되는 용어들도 이상주의적 지향을 담고 있다. 백낙청의 인식구조 내에 자리한 이상주의적 경향은 다음과 같은 방식으로도 나타난다.

실로 사랑이 있는 곳이면 어디든지 시민이 있고 사랑이 없는 자는 어디서 무엇을 해도 시민이 못된다고 잘라 말할 수 있는 역사적 조건이 성숙되어가고 있는 것이다. 우리가 이제까지의 머뭇거림을 떨쳐버리고 〈사랑〉을 〈시민의식〉의 정확한 동의어로 쓸 수 있는 날을 우리는 적어도 내다볼 수는 있게 된 것이며, 그 날이 오면 모든 시민문학이 바로 세계의 문학, 인류의 문학으로 되고 인류만이 아닌 〈일체중생〉을 완성으로 이끌고자 태고부터 움직여 온 사랑의 작업이었음이 드러나리라는 것도 점점 뚜렷이 터득되고 있는 것이다.[76]

여기서 시민의식과 동의어로서 '사랑'의 절대화를 볼 수 있다. 특히 주의 깊게 봐야 할 것은 '그 날'이라는 막연한 시간대의 설정이다. '그 날'은 시간적 차원이 아니라 '이상적 상태'이다. 그러면서 시민의식은 이제 "일체중생을 완성으로 이끌고자 태고부터 움직여온 사랑의 작업"이라는 매우 추상적인 개념으로 연결된다. 이상적 모델형의 지향이 추상적 관념화를 낳고 있는 것이다. 추상적 관념화는 그가 시민적 이상으로 삼았던 자유, 평등, 우애의 시민의식을 테야르 드 샤르댕의 생물학적 진화론으로 설명하는 대목에서 전형적으로 드러난다.

백낙청은 민주주의 이념의 추진력이 '진화 의식' 내지는 '종의 의식'에 있고, 시민의식의 핵심 사상인 자유, 평등, 우애는 '우주론적 근거'이자 '우주사적 과업'이라고 강조한다. '우주론'을 거론하는 대목에서 그의 추상적 관념화를 뚜렷하게 볼 수 있다. 더욱 큰 문제는 시민의식이 '진화 의식', '종 의식', '우주론적 근거'로 설명될 때 과연 그것이 얼마나 현실적

76 「시민문학론」, 앞의 글, 76쪽.

인 역사의식이며 또한 구속력 있는 감정을 불러일으킬 수 있겠는가 하는 점이다. 우주론적 진화, 원숙한 관점, 유기적 생명관, 일체중생, 기독교의 사랑, 불교의 자비, 플라톤의 에로스, 인류애 등의 추상적인 개념을 통해 시민의식의 역사적 필연성과 정당성을 강조하는 순간, 역설적으로 시민의식의 역사적 맥락과 현실적 의미는 사라지고 만다.[77] 그것은 인간의 다른 모든 이상을 통괄하는 이름과 다를 바 없다. 이는 그의 비평이 관념적 인식[78]에서 출발하고 있음을 명백히 보여주는 것인데, 여기에 머물지 않고 작품을 평가하는 중요한 기준으로도 작용하고 있다.[79] 작품의 형식적 측면이나 구조적 완성도보다는 작가의 의식이나 정신 혹은 시민정신이나 사랑 등 관념적인 개념으로 평가하는 것이나, 평가에 이르는 정치한 분석의 과정이 없는 실제비평의 특성은 이와 관련이 있다.

그러나 이상적 모델형의 설정과 추상적 관념화에도 불구하고 백낙청의 비평적 기획은 공소성에 쉽게 함몰되지 않는 견고함을 갖추고 있다. 그것은 무엇보다도 그의 비평이 이상적 모델을 지향하면서도 경험적 현실을 토대로 단계적 전략을 통해 조정하면서 구체화하고 있기 때문이다. 민족문학의 현 단계, 민족문학의 새 단계, 한국문학의 현 단계 등 유

---

77 역사성을 비역사성으로 환원시켜버리는 백낙청 비평의 인식구조에 대해서는 정과리의 「민중문학론의 인식구조」(『문학과사회』 1, 1988. 봄)에서 매우 날카롭게 지적된 바 있다.

78 이러한 특성을 김우창은 '주정적 주의적 태도'(「민족 문학의 양심과 이념」, 『세계의 문학』, 1978. 여름)로, 김치수는 정서적 혹은 주정적 반응의 결과(「양심 혹은 사랑으로서의 민족문학」, 『문학과지성』, 1978. 가을)로 지적하고 있다.

79 백낙청의 실제비평의 특성과 한계는 별도의 고찰이 필요할 만큼 문제적이다.

독 '현 단계'를 강조하는 데서 이 점을 여실히 파악할 수 있다. 그의 입론
이 설득력과 현실성을 갖는 이유도 여기에 있다. 단계적 전략에서 짐작
할 수 있듯이, 백낙청은 한국의 역사적 현실을 밀도 있게 반영하면서 상
당히 구체적인 논의를 전개시킨다. 다만 구체적인 현실 인식과는 별도
로 그의 기대 지평은 이상적 모델형을 지향하고 있었으며, 70년대 이후
전개되는 민족문학론은 이상적 모델형과 추상적 관념화를 조금씩 탈각
시키면서 현실에 밀착시키는 과정이었다고 할 수 있다.

4. 지속과 변화의 측면

백낙청의 초기 비평에서 확인할 수 있었던 사실은 그의 참여가 결코
역사적 현실의 참여가 아니라 문학의 조건 개선을 위한 참여였다는 점
이다. 그가 직접적인 참여를 부정했던 것, 문학이 문학 아닌 어떤 것으
로 변할 때 문학의 사회적 기능도 없어진다는 인식, 그리고 '문학'과 '문
학 아닌 것'을 구분해야 한다고 강조했던 사실 등이 이를 뒷받침한다.
그의 비평적 기획은 건전한 놀이, 곧 '즐김'으로서 문학의 사회적 기능과
위상을 수립하는 데 목적이 있었다. 백낙청에게 그것은 순수와 참여의
대립을 넘어서는 보다 높은 차원의 문제였다. 이 때문에 그는 기존의 순
수와 참여의 대립에 비판적이었다. 새로운 창작과 비평의 자세의 정립
그리고 이상적인 문학의 기능에서 볼 때 자신들만을 위한 순수문학이나
작품의 가치를 이념적 경계 안에 가두는 참여문학은 협소한 문학일 수
밖에 없다.

백낙청의 인식에 따르면, 한국문학의 낙후성은 정치, 경제, 문화적인 조건과 깊은 관련이 있다는 것, 따라서 당대 한국문학의 존립 여부는 문학의 제반 조건들을 개선하는 데 있다는 것, 그것이 계몽주의적 열정을 동반한 지식인의 참여와 책무로 나타난 것이다. 새롭게 기약된 땅을 위한 새로운 거점의 확보가 『창비』의 창간이었다. 이러한 계몽적 기획의 입장에 섰을 때, 왜 그가 18세기 프랑스대혁명 이전의 계몽문학기를 작가에게 가장 행복했던 시기로 이해했는지, 우리 문학의 경우 유독 이광수의 문학적 성과가 그의 비평에서 중요하게 부각되고, 또한 중산계급을 전제로 한 시민문학론을 강력하게 주장했는지를 이해할 수 있다.

서구문학의 기준으로 바라본 한국문학은 전통으로 받아들일 만한 문학적 자산도 없이 단지 개량의 대상으로 존재했다. 이러한 인식은 1960년대 중반 한국문학의 낙후된 경험적 현실과 이상적인 기대 지평 사이에 존재하는 막막한 거리에서 연유한다. 그것은 역으로 백낙청이 주체적 시각을 확보하지 못했음을 뜻한다. 한국문학에 대한 소양 부족과 특수성에 대한 인식의 결여가 전통의 단절 의식, 서구문학적 준거틀, 이상적 모델형의 지향, 추상적 관념화로 나타났던 것이다. 백낙청의 초기 비평에서 두드러지는 이러한 인식적 특성은 그의 비평 전체에 걸쳐 변화와 지속의 측면으로 나타난다.

우선 눈에 띄는 변화는 전통의 단절에 대한 자기반성, 한국문학의 소양 강화, 서구적 규준의 약화, 개념의 내실화, 구체적인 현실적응력 등을 통해 초기 비평이 안고 있던 문제점들을 상당부분 극복하면서 민족문학론으로 발전시켜나가는 모습에서 찾을 수 있다. 분단 상황만 하더라도 18세기 민권론 수준의 자유나 민족의 동질성 확보라는 상식적인 수준에서 민족모순의 본질적인 문제로 인식하기 시작한다. 여기에서 민족문학이 민족의 주체적 생존과 직결된 역사적 개념으로 규정된다. 이러한 변화는 백낙청 비평의 심화와 확대의 과정이 아닐 수 없다. 이런 점에 주목할 때 "1974년 이후 민족문학론으로 발전함으로써 일거에 시민문학론의 한계에서 벗어났다."[80]는 최원식의 지적은 한편으론 수긍할 만하다. 그러나 긍정적인 변화와는 별도로 초기 비평의 문제점이 여전히 노출되는 현상 역시 발견된다.

그중에서도 가장 뚜렷한 흔적은 이상주의적 성향과 추상적 관념화이다. 80년대 중반까지 분단극복과 인간해방을 민족문학론의 가장 중요한 과제로 설정했던 백낙청은 90년대 들어 새로운 리얼리즘, 분단체제로, 근대극복론으로 나아간다. 이와 함께 전지구적 차원의 민중연대로까지 확장시킨다. 문제는 그가 지구 시대 세계문학운동의 일원인 민족문학운동,[81] 그리고 세계문학 이념의 수호와 새로운 세계문학 운동의 출현[82]을 주장하는 순간, 민족의 위기의식 혹은 분단극복의 실천으로서 민족문학론의 역사성은 사라지고 만다는 점이다. 그것은 당위적이고 소망하는 이상적인 차원일 수는 있으나 구체적 실천방향으로서 현실적 가능성은 기대할 수 없기 때문이다.

게다가 민족문학의 과제를 성차별, 생태계, 동아시아의 문화까지 무한정 넓힐 때,[83] 외연의 확장만큼이나 구체적이고 역사적인 단계로서

---

80 최원식, 앞의 책, 304쪽.
81 「지구 시대의 민족 문학」, 『창비』, 1993. 가을, 118쪽.
82 「민족 문학론, 분단 체제론, 근대 극복론」, 『창비』, 1995, 가을, 23쪽.
83 「90년대 민족문학의 과제」, 『창비』, 1991. 봄, 104쪽.

'지금, 이곳' 민족문학의 현실성과 내포는 사실상 존재의의를 상실한다. 그것은 이미 민족문학의 문제가 아니라 문학 일반의 문제이기 때문이다. 한국문학의 특수성을 세계문학적 보편성으로 환원시켜버리거나 추상적인 영역으로 경계를 지워버리는 이상주의적 경향은 역사성을 비역사성으로 환원시켜버리는 초기 비평의 이상주의적 경향과 그리 멀지 않다.

또한 초기 비평에서 나타나는 사랑의 절대화, 종의 의식, 우주론적 근거, 일체중생과 같은 추상적 관념화 역시 인간의 본마음, 무념, 무상, 무위, 양심, 양지(良知), 도, 순수한 마음, 거룩한 것, 거룩한 순간 등으로 반복되고, 90년대 들어서도 새로운 리얼리즘을 '지공무사(至公無私)의 경지'[84]로 제시하는 등 지속적으로 산견(散見)된다. 그리고 그것은 90년대 이후 민족문학의 위기와도 밀접한 관련이 있다. 이 점에서 백낙청 비평의 한계와 직결된 이러한 문제가 초기 비평에서부터 내재된 뿌리 깊은 것이라는 사실을 허투루 넘겨서는 안 될 것이다. 사실 분석의 과정이 정치하지 못하고 작품에 이론에 맞추는 듯한 실제비평의 한계 또한 여전하다.

그러나 다른 한편으로 이상적 모델형의 설정과 그 기대 지평의 현실화를 위한 열정과 노력이 백낙청 비평을 추동하는 내적 동인이었던 사실은 인정해야 한다. 그런 열정과 자기 갱신의 노력이야말로 시대와 상황의 변모를 예민하게 수용하면서 민족문학론을 쉼 없이 심화하고 확장할 수 있었던 동력이었다. 바꿔 말해 백낙청 비평의 역동적인 면모는 이

―――――
84 「지구시대의 민족문학」, 앞의 글, 105~106쪽.

상주의적 기획의 현실화를 위한 자기 갱신과 비평적 열정의 전개과정이었던 것이다. 이러한 사실이 백낙청 비평의 전체를 이해하기 위해 먼저 그의 초기 비평을 검토해야 했던 문제의식이었다.

백낙청의 실제비평에 대한 고찰
— 초기 비평을 중심으로

1. 문제 제기

이 글은 백낙청 비평의 전체를 객관적으로 이해하려는 선행 작업의 하나로 그의 실제비평의 구체적인 면모와 특성을 살펴보는 데 목적이 있다. 백낙청은 1965년 「피상적 기록에 그친 6·25 수난」을 거쳐 1966년 「새로운 창작과 비평의 자세」로 본격적인 비평 활동을 시작한 이후 참여문학론, 리얼리즘론, 시민문학론, 민족문학론 등의 논쟁적인 이론을 개진해왔는데, 명확하고 거침없는 논리와 구체적인 방향설정으로 문학의 실천적인 지평을 넓히는 데 중심적인 역할을 하였다. "논쟁의 형태로 제기된 우리 문학의 심각한 자기반성 과정에서 그때그때 우리 문학의 과제를 제시한 그의 비평의 발전은 그 자신의 개인적 성숙과정인 동시에 60년대 이후 우리 비평의 성숙과정을 반영"[1]한다고 할 수 있다.

---

1   최원식, 「우리 비평의 현단계」, 『민족문학의 논리』, 창작과비평사, 1991, 300쪽.

이러한 비평적 성과와 관련하여 일찍이 "백낙청의 일련의 민족문학론은 한국 근대문학사의 정통적 흐름 안에 자리를 잡았으며, 세계적 시야와 리얼리즘의 방법을 갖추었"[2]고, 백낙청의 문학 이념은 "이념 부재의 문학 풍토에 이념을 제시하고 있다는 점에서 높이 사지 않을 수 없"[3]으며, 그의 탐구는 "우리 시대에 있어서 가장 값진 민족의 양심에 대한 탐구를 대표한다."[4]는 평가를 받아왔다. 또한 그의 '시민문학론'에서 '근대극복론'까지의 여정을 두고 "백낙청 비평의 깊이와 넓이"이자, "민족문학론이 보여준 탁월한 유연성과 탄력성"[5]이라는 놀라움을 표시하기도 한다. 백낙청 비평의 역동적인 전개과정을 살펴보면 그것이 결코 과장이 아님을 알 수 있으며, 그의 비평은 문학적 입장을 떠나 많은 작가와 비평가들에게 많은 영향을 미쳤다.

백낙청의 비평에 대한 그동안의 논의는 민족문학론을 중심으로 한 이론비평에 집중되었다.[6] 그가 민족문학론을 선명하게 이론화하면서 심

2 구중서, 「70년대 비평문학의 현황」, 『한국문학과 역사의식』, 창작과비평사, 1985, 60쪽.

3 김치수, 「양심 혹은 사랑으로서의 민족문학」, 『문학과지성』, 1978. 가을, 975쪽.

4 김우창, 「민족 문학의 양심과 이념」, 『세계의 문학』, 1978. 여름, 191쪽.

5 하정일, 「시민문학론에서 근대극복론까지」, 『한국문학평론』, 1997. 여름, 144~145쪽.

6 성민엽, 「민중문학의 논리」, 『1985년 가을』, 현암사, 1985 ; 김인환, 「민족문학과 리얼리즘」, 『외국문학』, 1985. 여름 ; 이윤택, 「시민문학론」, 『언어의 세계(4)』, 1985. 가을 ; 김태현, 「주도비평의 민족문학적 환원」, 『문학의 시대(3)』, 풀빛, 1986 ; 정과리, 「민중문학론의 인식구조」, 『문학과사회』 1, 1988. 봄 ; 김명인, 「시민문학론에서 민족해방론까지」, 『사상문예운동』, 1990. 봄 ; 문흥술, 「90년대 민족문학론의 위기, 그 실체」, 『무애』, 1998.5 ; 권성우, 「1960년대 비평에 나타난 '현대성' 연구」, 『한국학보』, 1999. 가을 ; 이명원, 「백낙청 초기 비평의 성과와

화·확대해왔다는 것은 부정할 수 없는 사실이다. 백낙청의 일관된 문제의식이자 가장 중요한 비평적 업적이 민족문학론이라는 점에서 그것은 당연한 관심이자 시각이라고 할 수 있다. 그런데 기존 논의에서 아쉬운 점은 백낙청의 초기 비평,[7] 그중에서도 실제비평에 대한 본격적인 논의가 이루어지지 않았다는 것을 꼽을 수 있다. 그러나 백낙청 비평의 전체를 제대로 이해하고자 한다면 실제비평에 대한 검토는 반드시 필요한 작업이다. 실제비평은 작품에 대한 존중이자 섬세한 비평적 성찰이며 이론비평의 실천적 현장이다. 이 점에서 그것은 이론과 실제의 정합성을 판단할 가장 적절한 영역이다. 그럼에도 민족문학론 중심의 이론비평에 한정된다면 그것은 백낙청 비평을 특정한 영역에 가두는 일이 될 것이며, 동시에 그의 비평의 중요한 측면을 놓치는 일이 될 수 있다. 이 글의 문제의식은 여기에 있다.

그동안 실제비평에 대한 논의가 전혀 없었던 것은 아니다. 그러나 실제비평 그 자체를 대상으로 삼았던 것이 아니라 이론에 대한 논의과정에서 부수적으로 언급되었을 따름이다. 그렇긴 하지만 그러한 언급 중에는 백낙청의 실제비평이 갖는 매우 특징적이고 중요한 부분들이 날카롭게 지적되었던 것도 놓쳐서는 안 된다. 이 글은 이러한 기존의 성과를 수용하면서 기존 논의에서 제외되었던 여러 월평과 비평문을 대상으로

한계」, 『타는 혀』, 새움, 2000 ; 고명철, 「민족문학'운동'으로서의 실천적 비평」, 『칼날 위에 서다』, 실천문학사, 2005.

7 백낙청의 초기 비평에 대한 전면적인 검토로는 강경화, 「백낙청 초기 비평의 인식과 구조」(『정신문화연구』, 103호, 2006, 6)을 들 수 있다. 그러나 이 글 역시 백낙청의 비평 인식을 중심으로 하고 있어서 실제비평은 논의되지 않았다.

백낙청의 초기 실제비평에 대해 전면적으로 검토할 것이다.

본격적인 논의에 앞서 다음 두 가지 전제를 미리 제시할 필요가 있다. 우선 이 글에서는 백낙청 초기 비평의 범위를 「시민문학론」까지로 한정할 것이다.[8] 다음으로 실제비평의 범주를 독립된 작가론과 작품론에 국한하지 않을 것이다. 그 보다는 오히려 여러 월평과 단평을 포함, 이론을 개진하고 뒷받침하기 위해 언급된 작가와 작품에 대한 해석과 평가까지 논의의 대상으로 삼는다. 이는 본격적인 작가 작품론이 드문 백낙청 비평의 특성을 효율적으로 반영하기 위한 것이다. 이제 이러한 전제를 바탕으로 초기 실제비평의 구체적인 특성과 면모를 살펴보자.

2. 비평의 기반 – 역사적 현실과 상황인식

백낙청은 40여년이 넘는 비평 활동을 통해 문학의 사회적 실천이라는 입장을 시종 견지해왔다. 이 점은 참여문학론, 시민문학론, 민족문학론, 분단체제론으로 전개되어온 그의 비평적 궤적이 잘 보여준다. 실제로 백낙청은 초기 비평에서부터 문학의 실천적 입장을 선명하게 드러내고 있다. 「저항문학의 전망」에서는 남정현의 구속을 계기로 저항과 고발의 정신을 강조하고,[9] 「문단의 한 해 문학의 한 해」에서는 한일회담 반대서명작가의 구속과 노벨상수상작의 번역금지 등의 상황을 거론하면서 문

---

8   이에 대한 판단근거는 강경화, 위의 글, 177~178쪽 참조.
9   「저항문학의 전망」, 『조선일보』, 1965.7.13.

학인의 침묵을 우회적으로 비판하고 있다.[10] 또한 「궁핍한 시대와 문학 정신」에서도 아놀드의 비평적 전환을 통해 문학과 사회의 불가분의 관계를 강조하면서 문학인의 진정한 참여를 주장하고 있다.[11] 그의 비평에서 '참여'는 문학의 사회적 실천이라는 비평 인식이 구체적인 형태로 나타난 것이다.

이러한 입장을 본격적으로 제기한 야심적인 글이 「새로운 창작과 비평의 자세」이다. 이 글의 문제의식은 순수문학에 대한 비판의식에서 출발한다. 그러나 더욱 주목할 사실은 참여문학의 소아병적 사고와 맹목적 행동주의에 대해 강도 높게 비판하고 있다는 점이다. 백낙청은 도식적인 강령이나 직접적인 행동이 아닌 작품의 참여를 통해 인간의 궁극적 이상을 실현해야 한다고 믿고 있었다.

초기 백낙청의 비평에서 문학의 진정한 사회적 기능은 무엇보다도 모든 사람이 가장 훌륭한 문학을 가장 건전하게 즐기는 '즐거움'에 있었다.[12] 이러한 기능이 충분히 발휘될 수 있는 조건을 개선하기 위한 노력이 백낙청이 생각하는 진정한 참여였다. 이 때문에 기존의 참여문학의 한계를 냉철하게 평가했던 것이다. 이런 그에게 "고정된 정책이나 사회적 행동강령으로 문학을 규제하려는 노력은 문학을 죽이는 일"[13]에 불과했다. 그는 진정한 참여란 삶에 기여하는 것이자 작가적 생명이라고 강

---

10 「문단의 한 해 문학의 한 해」, 『조선일보』, 1965.12.19.
11 「궁핍한 시대와 문학정신」, 『청맥』, 1965.6.
12 「새로운 창작과 비평의 자세」, 『창비』, 겨울, 1966.1, 13쪽.
13 위의 글, 11쪽.

조한다. 이러한 차원에서 문학의 현실 참여는 문학인의 '순교'[14]를 거론할 만큼 절실한 문제였다.

그런데 이 글의 문제의식과 관련하여 주목할 사항은 문학의 사회적 기능이라는 그의 실천적 입장이 아니다. 그보다는 그의 비평이 자리한 현실적인 기반에 있다. 백낙청의 초기 비평을 검토해보면 문학의 사회적 기능에 대한 열정과 패기로 가득 차 있다. 이러한 열정과 패기는 그의 비평이 호소력과 설득력을 갖게 한 요인이었다. 아울러 이론적인 선명함과 분명한 방향성 역시 폭넓은 공감대를 확보하는 데에 중요하게 작용했을 것이다. 그러나 보다 근본적인 이유는 백낙청의 비평적 기반이 역사적 현실과 상황인식에 있었다는 사실에 있다.

「궁핍한 시대와 문학정신」만 해도 "우리들 자신의 특수한 역사적 상황에 비추어"[15] 또는 "현실 참여는 작가 개인의 성의나 결심뿐 아니라 그가 자신의 모든 정열을 바쳐 참여할 수 있는 삶의 질서 또는 움직임이 당시의 역사적 상황에 있는가에 달려 있는 것이다."[16]라고 주장한다. 아울러 "사태가 절박할수록 사태에 대한 정확한 판단을 생략할 수 없다."거나 "우리들 자신의 상황과 밀착시켜" 혹은 "가장 필요로 하는 것은 이 변화에 어떠한 최선의 구체적 대책을 마련할 것인지 알기 위하여 자신의 상황을 선명히 인식하는 일이다" 또는 "한국 같은 상황에서 사태를 선명히 밝히는 일은 오히려 획기적인 사건이 될 수도 있을 것이다."[17] 등의 구체

---

14 「궁핍한 시대와 문학정신」, 『청맥』, 1965.6, 140쪽.
15 위의 글, 127쪽.
16 위의 글, 136쪽.
17 위의 글, 140~141쪽.

적인 상황인식을 통해 참여의 문제를 제기한다.

뿐만 아니다. 「새로운 창작과 비평의 자세」에서도 "우리의 현실과 문학의 참 기능에 대한 소상한 성찰"[18]을 통해 "인간에 대한 어떤 궁극적 이상의 차원에서 비판하고 변화시켜야"[19] 한다고 주장하며, 「서구문학의 영향과 수용」에서는 우리 사회와 역사 속에서 서구문학의 영향과 수용의 역학관계를 관찰해야 한다고 주장한다.[20] 이러한 그의 인식에서 우리는 다음 두 가지 사실을 확인할 수 있다. 하나는 백낙청의 비평이 당대 현실에 기반을 두고 있다는 점이며, 다른 하나는 그러한 상황에서 한국의 문학인이 해야 할 역할을 제시하려 했음을 명확하게 보여준다는 점이다.

백낙청 비평의 기반으로서 역사적 현실은 분단상황에 대한 인식에서 보다 분명한 형태를 찾아볼 수 있다.

> 우리의 행동범위가 국토양단이라는 이상현상에 의해 극도로 제한되고 있음은 이미 지적한 대로이다. 이러한 사태에서 문학은 다른 분야가 맡기 힘든 또 하나의 중대한 소임을 갖게 되었다. 남북통일을 위한 소임이다. 동족상잔과 끔찍한 핵전쟁의 대가를 치르지 않고 한국의 분단을 군사적으로 해결할 길은 없을 것 같다. 동시에 냉전이 계속되고 우리 법률에 반국가단체로 명백히 규정된 정권이 북한을 지배하고 있는 동안, 정치적 외교적 해결 역시 막막한 것이며 이 문제를 구체적으로 검토하려다가도 자칫하면 반국가단체를 찬양 고무하거나 이에 동조하는 결과를 빚어내기 쉽다. 이처럼 무자비한 국제정치의 현실과 복잡한 국내사정 속에서 그래도 우리가 단일민족이요 통일국가가 되어야 함을 거리낌

---

18 「새로운 창작과 비평의 자세」, 앞의 글, 6쪽.
19 위의 글, 9쪽.
20 「서구문학의 영향과 수용」, 『신동아』, 1967.1.

없이 주장하는 첩경은 문학을 통해 민족감정을 표현하는 것이며 같은 언어 같은 풍습의 소유자들임을 거기서 재확인하는 길이다.[21]

이러한 인식에서 백낙청은 자유를 위한 구체적 투쟁과 통일을 위한 문학적 소임을 당대 한국문학의 구체적인 방향성으로 제시한다. 물론 그의 상황인식과는 별도로, 문학의 방향성 차원에서는 그것이 원론적이고 피상적인 수준이었던 점은 일단 지적될 필요가 있다. 또한 "양단된 국토의 준전시(準戰時)상태"[22]가 의미하듯이 조국 통일의 염원을 피력하면서도 적대국으로서 북한의 위협을 절실하게 의식하고 있었다.[23] 또한 당시의 백낙청으로서는 분단에 내재된 이념적 금기와 경직성을 넘어 분단모순이 당대 사회의 문제점을 야기한 본질적인 모순이라는 인식에도 이르지 못했던 것이 사실이다. 하지만 역사적 조건으로서 분단 상황에 대한 백낙청의 인식은 그의 비평의 기반이 역사적 현실과 상황인식에 있었다는 것을 분명하게 보여준다.

이것은 백낙청이 문학과 현실을 불가분의 관계로 파악하고 있었다는 것을 뜻한다. 실제로 우리는 그의 비평 곳곳에서 이러한 인식들과 접할 수 있다. 예를 들면, 백낙청은 개인의 고독도 사회와 매개되어 있다고 주장한다. 이런 까닭에 "문학은 작가 개인 뿐 아니라 그 사회의 산물로서, 문학의 문제를 그 사회적 상황과 떼어서 이해하고 해결할 수 없다는

---

21 「새로운 창작과 비평의 자세」, 앞의 글, 29쪽.
22 위의 글, 27쪽.
23 「서구문학의 영향과 수용」, 앞의 글, 406쪽.

것이다. 시인의 고독과 불안 자체도 하나의 사회적 현상"[24]으로 받아들인 것이다. 같은 맥락에서 「조세프 콘래드론」에서도 콘래드 소설의 본령이 현대인의 내면세계를 파고든 데 있다고 평가하면서도, 그 내면세계의 탐구가 역사적 현실에 대한 통찰과 떼어놓을 수 없다고 파악한다.[25] 또한 「새로운 창작과 비평의 자세」에서 순수문학을 부정했던 이유도 그것이 문학과 삶을 동떨어진 영역으로 인식한 데 근본적인 원인이 있다. 그래서 현실과 절연된 순수주의를 귀족적인 여유와 전근대적인 특권이라고 비판했던 것이다.

여기서 우리가 백낙청의 이러한 비평적 기반에 주목해야 하는 이유는 그것이 작품의 가치판별에 중요한 기준으로 작용하기 때문이다. 리얼리즘과 역사의식이 그것이다. 그렇다면 이제 비평적 기반으로서 역사적 현실과 상황인식이 실제비평에서 어떻게 적용되고 있는가를 살펴보기로 하자.

3. 초기 실제비평의 특성과 면모

1) 리얼리즘으로서 '실감'과 역사의식

문학이 역사, 현실, 상황과 밀착되어야 한다는 입장은 흔히 리얼리즘 문제로 귀착된다. 리얼리즘은 백낙청이 시종 강조해온 중요한 원리이지

---

24 「궁핍한 시대와 문학정신」, 앞의 글, 133쪽.
25 「조세프 콘래드론」, 『월간문학』, 1969.4.

만, 초기 비평에서도 이론과 평가의 핵심에 자리한다. 예컨대 최인훈의 작품을 두고 신랄한 현실비판도 리얼리즘과의 새로운 대결이 있어야 하나의 기상(奇想) 또는 개인적 술회 이상이 될 수 있다고 지적하는 부분이나, 김승옥의 「역사」가 토속적 분위기가 담겨 있으면서 리얼리즘과의 유대도 견실하다고 평가하는 대목, 그리고 19세기 리얼리즘의 수법을 견지하면서 한국사회의 일면에 대한 생생한 증언으로서 주목을 끄는 작가로 하근찬을 꼽았던 경우를 들 수 있다.[26] 그는 특히 19세기 서구 리얼리즘 소설에 대한 깊은 신뢰를 곳곳에서 드러내기도 하는데, 백낙청은 리얼리즘이야말로 한국문학이 성립한 기반[27]으로 인식할 만큼 리얼리즘을 제일의적 원칙으로 중시하였다.

하지만 초기 비평에서 리얼리즘에 대한 인식은 소박한 수준이었다. 그는 리얼리즘을 사조나 표현 기법에 한정시키지는 않는다. 그렇다고 선택원리와 전망, 총체성과 전형성 등을 포함한 구체적인 창작방법론의 수준에까지 이른 것도 아니었다. 그 보다는 '현실성' 혹은 '실감'의 차원이었다. "모든 예술이 궁극적으로 한 개인의 실감에서 우러나와 다른 개인 개인의 실감에 호소하는 것"[28]이라는 발언에서 알 수 있듯이, 개인의 관심사가 곧 함께 사는 모든 사람들의 관심사로 공유되고, 전체 사회의 관심사가 각 개인의 문제로 실감될 것을 주장했던 것이다.

그가 파악한 리얼리즘의 핵심은 바로 '실감'에 있었다. 당연하게도 '실

---

26 「서구문학의 영향과 수용」, 앞의 글, 402~405쪽.
27 「한국소설과 리얼리즘의 전망」, 『민족문학과 세계문학』, 창작과비평사, 1978, 239쪽.
28 「새로운 창작과 비평의 자세」, 앞의 글, 31쪽.

감'은 평가의 중요한 척도였다. 그것은 자주 사실적 수법과 동일한 의미 맥락으로 등장한다. 그의 초기 비평에서 '실감'이 중요한 판단기준으로 작용하고 있는 예는 곳곳에서 발견할 수 있다. 백낙청의 판단에 따르면, 『무정』이 한국문학의 신기원을 이룩했던 이유는 가장 절실한 정치적 사회적 관심을 사실적 수법으로 드러낸 데 있다. 또한 『삼대』가 신문학 50년을 통해 보기 드문 걸작인 이유도 실감 있는 사실적 수법에 있다. 반면에 김승옥, 손창섭, 최인훈 소설은 많은 감명과 흥미로운 실험에도 실감의 부족으로 한정된 영역에 머문다고 지적하다.[29] 그가 콘래드의 「어둠의 속」을 뛰어난 작품으로 평가하면서도 완벽한 작품이 아니라고 한 것도 미흡한 리얼리즘 때문이었다.[30]

평가의 기준으로서 '실감'은 여러 월평에서도 손쉽게 접할 수 있다. 가령, 서기원의 「공범자들」이 사실적 실감 대신 중후한 주제를 산만하게 다루고 있다는 지적이 그러하고,[31] 이문구의 「지혈」에 대해서 "삶의 직접적 기반을 이루면서도 대다수 문인들의 경험과는 거리가 먼 육체노동의 세계를 소재로 잡은 점, 그리고 작가가 그 세계를 속속들이 알고 썼다는 점이 우선 신선감을 준다."면서 "「노가다판」의 분위기가 그대로 전달"되는 묘사와 대화를 높게 평가한다.[32] 이러한 일련의 평가를 통해 우리는 그가 주장했던 리얼리즘 소설의 기본 조건이 서툰 관념이 배제된 '실감'과 '현장성'에 있음을 알 수 있다. 이런 까닭에 「북간도」의 단점도 부족한

---

29 「한국소설과 리얼리즘의 전망」, 앞의 글 참조.

30 「조세프 콘래드론 − 〈어둠의 속〉을 중심으로」, 『월간문학』, 1969.4 참조.

31 「문예시평」, 『한국일보』, 1968.8.20.

32 「작단시감」, 『동아일보』, 1967.10.28.

현장감에 있다고 지적한다.

리얼리즘에 대한 백낙청의 믿음과 신념은 매우 깊고 넓다. 그래서 그의 비평 전체에 걸쳐 일관되고 있을 뿐만 아니라 역사적 현실 전체와도 관련되어 있다.

> 한국소설의 고민을 집약하는 리얼리즘의 문제는 문학의 문제이자 사회 전체의 문제임을 알 수 있다. 그것은 우리 사회에서 만들어내고자 노력해봄직한 유일한 문학을 만들려는 노력인 동시에 그러한 노력을 성취시켜줄 수 있는 사회를 이룩하려는 노력이다.[33]

리얼리즘은 강조하는 백낙청의 발언에서 다음 몇 가지를 알 수 있다. 문학과 사회를 긴밀한 관계로 파악하는 그의 인식을 다시 확인할 수 있다는 것, 그에게 리얼리즘은 문학을 넘어선 현실의 문제이자 개인을 넘어선 공동체의 문제였다는 것, 당대 현실과 그 속에서 살아가는 모두가 실감을 공유할 수 있는 작품을 기대할 뿐 아니라, 나아가 그런 작품을 쓸 수 있는 사회적 환경을 만들려는 노력의 일환이었다는 사실이다. 따라서 그의 비평 인식이 문학을 구심점으로 하여 역사, 현실, 상황의 개선을 지향하고 있다면, 그러한 역사와 현실을 명확하게 인식할 수 있는 철저한 역사인식, 사회의식을 작가와 작품에게 요구하는 것은 당연하다.

바로 이런 인식에서 그는 서구문학의 수용과 관련하여 사회의식과 역

---

33 「한국소설과 리얼리즘의 전망」, 앞의 글, 241쪽.

사의식의 성격을 논의의 초점으로 삼고 있으며, 한국문단의 보수주의적 성격이 사회의식의 쇠퇴와 리얼리즘의 부정을 가져왔다고 진단했던 것이다.[34] 또한 이광수와 김동인의 역사소설을 다룬 「역사소설과 역사의식」(『창비』, 1967. 봄)에서도 논의와 평가의 초점은 역사의식이며, 「시민문학론」에서 거론하는 작가와 작품의 성패를 규정하는 핵심은 시민의식이다. 그럼에도 공동체의 사랑으로 수렴되는 시민의식은 구체적인 평가에서는 리얼리즘의 구현 여부가 관건이 된다.

최인훈의 『광장』과 이호철의 『소시민』에 대해 다음과 같이 말한다. 진정한 시민의 "광장을 만드는 힘이 곧 〈시민의식〉이요 사랑이라면 삶의 광장은 미완의 상태로나마 사랑이 있는 곳에 어디든지 있는 것이다. 바로 그러한 사랑의 결핍이 『광장』과 『소시민』을 다 같이 진정한 시민문학, 성공한 리얼리즘 소설의 위치에 못 오르게 하고 있다."[35]고 진단하고, 김승옥 소설의 진정한 매력은 "자의식 과잉을 이겨낸 리얼리즘에 도달하고 있다는 점이다."[36]고 지적하는가 하면, 김수영이 가장 원숙한 시민의식을 사랑으로 표현한 경지를 보여주었다는 점에서 그를 1960년대 한국 시민문학의 가장 뛰어난 성과라고 평가한다. 이러한 방식은 그의 비평에서 일정한 정식을 이룬다. 다음의 예문을 보자.

중편 「원무」에 이르면 그 길이로나 세밀한 관찰의 풍부함으로나 단편적 관찰들을 하나의 연결된 전체로 묶어주는 기법상의 배려로나 확실

---

34 「서구문학의 수용과 영향」, 앞의 글, 401쪽.
35 「시민문학론」, 『창비』, 1969. 여름, 500쪽.
36 위의 글, 501쪽.

히 새로운 경지에 이른다. 그럼에도 불구하고 「원무」가 현대 한국의 소시민적 현실을 드디어 온전하게 드러낸 – 드러냄으로써 넘어선 – 원숙한 리얼리즘의 달성이라고 볼 수 없는 것은 단순히 현실의 중요한 많은 부분이 여기서 빠져 있어서만 아니라 …(중략)… 그 풍자가 아직도 참으로 시민문학적인 풍자가 못 되었다는 뜻이다. …(중략)… 리얼리즘 소설로서의 미흡점은 바로 그러한 한계의 일단을 보여주고 있다.[37](밑줄 : 인용자)

백낙청은 리얼리즘이나 시민문학과 같은 일정한 규준을 가지고 있다. 이어서 작품의 성과나 한계를 언급한다. 그러나 그가 전적으로 긍정 혹은 부정하거나 아니면 부분적으로 긍정 혹은 부정하든 "그럼에도 불구하고" 최종의 평가는 규준에 부합하는가에 따라 결정된다. 일정한 규준을 앞세워 가치를 평가하는 그의 실제비평은 전형적인 재단비평의 성격을 띤다. 재단비평은 필연적으로 두 가지의 위험을 안고 있다. 하나는 작품의 고유하고 개별적인 특수성이 무시된다는 점이다. 김동리 소설을 사회의식과 진보의 개념으로 접근한다거나 최인훈 소설을 리얼리즘 차원에서 지적하는 것, 또한 객관적 현실의 역학관계에 대한 인식의 미성숙에서 김승옥의 한계를 지적하는 경우가 그것이다.

다음으로 작품이 관념이나 이론 혹은 강령의 보조적인 수단으로 전락할 가능성이 상존한다. 백낙청의 비평을 검토해보면 작가와 작품은 거의 예외 없이 참여문학론, 시민문학론, 민족문학론 등 이론의 부수적인 형태로 존재하고 있음을 알 수 있다. 초기 비평에만 한정하여 「시민문학

---

37 위의 글, 504쪽.

론」만 보더라도 '시민의식'이라는 확고하고도 단일한 척도로 모든 작품들이 명쾌하게 재단된다. 이러한 현상은 그의 비평이 "해석의 기술을 보여주는 일보다 삶의 방도를 깨우치는 데"[38] 주력하고 있다는 것을 말해 준다. 단일한 척도와 규준은 민족문학론 이후에는 훨씬 견고한 틀로 나타난다.

「토지」와 「수라도」가 모두 참다운 민족문학의 기념비적 작품이라는 것은, 그것이 각기 다루는 시대와 장소에 관계없이 당대현실의 본질적 모순을 포착함으로써 바로 현재의 역사의식을 계발해주기도 한다는 사실을 보아도 알 수 있다.[39]

이 작품이 세심한 사실묘사와 우울한 현실고발의 밑바닥에 대자연의 웅장하고 신비스러운 힘에 대한 건강한 의식이 살아있음을 보여 준다. …(중략)… 그의 소설이 항상 서민적 체취를 풍기면서도 그의 문장이 때때로 번거로울 정도로 구성이 복잡하고 남모를 단어들이 많으며 복고적인 가락에 흐르기도 하는 것은, 그가 지닌 튼튼한 생명력이 바다의 〈우렁찬 전진의 소리〉와도 같이 사회의식과 역사적 실천으로 이어지는 길이 제대로 트이지 않았기 때문인 듯하다.[40]

낙월도 현실의 본질적 모순에 대한 작가의 예리한 통찰이 독자 자신의 모순에 대한 감각을 일깨우고 역사의식을 자극하며 보다 고차원의

---

38 김태현, 「주도비평의 민족문학적 환원」, 『문학의 시대(3)』, 풀빛, 1986, 28쪽.
39 「민족문학의 현단계」, 『창작과비평』, 1975. 봄, 52쪽.
40 위의 글, 60~61쪽.

감명을 향한 시동을 거는 것이다.[41] (밑줄 : 인용자)

이처럼 역사의식, 현실 인식, 사회의식, 연대의식, 당대 현실, 역사적 실천 등등을 무엇보다 강조하는 입장에서 보면, 그의 비평은 확실히 삶의 현실에 밀착되어 있다. 그가 문학에서 보고자 했던 것은 실감나는 역사적 현실이자 삶의 현장이며, 문학을 통해 이루고자 했던 것은 현실의 개선이고 인간성 해방이었다. 바로 이러한 인식을 기반으로 하였기에 민족문학을 민족의 주체적 생존과 직결된 역사적 개념으로 규정하고, 분단극복과 인간해방을 민족문학의 최대과제로 설정할 수 있었을 것이다. 역사적 현실에 대한 철저한 인식이야말로 백낙청 비평을 추동하는 내적동인이었음은 분명하다. 더불어 이러한 인식이 백낙청 비평의 추상적 관념화와 밀접한 관련이 있다는 점도 놓쳐서는 안 될 것이다.

2) 정신(의식)의 강조와 추상적 관념화

역사와 삶의 현장에 대한 인식이 치열하면 그럴수록 문학의 독자적인 미의 영역에서는 멀어지기 마련이다. 백낙청의 비평에서 언어의 조직과 체계에 대해 탐구하는 모습이나 혹은 그러한 구조들이 의미를 창출하는 '과정'에 대한 섬세한 접근을 찾아보기 힘들다. 아니 백낙청은 그런 비역사적인 비평, 그러니까 구조주의 비평을 포함한 모더니즘 자체에 부정적이었다. 그에게 모더니즘은 폐쇄적인 예술관, 역사관, 사물관을 강요

---

41 위의 글, 64쪽.

하는 이념에 불과하다.[42] 이런 까닭에 백낙청이 주목했던 것은 구조와 의미의 상관관계가 아니라 현실과 의미의 상관관계였다.

이런 그의 관점에서 보면, 순전히 미학적인 기준으로도 역사의식의 결핍은 결국 미흡한 역사소설을 낳으며,[43] 진정한 시의 새로움은 곧 역사의 새로움인 것이다.[44] 백낙청이 이렇게 주장할 수 있었던 데는 역사적인 창조와 시적 창조가 다 같이 인간의 본질에 속한다는 것, 역사적 인간과 시적 인간이 근원적으로 동질하다는 신념에 근거하고 있다.[45] 그것은 '예술의 정치도구화'와는 명백히 다르다고 주장한다. 그의 주장에는 진리의 자기구현이라는 측면에서 정치적 행위와 예술적 행위 곧 '정치와 예술은 하나'라는 명제가 깔려 있다.[46] 이것이 문학을 역사와 현실로 환원시켜 이해하고 평가하는 백낙청의 기본인식이다. 당연하게도 그의 비평에서는 구조, 이미지, 상상력, 진술방식, 미의식을 대신하여 역사, 현실, 사회, 연대, 실천, 민족, 억압, 모순 등등이 비평의 중심에 차지한다.

이러한 비평관 혹은 문학관 자체는 단순히 긍부로 판단할 대상이 아니다. 입장에 따라 문학이 민족의 현실에 부응해야 한다는 관점도 소중

---

42 백낙청은 민족문학론이 예술보다 이념을 앞세운 문학관이라는 일각의 비판에 대해 다시 공격적으로 비판하면서 오히려 구조주의 비평이 새로운 역사와 새로운 예술을 창조하려는 노력에 큰 장애가 될 수 있다고 주장한다. 이에 대해서는 「역사적 인간과 시적 인간」,『창비』, 1977. 여름 참조.

43 「역사소설과 역사의식」,『창비』, 1967. 봄, 7쪽.

44 「역사적 인간과 시적 인간」,『창비』, 1977. 여름, 196쪽.

45 위의 글, 182쪽.

46 위의 글, 193쪽.

하며 또한 필요하다. 그런데 역사와 사회적 측면을 중시하는 비평방식이 작품을 관념적인 차원에서 접근하는 태도라는 점은 지적되어야 할 것이다. 작품의 미학적 측면보다 작가의 정신이나 의식을 평가의 제일의적 기준으로 삼는다는 점에서 그러하다. 이제껏 앞에서 살펴본 예가 그렇지만 다음의 경우도 마찬가지이다.

백낙청의 평가를 간추리면, 이광수는 역사소설을 쓸 만한 역사의식과 자세가 부족했고, 김동인의 역사소설의 결함 역시 결국은 역사의식에 있으며,[47] 방영웅의 『분례기』는 강렬한 정신력으로 작품화한 것이다.[48] 또한 신동엽의 「껍데기는 가라」는 강인한 참여 의식에서 우러나온 당당한 주장이 소월의 노래와도 같은 가락에 조화되어 있고, 「금강」은 시민적인 양심이 살아 있다.[49] 한편 「시민문학론」에서는 드높은 시민의식을 체험한 한용운에 비해 염상섭의 『삼대』는 불철저한 시대의식을 보여주며, 이상은 시민의식다운 사랑에 이르지는 못했지만 시민의식이 성립하기 위한 최소한의 양심과 현실감각을 보여주었다고 평가한다.

이처럼 백낙청은 작가의 정신, 사상, 의식을 가치평가의 중요한 척도로 삼는다. 그런데 이러한 척도의 부정적인 측면은 작품을 작가의식이나 사상의 직접적인 대리물로 파악한다는 점에 있다. 누구나 알고 있듯이 작품은 사상이나 이념만으로 이루어지지 않는다. 이 점도 그렇지만 작가와 작품의 경계 또한 모호해진다는 점에서도 문제적이다. 이 경우 작가 정신의 위대성이 작가나 작품의 위대성이라는 평가를 낳을 수

---

47 「역사소설과 역사의식」, 『창비』, 1967. 봄.
48 「작단시감」, 『동아일보』, 1967.12.19.
49 「문예시평」, 『한국일보』, 1968.2.20.

있다. 백낙청 비평 전체를 통해 가장 높은 평가를 받았던 한용운의 예를 보자.[50] 한용운이 최초의 근대시인이자 최대의 시민시인인 이유는, 그가 혁명가와 선승(禪僧)과 시인의 일체화였다는 것, 「조선불교유신론」이 철저한 시민적 자각으로 씌여졌다는 것, 드높은 시민의식으로 〈님〉을 노래할 때 〈님의 침묵〉의 시대로 밝혀놓았다는 점으로 요약할 수 있다.[51] 결국 한용운의 가치는 종교와 사상과 문학을 포괄하는 시민의식의 자각에 근거를 두고 있다. 김수영이나 신동엽 경우도 사정은 마찬가지여서 시 자체보다도 그들의 삶과 '~의식'에 전적으로 가치를 두고 있는 것이다.

여기서 작품 자체보다 작가의 정신, 지향, 의식을 더 중시하는 백낙청의 관념적 경향을 다시 확인할 수 있다.[52] 그의 비평에서 수없이 출몰하는 작가정신, 역사의식, 사회의식, 현실 인식, 참여의식, 시민의식 등등

---

50 한용운에 대한 백낙청의 높은 평가와 애착은 〈만해문학상〉의 제정에서도 짐작할 수 있다. 1973년 봄 『창비』(8권 1호)에 '만해문학상제정'을 알리는 사고가 실려 있다. "본사는 「창작과 비평」 창간 8주년을 맞이하여, 우리 민족이 낳은 위대한 시인이자 탁월한 사상가요 독립투사이신 만해 한용운 선생의 업적을 기념하고 선생의 고매한 문학정신과 열렬한 실천적 의지를 계승하여 참다운 의미의 민족문학에 기여하고자 하는 뜻에서, 다음과 같이 새로운 문학상을 제정하는 바입니다. 적극적인 협조와 호응을 바랍니다." 이어 만해의 「조선불교유신론」을 현대어로 번역하여 싣고 있다. 그런데 『창비』 1973년 봄호는 백낙청이 귀국하여 창비 편집인으로 복귀한 뒤 공식적으로 활동을 시작한 첫 호에 해당한다는 점에서 그 의미를 되새겨볼 만하다.

51 「시민문학론」, 『창비』, 1969. 여름, 488~493쪽.

52 이에 대해 김우창은 일찍이 "어떠한 작가나 작품을 이야기함에 있어서, 그에게 중요한 것은 〈정신〉이나 〈의식〉이다."라고 지적한 바 있다. 김우창, 앞의 글, 181쪽.

은 '~의식', '~정신', '~인식'이 말해주듯 명백히 관념의 차원이다. 작품 평가의 실제에서 나타나는 관념화를 이해하기 위해서는 그것이 이론적인 차원에서의 관념화와도 연계되어 있다는 사실을 환기할 필요가 있다. 백낙청 비평을 특징짓는 중요한 인식구조의 하나가 바로 추상적 관념화이다. 초기 비평에서 중요한 자리를 차지하는 「시민문학론」의 다음과 같은 구절을 보자.

> 우주 내에서 플라톤적 〈설득〉의 원칙으로서의 〈이성〉, 그 움직임의 추진력으로서의 〈사랑〉(플라톤 철학의 Eros), 그리고 그러한 이성과 사랑의 역사적 구체화로서의 〈시민의식〉은 현재까지 지속된 가장 오래된 문명사회의 하나인 한반도에 아득한 옛날부터 오히려 두드러지게 있었다고 말해야 옳다. 아니, 앞서 인용한 떼야르의 우주론에 의한다면─또한 플라톤에 「티마이오스」에 의하더라도─그것은 인류의 탄생 자체, 우주의 창조 자체에 이미 작용했던 것이다.[53]

> 우리가 이제까지의 머뭇거림을 떨쳐버리고 〈사랑〉을 〈시민의식〉의 정확한 동의어로 쓸 수 있는 날을 우리는 적어도 내다볼 수는 있게 된 것이며, 그 날이 오면 모든 시민문학이 바로 세계의 문학, 인류의 문학으로 되고 인류만이 아닌 〈일체중생〉을 완성으로 이끌고자 태고부터 움직여 온 사랑의 작업이었음이 드러나리라는 것도 점점 뚜렷이 터득되고 있는 것이다.[54]

백낙청에 따르면 이성과 사랑의 역사적 구체화로서 '시민의식'은 우주

---

53 「시민문학론」, 『창비』, 1977. 여름, 482쪽.
54 위의 글, 509쪽.

의 창조 자체에 이미 작용했던 것이다. 이성은 진정한 시민문학의 원리이며, 사랑은 시민의식과 동의어라고 그는 말한다. 그것이 이제 "우주 전체를 움직이고 이끄는 힘"이자 "일체중생을 완성으로 이끌고자 태고부터 움직여온 사랑의 작업"이라는 추상적인 개념으로 연결된다. 추상적 관념화는 그가 시민적 이상으로 삼았던 자유, 평등, 우애의 시민의식을 떼야르의 생물학적 진화론으로 설명하는 대목에서 전형적으로 드러난다.

백낙청은 시민의식의 핵심사상인 자유, 평등, 우애는 '우주론적 근거'이자 '우주사적 과업'이라고 강조한다. '우주론'을 거론하는 대목에서 그의 추상적 관념화를 뚜렷하게 볼 수 있다. 문제는 시민의식이 '진화의식', '종의식', '우주론적 근거'로 설명될 때 과연 그것이 '지금, 이곳'의 문학과 관련하여 얼마나 현실적인 역사의식이며 또한 구속력 있는 감정을 불러일으킬 수 있겠는가 하는 점이다. 우주론적 진화, 유기적 생명관, 일체중생, 기독교의 사랑, 불교의 자비, 플라톤의 에로스, 인류애 등의 추상적인 개념을 통해 시민의식의 역사적 필연성과 정당성을 강조하는 순간, 역설적으로 시민의식의 역사적 맥락과 현실적 의미는 사라지고 만다.

이는 그만큼 그의 비평이 관념적 인식에서 출발하고 있음을 명백히 보여주는 것이다.[55] 바로 이러한 관념적 인식 때문에 시민의식과 동의어로서 '사랑'을 강조하면서도, 정작 그것이 어떤 방식으로 작품을 통해 실현되어야 하는가에 대해서는 구체적인 설명이 없다.[56] 바꿔 말해서

---

55 강경화, 앞의 글, 199쪽.
56 이 점에서 백낙청의 사랑이 분석정신에 입각한 논리적 혹은 이성적 사고가 아

훨씬 구체적이고 실제적인 논의가 필요한 내용을 사랑, 우주, 양심 등과 같은 관념적인 그 무엇으로 환원시켜버리는 것이다. 이때 그것들은 이미 실질적인 내포를 상실한 비역사적이고 비현실적이라는 점에서 추상적 관념화이다.

이러한 성향은 초기 비평에만 한정되지 않는다. 70년대는 물론 90년대 들어서도 반복적으로 나타나고 있음을 확인할 수 있다.[57] 이를 통해서 우리는 앞에서 살펴본 바, 실제비평의 영역에서 드러나는 추상적 관념성이 실상 이론적인 차원에서의 그것과 밀접하게 연계되어 있다는 것, 그리고 그것이 백낙청 비평 전체를 통해 지속적으로 발견되는 중요한 특성임을 알 수 있다. 또한 이러한 추상적 관념성이 구체적인 작품평가의 현장에서 또 다른 관념화로 나타난다는 점에도 주목해야 할 것이다. 평가에 이르는 분석 과정의 결여가 그것이다.

3) 분석 과정의 결여와 평가의 편차

백낙청이 개개의 작품보다 작가의 정신, 의식, 사상 등을 중시한다는 것은 앞에서 살펴본 바 있다. 그럴 때 평가의 가장 중요한 기준은 비평가의 이념과 지향에 의해 선규정된 관념적인 그 무엇일 수밖에 없다. 이것은 작품 자체의 고유한 미학이나 의미의 창출 과정보다는 자신의 관념적 사고 체계에 의해 작품의 의미를 부여하고 가치를 판단하는 것을

니라 주정적인 '낭만적 의지의 표현'에 불과하다는 지적에 공감할 수 있다. 김치수, 앞의 글, 969~970쪽.

57   이에 대한 자세한 사항은 강경화, 앞의 글, 202쪽 참조.

뜻한다. 이 때 평가에 이르는 구체적인 분석 과정은 그다지 중시되지 않는다. 여기서 결과론적이고 명쾌해 보이는 백낙청 특유의 평가들이 나타난다.

가령, 「서구문학의 영향과 수용」(『신동아』, 1967.1)에서 그는 최인훈의 몇몇 작품이 폐쇄적인 자아의 세계에 갇혀 있고, 김승옥은 서구문학의 영향을 가장 잘 흡수 소화한 작가이며, 하근찬의 성공한 몇몇 단편은 전통적인 요소의 정확한 계승과 서구영향의 온당한 수용을 보여준다고 정리한다. 백낙청은 이들 작가, 작품의 성격과 장단점을 간결하게 지적하고 있다. 군더더기가 없는 만큼 단호하고 잘 정리된 인상을 준다. 그러나 명료하게 규정하는 것과 달리 설득력 있는 해석이 뒤따르지 않는다. 그래서 작품에 대한 그의 해석과 평가는 대체로 집중력이 없이 단편적인 논평의 형식으로 나타난다.

「시민문학론」에서도 한용운, 이상화, 김소월, 염상섭, 이상 등 일제 강점기의 작가와 작품을 포함하여 손창섭, 서기원, 이호철, 김승옥, 하근찬, 최인훈, 서정인, 김수영 등 50~60년대 작가들에 이르기까지 광범위한 대상에 대해 거침없이 논단한다. 이러한 거침없는 논단에는 시민의식 혹은 시민문학적 의미와 가치라는 평가 기준이 적용되고 있다. 그러면서 '진정한 현대성', '진정한 시민의식', '진정한 시민문학', '원숙한 시민의식'이라는 척도를 통해 성과와 한계를 지적한다. 일관되고 명확한 기준을 통해 성과와 한계를 동시에 짚어내는 그의 평가방식은 합리적이고 명쾌해 보인다. 그러나 문제는 그 '진정한', '원숙한', '참다운'을 규정할 타당하고 논리적인 검토가 없다는 점에 있다. 이것이 현실적인 의미를 갖기 위해서는 구체적인 내포를 전제로 한다. 하지만 백낙청은 명확

한 개념 규정 없이 적용하고 있는 것이다. 뿐만 아니라 '진정한' 시민의
식(문학)은 결국 '사랑'이라는 추상적인 개념으로 환원될 뿐이다. 이 점
에서 그것은 또 다른 관념적 기준에 지나지 않는다.

또 하나, 평가에 이르는 구체적인 설명이 제시되지도 않는다는 점에
서도 문제적이다. 예를 들면, 님을 〈침묵하는 존재〉로 파악한 것이 만해
의 현대성인 근거는 무엇인지, 이상 시의 어떤 점이 3 · 1운동조차 과거
지사가 된 시대에 시민의식이 성립하기 위해 지녀야할 최소한의 양심과
현실감각을 보여주고 있다는 것인지, 왜 만해의 후계자는 이상을 거쳐
야 하고, 그래서 시민문학의 관점에서 김수영이 이상을 거친 시인으로
서 다시 한용운에 가까워지는지 등에 대한 설명이 구체적인 작품 분석
을 통해 설득력 있게 제시되지 않는다.

평가에 이르는 불충분한 분석과 설명은, 그가 한국 시민문학의 가장
뛰어난 성과라고 판단한 김수영을 논하는 자리에서도 볼 수 있다. 「김수
영의 시세계」에서 백낙청은, 김수영이 시에 대한 가장 완강한 신념을 구
현했다고 전제한다. 그런 다음 김수영 시의 특성을 다루는데 개괄적으
로 언급할 뿐 치밀한 분석을 보여주지 못한다. 때론 해석이 자의적이고
추상적으로 흐른다. 예를 들면 『달나라의 장난』에 실린 서정시들의 언어
는 "아직도 너무 곱고 너무 약하다."는 인상적인 수준의 표현이나, "피로
한 밤을 감미롭게 노래하는 것으로 만족하기에는 그는 너무도 왕성한
생명력과 발랄한 지성의 소유자였고 염치와 예절의 인간이었다."[58] 그
럼에도 정치사회적인 목표에 시를 희생시키지 않았다는 데 시인으로서

제2장 백낙청의 실제비평에 대한 고찰

---

58 「김수영의 시세계」, 『현대문학』, 1968.8. 이 글에서는 『민족문학과 세계문학』, 앞
　의 책, 245쪽.

드문 공적이 있다는 식의 비약과 주관성을 보이기도 한다.

「시민문학론」에서 김수영의 시민문학적 의미와 가치를 제시할 때도 그것은 작품을 치밀하게 분석해서 나온 평가가 아니다. 「어느날 고궁을 나오면서」에 "매우 힘들여 얻은 통찰과 성실성과 긍지가 담겨 있"[59]다는 것, 「거대한 뿌리」가 "시인은 무엇보다도 어두운 시대, 더러운 현실의 어두움과 더러움을 있는 그대로 보는 데서 그가 발붙일 유일한 땅을 얻는 것이며 드디어는 사랑과 인간을 되찾는 것이다."[60]고 파악한다. 이러한 진술은 시 자체의 내재적 의미라기보다는 관념적인 메시지에 치중한 자의적인 해석에 가깝다.

특히 「사랑의 변주곡」의 일부를 인용하면서 가장 높은 의미의 시민의식으로서 '사랑'의 표현, 나아가 세계와 우주 전체의 깨달음을 강조하고 있다고 확대 해석한다. 그리하여 사랑이 우주전체를 이끄는 힘으로 확대되어야 하다고 주장한다. 그러나 시민의식은 사랑이고, 시민문학은 사랑의 작업이어야 한다는 「시민문학론」의 주장은 백낙청 자신의 지향과 열정의 표현일 뿐 작품 해석의 실제를 통해 설득력 있게 제시한 것은 아니다.

이처럼 백낙청의 비평에는 작품의 내재적 의미를 정밀하게 탐색하는 과정이 결여되어 있다. 평가의 타당성과는 별도로, 어쩌면 과정을 생략한 단순명료한 평가가 백낙청 비평의 과감하고 명쾌한 특성을 만들어내고 있는지도 모른다. 이 경우 자의적인 해석의 위험과 더불어 평가에 대

59 「시민문학론」, 『창비』, 1977. 여름, 506쪽.
60 「시민문학론」, 위의 글, 508쪽.

한 검증이 이뤄질 수 없다는 문제를 안고 있다. 바꿔 말하면 평가의 객관성을 확보할 근거가 없다는 것과 통한다.

여기에 비춰보면 『분례기』에 대한 그의 접근은 사뭇 다른 모습을 보여준다. 우선 이 작품에 대해 백낙청이 남다른 관심과 애정을 보인다는 점을 들 수 있다.[61] 그는 「작단시감」(『동아일보』, 1967.8.29), 「작단시감」(『동아일보』, 1967.12.19), 「작가와 평론가의 대결」(『사상계』, 1968.2), 「시민문학론」(『창비』, 1969. 여름), 「『창작과 비평』 2년반」(『창비』, 1968. 여름) 등의 글을 통해 『분례기』의 가치를 지속적으로 강조한다. 특히 「『창작과 비평』 2년반」에서는 상당한 분량을 할애하는데, 예문의 활용이 두드러지고 분석도 구체적이다. 그래서 적절한 소재 선택, 치열한 집중력, 치밀한 묘사, 적확하고 절도 있는 언어, 토속어의 생생한 언어 감각, 풍성하고 생기 있는 대화, 기층민중에 대한 애정과 관심, 현재형 문장과 역사적 시간의 배제, 서술 템포, 작위성, 결말 처리 등 다양한 관점에서 가치와 한계를 제시한다.

더욱이 여러 번에 걸친 논의와 관심에도 평가의 편차가 없다는 사실은 주목할 만하다. 이 점은 강조할 필요가 있다. 백낙청 초기 비평의 특징 중의 하나가 평가의 편차에 있기 때문이다. 물론 가치판단은 안목이나 기준의 변화에 따라 변할 수 있다. 그러나 동일한 대상이 글에 따라, 그것도 평가가 상반된다면 단순하지 않다. 기본적으로 비평적 안목

---

61 여기에는 그럴만한 이유가 있다. 『분례기』는 자신이 주관하는 잡지에서 자신이 뽑은 작품인 데다가, 그것이 『창비』의 의도와 분별력을 판가름하는 이슈가 되었고(「『창작과 비평』 2년반」, 『창비』, 1968. 여름 참조), 잡지판매와 정기구독에도 큰 영향을 미쳤기 때문이다. 『창비문화』(7호), 창작과비평사, 1996.1.10 참조.

과 신뢰와 관련되기에 그러하다. 신동엽은 가장 큰 편차를 보여주는 경우이다. 60년대와 70년대의 신동엽 평가는 아주 다른데, 특히 「금강」에 대한 평가는 상당한 편차를 보인다.

> 「금강」의 많은 부분이 시라고 하기 힘든 상태인 것도 사실이다. 그 원인의 하나로 시인의 생각이라기엔 너무나 소박한 데가 있음을 지적할 수 있다. …(중략)… 바로 여기에 나타난 소박한 사고방식이 「금강」과 다른 여러 작품들의 허점을 이룬다고 생각되기 때문이다.[62]

> 「금강」 같은 장시를 볼 때 시인의 현실인식이 얼마나 구체적이고 적절했는가를 알아볼 수가 있습니다. …(중략)… 동학년의 현재성에 대한 생생한 실감이라든가, 또는 4·19와 3·1운동과 동학혁명이 어떻게 연결되어 있다든가 이런 데 대한 구체적인 성찰을 확인할 수 있으리라고 봅니다. …(중략)… 민족의 대단결, 민족의 자주성, 민중해방의 사상을 실제로 지녔던 시인이라는 점을 구체적으로 확인할 수 있습니다.[63]

이러한 차이는 어디에서 연유하는가. 70년대의 민주회복운동과 1987년 6월 시민봉기를 겪은 시기적 정황이 반영된 것이라면 그것은 문학을 역사적 상황에 종속시킨 것이다. 또한 후자가 「금강」의 단점을 애써 외면한 것이 아니라면, 60년대의 백낙청으로서는 신동엽의 시가 가진 가치를 제대로 파악하지 못했던 것으로 이해할 수 있다.[64] 또한 『삼대』에

62 「문예시평」, 『한국일보』, 1968.2.20.
63 「살아있는 신동엽」, 『창비』, 1989. 여름, 367쪽.
64 「시민문학론」에서 백낙청은 신동엽을 훌륭한 시인으로 언급하면서도 끝내 남을

제2부 백낙청 비평의 인식구조와 실제비평

대해서도, 「한국소설과 리얼리즘의 전망」에서는 신문학 50년을 통해 보기 드문 걸작이라고 평가하면서,[65] 「시민문학론」에서는 불철저한 시대 인식을 보여주는 작품으로 비판적이다. 벽초의 『임꺽정(林巨正)』도 한국적 생활 감정의 포착[66]이 뛰어난 '우리문학의 고전'[67]인 반면, 고담[68]에 가까운 『수호지』류의 의적소설이라고 지적한다.[69]

이러한 편차는 어느 한 면만을 부각시킨 데서 연유한다. 하지만 동시에 세련된 비평적 안목과 확고한 비평적 기준, 그리고 정치한 분석력이 아직 정립되지 않았음을 보여준다. 백낙청이 세련된 안목과 성숙한 비평 인식을 갖추기 위해서는 좀 더 시간이 필요했을 것이다. 그렇다고 그것이 실제 작품 분석과 평가에 그대로 활용되었던 것도 아니다. 미국유학에서 돌아온 70년대 이후 백낙청은 초기 비평에서 노출하였던 서구문학적 준거틀과 추상적 관념화에서 벗어나 현실적 적응력을 보여준다. 구체적으로 한국문학의 특수성에 대한 인식, 전통 단절의 자기반성, 한국문학의 소양 강화, 서구문학적 준거틀의 약화, 객관적 현실 인식의 확보 등을 통해 역사적 현실을 밀도 있게 반영하면서 민족문학론으로 발전시켜나간다.

업적이 미흡함을 지적한다. 그런데 70년대에 이르면 4·19에서 비롯된 민족문학의 현단계 작업이 인류적 차원의 비전으로 이어져야겠다는 의식을 이미 60년대에 작품화한 것으로 평가한다.(「민족문학의 현단계」, 앞의 책, 44~46쪽.)

65 「한국소설과 리얼리즘의 전망」, 『민족문학과 세계문학』, 창작과비평사, 1978.

66 『창작과 비평』 2년반, 『창비』, 1968. 여름.

67 「문학적인 것과 인간적인 것」, 『창비』, 1973. 여름.

68 「역사소설과 역사의식」, 『창비』, 1967. 봄.

69 「통일운동과 문학」, 『창비』, 1989. 봄, 69쪽.

그러나 분명한 방향성과 이론적 선명함이 돋보이는 이론비평과 달리 실제비평에서는 여전히 섬세한 감수성과 정교한 분석을 찾아보기 어렵다. 이 점에서 그는 초기 실제비평의 부정적인 모습을 탈각시키지 못했다고 할 수 있다. 그 이유는 무엇보다도 70년대 이후에 그가 주력했던 비평적 과제가 이론의 정립과 개진에 있었기 때문이다. 그것이 민족문학론을 중심으로 심화, 확대되었던 백낙청 비평의 본령이자, 오늘 우리에게 각인된 이론비평가로서의 백낙청의 모습이라고 할 수 있다.

4. 결론

이제까지 백낙청의 실제비평에 대한 정밀한 검토가 이루어지지 않았다는 문제의식에서 그의 초기 실제비평의 특성을 중점적으로 살펴보았다. 이를 통해 우리가 확인할 수 있었던 사실을 정리하면 다음과 같다. 첫째, 백낙청은 역사적 현실과 상황 인식에 비평적 기반을 두고 있다는 것, 둘째, 이러한 인식적 기반이 실제비평에서 '실감'으로서 리얼리즘과 역사의식이라는 비평 기준으로 작용하고 있다는 것, 셋째, 작품의 형식적 측면보다 작가의 정신, 의식, 사상을 중시하는 경향이 백낙청 비평의 추상적 관념화를 낳았다는 것, 넷째, 이러한 관념성이 평가에 이르는 구체적인 분석 과정을 중시하지 않았으며, 작품의 내재적 의미에 대한 정밀한 탐색과 설득력 있는 해석이 없는 특성을 만들었다고 정리할 수 있다. 아울러 작가와 작품에 대한 평가의 편차도 확인하였다.

이러한 특성에서 우선 주목되는 사실은 그것이 초기 비평에만 한정되지 않는다는 점이다. 정교한 분석과 충분한 설명이 뒤따르지 않는 특성만 해도 70년대의 여러 비평에서 나타난다. 「한국문학과 시민의식」[70]에 제시된 김지하의 「결별」이 그렇고, 「문학적인 것과 인간적인 것」[71]에서 참다운 민주 의식의 전투성과 포용성이 일체를 이룬다고 예시한 신경림의 「경칩」과 시민적 전투성과 인정스러움으로 세련된 기법을 보여준다는 김수영의 「미역국」 등도 해석에 부합하는 분석의 구체적인 실제 없이 제시된다.

또한 80년대는 물론 90년대의 비평, 가령 「지구시대의 민족문학」에서 그가 김기택의 「쥐」에 대해 "쥐라는 하나의 미천한 동물이자 그 나름으로 엄연한 생명체를 이만큼 실감케 해주는 글도 드물 것이다."라고 말하거나 혹은 "아득한 위험 속에 던져진 삶의 긴장과 거기서 얻어지는 뜻밖의 넉넉함은 「겨울새」 같은 시가 특히 감명 깊게 포착하고 있다."[72]라고 말할 때도 적절한 보족의 설명 없이 단정적으로 평가하는 특성이 그대로 드러난다.

초기 비평에서 최근까지 나타나는 이러한 경향은 그의 실제비평의 특성을 단적으로 보여준다. 백낙청의 비평에서 작품 평가는 독립적인 형태가 아니라 이론의 부수적인 형태로 존재하고 있다. 바꿔 말하면 개개의 작가와 작품은 자신의 문학적 이념과 지향을 드러내거나 뒷받침하는 보조 자료였던 것이다. 평가에 이르는 정치한 분석의 과정이 결여되었던 것도, 작품에 대한 언급을 빼도 논의 전개에 그다지 문제되지 않은

70 「한국문학과 시민의식」, 『독서신문』, 1974.10.6.
71 「문학적인 것과 인간적인 것」, 『창비』, 1973. 여름.
72 「지구시대의 민족문학」, 『창비』, 1993. 가을, 104쪽.

것도 이런 까닭이며, 본격적인 작가 작품론이 드문 현상도 이러한 특성과 긴밀하게 관련되어 있다.

이런 측면에서 보면 백낙청 실제비평의 여러 특성들은 부정적인 요소들을 담고 있다. 그가 이론비평에서 보기 드문 성과와 공적을 이루었음은 분명하다. 하지만 그러한 이론비평의 실천적 의의 역시 실제비평을 통해서 드러나야 한다는 점에서도 그러하다.[73] 비평적 실천이 기본적으로 작품으로부터 출발해야 한다는 것은 부정할 수 없기 때문이다. 이 점을 의식한 듯 백낙청 스스로 이에 대한 소회를 여러 곳에서 밝히고 있다. "명색이 문학평론가로서 '실제비평'이라 분류될 이런 글들이 많지 못함은 늘상 아프게 느끼는 터이다. 그러나 '이론비평'이라 흔히 일컬어지는 글도 나로서는 실제 비평과 따로 성립하는 것으로 생각한 일이 없음을 덧붙이고 싶다."[74]거나 "본격적인 작가론·작품론을 따로 써내지 못한 나로서는 한국문학에 대한 실제비평을 주로 이런 식으로 해온 셈이다."[75]는 발언 등이 그것이다.

그러나 이러한 실제비평의 한 면모가 백낙청 비평 전체를 규정한다고 섣불리 단정해서는 안 된다. 그의 비평의 본령은 분단 극복과 인간 해방을 최대 과제로 삼았던 민족문학에 있기 때문이다. 민족, 통일, 현실, 인간, 해방 등등은 그의 비평 인식을 가로지르는 핵심어들이다. 그것은 동시에 가치 판단의 척도이기도 하다. 때문에 그의 비평은 작품의 의미를 깊이 분석하고, 그것을 다시 작품 전체와 관련지어 이해하는 방식과는

---

73 최원식, 앞의 글, 306쪽.
74 『민족문학과 세계문학Ⅱ』, 창작과비평사, 1985, 4쪽.
75 『민족문학의 새 단계』, 창작과비평사, 1990, 5쪽.

거리가 멀다. 대신 역사적 실천이나 현실 인식과 관련된 '규범적 해석'[76]을 보여준다. 이 점에서 그의 비평은 자신의 말대로 '실천적 비평'[77]이라고 할 수 있다. 바로 이러한 면모야말로 작품에 대한 창조적인 해석과 의미의 풍요로운 재생보다는 이념 정립에 주력했던 "이론 생산가"[78]로서 백낙청의 전형적인 모습이라고 할 수 있다.

이러한 관점에서 민족문학론을 중심으로 심화 확대되었던 백낙청 비평의 역동적인 모습과 그 공적은 인정해야 할 것이다. 그렇긴 하지만 그의 비평 전체의 성과와 한계를 바라볼 때 실제비평의 면모 또한 반드시 고려해야 할 것이다. 그것이 백낙청 비평을 구체적이고 객관적으로 이해하는 방법이다.

76 Josef Bleicher, 『현대해석학』, 권순홍 역, 한마당, 1990, 50~58쪽.
77 『민족문학과 세계문학 Ⅱ』, 앞의 책, 332쪽.
78 정과리, 앞의 글, 92쪽.

제3부

문학과 비평의 표정

제1장

'외로움'과 '운명'의 형식
— 김윤식 비평의 자의식[1]

1. 비평의 존재론적 지평

우리 문학비평이 서발(序跋) 형식에서 벗어나 본격적인 근대 비평의
면모를 갖추기 시작한 것은 1920년대 프로 문예비평의 등장부터라고 할
수 있다. 이후 한국의 문학비평은 문학이 역사 혹은 민족의 문제를 감당
해야 한다는 역사·사회적 지평 위에서 전개되어왔다. 그러나 그 한편에
역사와 현실에 앞서 비평을 자기 삶의 실천으로 삼았던 비평과 비평가들
역시 이 땅의 문학비평을 지탱해왔다는 사실, 그리하여 비평만의 독자적
자율성의 지평이 밀도 있게 개시되었다는 사실에도 주목해야 할 것이다.
이러한 비평은, 문학의 정치 운동적 성격을 강조하는 역사 · 사회적 비평
과 달리, 비평을 비평 주체의 삶의 방식이자 자기 삶의 실현으로 삼았다

---

1   이 글은 졸고, 「한국문학비평의 존재론적 지평에 대한 고찰」, 『한국문학비평의
     실존』(푸른사상사, 2005) 중에서 김윤식 부분만을 떼어내어 보완 · 수정한 것임.

는 관점에서 비평의 '존재론적 지평'이라고 할 수 있다. 이 글의 문제의
식은 이러한 비평의 존재론적 지평에 대한 관심에서 출발한다.

한국 문학비평의 굵은 줄기가 '역사·사회적 지평' 위에서 전개된 역
사성에서 연유했겠지만, 비평의 주된 담론 혹은 그 특수성 역시 순수와
참여 혹은 자율적 문학론과 정치적 문학론의 대립과 같은 대상중심주의
적인 성격에 있다. 비평의 논쟁 역시 비평의 기능과 역할, 창작 방법론,
비평의 대상과 해석, 문학의 존재와 이념 등을 주요한 쟁점으로 삼아 전
개되어왔다. 그러나 우리가 주목해야 할 사항은 이러한 논의 속에 비평
의 '주체'라는 보다 근원적인 문제가 배제되었다는 사실이다. 실제로 비
평의 제반 영역들, 예를 들어 문학교수법, 문학비평, 문학공학 등의 실
천적 분야나 문학이론, 텍스트 해석, 문학사 등의 이론적 분야 그리고
자료 수집, 원전비평과 편집, 주석과 같은 기술적 분야 어디에도 비평
주체는 존재하지 않는다.

그러나 비평이란 근원적으로 대상이나 타자에 앞서 주체정립적이다.
비평의 대상이 작품이든 삶의 현실이든 그것 역시 비평 주체의 관점과
입장을 준거로 재구성되기 때문이다. 그러니까 대상을 주체적으로 사유
하는 적극적 자기화의 과정이야말로 비평의 존재 형식이라고 할 수 있
다. 분석과 이해이자 소통이며 표현인 비평은 물론 문학적 행위이자 대
사회적 행위임은 분명하다. 하지만 그에 앞서 비평가 자신을 문제 삼는
자기 인식에 의해 자신을 표현하고 실현시키는 자기 실존적이다. 창조
적 비평이란 그 단적인 예이다. '텍스트의 수사학적 차원'과 '비유적 언
어', '오독'의 운명을 주장했던 폴 드 만이나 '자기의 고유한 언어로 덮을
수 있는 능력'에서 '비평의 입증'을 문제 삼은 롤랑 바르트의 견해는 비

평 역시 진정한 자기 투영의 형식으로 존재한다는 사실과 밀접한 관련이 있다. 그렇다면 비평이란 무엇인가.

> 비평가란 텍스트를 분석하거나 평가하며 텍스트의 장점 또는 결함을 판정하고 결정하거나(라틴어 criticus) 분별하는(희랍어 kritikos) 사람이다. 본질적으로 비평가는 분리하고 선택하는(희랍어 krinein) 능력이 있다. 이런 관습적인 초상이 우리의 유산이며 우리의 감옥이다.[2]

위의 예문에서 비평에 대한 견고한 선입견의 실체를 목도할 수 있다. 그러한 관습적인 인식은 '비평'에 있어서 하나의 감옥이라는 것이 위 발언의 핵심 전언이다. 우리는 흔히 "작가는 고독하며 이러한 고독을 이야기해야만 한다."거나 "작가란 자기 마음대로, 자신이 누구인가를 표현하지 않고 혼자 살 수가 없는 사람이다."[3]는 이해 방식이 널리 통용되어왔다. 발터 벤야민 역시 소설의 산실로서 고독한 개인을 언급하고 있다.[4] 이러한 주장은 문학이 동시에 문학 이상의 것 즉 '실존적 기획'[5]이라는 견해와 상통한다. 그러나 실존적 기획으로서 문학의 존재 방식은 문학(작품)의 영역에만 한정되지 않는다. 비평의 '존재론적 지평' 역시 주체의 삶의 방식과 존재성이 적극적으로 투영되는 글쓰기임을 보여준다. 물론 '역사·사회적 지평'에서의 비평적 글쓰기 역시 참여이고 실천이며 기획이다. 그러나 이 경우 참여는 다른 층위로 이해될 수 있다. 가

제1장 '외로움'과 '만남'의 형식

---

2   빈센트 B. 라이치, 『해체비평이란 무엇인가』, 권택영 역, 문예출판사, 1988, 347쪽.
3   페터 뷔르거, 『지배자의 사유』, 김윤상 역, 인간사랑, 1996, 98쪽.
4   발터 벤야민, 『발터 벤야민의 문예이론』, 반성완 편역, 민음사, 1990, 170쪽.
5   페터 뷔르거, 앞의 책, 110쪽.

령, 페터 뷔르거가 사르트르적 의미와 블랑쇼적 의미의 참여로 구분한 것과 같은 방식으로 이해한다면, '역사 · 사회적 지평'에서의 문학적 실천이 역사적인 상황 규정으로부터 추동된 정치적 기획의 선택이었다면, '존재론적 지평'에서의 문학적 실천은 고독한 자아, 존재론적 기획으로서의 참여라는 사실이다.[6]

시나 소설의 경우 쓰지 않고서는 견딜 수 없는 어떤 근원적 욕망의 발현이 창작적 동기를 이루는 경우가 많다. 그것은 한 실존적 존재로서 원초적인 표현의 욕망이고, 이때 시나 소설은 시인과 작가들의 욕망이 하나의 형식을 이룬 것으로 이해된다. 같은 맥락에서 비평 역시 단순히 작품을 분석하고 평가하는 것만이 아니라 주체의 어떤 근원적 욕망 속에서 쓰여진다. '존재론적 지평'은 이러한 비평적 글쓰기의 자의식을 확인시켜주는 담론이라고 할 수 있다. 그러한 글쓰기 역시 대상에 대한 공감과 표현의 순수한 욕망, 타자의 삶에 관여하면서 타자와 세계를 자기화하려는 동일화의 욕망, 문학과 삶의 근원에 대한 탐색의 욕망 등이 비평이란 형식으로 형식화된 것, 그러니까 비평을 삶의 한 형식으로 인식하고 있었던 것을 의미한다. 이것은 동시에 비평 자체에 대한 자의식의 강렬함과 아울러 비평을 하나의 예술 작품 혹은 자기 실존의 형식으로 받아들였기 때문이다. 바로 이런 인식에서 생성된 비평이 삶의 한 형식으로 존재하는 '존재론적 지평'의 인식적 근원이라고 할 수 있다. 이 글에서는 비평을 자기 삶의 실현으로 삼았던 가장 대표적인 비평가인 김윤식의 비평을 통해 그의 강렬한 비평적 자의식의 한 부분만을 살짝 더듬

---

6   위의 책, 115쪽.

어 보고자 한다.

2. 비평가 되기와 비평적 자의식

김윤식 비평의 특징적인 것은 그의 비평 자체가 자신의 존재론적 위기와 외로움을 강렬하게 투영시키고 있다는 점, 아울러 그러한 입장을 명료하게 직접 개진하고 있다는 사실에 있다. 김윤식은 '열정이 재능이다'[7]라는 그 자신의 말처럼 이 땅에서는 매우 드물게 열정적이고 선구적인 국문학자로 마치 거대한 산맥과도 같이 존재하면서, 비교의 대상을 찾기 어려울 만큼 매우 성실한 비평가로 존재한다. 열정과 성실이란 수식어의 적절함은 그의 선구적인 실증적 작업, 끊임없는 읽기와 쓰기, 놀라운 분량의 논문과 저서에서 능히 가늠할 수 있을 것이다.

그러나 김윤식은 비평가라는 존재에도 불구하고, 초기 비평에서는 '비평'에 대한 명료한 자의식을 갖추고 있지 못했던 것으로 보인다. 말하자면 비평과 연구가 아직 미분화된 상태였다. 그의 추천 평론인 「문학사 방법론 서설」(『현대문학』, 1962.1)과 「역사와 비평」(『현대문학』, 1962.8)은 '역사의 비평화' 또는 '비평의 역사화'[8]와 같은 차원에서의 이론적 개진과 방법의 정리였으며, 그 뒤의 평론인 「역사문학의 방법론적 전개」(『현대문학』, 1963.4)가 그러하고, 한국적 전통 논의와 관련된 신라 정

---

7   김윤식, 『우리 소설과의 만남』, 민음사, 1986, 201쪽. 이하 김윤식의 글은 이름
    을 생략한다.
8   『한국근대문학사상연구2』, 아세아문화사, 1994, 376쪽.

신, 그리고 역사의 예술화 문제를 다룬 「역사의 예술화」(『현대문학』, 1963.10) 역시 역사적 사실과 예술과의 관련성을 논쟁적 성격으로 개진한 글이었다.

이처럼 방법과 이론의 정리 차원에 머물던 김윤식의 비평이 독자적인 비평적 안목을 투여하기 시작한 것은, "김윤식 비평론의 중요한 단초가 내장되어 있다."[9]고 평가받은 「비평의 임무는 무엇인가」(1968.12)라는 평문에서부터라고 할 수 있다. 하지만 '창조적 본능'과 '미적 본능'의 일치에 입론한 비평의 창조성에 관한 입장 개진은 아직 명료하지 않다. 타자의 계몽에 앞서 자신의 생각을 정리하는 것이 비평이라는 수준에 머물고 있기 때문이다. 그러다 70년대에 들어서면서부터 예민한 비평적 자의식과 비평의 존재론적 의미를 보여주게 되는데, 가령 다음과 같은 구절들을 꼽을 수 있다.

왜 비평가로 자기를 세우는가. 나는 그것을 세계를 향한 자신의 실존적 물음이라 생각하고, 이 물음을 위화감이라 표현하고 싶다. 세계가 자기에게 강요하고 있는 것에 대한 자신의 도전, 혹은 열려 있는 자신에게 도전해 오는 세계의 의미, 그 거리감의 측정이 위화감이라면 이 속에서 자기의 자리를 지키려는 모험, 이 자리지킴이 곧 비평이 아닐 것인가. 이 자리지킴을 위해 그 누구도 비평가가 되지 않을 수 없다. 따라서 무엇을 대상(작품)으로 선택하는가가 중요한 것이 아니라 누가 비평하는가에 문제가 설정되는 것이다. 그것은 내 자신의 실존의 규명이 언제나 우선하기 때문이다. …(중략)… 따라서 그것은 영혼의 질병에 관계될 것이다.[10]

9   권성우, 「비평이란 무엇인가」, 『비평의 시대』 1집, 문학과지성사, 1991, 55쪽.
10   「비평 · 의식의 문제 · 천부 · 수련」, 『문학과지성』, 1970. 가을, 102~103쪽.

사람들은 시인이나 소설가로 될 수가 있다. 그러나 비평가로 될 수가 있는 것일까? 가령 비평가로 될 수도 있다면 대체 그것은 무엇일까. … (중략)… 한 사람이 이른바 비평가가 된다는 것이 어떤 대상(代償)을 지불한다는 의미로 볼 수 있다면, 그 대상이 무엇이든 그것으로 말미암은 자의식에서 벗어날 수 없을 것으로 해석된다. 이 경우 자의식이란 비평 행위를 그 자신의 존재문제로 의식함을 뜻하는 것이라면 이 시점에서 이른바 비평의 문학성이 비로소 문제점으로 드러날 수 있을 것이다. … (중략)… 작품에 관하여 얘기한다면 많은 경우 어떤 지식을 동원한 해설의 차원에 머물기 쉽다. 그것이 아무리 엄밀하고 정확한 지식의 적용이라 할지라도 거기에 어떤 자의식의 강렬함이 작용하지 않으면, 즉 비평가 자신의 존재 문제와 결부되지 않으면 우수한 학술논문일 수는 있어도 문학으로서 비평영역에서는 벗어ㅈ나는 일로 간주된다. 비평문이 문학작품이냐 아니냐의 판가름은 이 자의식에 관련될 때에 일 것이다. 그 이외의 경우라면 비평문의 높이는 시와 소설의 경우와 차이가 없을 것이다.[11]

우리 비평문학사에서 비평의 자의식을 가장 먼저 예민하게 자각하고 이를 구체적인 형태로 표명한 비평가로 김윤식을 꼽지 않을 수 없다. 위의 예문에서 볼 수 있는 것처럼 자신의 비평적 자의식과 비평관을 명료하게, 특히 존재론적 지평 위에서 언어화한 비평가는 김윤식 이전엔 없었다. 김윤식 비평의 비평적 자의식과 존재론적 지평은 "왜 비평가로 자신을 세우는가" 하는 한 구절로 요약할 수 있다. 그것은 동시에, 한 사람이 비평가가 된다는 것은 어떤 대상(代償)을 지불한 것인가, 라는 물음과도 같다.[12] 이에 대해 그는 비평을 자신의 실존적 물음과 등가로 놓으

11 「비평이란 무엇인가」, 『세계의 문학』, 1977. 봄, 214~215쪽.
12 1970년대의 이 물음이 20여 년이 지난 1990년대, '비평의 존재방식과 자의식',

면서, 세계 내적 존재로서의 '자리지킴'이라고 답하고 있다. 그러한 자문자답은 '영혼의 질병'만큼이나 자신의 존재성을 육박하는 절실한 것이었는데, 비평 주체의 실존성을 강조하는 이 대목에 이르러 역사와 현실, 대상과 방법은 순간 무화될 지경에 이른다.

그리하여 김윤식은 비평이란 '운명을 창조하는 원리'이며, 자신의 전 존재를 걸고 해볼 만한 일이라고 밝히고 있다.[13] 이러한 인식이야말로 실존적 기투의 도저한 모습이다. 그 어떤 것도 비평 주체의 실존성에 우선할 수 없다는 그의 견고한 자의식은 '존재론적 지평'의 명확한 경계선 위에 서 있는 것이라 하지 않을 수 없다. 여기에 그의 비평의 시작과 전 과정이 함축되어 있다. 이후의 많은 평문들에서 개진되고 있는 그의 비평 인식과 입장은 위 예문에서 표명된 인식과 입장에서 한 치도 벗어나지 않고 되풀이되는데, 이러한 사실은 이미 이때에 자신만의 독자적인 입장이 확고해졌음을 의미하는 것이다.

그러나 다른 한편으로 보면, 그 확고함만큼이나 비평적 자의식을 표명하기 이전의 인식과는 현격한 거리가 가로놓여 있다는 사실도 간과해서는 안 될 것이다. 그 의혹과 거리감에 주목할 때 우리는 일본의 비평가 고바야시 히데오(小林秀雄)의 비평적 자의식과 행로를 고찰한 「자의식의 비평과 서구적 지성의 한계」에도 주목할 필요가 있다. 이 글은 김

그리고 '비평가 되기의 조건'을 문제 삼은 한 글에서 "사람이 비평가로 된다는 것이 가능한 일일까. 그는 무엇을 대가로 지급하고 비평가가 되어야 했을까."라는 동일한 질문 방식으로 다시 문제 삼고 있다는 사실은 매우 의미심장하다. 김윤식, 「근대와 반근대─조연현론」, 『한국현대문학사상사론』, 일지사, 1992, 참조.
13 「비평이란 무엇인가」, 앞의 글, 228쪽.

윤식의 비평적 자의식의 구체성이 어디에서 연유하고 있는가에 대한 의문을 풀어줄 중요한 평문에 해당한다. 물론 고바야시에 대한 관심은 김윤식이 처음은 아니었다. 이미 1930년대 비평가 김문집이 「평단파괴의 긴급성」(『비평문학』, 청색지사, 1938)이란 글에서 고바야시 비평의 언어적 감도를 지적한 바 있었다. 그러나 김문집의 관심은 고바야시 비평의 밀도와 본질에는 미치지 못하는 것이었다. 반면 김윤식은 자신의 안목으로 고바야시 히데오 비평의 요체를 새롭게 되새기는데, 그의 비평을 '자의식의 비평'이라 칭하면서 다음과 같이 말하는 대목에서 선명하게 떠오른다.

> 이 방법론(자의식의 탐구 : 인용자)의 자각은 놀라운 자의식의 소산이 아닐 수 없다. 『사람은 비평가가 되기 위해 사는 것은 아니다. 그렇지만 살기 위해서는-화해할 수 없는 질서 속에 자기의 자리를 주장하기 위해서는, 비평가가 되지 않으면 안 되는 것이다.』(江藤淳, 「小林秀雄」序章) 화해할 수 없는 질서와 〈자기의 자리〉 사이의 공간이 넓고 클수록 비평가로서의 존재이유가 가중되는 것이라 할 때, 고바야시의 방법론은 한층 돋보이는 것이다. 대체 비평가가 작품을 평가하는 방법은 무엇인가. 이러한 질문의 제기는 흔히 있어 왔지만, 이 물음이 대한 해답이 이처럼 본질적으로 나온 적은 흔치 않을 것이다.[14]

종래에 있어 비평이란 대상에 있어, 그것을 특정한 입장에서 특정한 방법으로 평가하는 것으로 되어 있었다. 중점은 그러니까 그 대상이었다. 대상의 바른 인식, 객관적인 위치의 확보가 무엇보다도 중요한 것이었다. 그런데 고바야시에 와서는 이러한 비평의 전통적 견해가 거의 붕

---

14 「자의식의 비평과 서구적 지성의 한계」, 『창작과비평』, 1969.9, 694쪽.

괴되고 만다. 고바야시에 있어서는 대상을 보는 일과, 그것을 보여준 대상으로서의 언어 속에 재구성하는 일과의 관련이 처음으로 자각된 것이다. 비평의 문제는 그러니까 자아와, 자아로부터의 방출물인 언어에 집중됨을 뜻하게 된다. 따라서 문제는 무엇을 비평하는가도, 어떻게 비평하는가도 아니고 〈누가 비평하는가〉가 중요한 것이 된다. 이러한 자각에 기인하는 파문이 바로 비평 고유의 영역을 확대, 초월할 수 있었다. 고바야시에 있어서 그 정신은, 대상뿐만이 아니라, 대상을 통해 자기의 지성과 감성까지도 포착하여, 절대자아에까지 변모시키려는 문학적 비교(秘敎)에 의해, 비로소 비평이 생겨나는 것이다. 이 참담하고도 이상한, 긴박한 언어 속에 의연히 생의 명확한 의미와 형태를 추구하는 것, 이것이 비평의 궁극적인 방법이라 할 수 있다.[15]

'자기의 자리 지킴'이라는 비평가로서의 존재 이유와 존재 방식, 그리고 대상과 방법을 압도하는 비평 주체의 강조, 존재론적 의미 추구를 비평의 궁극적인 방법으로 설정한 위 예문은, 비평가의 실존을 강조하는 앞서 살펴본 그 자신의 언어와 놀랄 만큼 닮아 있다. 여기서 우리는 김윤식이 바로 고바야시 히데오의 비평과 비평 방법을 통해 비로소 자신의 비평적 입장을 구축했으며, 그것을 자신의 비평적 자의식으로 내화시킴으로써 비평가로서의 정체성을 확고히 할 수 있었음을 알게 된다.

그러나 이러한 사실은 놀랄 일도 아니고, 부정적인 것도 아니다. 고바야시 히데오에 대한 김윤식의 관심은 그의 역저『한국근대문예비평사연구』(1973)에서도 깊고 넓게 포진하고 있음을 확인할 수 있다. 그 영향력 혹은 감화력은 1990년대「근대와 반근대 – 조연현론」에서까지 중요하

15　위의 글, 698쪽.

게 언급되고 있다. 뿐만 아니라 "'화해함이 불가능한 질서 속에서 자신의 자리를 주장'하기 위해 비평가가 되지 않을 수 없었던 고바야시"라는 구절로 위 글의 마지막을 장식하고 있다. 그러나 고석규에게 윤동주(죽음과 어둠)의 존재가, 김현에게 말라르메(존재와 언어)의 존재가 그러했듯, 부른다고 누구나 응답할 수 있는 것은 아니다. 타자의 부름을 듣는 일은 누구나일 수 있지만, 타자의 부름에 응답하는 자, 아니 타자의 부름에 앞서 내가 타자를 향해 다가서는 일이란 아무나일 수 없다. 그 부름을 삶의 한 방식으로 받아들이고 그렇게 살만한 자격을 갖추지 않으면 안 되기에 부정적인 것은 더더욱 아니다. 그것은 곧 타자와의 내면적 일치가 아니고는 불가능한 일이다. 왜냐하면 김윤식 자신의 말을 빌린다면, "정신이 정신을 찾고, 은밀히 서로 알아보고 손짓하는 자장을 형성하는 단계에까지 나아오지 않는다면 비평 행위는 성립되지 않"[16]기 때문이다.

그러니까 비평가로서 자신의 정체성 확립이 절실했던, 그리하여 비평적 자의식이 출렁대는 내면의 욕망에 따라, 김윤식은 자신의 정신과 내면을 고바야시의 정신과 비평에 투사시켰던 것이다. 그것은 비평가 김윤식에게 고유한 '자기 자리 지킴'의 한 방식이었는데, 고바야시 히데오라는 존재는 다만 출렁대면서 머뭇거리고 있었던 김윤식에게 비평적 행로의 명확한 윤곽과 구체적인 실체를 은밀히 일러준 중요한 대상이었다고 할 수 있다.

---

16 「소설·시·비평의 관련 양상」, 『한국현대소설비판』, 일지사, 1988, 242쪽.

3. '외로움'과 '운명'의 형식으로서 비평

그러나 보다 근원적으로는 그 자신의 심연 깊은 곳에 자리한 형언할 수 없는 어떤 내적인 욕망과도 깊은 관련이 있었을 것으로 이해된다. 정신과 정신의 은밀한 손짓만으로 일거에 설명하기에는 김윤식 비평 자체가 자신의 전 존재와 결부되어 있을 뿐 아니라, 자신의 모든 글쓰기를 실존적 삶의 문제로 환원시키고 있기 때문이다. 그런데 그에 대한 해답은 의외로 명확하다. 김윤식 스스로 그의 글 곳곳에서 다음과 같이 고백하고 있기 때문이다.

> 비평가의 몫은 목마름에 있다. 그것은 열정과 욕망의 소산이자 부재에 대한 그리움, 존재의 그리움이어서 영원히 멈출 수가 없다.[17]

> 어느 순간 이러한 제 개인적인 위기의식이랄까 무기력감이 단지 개인적인 것에 멈추지 않는 것, 그 이상의 것이 관련되어 있는 것인지도 모른다는 생각이 조금씩 들기 시작했는데, 이러한 생각이란 실상 제 개인적 위기의식의 철저함이랄까 무기력감의 깊이 또는 밀도에서 말미암지 않았을까.[18]

> 작품의 저 형언할 수 없는 외로움(혼자있음), 그것은 작품이 전달불가능하다는 것. 이는 그것을 읽는 독자의 없음을 뜻하는 것이 아닙니다. 작품이 이 외로움의 위험성에 놓여있는 것처럼 그것을 읽는 독자도 그 외로움의 위험성 속에 들어간다는 것입니다. 이 외로움의 뿌리랄까 근

---

17 위의 글, 259쪽.
18 『한국근대문학사상연구2』, 아세아문화사, 1994, 394쪽.

거란 무엇인가. …(중략)… 절망하지 않고 그 누가 글을 쓰겠는가로 이런 상황을 요약해봅니다. 그러니까 절망하지 않고 그 누가 작품을 읽겠는가. 이 점에서 비평가란 이중의 절망 속에 빠진 인종이 아닐 것인가. 절망과 절망의 마주치는 장소가 있을 뿐이었던 것. 이를 두고 비평이라 부르는 것입니다.[19]

　사람이 산다는 것은, 자기의 근거를 묻는 행위의 일종일지도 모른다. 그 근거가 생의 충동이기에 보이지 않은 어두운 깊은 곳에 연결되어 있을 것이다. …(중략)… 나에게 있어 그 근거로서의 생의 충동은 두 가지이다. 먼저 들 것은 쪽빛 바다의 이미지이다. 아 그 쪽빛, 그리고 그 바다, 그것은 실상 어린 내 혼을 전율케 한 것. 생의 충동이 쪽빛으로 표상되는 것. 내 유토피아는 이 충동의 진폭 속에 있었고, 있고, 있어야 한다.[20]

　김윤식에게 비평 행위는 비평가의 삶의 실천과 분리되지 않는다. 자신의 존재를 입증하기 위해 쓰는 행위이다. 마치 그가 탐독하였던 『소설의 이론』의 "나는 내 영혼을 입증하기 위해 길을 떠난다."는 구절처럼 세계와의 위화감 속에서 자신의 존재 증명을 위해 비평적 행장을 꾸렸던 것이다.[21] 그것이야말로 비평 주체의 존재론적인 문제가 아닐 수 없다. 실제로 위의 예문들에서 우리는 한 비평가의 절실한 자기 고백과 내면 풍경을 여실하게 들여다볼 수 있다. 그러니까 위기의식과 무력감, 형언할 수 없는 외로움, 절망에의 함몰, 자기 근거를 묻는 행위로서 삶, 그것

19　「머리말」, 『작가와 내면풍경』, 동서문학사, 1991.
20　「머리말」, 『한국근대문학사상비판』, 일지사, 1989.
21　이런 내면성의 밀도는 「출발의 의미와 회귀의 의미」, 『한국근대문학의 이해』, 일지사, 1978, 참조.

들을 물들인 쪽빛 바다의 이미지, 영원히 멈출 수 없는 부재에 대한 그리움 등이 한데 엉켜 그의 내면을 형성하고 있었던 것이다. "그 순간 내 글쓰기의 기원이 이 외로움이었음을 나는 깨달을 수 있었다."[22]고 말하는 바로 그 지점에서 루카치의 『소설의 이론』과의 황홀한 만남이 가능했던 김윤식의 내면 풍경 또한 이해될 수 있다.

그것은 이론에 앞선 선험적인 고향 상실성, 즉 부재에의 그리움이었다. 김윤식의 비평은 바로 이러한 실존성에 기반하고 있다. 그렇기에 박재삼의 시 「추억에서」, 옹기전의 번쩍이는 사금파리를 두고 한(恨)의 표정과 서정적 빛을 볼 수 있었으며,[23] 김승옥의 「환상수첩」 마지막 구절을 두고 다음과 같이 말할 수 있었을 것이다.

> 나는 이 대목을 좋아할 수는 없지만 참으로 잊을 수가 없다. 그들은 결국 그 소금밭 벌판을 되돌아왔던 것, 그리고 그중의 한 청년이 자살해 버렸기 때문이다. 왜 정우는 자살하지 않으면 안 되었을까. 이 물음에는, 그러니까 영혼의 외로운 소금밭이란, 다름 아닌 순천만의 그것이었던 것. 순천만이란 벌교를 지나 거기 바다와 맞닿아 있는 곳이다. 분명한 해답을 만일 구체성이라고 바꾸어 불러야 된다면, 우리는 막바로 정우가 누구인가를 물어야 되지 않겠는가. 아득한 순천만 소금밭에 친구이자 장님인 형기를 버려두고 마침내 자살해버린 이 청년은 대체 누구인가.[24]

'대체 누구인가'라고 묻고 있는 청년은 바로 바다의 쪽빛 이미지를 쫓

22 『운명과 형식』, 솔, 1992, 22쪽.
23 「서정적 빛」, 『근대시와 인식』, 시와시학사, 1992, 참조.
24 「김현론」, 『작가와 내면풍경』, 동서문학사, 1991, 36~37쪽.

는, 형언할 수 없는 외로움에 영혼의 전 존재를 내걸었던 김윤식 자신 (김현, 이청준, 김승옥, 전혜린 등 자신과 같은 세대의 내면)이자, 그러한 자신의 부재에의 그리움을 투영시키고 있는 것이다. 허무에 둘러싸인 절망, 자살에 이르도록 만든 그것이 자신의 내면에 깃들어 있었기에 그는 60년대 세대의 문학적·존재론적 의미, 그러니까 문학사적이자 동시에 사회사적인 김현의 내면 풍경을 '논리'가 아닌 '표현'으로 유려하게 그려낼 수 있었던 것이다. 그래서 그는 "좋아할 수는 없지만 참으로 잊을 수가 없다."는, 자신으로서도 어찌할 수 없는 심정적 양가성을 짙게 표백하고 있는 것이다. 따지고 보면 비평적 자의식을 너무나 명확하게, 그것을 자신의 '실존'이라고 직접적으로 표명한 것도, 또한 김현, 김승옥, 최인훈, 전혜린, 루카치 등에 대한 그의 비평적 관심도 자기만의 굳건한 성채를 쌓아올리고 있었던 한 외로운 성주의 외경스러움과 그리움의 투영이자 동류 의식을 향한 갈망의 소산임이 분명하다. 이에 대한 비평적 사례들을 우리는 수없이 찾아볼 수 있다.

김윤식이 유난히 '비평가 되기의 조건'을 거론하고 있다는 점, 이청준의 복수, 김현의 내면 풍경, 이양하의 외로움과 원기억, 6·25와 땅끝 의식, 전혜린에 관한 두 편의 글 등 글쓰기의 기원을 문제 삼고 있다는 점, 그의 비평적 글쓰기가 '내면 풍경', '정신사적 소묘', '운명과 형식', '사상사', '정신의 밀도', '내면 엿보기', '정신', '마음', '존재', '정신사적 기반', '정신 기반' 등의 용어와 표제들로 가득 채워져 있다는 사실 등을 예시할 수 있을 것이다. 그것은 대상을 통해 자신의 정신사적 소묘, 내면 풍경을 구명하고 싶은 은밀하고 강렬한 욕망, 바로 자신의 실존성의 추

구였던 것이다.[25]

또한 김윤식은, 비평이란 인식과 표현의 무한한 접근이라는 비평적
발언을 빈번하게 거론하고 있다. 비평이란 그에 의하면 인식만으로도
표현만으로도 부족한 것, 그 둘의 무한한 일치를 의미한다. 그런데 비평
의 인식적 차원이란 상식에 속하는 일이지만, 그가 유독 표현을 문제 삼
은 것은 무엇 때문일까. 이 경우 표현이 한갓 기교나 문체 등의 표현 '방
식'이 아님은 자명하다. 그것은 드러냄의 형식이다. 그리움과 열망과 삶
을 형식으로 드러내고자 하는 욕망의 다른 표현인 것이다. 그가 영혼의
형식을 문제 삼으면서 루카치의『영혼과 형식』에 그토록 빠져들고, 음악
의 형식과 영혼의 형식에 주목했던 비평적 사실 등은 바로 이러한 내밀
한 자의식을 드러낸 것이라 하겠다. 그리하여 비평은 김윤식에게,

> 세계의 눈뜸에 처음 부딪칠 때 느껴지는 아득함 혹은 공포감의 순간
> 이랄까 그러한 장면을 인간의 실존적 표정이라면, 그리고 그것에 대한
> 형언할 수 없는 그리움과 두려움의 양가적 지향성이야말로 운명의 본모
> 습이 아니겠는가. '삶의 절대적 근거'를 찾고자 하는 형언할 수 없는 그
> 리움이란 그 자체가 운명의 표정이 아닐 수 없다.[26]

그에게 비평이란 '삶의 근원적 근거를 찾으려는 내면의 깊은 충격 혹

---

25 이 점에서 그러한 욕망들이 김윤식에게 가슴 설레도록 매혹적인 이끌림의 대상
　　이었다는 것은, '풍경' '내면' '고백' 등의 용어와 개념 그리고 그것들을 통한 우리
　　문학의 설명 방식이나 논리의 틀이 가라타니 고진의 저작물을 표절했다는 지적
　　과는 분명 별도의 것이다.

26 「애정·이양하·루카치─운명과 형식」,『작가와 내면풍경』, 동서문학사, 1991,
　　73쪽.

은 그리움의 형식' 외 다른 아무것도 아니었다. 실존이 본질에 앞선다면 그에게, 아니 누구에게나 삶이란 논리에 앞서는 것이다. 그것은 표현 외에 달리 드러낼 방도가 없다. 비평이란 그 표현의 형식화이고 이 점에서 "운명의 표정이 아닐 수 없다." 그러나 한 주체가 자신의 영혼을 세계를 향해 노출시키는 일이란 얼마나 위험한 일인가. 그럼에도 그 위험 속에 스스로의 영혼을 밀어 넣는 고독한 정신의 움직임이 바로 비평이라고 김윤식은 믿고 있었다. 바로 이 때문에 "비평은 결국엔 형식이 운명으로 되는, 운명을 창조하는 원리"이며, "그렇다면 그것은 전존재를 걸고 해 볼 만한 일"[27]이었던 것이다. 그에게 학문적 연구든 비평적 작업이든 그의 모든 글쓰기는 자신의 전 존재를 걸었던 실존적 기투의 한 방식이었다. 여기서 우리는 김윤식이 그토록 '읽고–쓰기'에 몰두했던 쉼 없는 열정의 한 자락 또한 이해할 수 있다. 그에게 '읽고–쓰기'는 그의 운명이자 삶이며 실존이었음을 살펴보았으며, 그것은 명백히 자기 존재론적 지평 위에서의 글쓰기였기 때문이다.

비평이란 대상이나 방법에 앞서 비평 주체의 자기 인식의 문제이다. 다시 말해 고도의 자의식적 글쓰기이자 자기 삶의 실천이라는 실존적 기획으로 이해되어야 한다. 비평을 산문의 독자적인 장르로 생각한 하트만이, "문학 비평은 경계선을 넘어 문학만큼이나 절박한 것이 될 수 있다. 비평은 선험적으로 지시적 기능이나 해설적 기능에 부속될 수 없는, 다른 어떤 것의 보조물로 간주되어서는 안 된다."[28]고 할 때, 그것은 비

27　「비평이란 무엇인가」,『세계의 문학』, 1977. 봄, 228쪽.
28　빈센트 B. 라이치, 앞의 책, 305쪽.

평 장르의 독자성만이 아니라 존재 방식의 독자성에 대한 주장과도 연계되어 있다. 그러니까 존재론적 지평에서의 비평적 글쓰기야말로, 문학의 장르이면서도 가장 불순한 장르라고 이해되는 비평 역시 주체의 내밀함 속에서 형성된다는 사실, 그리고 비평이 어떤 근원적 욕망의 발현이라는 비평의 자의식적 측면을 확인시켜주는 대표적인 형태일 것이다. 김윤식은 바로 그러한 비평적 글쓰기를 열정적으로 개진하고 또 그렇게 자신의 전 존재를 내걸었던 비평가이다. 그러나 이 글은 김윤식 비평에 대한 본격적인 논의가 아니다. 다만 그에 앞서 김윤식의 비평을 통해 그러한 글쓰기의 존재를 확인하고자 했던 작은 바람에 불과하다.

제2장
|
시와 섹스의 불꽃
— 강우식의 시와 시론

1. 바다의 풍모와 상상력의 기원

태생이나 유년의 경험이 한 사람의 운명과 삶의 행로에 결정적인 요소로 작용하는 경우가 많다. 생활인으로서 혹은 시인으로서 강우식의 삶을 지배해왔던 것은 무엇일까. 강우식이라는 한 존재의 원천을 거슬러 올라가면 거기에는 존재의 원형으로서 바다가 자리하고 있다. 바다는 그에게 존재의 우물인 셈이다.[1] "바다는 나를 키워준 고향이다."[2]라

---

1 바슐라르에 따르면 존재의 선행으로서 우물의 원형은 유년의 삶과 밀접한 관련이 있으며, 거기에서 상상력과 기억, 현실적인 것과 상상적인 것이 결합한다. 칼 필립프 모리츠의 「안드레아스 할트크노프」라는 소설에는 원형의 모든 성격을 다 가진 우물을 되살게 하는 대목이 보인다. "안드레아스가 어린애였을 때 그는 엄마에게 자기가 어디서 왔는가 물어보았다. 엄마는 그에게 집 주위에 있는 우물을 가리키며 대답했다. 고독할 때, 소년은 우물로 되돌아가곤 하였다. 우물 앞에서의 그의 몽상은 자기 존재의 기원을 재고 있었다." 가스통 바슐라르, 『몽상의 시학』, 김현 역, 홍성사, 1981, 115~131쪽 참조.
2 강우식, 「시, 깨어있는 자의 물」, 『한국현대시의 존재성 연구』, 성균관대학교 출

는 그 자신의 말처럼 바다에서 태어나, 바다 하나만을 안고 서울로 올라온 이후 바다의 물로 가득 채우고 살아가는 그의 정신적 고향은 바다이다. 그렇다면 그에게 바다는 어떤 의미인가.

나에게 오늘 시를 쓰도록 만들어준 근원적인 스승을 대라면 나는 아무래도 「바다」야말로 나의 시의 스승이라고 말하지 않을 수 없다. 나는 태어나기를 파도소리를 들으며 태어났고, 또 파도가 높게 일면 그 물결이 거짓말 조금도 없이 그냥 그대로 쏴아 하고 모래언덕을 넘어서 단칸 우리집 마당 앞으로 지나치는 곳에서 자랐다. 바다는 늘 나와 함께 노래했고, 울었고, 꿈을 꾸었다. 바다야말로 나이고, 나의 시이고, 나의 스승이라고 나는 말할 수 있다.

바다는 깨어 있는 자의 물이기 때문이다. 바다는 어디에고 한 곳에 괴일 줄 모른다. 늘 생동력을 갖고 있다. 바다는 힘찬 물이다. 근원이다. 깨어 있는 자만이 바다를 보리라. 깨어 있는 자만이 눈을 떠서 하늘을 보듯이 바다의 푸른색을 보고 그 푸름들이 움직이는 율동을 보리라. 깨어 있는 자만이 물이 되고 바다에 가면 바다가 되리라.[3]

강우식이 바다에서 태어나 바다를 보고 자랐으며, 가슴속에 바다를 품고 살았다는 것은 시인으로서 그의 삶을 이해하는 핵심적인 사항이다. 세상 앞에 거침없이 살고 싶어 했고 또 그렇게 살았던 그는 다음의 인용과 같이, 모든 것을 수용하되 그 흔적을 남기지 않는, 그리고 음악처럼 영혼의 충동을 모방하고 세상 만물의 운명을 혼효하는 바다의 풍모를 기질적으로 닮았는지 모른다.

판부, 1986, 204쪽. 앞으로 강우식의 글은 이름을 따로 밝히지 않을 것임.
3   위의 책, 206~207쪽.

어떤 사람들에게 있어서는 생의 혐오와 신비의 색인이 첫 설음보다 선행한다. 현실이란 결국 사람을 만족시킬 수 없는 것이라는 예감을 그들은 갖는 것이다. 바다는 언제든지 이러한 사람을 매혹한다. 실지로 피로함을 경험하는 것이 아니요 피로하기 전부터 벌써 휴식을 구하는 사람들, 바다는 이러한 사람들의 위안이 되고 격려가 되는 것이다. 바다에는 대지에서 보는 인간 勞作의 흔적도 인간 생활의 흔적도 없다. 거기엔 아무 것도 머무르지 아니한다. ⋯(중략)⋯ 바다는 음악과 같이 우리를 매료한다. 음악은 말과 같이 아무 흔적을 남기지 아니하고, 인간에 관하여 우리에게 이야기하는 것도 없다. 그러나 그것은 우리의 영의 충동을 모방한다. 그리고 우리 마음은 충동의 물결과 한가지로 혹은 높이 솟고 혹은 깊이 떨어짐으로써 자기의 멸망을 잊고 자기의 우수와 바다의 우수 사이의 내면적 조화 가운데 위안을 발견한다. 바다는 말하자면 바다의 운명과 물상의 운명을 혼효하는 것이다.[4]

그의 존재의 원천이자 기질적 풍모로서 바다와 더불어 우리가 중요하게 되새길 부분은 그의 시적 상상력의 기원이다. 강우식의 시적 상상력은 역시 바다이다.

> 여자의 아랫배가 갈래 갈래 터 있었다.
> 물에서 씨를 거르고 키워낸 자국
> 쓰다듬어 보니 손에 고향바다의 물결이 일었다.
> 長江萬里 누워서 물소리 내는 길 끝은 하늘
>
> ─「여자의 아랫배」

바다의 물결은 여자의 갈라터진 아랫배와 유비 관계에 있다. 아이를

---

4 이양하, 「푸루우스트의 산문」, 『이양하 수필집』, 을유문화사, 1958, 199~202쪽.

낳은 여자의 배는 생명의 터전으로서 바다와 닮아 있다. 바다는 물이자 여성이다. 물은 우리에게 하나의 육체와 혼과 목소리를 가지고 있는 전체적 존재로서 나타난다. 물은 모성의 근원적 특성을 갖고 있다. 완전한 양식으로서 모유, 자궁의 다산적 부드러움, 그래서 바다의 물은 바로 동물적인 물이며, 모든 존재의 최초의 양식이다.[5] 위의 시「여자의 아랫배」는 우리의 육체적 고향이 여자이듯 바다는 우리의 정신적 고향이라는 인식에 근원을 두고 있다.

또한 원형상징으로서 물은 정화와 생명의 복합적 속성을 지닌다. 그래서 물은 순결과 새 생명을 상징한다.[6] 특히 바다는 모든 생명의 어머니를 의미한다.[7] 강우식의 정신적 지향과 시적 상상력에서도 바다는 여성의 의미와 통한다. 여자는 바다의 상징성과 겹치면서 모든 생명의 어머니, 즉 생명의 창조적인 의미로 나타난다. 바슐라르에 따르면 물에서 모든 인간의 삶, 또는 적어도 모든 인간의 꿈꾸어진 삶 속에서, 연인 또는 아내라는 제2의 여성이 모습을 나타내는 것이다. 제2의 여성도 또한 자연 위에 투영될 것이다. 어머니로서 풍경 옆에 여성으로서의 풍경이 자리를 잡을 것이다.[8] 이처럼 바다는 존재의 원천, 모성, 연인과 아내라는 제2의 여성의 모습, 그리고 생명의 창조와 의미 관련을 갖고 있다.

강우식의 시에서 생명의 창조는 이중적이다. 하나는 보다 근원적인 문제로 모성과 관련된 존재의 원천이라는 차원이고, 다른 하나는 아내

---

5 가스통 바슐라르, 『물과 꿈』, 이가림 역, 문예출판사, 166~171쪽.

6 필립 윌라이트, 『은유와 실재』, 김태옥 역, 문학과지성사, 1987, 126쪽.

7 이승훈, 『시론』, 고려원, 1985, 207쪽.

8 가스통 바슐라르, 『물과 꿈』, 이가림 역, 문예출판사, 180쪽.

혹은 애인과 관련된 생명 창출의 행위이다. 전자가 존재론적인 의미라면 후자는 생명 창조의 구체적인 행위 즉 섹스 행위로 나타난다. 주로 후자에 집중된 그의 시들은 성적 상상력에서 발원한다.

> 잎새는 겹살로 뭉친 계집의 궁둥이다.
> 밑둥엔 남근처럼 처박힌 뿌리.
> 어디선가 이런 접촉 본듯하여
> 속배기를 들추던 손이 부끄러워진다.
>
> ―「배추」

뿌리 밑동째 뽑힌 배추에서 후배위의 모습을 읽어내는 「배추」의 성적 상상력은 뛰어나다. 뿐만 아니라 "등을 씻다가 무심결인 듯 아내는/내 불알을 만진다. 손아귀에 쥔 거"(「귤」), "늬가 사내 몇 놈을 잡아먹었는지는/늬 뿌리에 달린 불알을 세어보면 알겠다"(「다알리아」), "사랑아, 내 마음도 그렇게 가리라. 별 하나/초롱히 씨로 받아 질 속에 넣고 싶은 여자 곁으로…"(「설연집 한 수」), "계집을 두고도 어떤 밤에는 수음을 한다./좆물처럼 흘러내리는 이슬 몇 방울"(「사철나무」)과 같은 구절들을 비롯한 그의 시에서 우리는 물, 눈, 바다, 꽃, 여자, 사랑, 섹스, 성기 등이 순환의 고리를 형성하고 있음을 볼 수 있다.[9] 섹스를 매개로 한 그의 시에서 우리는 성적 상상력의 새로운 지평을 만날 수 있다.

9　강우식의 시를 단순히 성적인 문제로 한정하는 것은 단견이다. 『시행시초』의 전편, 「진달래」, 「우에노 근처」, 「물로 둘러싸인」 등의 시편들을 비롯하여 적지 않은 시에서 성적 상상력을 빌려 기지와 해학과 삶의 통찰과 일상과 역사의 비극과 부조리한 현실을 표현하고 있다는 사실도 놓쳐서는 안 된다.

거칠게 말해서 소월의 '진달래'가 이별의 정한을, 김영랑의 '모란'이 찬란한 슬픔을, 김춘수의 '꽃'이 존재론적인 의미를 드러냈고, 오규원이 '코스모스'에서 역사의 비극과 그 비극 속에 죽어간, 그리고 죽어가야 했던 많은 사람들의 찢어진 옷과 살점과 피와 핏방울을 보았다면, 또한 김용오가 부드러운 성기를 열어놓고 훤한 하늘 아래 선 채로 사랑을 즐기는 전생의 아내, 완전무결한 생의 표현으로서 꽃을 의미화했다면, 우리는 강우식의 시에서 꽃과 사물이 또한 저렇게 표현될 수 있다는 사실에 놀라움을 경험하게 된다. 그것은 꽃에 대한, 그러나 꽃에 투사된 성과 섹스의 상상력이다.

『사행시초』(1974)에서 시작하여, 꽃(식물)이라는 정적인 대상에 성적 상상력을 투사한『꽃을 꺾기 시작하면서』(1979), 물이라는 동적인 대상에 섹스를 투사한『물의 혼』(1986), 그리고 열정적인 사랑을 삶의 연륜이 배인 고요하고 성숙한 사랑으로 그려낸『설연집』(1988)에 이르기까지 그의 시가 성적인 대상과 비유로 가득 차 있다는 사실 등에서 그의 상상력의 기원이 어디에 있는가를 확인할 수 있다. 모성으로서 바다, 그리고 거기에서 발원한 여성과 섹스가 상상력의 기원이자 원점이었던 것이다. 그러나 그의 성적 상상력을 내면에 잠재된 무의식의 원형이나 기질로만 설명할 수는 없다. 그는 몇 편의 시론을 통해 자신의 입장을 적극적으로 표명하면서 자신의 시적 지향을 개진한 바 있기 때문이다. 이러한 관점에서 이 글은 강우식의 초기 몇몇 시론에서 그가 주장했던 문면을 따라가면서 그의 성적 상상력과 문학적 입장을 살펴보고자 한다.

2. 시와 섹스의 구조 원리

강우식은『육감과 혼』(1983),『한국 현대시의 존재성 연구』(1986),『한국 상징주의시 연구』(1987, 1999),『절망과 구원의 시학』(1991) 등의 시론집을 간행하였다. 이 글의 관심은 학술적 접근이나 비평적 작업으로서 그의 시론보다 시에 대한 개인적 소회를 드러낸 시론에 있다. 그것은 시 일반에 대한 체계화나 이론의 개진보다 자신의 시에 대한 입장의 표명이 관심사임을 뜻한다. 그의 시적 상상력과 시적 지향은 자신의 내면을 솔직하게 드러낸 글에 담겨 있고, 동시에 그의 시를 이해하는 데에도 결정적인 실마리를 제공하기 때문이다.

초기 강우식의 시론은 형식과 내용의 차원으로 나눌 수 있다. 먼저 형식적 차원에서 그는 4행시의 한국적 근원과 전망을 기술한다.「사행시 논고」는 가장 한국적인 시 형식에 대한 관심을 반영한 것으로 향가에서 고려가요와 시조 그리고 민요에 이르기까지 한국 시가의 양식적 특징을 내용과 형식면에서 개괄적으로 살피고 있다. 그에 따르면 형식면에서 한국 시가의 가장 기본적인 형식이 4구체라는 것, 4행시는 4구체를 발전 계승한 형식이라는 논의를 통해 시조(時調)가 아닌 시조(詩調)로서 4행시의 현대적 가능성을 제기한다.「김영랑의 4행시」는 이러한 작업과 맥락을 같이한다. 영랑의 4행시는 그가 한국 시가의 원형인 4구체라는 사실을 인식한 결과라는 것이 그의 생각이다. 그리고 4행시에 대한 그의 관심은『사행시초』,『꽃을 꺾기 시작하면서』,『설연집』 등에서 창작의 실제로 형상화되고 있다.

내용적인 차원에서 강우식 시론의 핵심은 성과 섹스에 있다. 우리가 그의 초기 시론에서 주목하고자 하는 것도 바로 이 부분이다. 성과 섹스에 대한 그의 입장은 세 층위에서 이해할 수 있다. 첫째는 소재적 차원에서의 성과 섹스이며, 둘째는 가장 인간다운 본능의 탐색이라는 측면에서의 성과 섹스이며, 셋째는 시의 정수이자 삶의 정수로서 성과 섹스이다. 물론 이러한 차원은 서로 얽혀 있어서 분명한 경계를 이루는 것은 아니지만, 특히 「섹스는 시다」와 「시는 올가즘이다」, 「육감과 혼」, 「성의 문학적 측면」 등의 글에서 자신의 시적 지향을 선명하게 드러내고 있다. 여기에는 자신의 시에 대한 옹호이자 창작의 입장을 대변하려는 적극적인 의도의 표명과 더불어 그의 시를 포르노시, 섹스시, 외설시라고 비판하는 항간의 평가에 대한 반감과 시어의 고정관념에 대한 비판의식도 작용했을 것이다.

「섹스는 시다」에서 그는 "내 욕망의 제일 가는 본능은 섹스이다. 인간에게 있어서 섹스의 본능만큼 중요한 게 있을까. 그렇기 때문에 나는 내 시에 있어서 섹스를 즐겨 그 주된 테에마로 삼고 있다."[10]며 섹스는 즐겨야 한다고 주장한다. 그에게 즐김은 성적인 문란, 외설, 탐닉과는 차원이 다르다. 그는 섹스는 인간에게 있어 가장 다스리기 힘든 본능이요 욕망이라고 말한다. 그러면서 섹스가 섹스다운 것이 되느냐의 여부는 적어도 그 건강성에 있다는 발언에서 그 진의를 파악할 수 있다. 섹스는 진실하고 건전한 사랑의 행위이다.

나는 건강하고 진실되기만 하다면 정신적인 사랑이 육체적인 사랑으

10 「섹스는 시다」, 『한국 현대시의 존재성 연구』, 성균관대학교 출판부, 1986, 172쪽.

로 결합되는 것을 원한다. 이것을 우리는 흔히 정신적인 데에서 육체적인 곳으로 '내려온다'고 말한다. 하지만 이런 경향은 육체를 하대시하는 경향에서부터 생긴 것이다. 아주 지고지순한 사랑의 결합이라면 정신적인 데에서 육체적인 곳으로 올라가는 것이 아닐까 하는 생각이 든다.[11]

육체의 탐닉이 정신의 피폐를 초래하기도 하지만 정신의 강조가 육체의 천시를 가져왔던 것도 사실이다. 그러나 근본적으로 인간의 정신과 육체는 위계의 관계일 수 없다. 인간의 존재와 삶은 정신과 육체의 양립, 곧 동시적 지평 위에 존재한다. 이 점에서 정신의 위계적 강조는 폭력적인 서열에 불과하다. 정신과 영혼을 우위에 두는 오래된 관행을 염두에 둔다면 육체의 감각을 주장하는 일은 일종의 평형감각의 회복과 통한다. 이러한 관점에서 그는 성의 억압적 상황을 비판한다.

더욱 중요한 것은 강우식이 "섹스는 시다."라고 말했을 때 그것은 그가 섹스를 인간의 육체가 연출하는 가장 아름다운 시라고 보고 있다는 점에 있다. 시에는 사함이 없이(思無邪) 문학의 으뜸이듯이 섹스 또한 인간의 행위 중에서 최상의 일인 까닭이다. 이유는 단순하면서도 명백하다. 섹스의 행위에서 인간이 탄생하고 그 인간이 역사를 만들기 때문이다. 이 사실을 누가 부정할 수 있겠는가.

그가 섹스를 시의 중요한 테마로 삼은 이유도 시의 문제는 결국 인간의 문제이기 때문이다. 일상적인 삶의 체험과 정감을 노래하는 것이 시라면, 사랑과 섹스가 일상이고 생활의 일부라는 측면에서 섹스에 관한

---

11 위의 책, 174쪽.

그의 시 역시 생활시의 범주에 해당한다. 또한 섹스는 사랑을 확인하고 사랑을 체험하는 구체적인 행위이다. 그래서 그는 반문한다. "이런 중요한 체험과 행위와 아름다움이 또 쾌락이 시가 될 수 없다면 무엇이 시가 될 수 있다는 말인가"[12] 그의 입장에서 이러한 섹스를 외면하는 것은 가식이고 위선이다.

우리가 무심히 지나칠 수 없는 것은 "섹스는 시다"라고 했을 때, 그것은 엄밀하게 말하면 '섹스는 시와 같은 것이어야 한다' 혹은 '시는 섹스와 같은 것이어야 한다'라는 시와 섹스의 상호 합일적 관계에 있다. 섹스는 남성과 여성이 같이 즐기는 행위이다. 동시에 정신과 육체가 상호 작용할 때 진정한 의미가 있다. 그렇기에 섹스는 남성과 여성의 시가 되어야 하고 정신과 육체가 엮는 시가 되어야 한다는 것이 그의 주장이다. 시의 중요한 구조 원리인 상상력과 이미지도 이질적인 것을 결합하는 종합의 원리에 있다. 이러한 시의 기본 원리를 그는 '결합의 시'라고 표현하고 있다. 이에 대한 더 이상의 논의는 없지만, 일반적인 것과 구체적인 것, 관념과 상상, 외연과 내포 등 서로 불일치하고 반대되는 성질들을 화해하고 균형을 이루는 평형과 화합의 상태에 시의 진정한 가치고 있다고 주장한 I.A. 리처즈의 견해를 떠올린다면, 그가 말한 결합의 가치가 지닌 의미를 이해할 수 있을 것이다.

이 점에서 그가 파악한 시와 섹스는 상호 합일의 원리에서 다르지 않다. 신체, 정서, 감정의 기폭, 성감이 서로 다른 남성과 여성이 결합하여 합일되는 정신의 고양 상태는 별개의 사물이 결합되어 시의 미적 경험

---

12 위의 책, 179쪽.

을 만들어내는 시의 구조 원리와 동질적이다. 강우식은 이처럼 섹스의 의미를 가장 인간적인 행위라는 사실에서뿐만 아니라 시의 구조 원리 혹은 시 창작의 조화와 균형의 미덕에서도 찾았던 것이다.

3. 시는 문학의 꽃이며 오르가슴은 섹스의 불꽃

시와 섹스에 대한 그의 물음에는 소박하지만 '사람은 무엇 때문에 사는가' 하는 인간 존재의 근원적인 물음이 내재되어 있다. 다양한 생존의 의미 중에서 그는 오르가슴을 느끼기 위해 산다고 주저 없이 말한다. 시는 오르가슴이다. 오르가슴은 절정이다. 절정은 몸부림이고, 꽃이며, 불이자, 생명이다. 강우식의 시론은 그러므로 생명의 시론이다. 그러나 이러한 전제에 동의하기 위해서 우리는 먼저 성적 오르가슴이 육체적 반응이라는 편견에서 벗어날 필요가 있다. 오르가슴은 생체물리학적으로는 호르몬의 작용이고 육체적 행위를 통해 얻어진다. 하지만 결국 정신의 고조이다. 그것은 대상에 대한 최대한의 몰입, 그리고 육체와 정신이 긴장과 이완의 한 극점을 이루었을 때 나타나는 엑스터시(ecstasy)의 상태, 즉 황홀경의 상태이자 육체와 정신의 경계가 허물어지는 트랜스 상태이다.

올가즘이란 무엇입니까. 생명의 연소 상태입니다. 타다 마는 연소 상태가 아니라 모든 것을 재가 되도록 연소시키는 상태입니다. 인간의 쾌락 중에서도 올가즘의 상태처럼 가장 으뜸가는 쾌락은 없습니다. 올가즘이란 용어를 우리는 단순히 남과 여의 결합으로 생기는 쾌락으로만 여길 게 아니라, 넓은 의미로 받아들여야 할 것 같습니다. 정신적인 올가즘으로 말입니다. 아무튼 우리들 생존의 의미 중에서 가장 소홀히 할 수 없는 것은 올가즘입니다. [13]

섹스가 원초적인 인간 생명의 본능인 것은 분명하다. 그가 섹스는 시라고 할 때 그것은 섹스가 인간의 생명 본능에 버금가는 일이며, 이 때문에 그의 의도는 섹스의 본능적인 차원을 시적인 차원으로 끌어올리려는 데 있다. 인간에게 섹스는 생식 본능의 기능만이 아니라 사랑의 가장 진실된 표현의 행위이다. 그래서 시인은 "내가 시를 쓰는 것도 하나의 올가즘의 경지를 맛보기 위해서"[14]이며, 성이란 "인간과 인간의 적나라함 속에서 이루어지는 노동이고 땀이어야 하며 그것으로서의 쾌락을 천상까지 이끌어야 한다."[15]고 말한다. 인간이 인간을 사랑함으로써 흘리는 가장 고귀한 땀이 성의 접촉이며, 그것은 인류의 시원으로부터 있어온 땀이자 물이요 또 인류 영원의 생명의 희열이자 진리인 까닭이다.

모든 생물체는 섹스를 한다. 섹스가 인간에게 더욱 중요한 이유는 생식 본능만이 아닌 쾌락의 원천이라는 것, 그리고 위대한 사랑의 근본을 만드는 데 있다는 것이 그의 생각이다. 이는 부정하기 어려운 사실이다. 섹스는 종족 보존의 관점에서나, 남녀 간의 사랑의 확인에서나, 살아 있음의 증거에서도 순수한 생명의 표현이다. 그것은 인간으로서 생의 기쁨이다. 생각이 여기에 이르면 섹스는 이제 불꽃과 폭탄으로 전이된다.

---

13 「시는 올가즘이다」,『육감과 혼』, 민족문화사, 1983, 10쪽.
14 위의 책, 10쪽.
15 위의 책, 22쪽.

성은 인간이 인간끼리 접촉하여 일으키는 가장 뜨거운 불꽃이다. 아니 폭탄이다. 이 폭탄이 터질 때 이 지상에서 인간으로서의 태어난 기쁨과 인간의 위대성을 느끼지 못한다면 그것은 인간됨의 자격이 없다. 이 폭탄이 터질 때 어느 만물도 느끼지 못하는 인간이 그 무한한 사랑의 희열과 침잠을 느끼지 못한다면 그 스스로 인간을 포기한 자이다. 우리는 이 작열하는 폭탄으로서 우리 정신의 질병을 극복하고 또 생명의 신비한 탄생과 인간의 특권을 누려야 한다. 그러면 성의 폭탄은 어떤 것으로 우리들 인간은 만들어야 하느냐. 그 폭탄의 구조는 반드시 시와 같은 것이 되어야 한다. 시가 고도의 정제된 언어로 은유와 직유를 직조하여 어떤 틀에 집어넣듯이 성의 폭탄도 그렇게 되어야 한다.[16]

섹스는 사랑에 대한 자기의 표현이자 동시에 시라고 강우식은 인식한다. 섹스는 그 자체가 동물적이고 가장 원초적인 본능에서 출발한다. 때문에 역설적으로 섹스에는 사랑이 깃들어야 하고, 시가 그 몫을 해야 한다는 것이 그의 판단이다. 이유는 명확하다. 시가 인간의 영혼을 밝히는 가장 좋은 역할을 담당해왔기 때문이다. 이러한 생각에는 인간이 종족을 보존해왔고 또한 인간의 역사가 계속되어온 동안 누구나 섹스를 하고 누구나 알고 있다는 것, 그러면서도 공식적으로는 침묵하고 억압받아온 담론이 성이라는 문제의식에 놓여 있다. 시는 오르가슴이고 섹스는 시라는 그의 주장에는 섹스가 "인간답게 살려는 가장 인간적인 몸부림"이자 "가장 인간답게 살려는 생명의 우렁찬 노래"[17]이기 때문이다. 그래서 시인에게 성에 대한 자각은 노래와 같은 것이고 시와 같은 것이어야 한다. 이 점에서 그의 시는 건전한 인간 본능의 예찬과 사랑의 지향

16 위의 책, 23쪽.
17 위의 책, 24쪽.

에 대한 자각의 전언들인 셈이며, 섹스를 시의 행위까지 끌어올려 보자는 데 있었던 것이다.[18] 그것은 인간의 삶과 시의 정수에 해당한다.

> 한 시인의 환상에 의하면 꽃은 원초의 순수한 불이다. …(중략)… 꽃줄기는 땅 속에 숨겨진 그 신비한 불을 길어 올리는 지하의 관이고 꽃은 바로 그 관 끝에서 타져 나온 지하의 불꽃이다. …(중략)… 이 신비한 원초의 그 불에서 시인들은 생명의 언어를 배우고 있다.[19]

위의 인용에서 꽃 대신에 섹스 혹은 오르가슴으로 바꿔 읽어도 강우식의 의도와 전혀 어긋나지 않는다. 서로 다른 두 성의 결합으로 육체와 정신의 최고조에 이른 상태인 오르가슴이야말로 쾌감의 절정이다. 그것은 육체와 정신의 저 깊은 곳에서 뿜어 올린 '불꽃'이나 내면의 핵과 다름없다. 시인의 상상력과 인식 속에서 섹스는 열정의 꽃이며 오르가슴은 생명의 불로 존재한다. 그것이 섹스의 가장 '뜨거운 불꽃'이고 '폭탄'이다. 이것이 언어의 미학적 표현으로서 강우식의 시이자 시론이다. 그렇다면 문학의 으뜸으로서 시, 인간 행위의 최상으로서 섹스, 섹스의 절정으로서 오르가슴에 대한 그의 주장은 인간이자 시인으로서 도저한 자기 욕망의 표현이었다. 다만 우리는 몇 편의 시론을 통해 그의 내면을 잠시 열어보았을 뿐이다.

---

18 「성의 문학적 측면」, 위의 책, 32쪽.
19 이어령, 「꽃은 불이다」, 『문학사상』, 1981.4, 36쪽.

제3장

소설의 운명과 소설 이해의 진정성
— 현길언의 소설론

1. 소설과 운명

소설가로서 혹은 소설 전공자로서 현길언의 삶을 운명적이라 말할 수
있을까. 일반적으로 한 인간의 성장 환경이나 정신적, 지적 배경은 그의
삶을 결정하는 중요한 요인이다. "내 소설의 자양과 바탕은 성경과 제주
설화에 있다.""[1]는 그 자신의 말처럼 그가 제주도 출신이라든가 기독교의
세례를 받았다는 것은 문인으로서의 그의 삶을 이해하는 중요한 단서이
다. 제주도라는 폐쇄된 변방의 섬사람들이 겪어야 했던 억압과 비극적
인 역사적 삶에서 그는 초월의 욕망을 꿈꾸었으며, 기독교는 성경이라
는 경전을 통해 인간 구원의 문제와 언어적 구조물의 지닌 풍요한 해석
의 장치를 접할 수 있게 했던 것이다.

---

1   현길언,『한국현대소설론』, 태학사, 2002, 5쪽. 이하 현길언의 글은 이름을 생략
　　한다.

현길언의 첫 소설집『용마의 꿈』(문학과지성사, 1984)이 바로 그러한 삶에 대한 문학적 표현의 시작이라면,『제주도의 장수설화』(홍성사, 1981)와『제주문화론』(탐라목석원, 2001)은 제주의 삶과 문화에 대한 탐구이며,『문학과 성경』(한양대학교 출판부, 2002)은 성경의 문학적 해석과 상상력에 관한 연구들의 집적이라고 할 수 있다. 뿐만 아니라 그의 글 여러 곳에서 소설의 본질과 성경의 서사적 특성들을 동시에 바라보는 대목들과 만날 수 있다. 제주도와 성경이 문학에 투신한 그의 삶을 원천적으로 규정하고 있다는 점에서 문인으로서의 그의 삶은 운명적이라고 할 수 있다. 운명이라 함은 그 자신의 선택적 행위와는 무관하게, 혹은 선택적 행위에 근원적으로 작용하여 삶의 행로에 결정적으로 개입하는 경우를 말한다. 운명은 일회적이고 우연적이지만 지속성을 전제로 한다. 그에게 제주도와 성경은 일회적이고 우연적이지만 그의 삶 전체를 관통하는 지속적 개입이라는 점에서 운명적이다. "비평가란 형식 속에서 운명적인 것을 보는 사람이다."[2]라는 루카치의 논법을 빌린다면 "소설가란 형식을 통해 운명을 드러내는 사람이다."라고 말할 수 있다. 그렇다면 소설은 그에게 운명의 형식이었던 셈이다.

만일 그가 제주도의 역사적인 삶을 예민하게 자각하지 않았다면 그리고 성경이라는 경전을 접하지 않았다면 그의 문학적 상상력과 역사적 삶의 이해 방식은 달라졌을 것이다. 소설을 정점으로 한 제주도와 종교(성경)의 긴밀한 연계는 여러 측면에서 파악할 수 있다.『제주도의 장수설화』가 '제주도'의 '설화', 즉 이야기로서 그의 문학의 기원이라는 것,

---

2   게오르그 루카치,『운명과 형식』, 반성완·심희섭 역, 심설당, 1988, 16쪽.

『용마의 꿈』이 비극적 삶에 대한 구원과 재생의 욕망을 향한 출발점이라는 것, 인간과 세계의 진실을 탐구하는 소설 양식이 인간의 자유와 구원을 위해 존재한다는 것, 그리하여 진리를 통해 얻을 수 있는 종교적 구원에의 길과 문학적 구원에의 길이 맥을 같이한다는 인식, 구원과 재생에 뿌리를 둔 많은 글들에 성경이 중요한 원천이자 거울로 반영되어 있다는 것, 그리고 소설의 본질에 관한 통찰에서부터 양식의 통합성을 다룬 최근의 글에 이르기까지 문학과 종교가 같은 자리에 존재하고 있다는 사실 등은 그의 문학의 원체험이자 원형질이 무엇인지를 확인시켜준다. 그 핵심적 매개인 소설은 그에게 운명의 형식이며 존재 의미의 원점이었던 것이다. 이 글은 현길언의 소설에 대한 심층적 분석이나, 그가이룬 연구 성과들의 궤적을 체계적으로 검토하려는 데 있지 않다. 다만소설에 관한 저작 중에서『한국소설의 분석적 이해』,『소설은 어떻게 읽을 것인가』,『한국 현대소설론』을 대상으로 하여 소설에 관한 그의 관심과 기본 입장을 몇 가지 의미 항목을 통해 개략적으로 살펴보고자 한다.

2. 소설의 이해−쓰기와 읽기의 경계 허물기

현길언에게 창작과 연구의 경계를 분명하게 가르기는 쉽지 않다. 양식적 차원에서 작품과 연구물은 명확하게 갈라지지만 둘 사이에 개입하는 그의 의식은 그처럼 단순하지 않다. 그는 창작과 연구를 병행하면서끊임없이 쓰기와 읽기의 경계를 허물고자 노력한다. 그에게 쓰고 읽는일은 동일한 작업이다. 그것은 현길언이 작가이자 문학 연구자이기 때문이지만 그보다는 소설 이해의 근본적인 목적과 긴밀한 관련이 있다.

현길언은 쓰는 일을 통해 인간과 세계를 말하고, 읽는 일을 통해 인간과 세계를 이해한다고 믿기 때문이다. 그의 여러 작업들이 그러하지만 『한국소설의 분석적 이해』와 『소설은 어떻게 읽을 것인가』에는 그러한 인식이 투영되어 있으며, 특히 『한국 현대소설론』은 『소설쓰기의 이론과 실제』를 포함한 창작과 이론의 종합적 체계화를 지향하고 있다. 창작과 연구, 쓰기와 읽기의 경계선을 넘나드는 그의 작업은 창작과 연구라는 두 영역의 거리를 최대한 좁혀 종합적으로 이해하려는 의도에서 비롯된 것이다.

『한국소설의 분석적 이해』는 소설을 제대로 이해하려는 사람들을 위해 구상된 결실이다. 소설의 존재 의의에 관한 그의 기본 전제는 소설을 이해하는 것이 곧 인간과 세계를 이해하는 일이라는 사실에 있다. 그는 소설 인물을 통해 다음과 같이 말한다.

> 진정한 만남은 상대를 이해하는 데서만 가능하기 때문이다. 그런데 그 대상을 이해한다는 것은 곧 자신을 이해하는 일이 되고, 그러한 이해가 축적되어서 세계와 인간 이해의 폭이 넓어진다. …(중략)… 소설을 읽고 그 인물을 이해한다는 것은, 세상을 살아가면서 여러 사람들과 만나는 일과 비슷하다. 우리는 소설을 읽으면서 많은 등장인물들을 만난다. 그들 가운데는 좋아하는 인물과 싫어하는 인물이 있을 수 있다. 그러나 어떤 인물이든지 그들과 만나면서 세계와 자신을 새롭게 이해하게 되고 삶의 의미를 되새겨볼 수 있다. 그것은 단지 도덕적 의미에서만은 아니다. 인간 이해를 통해서 사회를 알 듯이 소설 인물 이해를 통해서 세계의 실상을 탐구할 수 있다.[3]

3   『한국소설의 분석적 이해』, 문학과비평사, 1990, 83~84쪽.

소설을 쓰고 읽는다는 것은 과학적 방법이나 지식만으로 이해할 수 없는 인간과 세계, 그리고 자기가 살고 있는 땅과 그 삶에 대해 정직하게 인식하려는 것과 통한다. 이러한 인식에서 그는 소설을 이루는 여러 성분과 창작의 과정을 살피면서 소설을 이해하도록 배려하고 있다. 가령 소설의 인물, 플롯, 배경, 갈등, 이야기 방식 등 소설의 여러 성분이 갖는 의미와 기능을 살핀 다음, 작품을 통해 소설 구성 요소의 전체적인 이해와 더불어 작가의 세계관을 파악하는 방식으로 꾸며져 있다. 이러한 구성 체제는 『소설은 어떻게 읽을 것인가』와 『한국소설의 분석적 이해』가 소설을 구성하는 중요한 요소들과 실제 작품의 다양한 읽기를 예시한 소설원론이면서 창작론을 염두에 두고 있음을 보여준다.

이러한 의도는 자연스럽게 소설을 제대로 이해하기 위한 길잡이의 역할을 수행한다. 예를 들면 김동인의 「감자」를 다룬 「소설 해석과 독자」에서 독자에 따른 해석의 다양성을 강조하면서 소설 읽기의 접근 방식을 제시한다.

> 우리가 소설을 읽는다는 사실은 세계 현상과 만나서 그 의미를 찾아내는 일이라고 생각할 수 있다. 무엇을 만났고, 어떻게 인식했으며, 거기에 무엇을 얻었는가 하는 문제는 전적으로 독자의 몫으로서, 그러한 것들은 독자 자신의 모습을 간접적으로 드러내는 일이다. 어떤 작품에서 얻은 독자의 것은 독자 자신의 모습을 확인한 결과이다. 그러므로 독자에 따라서, 독자가 작품을 만나는 상황이나 정황에 따라서 한 작품에서도 얼마든지 다른 의미나 맛을 찾아낼 수 있다. …(중략)… 작품을 읽을 때는 우선 그 작품을 개관으로 파악하려는 태도가 전제되어야 할 것이다. 되도록 작품이 지니고 있는 모든 것을 파악해 보려고 노력해야 할 것이다. 그 다음 작품의 중심되는 틀을 찾아내고 그것을 중심으로 읽을

필요가 있다.[4]

이러한 발언은 소설을 어떻게 읽을 것인가의 문제로 집약되는데, 그 것은 소설을 읽는 독자들의 개방적 자세에 대한 강조로 연결된다. 이 글에서 그는 복녀 부부가 파멸하는 원인을 부권의 상실과 그 횡포의 역설, 물질적 상승과 정신적 하강으로 분석한다. 그러나 소설을 이해하는 기본틀은 복녀 부부의 삶에 대한 논의와 해석의 공간을 마련하는 부분에 있다. 결론에서 「감자」에 대한 독자들의 관심을 환기하면서, 작품에 대한 다양한 해석과 이해 방식이 존재한다는 사실을 문제 제기의 형식으로 확인시켜주고자 한다.

독자의 해석과 이해를 돕기 위한 이러한 의도는, 소설 인물과의 진정한 만남을 전제로 한 이청준의 「시간의 문」이나 김남천의 초기 소설을 중심으로 역사적 시대성과 작가의 이념을 읽어내는 것, 플롯의 짜임새를 분석하고 그것이 소설의 의미 생성에 어떻게 기여하고 있는가를 살피는 오정희의 「동경」, 현진건의 「빈처」, 염상섭의 「만세전」을 포함해서 이야기의 방식, 소설의 언어, 배경, 형식과 내용의 조화, 소설과 종교, 소설과 사회의 구조 등에 이르기까지 모두 일정한 방식으로 연계되어 있다.

『한국 현대소설론』은 그의 문제의식을 보다 넓고 깊게 체계화한 것으로, 재미, 이데올로기, 낯설게 하기, 양식의 통합성 등 논의 항목의 확대와 더불어 이론적으로 보강하고 있다. 하지만 소설의 양식적 특성부터 소설의 제반 구성 요소들을 중심으로 하는 전체적인 서술 체계는 일관되

---

4 『소설은 어떻게 읽을 것인가』, 나남, 1997, 22쪽.

게 유지된다. 그러면서도 이론과 창작의 틀이 좀 더 명확하게 제시되는
점은 중요한 변화라고 할 수 있다. 가령, 소설의 인물에서 인물의 특성과
유형에 대한 이론적인 정리뿐만 아니라 인물 창조 방법에 대해서도 자세
하게 밝히고 있다. 그리고 소설 인물을 해석한 예를 김동인, 현진건, 염상
섭 등 우리에게 잘 알려진 한국문학 작품을 통해 구체적으로 보여준다.

이처럼 중심 테마의 이론적 설명, 특성과 요소, 유형, 실제적인 적용
방법, 실제 해석의 예로 서술되는 방식은 인물을 비롯하여 플롯, 서술
방법, 소설의 시간성과 공간성, 소설의 기교와 재미, 역사적 사실의 소
설화, 소설과 종교 등 모든 항목에 적용되고 있다. 이것은 그의 관심의
방향이 이론과 창작의 결합을 지향한 작업으로 구체화되고 있다고 할
수 있다. 특히 한국문학 작품을 통한 풍부한 예시는 독자들의 이해를 위
해 효과적이며, 여기에는 연구와 강의와 창작에 오랫동안 종사해온 그
의 경험과 노력이 투여되어 있다. 『한국소설의 분석적 이해』, 『소설은 어
떻게 읽을 것인가』, 『한국 현대소설론』이 소설원론과 구체적인 작품론,
적용의 실제의 체계로 짜여 있다는 점에서 이것들은 소설 읽기의 독본
이자 창작 실기의 독창적인 사례(case study)라고 할 수 있다.

> 창작과 소설 연구라는 이 두 일을 오가면서 늘 소설쓰기와 읽기의 거
> 리를 좁혀보려고 했다. …(중략)… 한국현대소설 작품을 통해서 소설의
> 본질을 구체적으로 이해하려는 데 있다. 궁극적으로 소설론은 독자 나
> 름으로 작품을 이해하고 해석하는 틀을 마련하는 데 도움이 되어야 한
> 다고 생각한다.[5]

---

5 『한국 현대소설론』, 태학사, 2002, 5~6쪽.

이것은 『한국 현대소설론』의 '작자의 말'에서 스스로 밝혀놓고 있는 부분으로, 현길언의 소설론이 지향하는 근본적인 의도를 요약하고 있다. 소설을 향한 그의 일련의 작업은 소설 쓰기와 소설 읽기의 거리를 줄이려는 노력의 산물이었던 것이다. 소설을 읽는 일은 언어적 구조물을 통해 인간과 세계를 이해하는 일이다. 읽는 일은 작품이라는 언어적 구조물을 구체적인 인간의 모습과 사회 상황, 창작자로서 작가적 요소, 그리고 창작 재료로서 언어적 요소들을 읽어내는 일이다. 문제는 그것이 곧 창작의 원리이자 방법인 까닭에 쓰고 읽는 행위는 결코 다른 일이 아니라는 것이다. 물론 소설 창작과 소설 연구는 구별된다. 그러나 그럼에도 그가 주목하는 것은 쓰는 일이나 읽는 일이나 소설에 대한 애정에서 출발하며, 그것은 근본적으로 인간과 세계를 형상화하고 이해하는 일이라고 그는 믿고 있다. 그것이 소설에 대한 현길언의 믿음이자 진정성이다.

3. 작품 중심주의─구조와 현실의 반영

르네 웰렉이 『문학의 이론』에서 문학 연구란 "셰익스피어를 셰익스피어답게 만든 점을 발견하"[6]는 것이라고 할 때, 현길언의 연구 관심은 문학을 문학이게 하는 선택적 재구성, 곧 소설적 장치 등과 같은 문학성에 대한 정리이며, 동시에 어떤 작품을 가장 그 작품답게 만들어주는 것들에 대한 분석적 작업에 집중된다. 작품만이 지니는 개성적인 특성을 통

---

6 르네 웰렉 · 오스틴 워렌, 『문학의 이론』, 김병철 역, 을유문화사, 1986, 22쪽.

해 소설이라는 보편적인 형식의 구현과 이해에 이르고자 하는 방법론적
인 측면에서, 그리고 다양한 읽기의 전례를 보여주고 있다는 측면에서
그의 소설론이 작품론의 범주에 속한다는 것을 알 수 있다. 『한국소설의
분석적 이해』, 『소설은 어떻게 읽을 것인가』, 『현대 한국소설론』을 관류
하는 것은 무엇보다 작품 중심주의이다. 이러한 사실은 작품을 구성하
는 여러 요소들을 중심으로 소설의 본질을 다루는 전체적인 서술 체계
에서도 확인할 수 있다. 소설이란 인물, 플롯, 갈등, 배경, 서술 방식 등
여러 요소들이 총체적으로 결합하여 의미를 생성해내는 복합체인 만큼
이들 요소들에 대한 관심과 실제적인 분석은 소설을 이해하는 기본적인
사항이라고 할 수 있다.

여기서 하나하나 거론하기는 어렵지만 식민지 시대 작가들을 비롯하
여 동시대 작가들의 작품론에 이르기까지 그의 연구는 소설의 기본 요
소와 그에 대응하는 작품 분석을 고찰하는 방식으로 논의된다. 작품의
구성 요소와 꼼꼼하게 읽기라는 관점에서 보면 그의 방법론이 영미 신
비평가들의 방법에 크게 의존하고 있는 것처럼 보인다. 그러나 실제 그
가 작품 내재적인 구성 요소들만이 아니라 소설과 사회의 구조, 소설과
종교, 소설과 지배 이데올로기 등 역사적 상황과 문학의 대응이라는 문
제에도 관심을 기울이고 있다는 점을 간과해서는 안 된다.

그는 골드만이나 제라파 그리고 루카치와 같은 문학사회학의 이론을
원용하여 구조와 형식 그리고 그것을 매개로 한 역사사회적인 의미를
동시에 고찰한다. 가령 물질적 상승과 도덕적 하강이라는 「감자」의 구조
는, 바로 식민지 사회의 구조를 대신하면서 그 시대의 일상적 삶의 혼돈
상을 반영하고 있다는 분석이나, 「만세전」의 여로형 플롯이 사회구조의

반영이자 세계에 대한 새로운 탐색과 인식을 드러내는 매개라는 것, 또한 이념형 소설로서 김남천의 소설의 분석 그리고 소설과 사회의 구조적 상관성을 다룬 현진건과 황순원 소설에 대한 논의는 작품의 내적 요소에 한정되지 않고 있음을 보여주는 단적인 예들이다. 뿐만 아니라 작가의 내밀한 정신적 부분까지도 작품 분석의 틀과 의미 해독에 적용하고 있다.

이처럼 그의 연구 방법론은 영미의 신비평, 역사주의 방법, 문학사회학 등에 기반을 두고 있다. 그럼에도 그가 강조하는 것은 작품이며, 모든 의미 사항들은 작품으로 환원시키고자 노력한다. 왜냐하면 역사적 현실에 우선하는 것은 문학 내적 현실이기 때문이다. 문학이 사회역사적 현실을 반영하고 있다는 것은 부정할 수 없는 사실이다. 그러나 그러한 반영 역시 문학적인 반영이다. 이 말은 실제 현실과 작품의 현실은 다르다는 것, 문학에 반영된 현실을 본다는 것은 상상력에 의해 미학적으로 재구성된 현실을 보는 것이며, 따라서 문학의 이해에 있어 역사적 현실을 지나치게 의식하는 것은 오히려 사태를 왜곡되게 해석하는 원인이 되기도 한다. 문학작품의 해석과 평가에 사회학적인 방법론이 적용되어야 한다거나 문학적 현실을 역사적 현실과 일정한 대응 관계로 파악하려는 태도는 문학을 현실 반영의 강제성으로 억압할 가능성이 있다. 이러한 가능성이 실제로 현실화되었음을 우리 문학의 연구사에서 어렵지 않게 확인할 수 있다.

이론이 지닌 일반론은 실제 작품이 지닌 개별성을 해명하는 데는 언제나 부족하다. 이론의 적용은 그러므로 커다란 원칙이자 방법론이지만 그 성긴 부분을 메우기 위해서는 작품 자체를 통해 의미를 해명하는 구체적인 작업이 요구된다. 이런 관점에서 그는 문학이 현실을 반영한다는 형식 논리를 그대로 믿어왔다고 비판하고 문학 연구는 무엇보다 작품이 중심이 되어야 한다고 주장한다.

> (문학 연구)는 현실적으로 어떤 이념이나 가치를 위해 봉사하기 위한 것이 아니라, 문학적 사실로서 확인된 인간과 세계의 진실을 해명하는 데 그 본령이 있다. …(중략)… 그러나 한국의 문학 연구는 이러한 본질적 문제를 외면하고 사회 지배 이념에 봉사해왔다.[7]

> 문학연구는 개별적인 작품 연구에서부터 시작되어야 한다. …(중략)… 작품 연구에서 먼저 해야 할 일은 작품을 읽고서 작품이 보유하고 있는 문학현상들을 찾아내는 일이다. 그 다음에 이것을 분류해서 체계화해서 유형화하고, 이들끼리 그 관계성을 마련해 놓으면 작품이 보유하고 있는 구조적 질서를 찾게 되고 이것을 이해하여 해석할 때 작품의 문학성이 드러난다. 그것은 인물이나 플롯 등 소설의 각 요소를 통해서 혹은 미학적 질서를 통해서 나타난다. …(중략)… 작품들은 소설연구의 기초단계이면서 가장 소중한 작업이다.[8]

문학 연구는 이론의 적용으로 쉽게 가늠할 수 있는 대상이 아니다. 그보다는 작품을 제대로 이해하고 해석하는 데 근본 목적이 있다. 소설 연구는 결국 소설 작품과 독자와의 상호작용이며 대화라는 것이 현길언의 기본 입장이다. 상호 대화는 여러 가지 조건들을 전제로 한다. 작가의 심리적 · 정서적 측면과 상상력, 작품의 구조적 요소와 미적 특질, 작품

---

7   『한국 현대소설론』, 354쪽.
8   위의 책, 357~363쪽.

에 반영된 역사적 상황과 시대의식, 언어적 요소의 결합과 의미의 생산 등 고려해야 할 요소는 많다. 그가 작품의 구조적 분석과 역사적 상황, 그리고 작가의 정신적 기반과 이념 등을 동시에 고려하는 것도 이 때문이다.

또한 인간과 세계를 대상으로 하는 소설은 그 자체가 다층적인 구조물이다. 이런 이유에서 그가 중시하는 작품 구성의 요소는 기본적으로는 작품의 형상화 원리와 미적 질서이지만 그것에 머물지 않고 작품에 개입된 한 사회의 구조적 측면과 역사적 상황이 고려된 차원이다. 그러므로 소설이 진실을 다룬다고 할 때의 진실은 그가 거듭 강조하는 인간의 진실이자 세계의 진실이고 사회역사적 삶과 관련된 진실이기도 한 것이다. 그러나 그동안 우리 문학 연구의 현실은 그렇지 못했다는 것이 그의 판단이다. 문학 연구가 문학 지식의 응용이나, 문학에 대한 열정의 변용, 단순한 지적 수준에 머물기도 했으며, 대부분 외국 이론을 적용하는 수준에 머물러 있었다는 것이다.[9] 우리는 오랫동안 서구의 새로운 많은 이론들을 적용하여 작품 이해에 다양하고 정치한 해석의 틀을 마련해왔다. 하지만 다른 한편으로 이론의 경사가 작품을 억압하는 부정적인 사태를 가져왔던 것도 사실이다. 이론에 우선하는 것은 무엇보다 작품의 내적 논리이다. 이론의 경사는 작품이 지닌 섬세한 이해를 가로막는 장애의 요인이 되기도 하는 것이다.

현길언의 문제의식이 닿아 있는 부분도 이 지점이다. 그는 작품보다 우선시하는 이론과 방법론의 과도한 적용에 대한 반성을 요구한다. 그

---

9   위의 책, 358쪽.

래서 문학 연구는 작품의 꼼꼼한 읽기로부터 시작해야 한다고 일관되게 주장하는 것이다. 문학작품은 허구적 상상력과 언어적 구조를 통해 인간과 세계의 진실을 담고 있다. 그렇다면 작품은 소설과 독자, 인간과 세계를 문학적인 이해 방식으로 파악하는 데 핵심적인 매개항인 셈이다. 따라서 작품에 대한 성실하고 정치한 독법을 통해 미학적 특질을 찾아내야 하며, 작품으로 형상화된 인간과 세계의 진실을 풍요롭게 재구성해내는 일이야말로 문학 연구의 고유한 몫을 확보할 수 있는 방법인 것이다.

현길언이 문학의 위기의식이 만연하고 소설의 존재가 위협받는 어려운 상황을 한마디로 일축하는 근거도 이러한 인식과 긴밀한 관련이 있다. 그것은 그가 위기에 대한 절실함이 부족하다거나 원인에 대한 진단이 미약하다거나 대응 방안이 부재하기 때문은 결코 아니다. 오히려 소설의 위기를 타개하기 위해 정공법을 택한다. 다원화된 이론과 상대적인 가치 체계에 기반을 둔 문학의 변용과 타협과 수용이 문학의 위기를 해소하는 데 도움이 될 것은 분명하다. 하지만 그것이 문제의 본질은 아니다. 언제나 핵심은 문학(소설)의 위엄과 고유한 몫을 되찾는 일이라고 보기 때문이다. 그는 문학이 다른 어떤 영역과 차별되는 문학만의 독자적인 존재 방식과 기능이 있다고 확신한다. 특히 인간과 세계를 이해하고 삶에 대한 반성과 탐구라는 점에 있어서 문학이 지닌 다층적이고 보편적인 기능을 넘어서는 영역이 없다는 점, 이를 위해 좋은 작품을 다양하게 이해하는 일이야말로 무엇보다 우선되는 가치임을 강조한다.

작품이라는 구체적인 대상과의 만남 없이는, 그리고 그것을 향유할 수 있는 안목과 이해 없이는 '문학'이라는 담론만이 공허하게 재생산될 것이다. 문학과 삶과 현실이 작품이라는 구체적인 맥락 속에서 만날 때 문학은 문학답게 존재할 수 있다. 이러한 구체적인 맥락을 잡는 작업이 그의 소설론이다. 이러한 작업에는 문학의 학술적 경향을 벗어나 함께 호흡하는 삶의 과정으로 회복하려는 그의 지향과 노력이 담겨 있다. 인간 이해를 위한 하나의 길, 그러할 때 문학 연구는 인문학의 지평으로 열릴 수 있는 것이다. 그의 작품 중심주의는 이러한 측면에서 문제적이다. 작품의 중요성을 알고 있다는 것과 실천한다는 것은 다른 차원이며 이 때문에 작품을 연구의 중심에 두는 그의 작업이 지닌 의미는 되새길 만하다.

4. 장르의 통합성 혹은 소설의 운명

그의 소설론은 인물, 플롯, 갈등, 배경 등 소설의 외적 형식에 대한 분석적 작업과 인간과 세계를 이해하기 위한 사회, 역사, 종교, 이념 등에 대한 관심으로 요약할 수 있다. 따라서 소설의 분석적 이해는 곧 통합적 관점에서 인간과 세계를 이해하는 방법이라고 할 수 있다. 문학이 인간과 세계에 대한 탐구라는 것은 '문학은 인간학이다'라는 고전적인 명제와 통하는 원론적인 말이다. 하지만 그것을 실제 작품을 통해 구체적으로 보여주고 있다는 것은 중요하게 평가될 사항이다. 이와 더불어 그의 소설론에서 주목할 부분으로 한국 현대소설의 양식적 통합과 서사성에 관한 논의를 들 수 있다.

소설의 양식적 통합성의 일차적인 목적은 현대소설의 장르적 성격과 특질을 이해하기 위해서이다. 하지만 이것은 일차적이다. 보다 본질적인 것은 소설의 유형을 통해 인간의 삶을 총체적으로 탐구하는 통합 장르로서의 소설의 성격이다. 그는 소설 유형에 대한 서구와 한국의 이론들을 소개한 뒤 "어떤 작품도 하나의 장르로 고정될 수 없는 경우가 많다."[10]면서 소설의 통합적인 장르적 속성을 언급한다. 이러한 주장은 소설이 지닌 통합적 양식의 가능성을 확인하기 위해서인데, 그 이유는 무엇인가. 그것은 하나의 장르가 가진 존재 조건의 불가피한 변모와 관련되어 있다.

인간의 삶의 다양한 양식과 그 실체, 더구나 사람의 의식 변환과 불가사의함을 탐색하여 형상화하는 데 있어서나, 인간이 사유로 확신할 수 없는 세계의 실체를 드러내는 데 하나의 장르로는 감당하기 어렵다. 그렇다면 방법으로 다양한 장르와 협력하여 새로운 장르를 창출하는 길이 있다. 이를 통해 문학성을 충실하게 형상화할 수 있다는 것이 그의 주장이다. 양식의 통합화를 위해 그가 주목한 것은 성경이다. 그는 먼저 성경이 지닌 통합적 양식과 신화적 사건의 리얼리티가 지닌 서사 양식으로서의 의미를 살핀다. 이를 바탕으로 조세희의 『침묵의 뿌리』를 통해 통합적 양식의 의미와 기능을 논의한다.

『침묵의 뿌리』는 허구와 에세이와 일기와 사진과 사진에 대한 설명 등 다양한 양식이 혼합되어 있다. 『침묵의 뿌리』가 지닌 다양한 양식의 통합적 성격은 현길언의 지적에 따르자면 "'소설 쓰기'를 넘어 '소설 만들기'"를 위한 새로운 실험이라는 것이다. 『침묵의 뿌리』는 허구적 이야기

---

10   위의 책, 315쪽.

로 문제를 제시하고, 논평적 에세이를 통해 이해하기 쉽도록 구체화하고, 그것이 진실임을 사실적 양식으로 강조하고 있다. 여기에다 허구적 양식과 논평적 에세이, 그리고 일기, 수기, 체험담 등 사실적 양식으로 부족한 세계의 진실을 사진이라는 매체를 다시 한번 이용하고 있다. 그는 이러한 특징과 의미를 자세하게 논의하면서 통합 양식으로서 소설의 가능성을 제시한다.

어차피 소설 양식은 시대에 따라 변화하기 마련이다. 또 그렇게 자기 증식적으로 스스로의 규범의 틀을 부수면서 새로운 형식을 향해 변모해왔다. 현길언이『침묵의 뿌리』에서 확인하고자 한 것은 새로운 형식의 창조와 실험을 향한 양식적 통합의 가능성이다. 이를 위해 그는『침묵의 뿌리』가 지닌 양식적 통합의 양상을 분석하고, 세계와 인간의 진실에 대한 작가의 의도, 그리고 작품 내적인 의미와 기능에 대해 자세히 분석했던 것이다. 특히 세상을 보는 조세희의 안목이 지닌 경직성과 세계 인식에 대한 안이함을 비판적으로 지적하면서도 여러 양식적 통합이 융합과 사랑의 미학을 추구하는 그 방법론적 가치는 바람직한 것으로 평가한다. 그것은 작가의 강렬한 주제 의식이 양식의 통합을 시도하고 있기 때문이다.

그가 보기에 새로운 양식의 창출은 소설이 지향해야 할 과제에 해당한다. 소설은 고정되지 않고 변하는 양식이라는 것, 현대사회는 다층적이라는 것, 그런 사회에 살고 있는 인간의 가치 지향도 다층적으로 분화되어 있다는 것, 따라서 소설은 필연적으로 통합 양식이 요구된다는 것이다. 이러한 통합 양식의 주장을 두고, 양식은 본래 고정적이거나 안정적으로 안주하지 않는다든지, 이미 소설은 그 오랜 세월 동안 민담과 판소리, 편지와 신문 기사, 일기와 광고 등 이미 여러 장르들을 복합적으로 수용하면서 끊임없이 갱신해왔다든지 하는 소설의 자기 정체성을 새삼 거론할 필요는 없다. 심연과도 같이 막막한 인간과 세계의 진실을 탐색하기 위해 다양한 방법론을 모색하는 일은 중요한 작업이기 때문이다. 이 점에서도 작가의 진지성과 치열함을 동반한 새로운 실험으로서 소설 양식의 통합성은 새로운 양식의 창출과 활로를 끊임없이 모색해야 하는 소설의 운명인 것만은 분명하다. 동시에 작가로서, 그리고 연구가로서의 현길언의 과제이자 운명이기도 하다.

소설에서 만나는 해방기 사람들
― 소설 속 인물의 직업을 중심으로

1. 소설의 직업과 현실

소설은 궁극적으로 인간의 진실과 삶의 방식을 탐구한다. 작가는 인물을 통해 이러한 자신의 문제의식을 구체화한다. 그래서 소설 속 인물들의 직업은 실제 현실의 직업과는 다른 차원으로 존재한다. 우리가 전제해야 할 것은 현실과 달리 소설 인물의 직업이 생활의 방편이나 자아의 실현, 그리고 그 직업이 갖는 고유한 기능적 측면과는 거리가 있다는 사실이다. 그것은 소설의 고유한 영역이 아니다. 소설에서 인물의 직업은 인물 형상화의 한 방법이다. 허구적 인물이 생생하게 살아 있기 위해서는 제반 환경을 필요로 하는데, 이때 직업은 인물의 존재감을 현실감 있게 부각시키기 위한 조건의 하나이다.

때문에 소설의 직업적 현실을 실제의 현실 상황으로 등치시켜 인식해서는 안 된다. 그것은 소설 양식을 제대로 이해하지 못한 미숙한 이해 방식이다. 현실과 소설의 이러한 관계는 창조적 재구성이라는 의미에서의 허구화, 문제적 개인으로서 인물 설정, 압축적이고 효과적인 서술의 초점화, 상황 설정력 등등의 양식적 특성을 통해 이해할 수 있을 것이다. 그렇다고 소설이 당대의 현실과 무관하다는 의미는 결코 아니다. 다만 소설 인물의 직업이 현실적이고 역사적이며 사회학적인 의미에서의 직업과 다르다는 것을 먼저 이해할 필요가 있다는 사실을 강조하기 위한 것이다.

소설에 반영된 삶은 정치 사회학적인 관점에서 바라본 삶의 방식과 다르다. 직업의 관점도 이와 다르지 않다. 일반적으로 경제 사회학적인 관점에서의 직업은 경제 및 산업 구조, 산업별 점유율, 직종의 선호도, 급여 체계, 특정한 직업이 차지하는 비율과 시대적 변화, 직종의 분포 등 통계적 수치를 통해 당대의 사회상과 삶을 이해한다. 그것이 특정한 산업이나 직업 모두에게 적용되는 균질적인 반영이자 해석이라면, 소설은 구체적인 인물의 삶의 방식과 관련된 특정한 반영이고 해석이다.

먹고사는 일이 인간의 근원적인 문제라는 점에서 직업은 개인의 정체성을 규정하는 중요 인자이다. 뿐만 아니라 사회적 지위와 신분을 결정하는 중요한 조건이기도 하다. 직업은 시대에 따라 없어지거나 새로 생겨난다. 여기에서 직업은 한 시대를 반영하며, 그 직업과 관련된 새로운 삶의 방식을 만들어낸다. 소설이 시대를 반영한다고 해서 시대의 모든 삶을 낱낱이, 그리고 즉자적으로 반영하지는 않는다. 소설의 반영은 선택적 재구성이고 이 점에서 선택적인 반영이다.

해방기 소설에 반영된 인물들의 직업적 초상을 통해 우리는 동시대를 살았던 인간들의 삶의 방식과 행동 양식의 면면을 새롭게 바라볼 수 있다. 거칠게 정리하자면, 해방기는 혼란의 시기이자 새로운 기회이기도 했다. 누군가에게 새로운 삶의 기회를 제공하였다면 또 누군가에게는 삶의 터전을 잃어버리게 했다. 해방기 소설에서 많은 비중을 차지하는 무직자들 중에는 원래 직업이 없었던 사람들도 있지만, 격변하는 사회의 변화 속에 기존의 직업을 잃어버린 경우도 많다. 한편으로 어린 나이에 돈에 팔려 사창가에 매여 있었던 여자들이 미군정 포고령에 의해 자유의 몸이 되어 고향으로 돌아갔는가 하면, 미군에게 몸을 파는 삶을 선택하는 여자들도 있었다. 더불어 군무원이나 통역원이라는 새로운 직업이 생겨났다.

또한 삶의 터전을 버리고 고국으로 돌아온 전재민들이나 38경계선을 넘어온 월남민들은 경제적 기반을 상실함으로써 궁핍한 삶을 살아야 했다. 그런 와중에도 사회의 혼란을 기회로 적산 가옥을 접수하여 새로운 부를 창출한 사람들이 있었으며, 브로커들의 농간에 빠져 그나마 가진 재산을 잃어버리고 길거리에 내몰린 사람들도 있었다. 이러한 삶의 군상들은 해방기의 풍속화이자 한 시대의 총체적 축도라고 할 수 있다.

이러한 관점에서 이 글은 해방기에 활동했던 대표적인 작가 62명의 작품 200여 편에 등장하는 인물들의 직업을 통해 해방기를 살았던 당대인들의 삶의 단면과 의식을 읽어보려는 데 목적이 있다. 따라서 이 글은 세밀한 작품 분석이 아닐뿐더러 문학적 성취도와 무관함을 미리 밝혀둔다.

2. 소설에서 만나는 해방기의 삶과 사람

1) 지식인들의 직업과 삶의 단면

(1) 혁명가의 내면

해방기 소설에 등장하는 지식인들의 직업으로는 정치인(혁명가, 운동가), 문인(예술가), 의사, 교원, 출판인, 기자, 종교인이 주류를 이루고 있으며, 간혹 상업에 종사하거나 주부로 생활하기도 한다. 경제기획원 인구주택 국제조사보고에 의하면, 1960년 당시 지식인 계층의 직업별 구성 비중이 교원, 종교계 관계자, 의사, 언론인 등의 순서로 되어 있다. 문인(예술가)과 출판계 인사들이 빠져 있긴 하지만, 해방기 소설에서 차지하는 지식인들의 직업 구성과 크게 다르지 않다. 또한 지식인의 존재 의의가 수의 문제보다 활동 영역과 사회적 역할에 달려 있다고 한다면, 정치인, 문인, 예술가, 교원, 종교인, 언론인, 의사 등에 종사하는 지식인 계층의 직업별 구성이 일반적인 현상이었음을 말해준다.

전통적으로 정치 사회적 변동기의 지식인들은 역사적 소명 의식과 사회적 책무로 무장하고, 정치권력에 대한 비판적 역할을 수행하면서 새로운 문화를 창출해왔다. 그들은 어려운 시기에 민족을 이끌었던 계몽 사상가이자 전문인(Technocrat)이었던 것이다. 특히 해방기의 지식인들은 새로운 정치체제 수립의 과제와 이데올로기 대결의 현장에 있었던 만큼 현저하게 이념 지향적인 성격을 띠고 있었다.

이러한 특징은 특히 정치인이나 혁명가에 속한 지식인의 삶에서 파악할 수 있다. 수적으로 많은 인물들이 등장하는 것은 아니지만, 지식인으로서 현실 참여를 진지하게 제기하는 「폭풍의 역사」(안회남, 『문학평론』, 1947.4)의 현구나, 현실과 영합하지 못해 초라해진 자신의 소시민적 근성을 경계하는 「자존심」(엄흥섭, 『백민』, 1947.11)의 종수, 새로운 세상을 위해 교육에 힘쓸 것을 당부하는 「해방」(이기영, 『신문학』, 1946.4)의 정의수, 그리고 해방을 계기로 무력했던 과거를 반성하면서 자기 성찰을 도모하는 공산당원인 「도정」(지하련, 『문학』, 1946.8)의 석재 등이 그들이다.

그런데 소설 속 정치인 혹은 혁명가들의 삶에서 흥미로운 부분은 그들이 새로운 정치체제의 수립이나 이념에 몰두하기보다는 인간 본성과 윤리적 측면에서 갈등하는 모습을 보여준다는 점이다. 김광주의 「정조」(『백민』, 1947.11)에서는 해방기의 혁명 대열에 참여했던 부부 혁명 대원이 정조 문제로 내면의 갈등을 일으키고, 김동리의 「윤회설」(『서울신문』, 1946.6.6~26)에서는 정신적 사랑과 육체적 사랑 사이에서 고민한다. 송영의 「푸른 잉크 붉은 마음」(『우리문학』, 1946.3)에서는 사상과 돈 사이에서 갈등하는 인텔리 공산주의자로, 또는 장덕조의 「삼십년」(『백민』, 1950.2)에서는 행복하게 보이는 친구 부부의 모습에서 공허함을 느끼는 인물로 그려진다.

이와 같이 소설 속 정치인이나 혁명가들에게서 현실정치에 관여했던 실제 지식인들에 비해 이념적으로 철저하지 못한 면모를 발견할 수 있다. 그들은 때로 현실의 유혹에 흔들리고, 때로는 이념을 내세우면서도 안락한 삶을 추구하는 인간 본연의 욕망에 갈등한다. 해방기 소설이 현실과 달리 이념과 혁명의 강고한 이면에 내재한 인간 본성의 갈등을 들

취낼 수 있었던 것은 소설이 단단한 껍질 안에 감추어진 인간 내면의 욕망과 진실을 다루기에 가능한 일이다.

(2) 문화계 지식인들의 이념과 생활

문화 활동에 종사했던 문인, 예술가, 출판인, 기자들은 어느 시기이든 대표적인 지식인 계층에 속한다. 예술이 자율적인 분야로 정립된 근대 이후 문화 종사자들은 보편적인 교양과 전문적인 지식을 갖춘 대표적인 계층을 형성해왔다. 해방기 소설에 등장하는 지식인의 직업에서도 문화계 인사들이 가장 중요한 위치와 비중을 차지한다. 이것은 작가 자신의 일이거나 혹은 주변의 경험적 현실과 밀접한 관련이 있다는 점에서 당연한 현상일 것이다.

문화 종사자들은 어느 직종에 비해 예민한 감수성과 통찰력 그리고 비판적 시각을 필요로 한다. 그들은 개성과 자의식이 강할 뿐만 아니라 예민한 촉수처럼 현실 상황에 민감하게 반응한다. 이 점이야말로 그들의 직업적 생명력이자 존재의 기반이라고 할 수 있다. 이러한 특성은 소설 속에서 예술적 낭만과 열정 그리고 자기 성찰로 나타나기도 하고, 인간의 허위의식을 날카롭게 비판하기도 한다.

예술가로서 낭만과 열정은 이봉구의 소설들인 「도정」(『신문예』, 1945.12), 「명동의 에레지」(『백민』, 1950.2), 「언덕」(『백민』, 1948.3), 「방가로」(『문예』, 1950.6), 「떠나는 날」(『백민』, 1949.1), 「속 도정」(『문예』, 1949.12) 등에서 술과 친구들을 좋아하는 낭만적인 인간관계를 통해 나타난다. 또한 김송의 「파시의 여상」(『백민』, 1947.9)에서는 과거에 사랑했던 여인의 불행 앞에 연민을 느끼는 감상적인 인물로, 이태준의 「불사조」(『현대일보』, 1946.3.27~7.19)에서는 병약한 화가의 예술적 열정과 비극적 사랑으로 나타난다. 이들은 대체로 현실에 순응하여 감성적으로 생활하는 지식인의 삶을 보여준다.

이와 달리 자기반성과 성찰을 통해 삶의 의지를 새롭게 하는 지식인들이 있다. 안수길의 「여수」(『백민』, 1949.5)에서 박철은 서울의 각박한 삶에 회의적이었지만, 만주에서 한때 명사의 딸이었으나 지금은 몰락한 숙이의 충실한 삶을 접하면서 자신의 무기력한 생활을 자각하고, 안회남의 「불」(『문학』, 1946.8)에서 소시민의 안락을 누리던 조선문학동맹 소속의 소설가인 '나'는 새로운 삶에 대한 이 서방의 의지를 통해 자기 성찰과 변신을 추구한다. 또한 이무영의 「산정삽화」(『문예』, 1949.11)에서는 농촌의 현실에 무관심했던 '준'이 고향에서 빨갱이로 몰린 김 군을 만나 현실의 실상을 새롭게 인식한다. 「저돌」(장덕조, 『신천지』, 1949.9)의 주인공인 김옥경은 남편의 불륜과 본능적 욕망으로 내면적 갈등을 겪지만 결국 자신의 운명을 개척하려는 새로운 의지를 찾는 여성 작가의 모습으로 나타난다.

가장 치열한 자기 성찰은 과거 친일 부역을 했던 문인들의 자기비판에서 볼 수 있다. 실제 해방이 된 후 「봉황각 좌담회」(1945.12) 등을 통해 문학인의 양심선언이 있었는데, 채만식의 「민족의 죄인」(『백민』, 1948.10~1949.1)에서 친일 부역 문인인 '나'는 지식인이자 문필가로서 양심적인 행동을 하지 못한 자신을 민족의 죄인이라 여기며 괴로워한다. 「민족의 죄인」이 지식인의 고뇌와 반성을 보여준다면, 전홍준의 「준동」(『개벽』, 1948.8)에 등장하는 편집국장 정태민은 과거의 친일에 대한 진정한 자기반성 없이 시류와 권력에 편승하는 기회주의적인 행태를 탈피하지 못하고 있으며, 박계주의 「예술가 K씨」(『백민』, 1948.5)는 친일 협력자였던 예술가 K를 통해 해방기의 위선적이고 기회주의적인 지식인의 전형으로 나타난다.

정태민이나 K와 같은 위선적인 지식인은 강신재의 「안개」(『문예』, 1950.6)에 등장하는 시인 남편이나 이주홍의 「거문고」(『문학』, 1946.11)를 통해 변용되어 나타난다. 「거문고」의 강현은 연극 연출을 하는 지식인이자 진보적인 인물이다. 그는 아내가 있으면서도 다른 여자와 동거하고, 그 동거녀에게 폭력을 휘두른다. 그러면서도 양심의 가책을 느끼지 않는 인물을 통해 지식인의 허위의식과 이중생활을 드러내준다.

해방기 지식인들을 가장 힘들게 했던 것은 무엇보다도 이념의 선택과 생활에서의 생존의 문제였다. 먼저 이념의 선택의 관해 살펴보자. 좌익과 우익이라는 이념의 선택은 개인적인 차원에서는 대립과 협력을 위한 진영의 선택이었고, 정치 사회적인 차원에서는 정치체제와 국가 이념의 선택이었다. 이러한 선택적 행위는 김송의 「정임이」(『백민』, 1948.1)와 「한탄」(『백민』, 1948.10), 최태응의 「월경자」(『백민』, 1948.5), 박계주의 「조국」(『백민』, 1950.2) 등의 작품에서 남한을 선택하여 월남하는 모티브로 표현되는가 하면, 전영택의 「새 봄의 노래」(『문예』, 1950.3), 최태응의 「슬픔과 고난의 영광」(『문예』, 1949.8) 등에서는 사상 전향으로 나타난다.

이념을 둘러싼 갈등은 신탁통치 찬반 문제로 아버지와 아들이 대립하는 김영수의 「혈맥」(『대조』, 1946.7)에서도 해방 정국의 중심 서사를 차지한다. 하지만 이념은 지식인 특히 그중에서도 문인을 비롯한 문화계 인사들에게 더욱 심각한 갈등 요인으로 작용한다. 젊은 남녀의 사랑과 이념적 갈등을 그린 김동리의 「윤회설」(『서울신문』, 1946.6.6~26)이 그러하며, 이태준의 「해방전후」(『문학』, 1946.8)는 진보적 문학 단체에 가담하는 소설가 현을 통해 이념 선택의 정신적 고뇌를 그려내고 있다. 또한 김영수의 「행렬」(『백민』, 1947.3)도 좌익과 우익 중에 하나를 선택해야 했던 지식인의 처지를 단적으로 보여준다. 이들의 행위에서 중립적인 처신이 쉽지 않았던 해방기 정국의 경직된 문단 상황과 단체에 가입해야만 했던 지식인의 심리적 강박 상태를 읽을 수 있다.

문인을 비롯한 이 시기 지식인들의 어려움을 가중시켰던 또 하나의 요인은 생존과 직결된 궁핍화 현상이다. 가난은 이념과 생활, 자립적 주체와 현실 타협 사이에서 내적 갈등으로 작용한다. 계용묵의 「집」(『대조』, 1947.8)에서 문인인 '나'는 열악한 경제적 여건과 월남한 사람들의 절박한 처지를 대변하며, 「환롱」(『문학』, 1950.6)에서는 가장의 책무를 다하지 못한다는 자괴감과 무안함에 빠진 한 문인의 일상을 환각 모티브로 형상화하여 궁핍한 문인의 생활을 드러내고 있다. 이러한 궁핍은 원고료를 도둑맞고 김장을 담그지 못하는 소설가나(허준, 「평대저울」, 『개벽』, 1948.1), 박봉으로 고생하는 기자(최태응, 「북녘사람들」, 『문화』, 1947.4), 미군에게 몸을 팔면서도 자신을 신진 여류시인이라고 거짓 소개한 쏘니아에게 연민을 갖는 잡지사의 가난한 문인(김광주, 「악야」, 『백민』, 1950.2) 등의 생활에서 쉽게 찾아볼 수 있다.

또한 최인욱의 「설한기」(『백민』, 1950.2)에서 작가인 병두는 집세가 두 달이나 밀려 있는 형편이다. 설을 지낼 돈을 구하기 위해 다방에 나갔다가 K작가를 만나 고료만으로 살기 어려운 현실을 원망한다. 하지만 어떻게든 살아야겠다며 마음을 다지는데, 명절을 앞둔 가난한 작가의 하루 속에 현실과 타협하지 않은 채 생활고를 겪는 문인들의 처지가 담겨 있다. 이들은 대체로 생활에 무능하다. 그러면서도 특별한 해결책이 없이 낮에는 다방을 순례하고 밤에는 술타령을 하는 무력한 지식인들이다. 이러한 궁핍은 당대의 지식인들이 생활인으로서 어려운 처지에 있었음을 뒷받침한다.

문인, 예술가, 출판인, 기자 등 문화계에 종사한 지식인들은 대중들에게 정서적으로나 현실적으로 광범위한 영향력을 발휘할 수 있는 위치에 있었다. 대표적인 여론 주도층이었던 이들의 이러한 특성은 해방기 현실에서 흔히 체제 지향적인 경향으로 나타난다. 실제로 문학이 정치 행위와 등가였던 해방기에 문화계와 언론은 정치와 결탁하여 체제 수립을 위해 치열한 이념 대결을 펼쳤다.[1] 그들의 활동은 결과적으로 자유민주주의 정치 체제의 확립에 절대적으로 기여했으며, 뒤에 정관계의 요로에 진출하여 기득권을 확보했던 것이 사실이다.

그러나 작품에 나타난 지식인들의 모습에서는 확고한 이념이나 정치적이고 체제 지향적인 면모를 찾아보기 어렵다. 오히려 궁핍한 생활에 힘들어하고 사상과 이념에 유약한 인물들이 지배적이다. 그 원인으로는 작가들이 현실 정치와 달리 문학을 문학으로 인식한 데서 찾을 수 있다. 하지만 다른 한편으로 작가들이 자신들의 일을 냉철하게 접근하지 않고 외면했다는 것, 정치투쟁의 전면에 섰던 일부를 제외한 많은 지식인들이 현실 정치에 열성적으로 참여하기보다는 중도적 입장에 있었던 사정

---

1 강경화, 「우익문단의 형성과정과 정치체제 관련성」, 『한국 현대문학의 이면과 탐색』, 푸른사상사, 2005.

에도 중요한 원인이 있다. 여기에는 당대의 지식인들이 이념의 선택과 생존의 문제 앞에서 심각하게 갈등하고 고민했던 사실적 정황이 반영되어 있는 것이다.

(3) 교육자의 현실감각과 궁핍한 삶

해방기 소설에서 교수와 교사는 문인, 예술가 등의 문화계에 이어 지식인 계층을 대표하는 직업이다. 해방 이후 본격적인 지식인 사회의 형성과 근대화의 동력은 교직자의 증가와 밀접한 관련이 있다. 학교의 증설과 교육 기회의 확대는 국민들의 높은 교육열에 뒷받침되어 소수의 특권층만이 아닌 대중교육의 수준으로 이어졌다. 일정한 가치와 이념과 지식의 전수가 민족의 역량을 발휘하면서 국가의 미래를 결정하는 중요한 동력임을 감안한다면 교육의 중요성을 실감할 수 있다. 다른 직업에 비해 교육자로서의 남다른 자부심과 사명감은 이 때문이다.

그런데 해방기 소설에 등장하는 교사들의 면면을 살펴보면, 합리적 민족주의자인 「지연기」(김동리, 『동아일보』, 1946.12.1~12.19)의 백정후나 지식인의 역할을 되새기면서 가르치는 일에 사명감을 지닌 「종」(박노갑, 『생활문화』, 1946.1)의 신 등 몇 명을 제외하고는 교육자로서의 남다른 소명 의식을 발견하기 어렵다. 그것은 현실의 교사들이 지녔던 사명감과는 별도로, 당대 작가들의 관심 구조가 가치론적 차원보다는 실제적 차원에 놓여 있었기 때문으로 이해할 수 있다. 아울러 실제 현실에서도 별반 다를 바는 없지만, 이들에게 교직은 생활의 방편이었기 때문이다. 그렇다고 「이합」(염상섭, 『개벽』, 1948.1)의 장한처럼 교직이 생활의 방편이었다고 해서 경제적으로 여유로운 생활을 했던 것은 아니다. 그들의 대부분은 궁핍하게 살아간다.

가령, 계용묵의「수업료」(『신경향』, 1950.1)에서 수업료를 미납한 학생들을 어쩔 수 없이 집으로 돌려보내야 하는 선생의 아이 역시 수업료 때문에 학교에서 쫓겨나 어떻게든 변통을 해야 할 처지이며, 김동리의「지연기」(『동아일보』, 1946.12.1~12.19)의 백정후도 밀수제비마저 넉넉하게 먹지 못할 만큼 어려운 생활을 한다. 최인욱의「초동기」(『신천지』, 1949.2)에서 가난한 살림 때문에 처가와 소원하게 지내는 국어교사 조영근은 관청으로 가라는 장인의 제안에 교사로서 최선을 다하겠다는 뜻을 밝히며 거절한다. 그의 소신에도 겨울옷을 마련하라고 주고 간 돈으로 장작을 사기로 결정한다. 이러한 상황을 통해 의식 있는 교사의 경제적 어려움을 알게 해준다. 때문에 작중의 교사들 대부분은 현실적 이익에 영합하지 못하고 경제적으로 무능한 자신들을 자책하는 성향을 드러낸다.

물론 모든 교직자가 가난했던 것은 아니다. 기회주의적이고 처세에 능한 교사들은 풍족한 생활을 하였다.「지연기」의 김 선생은 해방 전에는 황민교육을 강요한 인물로 해방이 된 뒤에는 수석 교원 신분으로 학교의 비품을 빼돌린다. 이 사건으로 구속되자 좌익 조직과 연계하고 학생들의 동맹휴학을 획책한다. 김성한의「김가성론」(『학풍』, 1950.3)에서 김가성은 한국의 지성으로 인정받는 서울의 대학교수이다. 그러나 실제로는 일본 책을 베껴 학계의 권위자를 자처하는 사이비 지성인이며, 돈 많은 친구들만 결혼식에 초청하고 여러 위원직과 무역회사 중역까지 맡고 있는 위선자이다. 또한「자유인」(『백민』, 1950.5)의 이광래는 전직 대학교수 출신으로 시골 학교의 교무부장으로 내려와 겉으로는 도도하고 품위를 가장하면서 돈과 출세를 위해 계책을 벌이는 가식적인 인물이다. 나중에는 그럴듯한 명분으로 기부금을 받아서 사욕을 채운다. 이들은 세속적 욕망을 위한 처세와 수완에 능한 허위적인 인물들로 풍족한 생활을 한다는 점에서 공통된다.

지식인으로서 교원은 다른 한편으로 이념과 관련하여 정신적으로 갈등하기도 한다. 사상 전향과도 관련된 이들의 모습은 염상섭의「이합」(『개벽』, 1948.1)과 이근영의「탁류 속을 가는 박교수」(『신천지』, 1948.6)에서 볼 수 있다.「이합」의 주인공 장한은 일시적으로 처가가 있는 북한에 체류한 귀환동포이다. 정치적으로 중도적 입장에 있었던 그가 북한에 머문 이유는 생활 근거로서 직장 때문이다. 그러나 체제와 일정한 거리를 유지하고 있던 장한은 군지부 여성위원회 부위원장으로 활동하는 아내와 이념적으로 대립한다. 아내와의 갈등으로 그는 결국 남한을 선택한다. 가정의 파탄으로 이어진 장한 부부의 갈등과 남한행의 결심은 이념과 생활의 갈등이 가정 공동체로 전이된 양상을 단적으로 보여준다.「탁류 속을 가는 박교수」는 좌우익의 이념 대립을 대학으로 끌어들인 경우이다. 중도 노선에 있던 박 교수가 좌우의 극심한 이념 대립을 경험하면서 결국 좌익에 가담하게 되는 사상 변화의 과정을 친일 모리배의 모략, 소작농의 비참한 실상, 동맹휴학, 우익 테러 등 부정적 사회 현상과 함께 그려내고 있다.

(4) 의사의 인간애와 봉사

의사가 소설의 중심인물로 등장하는 사례는 많지 않다. 그럼에도 우리가 주목해야 하는 이유는 해방기 소설에서 의사들이 투철한 직업정신과 인간애를 지닌 인물로 그려진다는 점에 있다. 물론 의사들 중에는 가난한 차림새 때문에 패혈증에 걸린 아이를 회충이라고 속여 결국 손목을 자르도록 만든 비인간적인 인물도 있다(곽하신, 「정거장 광장」, 『신천지』, 1947.7). 그러나 그가 작품의 중심인물이 아니라는 점에서 예외로 한다면, 소설 속 의사들은 가치 있는 삶을 추구하는 인물로 형상화된다.

계용묵의 「인간적」(『백민』, 1947.2)에서 진은 의사로서 수입이 많지 않은데도 야간 진료도 마다하지 않고 환자를 돌본다. 비록 집안 살림에는 무관심해서 아내의 핀잔을 듣지만 성실하고 순수한 직업정신을 갖추고 있다. 최요안의 「의사 없는 마을」(『백민』, 1950.2)이나 한무숙의 「정의사」(『문예』, 1950.6)에서는 희생과 봉사의 인간애를 실천하는 의사들을 주인공으로 하고 있다.

「의사 없는 마을」의 K는 가난과 무지로 고통받는 산골 마을에 병원을 차려 의술을 베풀면서 어려움을 극복해가고, 「정의사」의 정병모 역시 시골 마을의 유일한 의사로서 가난하고 소박한 삶을 꾸려가지만 생명에 대한 외경심과 인간애를 보여준다. 이와 관련하여 정병모의 대학 동기인 의사 이필진의 존재에도 관심을 가질 필요가 있다. 의학계의 명사인 그는 처음엔 초라한 정병모에게 우월감을 느낀다. 그러나 정병모의 희생정신과 인간애를 보고는 의사로서 자신의 부족함을 깨닫게 된다. 그의 깨달음을 참다운 의사의 길에 대한 자책과 반성으로 이해한다면, 이필진에게서도 실천적 인간애의 삶을 추구하려는 의사의 면모를 발견할 수 있다. 이처럼 소수로 등장하는 소설 속의 의사들은 의술을 물질적 이득을 위한 수단으로 삼지 않고, 의료 혜택으로부터 소외된 가난하고 무지한 사람들을 위해 헌신하는 모습을 보여준다.

2) 농민과 노동자들의 삶과 투쟁

(1) 지주의 횡포와 농민의 저항

해방기 소설에서 지주들이 작품의 중심인물로 등장하는 작품은 많지 않다. 이들은 작품에서 처세에 능한 기회주의적인 인물이자 소작인들을 착취하는 부정적인 인물로 형상화된다. 안회남의 「말」(『대조』, 1946.1)에서 친일파였던 황 생원은 해방 후에도 자신의 안위와 부의 축적에만 관심이 있으며, 최정희의 「풍류 잽히는 마을」(『백민』, 1947.9)에 등장하는 서홍수도 권력에 붙어 변함없이 부귀영화를 누린다. 또한 소작지를 팔아치우고 소작인을 바꾸는 횡포를 부리는데, 이러한 행동에는 당대의 시대상이 여실히 반영되어 있다.

토지 소유 관계에서 보면 해방 후에도 일제강점기의 상태가 유지되었고, 지주와 소작인의 불합리한 관계도 지속되고 있었다. 봉건적 수탈과 다름없는 이러한 상황을 주시한 미군정은 1945년 10월 '미군정법령 9호'에 의해 소작료를 조정하는 조치를 취하고 농지개혁의 현실적 당위성이 제기된다. 이에 대해 지주들은 소작지를 팔아치우는 한편으로, 소작인을 바꾸어 기존의 관계를 유지하고자 하였다. 이러한 상황을 감안할 때 서홍수의 행동은 사회적 이슈가 되었던 소작지 강매라는 당대 지주들의 저항 방식이 반영되어 있다.

작품 인물로서 지주들은 소수이지만 그들은 소작인의 삶을 결정하는 권력자의 모습으로 존재한다. 소작인들은 지주들의 횡포에 시달리면서도 소작을 얻기 위해 직접 불만을 표출하거나 구체적인 행동을 보여주지 못한다. 농민의 대부분을 차지하는 소작인들의 삶은 해방기 소설에서 몇 가지 유형으로 드러난다.

첫째, 열악한 삶의 조건 속에서도 현실에 순응하는 소극적인 유형을 들 수 있다. 안회남의 「말」(『대조』, 1946.1)에서 덕만은 지주 황 생원에게 소작권을 빼앗겨 생활 기반을 상실한다. 해방이 되어서도 빼앗겼던 농토를 되찾지 못하고 농민들을 착취하는 친일파 지주들이 여전히 존재하는 현실의 모순이 사라지기만을 바란다. 최정희의 「풍류 잽히는 마을」(『백민』, 1947.9)의 창선도 가난한 살림에 소작마저 빼앗긴 힘없는 소작인이며, 장덕조의 「함성」(『백민』, 1947.6~7)에서는 일제의 착취에 아무런 비판 의식 없이 팔자소관으로 돌리는 정순 아범을 통해 선량하지만 소심하고 무능한 농민의 모습을 보여준다.

지주의 횡포에 시달리는 소작인의 처지는 안회남의 「농민의 비애」(『문학』, 1948.4)에서도 나타난다. 「농민의 비애」의 최만돌은 행랑살이를 하면서 소작으로 살아가는 인정 많고 순박한 인물이다. 소작을 기대하며 이 선달의 논에 비료를 대지만 이 선달이 논을 팔아버림으로써 소작 논을 떼이고 만다. 이 일로 함께 소작을 부치기로 했던 서대응의 죽음을 발견하지만 장례를 치러주는 것 외에 어떤 해결의 방법도 없이 그저 순응한다.

또한 정비석의 「귀향」(『경향신문』, 1946.10.1~11)은 농토를 빼앗기고 만주로 이주했다가 귀향하는 유랑의 삶을 그려내고 있으며, 손소희의 「회심」(『백민』, 1948.5)에서는 지게꾼과 구걸로 연명하는 춘삼의 불행한 삶을 통해 농사를 지을 수 없게 된 가난한 농민들이 도시에서 겪는 궁핍한 생활상을 말해주고 있다. 이들 작품 속의 인물들을 통해 지주의 횡포와 착취로 인해 고통받으면서도 그러한 현실에 순응하여 살아가는 당대 소작농의 불행한 삶이 전형적인 모습으로 제시된다.

둘째, 현실에 순응하는 이러한 삶의 방식과 달리 적극적으로 자신들의 분노를 표출하면서 집단행동을 감행하는 인물들이 있다. 「소」(전영택, 『백민』, 1950.2)의 홍창수가 농촌의 삶을 풍요롭게 하기 위해 노력하는 의식 있고 근면한 모습을 보여준다면, 농촌 변혁을 위한 농민들의 적극적인 행동은 최정희의 「풍류 잽히는 마을」(『백민』, 1947.9), 박노갑의 「역사」(『개벽』, 1946.1), 이근영의 「고구마」(『신문학』, 1946.6) 등에서 나타난다. 「풍류 잽히는 마을」의 시훈은 지주인 서홍수의 횡포에 대한 저항으로 그의 환갑 잔치상을 부수고 잡혀간다. 한때 민중봉기에 앞장서서 투사로 인정받던 「역사」의 김만오는 민중의 삶과 멀어진 민중정치가에 회의를 느끼고 농촌이 잘 살 수 있는 농민의 역사를 만들기 위해 야학을 연다. 또한 이근영의 「고구마」에서 박도수는 고구마 농사의 실패와 지주인 강 주사의 과도한 도지 요구에 반항하면서 부락민과 함께 강 주사의 집으로 쳐들어가고, 농민조합의 결성을 기념하여 독립 만세와 농민 해방 만세를 부르면 감격해한다. 이들 농민들의 집단행동에는 지주들의 착취와 궁핍한 삶으로 점철된 당대 농촌과 농민의 시대적 조건들이 반영되어 있다.

셋째, 이 시기 농민 중에서 특히 주목할 사항은 투사로서 어머니의 존재이다. 장덕조의 「함성」(『백민』, 1947.6~7)과 박찬모의 「어머니」(『문학』, 1947.2)는 대표적인 경우이다. 「함성」의 정순 어멈은 마을 아낙들과 집단행동으로 주재소에 잡혀간 정순을 구해내며, 소심한 여성이었던 「어머니」의 칠성 어머니는 경찰의 총에 아들이 죽자 농민봉기군의 선두에

서서 항쟁을 주도하여 경찰서를 점령하는 투사의 면모를 보여준다. 이들 작품에서 어머니의 급격한 변모와 내적인 힘은 일차적으로는 자식에 대한 사랑의 발로이지만, 근본적으로는 부역과 공출의 가혹한 착취에 대한 농민들의 분노가 농민들의 집단적 행동이라는 방식으로 나타난 것이다.

이처럼 해방기 소설의 농민들은 현실에 순응하는 한편으로, 지주의 횡포와 궁핍한 농촌 현실을 바꾸기 위해 행동으로 실천한다. 이들의 행위가 갖는 의미는 자신들의 처지가 부역과 공출, 그리고 지주들의 가혹한 착취에 있다는 것을 인식하고 있다는 것, 그러한 현실을 극복하고 새로운 세계를 만들기 위한 행동을 실천하려 했다는 점에서 찾을 수 있다. 이 점에서 이론적인 측면에서 제기된 '농민문학론'과는 별도로 이들 작품 속의 인물들을 통해 당대 현실을 변혁하기 위한 농민들의 인식과 실천, 나아가 시대의 명제였던 토지 소유와 농지개혁으로 이어지는 시대적 정황과 추이를 확인할 수 있다.

(2) 노동자의 이념성과 징용 노동자의 정체성

노동 현장에서는 해방과는 무관하게 일제강점기의 상태가 지속되고 있었다. 오히려 경제적 궁핍은 가속화되고 실업으로 인해 노동 인력은 늘어났다. 게다가 정치권력과 결탁한 자본가들은 정당한 대가의 지불 없이 노동 착취를 심화시켰다. 이러한 상황에서 노동자들은 조합을 구성하고 자본가와 조직적으로 대결하게 된다. 노동자들이 처한 경제적인 처지와 계급 인식이 노동운동의 이념적인 성격을 강하게 드러내는데, 이념의 측면에서 노동자들이야말로 가장 첨예한 현장에 있었던 것이다.

해방기 노동자들의 의식화와 노동운동의 이념성은 강형구의 「연락원」(『문학』, 1947.2), 김영석의 「지하로 뚫은 길」(『협동』, 1946.10)과 「폭풍」(『문학』, 1946.11)에서 볼 수 있다. 「연락원」은 철도 총파업을 배경으로 인간적인 감정과 계급투쟁 사이의 갈등을 그려내고 있다. 인동은 남로당의 지시로 이루어진 철도 총파업의 정보 책임자이다. 조직이 고립되자 연락원의 임무를 맡길 대상을 선택하는 과정에서 사랑과 계급을 사이에 두고 고민한다. 그러나 사랑의 경쟁자인 유진만의 투쟁 의지 앞에 인동도 인간적인 감정을 벗어나 계급 인식을 더욱 확고하게 한다. 「지하로 뚫은 길」에서는 노동자로서 계급 의식을 자각해가는 김기주의 의식화 과정과 북쪽의 선택을 통해 이념성을 고취시킨다. 「폭풍」에서는 애국화방공장 노동자인 이두영이 미군정과 결탁된 회사와 협상하고 투쟁하다가 전면 파업을 선언하는 과정을 형상화하여 해방기 남한 노동자들의 계급운동의 실천적 의미를 보여준다. 이들 작품은 대체로 좌익의 노동운동과 연계되어 있다. 반면, 김송의 「인경아 우러라」(『백민』, 1946.3)에서는 좌우익의 대립에서 우익의 민족주의 이념을 선택하는 인쇄소 직공인 강신행을 등장시켜 우익 계열에 속하는 노동자의 이념적 선택을 그려내고 있다.

해방기 노동자들이 당면했던 가장 현실적인 문제는 경제적인 궁핍, 자본가와의 대결, 이념의 선택이었다. 하지만 다른 한편으로 일제에 의해 노동력을 착취당한 징용 노동자들은 해방이라는 새로운 상황 앞에서 정체성의 혼란을 겪기도 하였다. 박찬모의 「동지－보국대기」(『문학』, 1946.11), 안회남의 「소」(『조광』, 1946.3)와 「섬」(『신천지』, 1946.1)은 징용노동자들의 삶을 다루고 있는 작품들이다. 「동지－보국대기」는 일제에 노동력을 착취당하고 일확천금의 허황함에 빠져 육체를 소진시킨 뜨내기 노동자를 중심인물로 설정하고 있으며, 「소」도 강제징용의 부당함을 사회의식으로 발전시키지 못하고 무사안일에 빠진 삼룡을 주인공으로 삼고 있다. 이들은 자신의 주체의식을 명확하게 정립하지 못하고 살아간다.

징용 노동자를 다룬 작품 중에서 「장날」(이근영, 『인민평론』, 1946.3)의 관술처럼 탄광 노동자로 끌려갔다가 탈출하여 노동자와 농민을 위해 역할을 담당하려는 의협심 강한 인물이 있기도 한다. 하지만 일본인 여자와 결혼한 징용 노동자의 정체성 혼란을 경험하는 인물들도 있다. 안회남의 「섬」(『신천지』, 1946 1)에서 박 서방은 탄광 노동자로 끌려가 일본 여자와 결혼한 징용 노동자이다. 해방이 되자 귀향하지만 조선과 일본 어느 쪽에도 안주하지 못하고 '섬'처럼 떠돈다. 징용 노동자는 아니지만 염상섭의 「해방의 아들」(『신문학』, 1946.11)에서 일본인 여자와 결혼하여 일본인 행세를 하며 살던 조준식도 해방이 되어 정체성의 혼란을 겪는다는 점에서는 비슷한 처지에 놓여 있다.

또한 해방기 노동자 중에서 일제에 의한 개인적 고난과 민족적 수난을 복수하고자 하는 「눈은 눈으로」(주요섭, 『백민』, 1947.11)의 김 소사나, 북한이 사회주의 체제로 변모하는 과정을 배경으로 양조장 경영을 둘러싼 갈등을 그린 「술 이야기」(황순원, 『신천지』, 1947.2~4)의 준호와 건섭 같은 인물의 존재 방식을 통해 해방기 노동자들의 현실 대응 양식을 이해할 수도 있다.

해방기에 산업 구조의 측면에서 많은 인적 구성을 차지한 계층은 농민과 노동자이다. 그들은 첨예한 노동의 현장을 삶의 기반으로 삼고 있는 계층이다. 그만큼 경제적인 소외나 이념적인 측면에서 가장 민감하게 반응하는 모습을 보여준다. 작품에서 농민의 중심 갈등과 대립축인 '지주–소작인'의 관계는 노동자들에게는 '자본자–노동자'의 관계로 등치되어 나타나고, 격렬한 갈등과 대립을 형성한다.

그럴 수밖에 없는 것이 해방은 모든 사람들에게 새로운 현실을 꿈꾸게 만들었다. 농민과 노동자들 역시 잘 살 수 있게 되었다는 벅찬 기대 속에 해방의 기쁨을 누린다. 그러나 해방이 되었어도 농민과 노동자의 삶은 개선되지 않은 채 일제감정기의 상황과 다를 바 없었다. 그들에게 진정한 해방은 불합리한 농촌의 현실과 노동 조건의 변화가 전제되어야만 했다. 해방기 소설에서 볼 수 있는 농민과 노동자들의 조합 결성과 투쟁은 이러한 현실을 바로잡고 소시민성을 극복하기 위한 자위적 실천 행위였다.

3) 사무직 종사자들의 소시민성과 일상사

고등교육 이상의 지식 계층에 속하는 많은 인물들이 주로 종사했던 직업은 회사원이다. 그들은 사무직, 출판과 잡지 편집, 재판소 견습 서기, 인쇄소 교정 등으로 등장한다. 그런데 지식층에 속하면서도 사회에 대한 예리한 비판적 의식을 보여주지 않는다. 물론 시대와 권력에 편승하는 반민족적이고 기회주의적인 인물들을 비판하는 「준동」(전홍준, 『개벽』, 1948.8)의 현호나, 좌우익의 이념 선택을 강요받아야 했던 지식인의 고뇌가 드러나는 「행렬」(김연수, 『백민』, 1947.3)의 현, 큰 대문집의 주인이 바뀌는 상황을 통해 혼란한 해방기 정국의 단면을 비판적으로 그려내는 「큰 대문집의 역사」(전홍준, 『조광』, 1948.10)의 철수 같은 인물이 없는 것은 아니다. 그러나 사무직에 종사했던 해방기 소설 속 인물들의 압도적 다수는 사회에 대한 비판 의식과 정치적 이념은 약화되고 대신 낭만적 사랑, 가족 간의 갈등과 화해, 가난과 셋방살이의 애환 등 소시민적 생활의 양상을 보여준다.

강신재의 「얼굴」(『문예』, 1949.9)에서 '나'는 전차 안에서 한때 짝사랑했던 경옥 여사를 만나 그녀의 불우한 삶을 알게 되고, 「차창」(최태응, 『백민』, 1950.5)의 김윤은 자신을 보살펴준 간호부와의 사랑을 추억하며, 유호의 「나를 아십니까」(『백민』, 1948.7)에서 순진한 젊은이 달호는 학생 때부터 관심 있던 여자에게 자신의 마음을 전하지 못한 채 우스꽝스런 상황에 처한다. 또한 유부남과의 사랑과 이별에 마음을 졸이는 「떠나는 날」(이봉구, 『백민』, 1949.1)의 정원, 헤어진 옛 애인을 우연히 만난 회사원 여성이 다시 사랑을 갈구하는 남자를 피해 사직하는 「모에의 결별」(손소희, 『백민』, 1946.10)의 정란, 우연히 만난 친구에게 낭만적 사랑의 종말과 절교의 사연을 편지로 전하는 「역사」(석인해, 『백민』, 1946. 6~12)의 영주 등에서 '우연'과 '사랑'을 매개로 한 일상생활의 국면을 파악할 수 있다.

사랑과 추억은 해방기 소설에서 사무직 인물의 중요한 매개적 측면인데, 이와 더불어 부부와 가족 사이에서 일어나는 갈등과 화해도 회사원에게서 나타나는 두드러진 특징이다. 예를 들면, 초라한 아내의 차림새에 실망하는 「눈이 나린 날」(강신재, 『문예』, 1950.1)의 명호, 소심한 직장인이 아내의 산파 개업을 매개로 겪게 되는 심리적 위축과 무기력을 다룬 「금전문답」(김영석, 『협동』, 1946.8)의 고정기, 친구 아내의 가출과 몰락한 가정을 통해 평범한 생활의 가치를 소중하게 인식하는 「범속」(안수길, 『민성』, 1949.9)의 김찬수, 가족을 돌보지 않고 방탕한 생활을 하다가 결국 자살한 형의 무책임한 삶과 그가 남긴 두 아들을 통해 미래를 긍정적으로 전망하는 「동자상」(임서하, 『백민』, 1949.12)의 주혁, 건강한 민중의 삶을 통해 가난한 인텔리의 전망 없는 삶을 극복하고자 하는 「소」(임서하, 『백민』, 1950.2)의 호섭처럼 소시민의 일상적 모습이 두드러진다. 가족적 차원의 이러한 특성은 시대와 역사적 상황을 대신하는 사무직 종사자들의 주된 관심사의 하나였다고 할 수 있다.

일정한 급여를 받고 상대적으로 안정된 여건 위에서 생활할 수 있었던 사무직 종사자들 역시 시대적 억압과 경제적인 궁핍은 피할 수 없었다. 가령, 「자살미수」(박영준, 『신천지』, 1949.5)의 나는 해방이 인생의 새로운 기점이 되지 못한 현실에서 삶의 무게를 감당하지 못하고 자살하려고 한다. 그런데 자신이 죽으려던 나무에 목을 매달아 죽은 여인이 자신의 아내였음을 확인하고는 통곡한다. 작품에서 나의 절망은 개인적으로는 해방 정국의 부적응에서 연유하지만, 사회적으로는 해방이 개인에게 희망과 전망을 주지 못한 데 근본적인 원인이 있다.

경제적 궁핍은 가난의 문제가 직접 작품의 전면으로 부각되는 경우는 물론, 생활의 어두운 배경으로 작용하고 있는 데서 알 수 있다. 특히 가난한 상황으로 인해 개인의 삶과 인간관계의 신뢰가 무너지는 현상에서 분명하게 확인할 수 있다. 임서하의 「미행」(『문학』, 1950.6)에서 생활 때문에 화가의 꿈을 접은 명호는 아내의 친구에게 빌려준 돈을 받지 못하고 오히려 빚에 몰린 채무자의 자식에게 복수심마저 심어주는 현실을 안타까워하며, 김광주의 「청계천변」(『문예』, 1949.8)은 청계천변의 가난한 셋방 사람들이 벌이는 싸움과 불륜 등 해방기 서민의 실상을 보여준다. 또한 황순원의 「담배 한 대 피울 동안」(『신천지』, 1947.9)에는 늦은 나이에 취직하지 않으면 안 되는 아버지 친구의 어려운 살림과 혼란한 해방기의 현실이 재판소 견습 서기인 나의 눈으로 전해진다. 박영준의 「강아지」(『서울신문』, 1948.9)에서 홍섭은 중견 간부가 처한 어려운 경제적, 사회적 위치에서 갈등한다. 이들 작품에서 인물들이 겪는 가난의 힘겨움은 해방 후 더욱 어려워진 경제 사정을 반영한다.

이처럼 사무직 인물들의 생활에서 드러나는 사랑, 추억, 가족사, 가난과 셋방 등의 문제들은 해방기라는 특수한 시대적 정황을 날카롭게 포착한 것이라기보다는 인간사의 보편적인 문제에 속한다. 이 점에서 어느 시대든 평범한 직장인들이 당대의 평균인의 삶을 대변한다고 이해한다면, 해방기 소설에 등장하는 사무직 종사자들의 일상적 삶은 시대와 역사적 상황에 구애받지 않은 인간의 관심사이자 일반적인 삶의 방식임을 말해준다. 작품 속에 형상화된 그들의 생활에서 특징적인 사항은 이념적이거나 정치적인 색채가 부각되지 않는다는 것, 그들의 직업적 특성과 관련된 사건이 일어나지 않는다는 점을 들 수 있다. 이는 회사원이라는 직업이 기능적이 아니라 인물의 존재성을 부여하기 위해 설정되었음을 말해준다.

4) 자영업과 행상인의 빈곤과 좌절

삶의 밑바닥에서 생존을 위해 절박하게 살았던 사람들의 실상은 자영업과 행상인의 생활에서 만나볼 수 있다. 남편을 잃었거나 병든 남편을 수발하면서 생계를 책임져야 했던 사람들, 배운 것도 가진 것도 없는 사람들, 조국을 떠났다가 해방이 되어 돌아온 귀환동포 등은 생활의 기반이 없었다. 오직 가진 것이라고는 몸뿐이었던 이들은 막노동을 하거나 구걸을 하였으며, 튼튼한 몸마저 가지지 못한 여성이나 노인들은 푼돈을 밑천 삼아 행상을 하며 살아야 했다.

이들의 삶을 막막하게 했던 것은 생존과 관련된 빈곤이었으며, 동시에 주거 공간을 확보하는 일이었다. 안정된 생활의 방편도, 마땅한 거처도 없었던 이들은 불안과 좌절의 일상을 살아간다. 엄흥섭의 「집 없는 사람들」(『백민』, 1947.5)에서 종호는 중국에서 귀국하여 마땅한 일거리도 구하지 못하고 적산가옥의 문간방 마루에 거처하며 사과장수로 살아간다. 방공호가 차라리 추위를 피하는 데 낫다는 아내는 말에 종호는 소리를 지르며 혼란한 사회에 분통만을 터트린다. 종호 아내의 말처럼 방공호는 귀국한 귀환동포들이 거처했던 유용한 주거 공간이었다. 그러나 방공호라고 해서 누구나 갈 수 있었던 자리는 아니었으며 방공호의 토굴 역시 비참한 생활 공간이었음은 다를 바 없다. 김동리의 「혈거부족」(『백민』, 1947.3)에서 순녀는 해방과 함께 귀국하다가 남편과 사별하고 토굴로 들어와 담배장사를 한다. 이 작품에서 새로운 미래의 가능성을 조국의 진정한 독립에서 찾으려는 낙관적 전망을 드러내지만, 토굴에서 살아가는 순녀와 귀향민들의 생활은 비참하다.

행상은 생계를 책임져야 하는 여성들이 선택했던 생활의 방편이기도 했다. 대체로 남편과 사별하거나 병든 남편을 수발하는 여성들 혹은 생활력이 없는 남편을 대신하여 식구들을 부양해야 하는 여성들은 행상을 생계의 수단으로 삼았다. 이무영의 「명암」(『문학』, 1950.5)에서 나는 남편이 노름으로 가산을 탕진하자 길가에서 김밥장사를 하며 셋방이라도 얻기 위해 노력한다. 하지만 사회 경험이 없는 여성들에게 행상은 만만한 돈벌이가 아니다. 「떡장수」(곽하신, 『백민』, 1950.2)의 여인은 병든 남편을 수발하다가 마지막 남은 천 원으로 행상 떡장사를 시작하지만 냉혹한 현실에 직면하며, 「고갯길」(손소희, 『문예』, 1949.7)의 갑숙은 시장에서 악착스럽게 번 거금을 사기당한다.

원인과 상황은 다르지만, 돈과 관련된 사기와 불신은 유주현의 「군상」(『백민』, 1950.2)과 최인욱의 「두 상인의 기록」(『백민』, 1949.1)에서도 볼수 있다. 「군상」의 수봉이 여성에 대한 욕망으로 사기당하는 순진한 청년의 모습으로 그려진다면, 「두 상인의 기록」에서는 숯도매상인 박도수와 판암이 외상값을 매개로 서로 속고 속이는 과정을 통해 인간 사이의 정과 신뢰의 중요성을 제기한다.

다른 한편으로 먹고 살아야 하는 생계의 위협은 행상을 하는 그들에게 비굴함을 안겨주기도 하며, 양심의 가책을 만들어내기도 한다. 계용묵의 「물매미」(『문예』, 1950.4)에 등장하는 최 노인은 물매미 노름으로 아이들의 돈을 노리는 자신을 부끄럽게 여기면서도 생계 때문에 포기하지 못하며, 서근배의 「탁보」(『문예』, 1950.6)에서는 노점상 노인이 이기적이고 비굴하게 될 수밖에 없는 빈곤 계층의 단면을 보여준다.

자영업은 행상인에 비한다면 삶의 조건이 나은 편이었다. 그렇다고 경제적으로 윤택하거나 정신적인 여유를 누린 것은 아니다. 염상섭의 「두 파산」(『신천지』, 1948.8)에서 학용품점을 운영하는 정례 모친은 고리대금업을 하는 친구 때문에 파산하며, 「내일 없는 사람들」(한무숙, 『신천지』, 1949.11)의 성 참봉 부인은 화려했던 과거와 달리 구멍가게 주인으로 전락한 자신의 신세에 허무함을 느낀다.

이와 반대로 「여수」(안수길, 『백민』, 1949.5)의 황숙처럼 좌절하지 않고 건실하게 살아가는 인물도 있다. 황숙은 만주의 재력가이자 명사의 딸이었다. 그러나 대지주의 아들이었던 남편이 밀수업으로 잡혀 들어가자 빈대떡 장사를 하면서 식구들을 부양한다. 그녀의 생활은 힘겹지만 좌절하지 않고 꿋꿋하게 살아가는 어려움 속에서 삶의 가치를 깨달은 것이다. 그런데 고통스런 현실을 수용하여 열심히 살아가는 이러한 모습은 오히려 예외적인 경우에 해당한다. 그만큼 해방기의 자영업과 행상인들은 경제적 빈곤과 정신적 좌절로 불안한 생활을 해야 했다.

5) 성매매, 기생, 여급의 인생유전과 주부의 삶

(1) 성매매 여성의 인생유전과 비극

일제강점기 시대부터 공창과 요릿집 그리고 술집을 중심으로 성매매가 광범위하게 형성되기 시작하였다. 해방을 전후하여 서울에만 100여 개의 유곽에 650명 이상의 여성들이 있었으며 남한에만 한정하더라도 창기가 5,000명 이상이라고 당시의 종합지 『개벽』(1948.3)은 밝히고 있다. 노예와 같은 삶을 살던 이들은 인신매매 금지와 공창제도 폐지에 관한 미군정 포고령에 의해 풀려나게 된다. 그러나 제도적인 장치로 자유의 몸이 되고 또한 여성의 인권과 여성해방의 움직임이 역사의 흐름으로 부각되었지만, 몸을 생계의 중요한 수단으로 삼은 여성들은 여전히 존재하였다.

해방기 소설에서 성매매, 기생, 여급 등으로 존재하는 여성들이 성을 팔게 된 곡절은 기구한 운명만큼이나 다양하고 개별적이다. 이무영의 「삼여인」(『문예』, 1950.3)에는 술집 취성관에 흘러 들어온 사연이 제시된다. 「삼여인」의 숙경은 농가의 외딸로 자랐으나 재취로 가야 한다는 점괘 때문에 홀아비에게 시집을 간다. 그러나 남편의 독살 혐의로 고초를 당하고 풀려난 후 갈 곳 없는 상황에서 선금을 받고 술집에 나가다가 취성관으로 들어온 여성이다. 또한 남부럽지 않은 집에서 귀하게 자란 주옥은 해방으로 혼란한 상황에서 파혼하고 여성해방에 대한 잘못된 인식으로 사교계에 빠졌다가 술집 작부가 된다.

황순원의 『별과 같이 살다』(정음사, 1950)에서는 일제강점기를 살았던 하류계층의 비극적 인생 유전이 곰녀의 수난을 통해 형상화되어 있으며, 「수난자」(정비석, 『백민』, 1948.5)의 서분녀는 기생이 된 후 늙은 후원자의 죽음으로 많은 유산을 받아 고향으로 돌아와 김봉명을 만난다. 그러나 그와의 사랑을 이루지 못하고 물에 빠져 비극적 죽음을 맞이한다. 또한 이선구의 「환」(『백민』, 1950.2)에서 월향은 아홉이나 되는 가족을 먹여살리기 위해 열여섯에 기생이 된다. 그 후 다른 남자와 네 번이나 살림을 차리면서도 한 남자의 사랑을 간직하며 살다가 심장병이 악화되어 죽고 만다.

이처럼 성매매 여성들이 간직한 사연은 다양하며 비극적인 삶으로 제시된다. 그런데 그들의 기구한 운명과 더불어 주목할 부분은 이들의 삶의 방식이다. 먼저 긍정적인 방식으로 김송의 「안개 속의 마을」(『백민』, 1946.10), 이기영의 「해방」(『신문학』, 1946.4), 정인택의 「황조가」(『백민』, 1947.2), 황순원의 『별과 같이 살다』(정음사, 1950)의 여성들이 이에 해

제4장 소설에서 만나는 해방기 사람들

당한다. 「안개 속의 마을」의 복희는 돈에 팔려 매춘부 생활을 시작한다. 그러다 미군정의 인신매매금지령에 의해 풀려나 고향으로 가는 기차에서 여성의 해방을 주장하는 친구를 만나 용기를 얻는다. 일제의 압제와 공창제도에 희생된 어두운 과거를 털고 새로운 희망을 갖는 복희의 긍정적인 모습은 「해방」의 춘자에게서도 볼 수 있다. 춘자는 중개업자에 속아 공창이 되고 유치장에 갇힌다. 하지만 해방이 되자 일본인 간수에게 저항하고 감방 문을 열어주는 행동하는 여성상을 보여준다. 「황조가」에서 술집 여급과 첩살이로 살아가던 혜옥은 해방 후 과거의 삶을 청산하고 여성의 해방을 꿈꾸며 집을 나오며, 『별과 같이 살다』의 곰녀도 청루의 사창가에서 풀려나 전재민들을 위한 구호사업에 매진하는 삶을 선택한다.

이러한 긍정적인 방식과 달리 개인적인 원한에 사로잡혀 있거나 타성과 방종에 젖어 몸을 파는 여성들도 있다. 「연애 제100장」(김광주, 『백민』, 1949.5)의 풍류과부인 나는 전문학교 영문과를 나온 수재였다. 해방이 되자 오입쟁이 남편이 진보적 지도자가 된 현실에 절망하여 도망쳐온 이후 서울에서 실연을 당하고 다방을 전전하면서 개인적으로 매춘영업을 한다. 남자들에 대한 복수심, 욕망, 허영심을 위한 그녀의 매춘은 해방기 사회의 일탈된 성의식을 보여준다.

「청계천변」(김광주, 『문예』, 1949.8)의 삼달 어머니와 정숙은 생계를 위해 몸을 팔며, 「악야」(김광주, 『백민』, 1950.2)의 쏘니아는 당대의 시대상을 압축적으로 보여주는 고급 매춘부이다. 그녀는 거짓말로 남자들의 호감을 사면서 상류층의 생활을 꿈꾸고, 자신의 허영과 야망을 충족하기 위해 '양갈보'라는 놀림에도 아랑곳하지 않는 탐욕스런 여성이다. 쏘니아의 존재는 해방기 미군을 상대로 한 매춘 여성의 실상을 반영한다.

이처럼 해방기 성매매 여성들은 돈에 팔리거나 남자에 대한 복수심, 또는 가족의 생계를 위한 희생과 자기 허영의 만족 등 다양한 이유로 몸을 파는 생활을 하였으며, 새로운 현실 앞에서 선택한 삶의 방식도 편차를 보여준다.

(2) 가정의 틀에 매인 주부의 고단한 삶과 인식

결혼한 우리나라 여성이 살아가는 가장 일반적인 삶의 방식은 주부이다. 해방기의 여성들의 사정도 마찬가지여서 고등교육을 받고 교편을 잡거나 직장을 가졌던 여성들도 결혼과 동시에 주부로서 살아갔다. 주부들이 집안 살림만 한다고 해서 평탄한 삶을 살았던 것은 아니다. 그들은 전통적인 가치 체계에 묶여 억압을 받았으며, 해방기라는 궁핍한 사회 현실은 그들을 행상과 잡일의 현장으로 내몰기도 하였다. 이러한 주부들의 삶은 해방기 소설에서 다양한 양상으로 나타난다. 외견상의 다양한 차이에도 주부의 대부분은 전통적인 틀 안에서 가족 부양, 부부간의 애정과 신뢰, 집안 살림, 경제적 어려움, 폭력과 이혼의 상황에 처한 모습으로 구체화된다.

강신재의 「얼굴」(『문예』, 1949.9)에서 경옥 여사는 부부 사이의 사랑과 신뢰에 갈등하고, 「눈이 나린 날」(『문예』, 1950.1)의 영숙은 시댁과 가족의 뒷바라지에 매인 삶에 허망함을 느끼며, 계용묵의 「바람은 그냥 불고」(『백민』, 1947.7)에서 순이는 학병으로 끌려간 남편을 기다린다. 또한 「청계천변」(김광주, 『문예』, 1949.8)의 아내는 출근한 남편을 대신하여 언제나 셋방을 얻고 이사 준비를 하며, 「파탄」(윤금숙, 『대조』, 1949.7)의

혜숙은 전재민의 가난한 삶에서 겨우 집을 마련하지만 남편의 이혼 요구에 당황하며 배신감을 느끼고, 「불행한 사람들」(윤금숙, 『백민』, 1950. 2)에서는 교편을 잡았던 인텔리 여성이 남편의 폭력에 시달리다 쫓겨나 오빠 집에 기거하게 된다. 뿐만 아니라 남편을 찾아 월남하다가 고초를 당하는 「조국」(박계주, 『백민』, 1950.2)의 아내나, 다른 남자와의 가벼운 만남에 자책하는 「밀회」(안수길, 『문예』, 1949.10)의 미애 등도 해방기 소설에서 보여주는 주부의 모습이다.

그런데 가족의 틀에 얽매여 있었던 것이 주부의 일상적인 모습이었지만, 그들 중에는 새로운 시대적 흐름을 받아들여 자신의 삶을 변화시키려하거나 독립적인 생활을 추구하려는 적극적인 모습을 보여주기도 한다. 문제는 그러한 시도가 긍정적인 결과로 나타나는 것이 아니라는 사실에 있다. 가령, 손소희의 「투전」(『문예』, 1950.4)에서 정란이 이상적 삶과 현실적 삶의 괴리에서 자의식이 분열되는 변동기 지식 여성에 해당한다면, 안수길의 「범속」(『민성』, 1949.9)에서 경숙은 경제적인 어려움에 처하자 주부로서의 정체성을 잃고 쾌락과 방종에 빠진 여성의 모습을 대변해준다.

이들이 부정적인 결과로 나타난 것이라면, 아들에게 봉양받는 것이 가부장적 인습임을 깨닫고 스스로 살아가기 위해 일을 시작하는 「신생 제1장」(임서하, 『신천지』, 1948.6)의 어머니나, 남편의 허위의식을 알고는 불우한 결혼 생활을 끝내기 위해 이혼을 결심하는 정비석의 「아내의 항의문」(『신천지』, 1948.6)과 궁핍한 생활 속에서도 남편에게 용기를 주는 「경품권」(『백민』, 1949.3)의 아내, 그리고 시골로 이사 와서 지주들의 횡포가 여전한 해방기 현실에 비판적으로 인식하는 「풍류 잽히는 마을」

(최정희, 『백민』, 1947.9)의 나는 자기의식을 가진 긍정적인 인물이라고 할 수 있다.

해방기 주부들 가운데에는 가부장적인 삶의 틀에 얽매여 있으면서 전통적인 가치가 요구하는 순종적인 여성상과 새로운 현실에 새로운 변화를 추구하는 적극적인 여성상이 공존한다고 할 수 있다.

해방기는 그 어느 때보다 여성의 인권이 강조되고 여성해방의 분위기가 고조된 시기이다. 이 점은 '여성'을 주제로 삼은 신문과 잡지의 기사와 논설, 그리고 『부인』, 『부인경향』, 『여성공론』, 『여성문화』 등 많은 여성잡지의 창간에서 확인할 수 있다. 하지만 사회의 관심과 분위기와는 별도로 여성들은 여전히 가부장적인 틀에 얽매여 있었으며, 몸을 팔지 않으면 안 되었던 경제적 궁핍과 사회의 구조적 모순에도 근본적인 변화가 없었다. 여기에 여성해방을 방종한 삶으로 이해한 일부 여성들의 그릇된 인식이 주부의 일탈된 행위로 나타나거나 성매매 여성들에게 부정적으로 작용하였던 것이다.

6) 무직자의 실상과 다양한 직업의 인물들

해방기는 미소의 분할 점령, 귀환동포들과 월남인의 유입, 일제 식민지 귀속 재산의 접수와 불하 등으로 커다란 혼란과 변화가 생겨난다. 특히 경제적인 측면에서 보면, 해방 당시 제조업 부분의 94%와 기술자의 80%를 일본인이 담당했던 상황에서 일본의 철수는 제조업의 생산 격감으로 이어졌다. 특히 국토의 분단으로 중화학공업이 편재했던 북한과 달리 남한에 남겨진 것은 면방직 등 경공업과 몇몇 비료 공장에 불과하였으며, 지하자원의 생산력도 급격하게 감소한다. 또한 미국의 원조에 결정적으로 의지해야 했던 취약한 경제구조는 당대인의 삶을 황폐화시켰다.

어려운 경제 상황은 또한 무직자의 양산으로 이어졌다. 해방기 소설에는 무직자들이 높은 비중을 차지하고 있다. 그들은 주로 도시 빈민,[2] 경제 능력이 없는 노인과 여성,[3] 육체적 불구나 환자,[4] 일제 통치 기간 동안 몰락한 양반가,[5] 사회운동가[6]나 작가 지망생[7] 등 매우 다양한 인물들로 구성되어 있다.

무직자 중에는 「어떤 부자」(홍구범, 『백민』, 1950.2)의 아버지처럼 무책임하고 방탕하여 직업이 없는 경우도 있지만, 대부분 일자리를 구하는데도 취업하지 못한 채 어려운 형편에서 살아간다. 특히 귀환동포들이 사정은 더욱 절박했다. 계용묵의 「별을 헨다」(『동아일보』, 1946.12)나 박연희의 「쌀」(『백민』, 1946.10), 그리고 황순원의 「두꺼비」(『우리공론』, 1947.4)에는 모리배들이 득세하는 혼란한 해방 정국과 귀환동포들의 불안하고 어려운 생활상이 형상화되어 있다. 귀환동포들에게 일자리는 주거 공간의 확보와 더불어 생존을 위해 무엇보다 절박한 문제였다. 주거

2 곽하신, 「정거장 광장」, 『신천지』, 1947.7.

3 강신재, 「정순이」, 『문예』, 1949.11 ; 김동리, 「미수」, 『백민』, 1946.12와 「어머니와 그 아들들」, 『삼천리』, 1948.8 ; 박용구, 「일구사칠년」, 『문예』, 1950.1 ; 최태응, 「사탕」, 『백민』, 1946.10 ; 한무숙, 「내일 없는 사람들」, 『신천지』, 1949.11.

4 박영준, 「여과」, 『백민』, 1949.1 ; 최태응, 「혈담」, 『백민』, 1948.3과 「돌」, 『민성』, 1949.2.

5 박연희, 「고목」, 『백민』, 1948.7.

6 김만선, 「한글강습회」, 『대조』, 1946.6 ; 이주홍, 「명암」, 『인민』, 1946.1~4.

7 허준, 「속 습작실에서」, 『문학』, 1948.7.

공간과 일자리가 없는 무직자들은 불안정한 삶을 살아야 했으며 그런 조건에서 조국에 대한 기대와 해방의 낙관적 전망은 좌절될 수밖에 없었다.

해방기 소설에서 공무원은 부정적인 대상으로 그려진다. 그것은 일차적으로는 과거의 친일 행적에서 연유한다. 그러나 보다 근본적인 이유는 해방 후에도 반성하지 않은 파렴치한 행태에 있다. 「맹순사」(채만식, 『백민』, 1946.3)의 맹 순사에게 해방은 안정적인 생활을 위협하고 뇌물 받을 기회를 막아버린 사건이었으며, 최태응의 「강변」(『대조』, 1946.7)에서 면서기인 A는 공출을 빌미로 이웃을 위협하고 뇌물을 받아 부를 축적한 탐욕스런 인물이다. 또한 「폭풍의 역사」(안회남, 『문학평론』, 1947.4)의 이석기는 일제의 정책을 충실히 이행하여 공출, 부역, 징세, 황민화에 앞장섰던 인물이다. 그런데 해방이 되자 면장이 되고 유력 단체의 지부장이 되어 다시 지위와 권력을 획득한다. 이러한 인물들의 부정적인 모습은 친일 인사들이 청산되지 못하고 해방 정국의 중심에서 부와 권력을 유지했던 당대의 불철저한 역사 인식을 반영한다.

어느 시대에나, 특히 사회가 혼란스러운 상황이면 그럴수록 혼란한 시류에 편승하여 한몫 잡으려는 기회주의자들이 있기 마련이다. 해방기 소설에서도 브로커, 고리대금업, 밀수업을 하는 인물들이 온갖 수단과 방법을 이용하여 자신의 이익을 추구하는 모습을 볼 수 있다. 이들의 존재는 전직 변사(이봉구, 「명동의 에레지」, 『백민』, 1950.2)와 통역관(채만식, 「미스터 방」, 『대조』, 1946.7) 등의 직종과 더불어 해방기라는 특수한 변동기적 상황을 반영한다.

3. 해방기 소설의 직업과 해방기의 사람들

해방기를 살았던 사람들은 기대와 희망 속에 새로운 현실을 맞이했다. 그러나 위치와 처지에 따라 그 편차는 있지만 해방 정국은 대다수의 사람들에게 실망과 분노와 좌절을 안겨주었다. 그 때문에 소설을 통해 만난 사람들의 표정은 어두웠으며 그들의 일상은 궁핍, 혼란, 갈등의 풍속화였다.

해방이 되었어도 기대와 달리 당대의 삶의 방식과 생활수준은 달라지지 않았다. 통계적 수치에 의하면 해방기의 삶의 수준은 오히려 악화되었다. 뿐만 아니라 소작료, 노동의 조건, 주거 공간, 여성의 지위 등 일제 강점기의 불합리한 현실도 개선되지 않았다. 이러한 상황에서 소설 속에 등장하는 많은 인물들은 새로운 세계에 대한 열망과 기대보다는 좌절의 심리 상태에 빠져 있었다.

해방기 소설을 직업의 관점에서 보았을 때 드러나는 특징은 모든 계층에 걸쳐 나타나는 궁핍화 현상이다. 도시 빈민이나 소작농 혹은 노동자 계층만이 아니라 지식인 사회에서도 가난은 내적 갈등의 중요한 요인으로 작용한다. 이것은 해방기 지식인들이 차지하는 정치 사회적인 지위와 달리 경제적인 지위는 낮았기 때문으로 판단된다. 우리 사회가 가난의 질곡에서 벗어난 것이 근대화가 본격적으로 진행된 70년대 이후였다는 사실을 감안하면, 해방기의 경제적 궁핍이 계층과 직업을 넘어선 보편적인 현상이었음은 당연하다.

다음으로 소설을 통해 만난 일반 대중들은 해방기가 정치 체제의 구축을 위한 이념의 혼란기였음에도 그것과 직접 관련이 없는 삶을 살고 있었다. 그들의 생활을 지배한 것은 사랑, 추억, 부부간의 애정, 가족사, 일자리와 셋방 등의 평범한 일상이었다. 정치적 이념성은 소수의 운동가, 정치가, 문화인 등의 지식층, 그리고 계급의식을 자각한 농민과 노동자 계층에서만 나타난다. 일반 대중들이 가장 관심을 기울이고 또 그들을 가장 힘들게 했던 것은 경제적 궁핍이었다.

또한 해방기 소설에서 직업은 인물의 형상화 조건으로만 작용하고는 배면으로 물러난다. 인물들의 삶의 방식이 그들의 직업적 특성보다는 작가의 이념적 성향에 따라 달라지는 이유도 여기에 있다. 이러한 사실은 고유한 직업적 특수성이 예리하게 드러나지 않은 점, 직업과 관련된 사건이나 갈등이 발생하지 않은 데서 알 수 있다.

이와 함께 특수하고 개성적인 직업에 종사하는 인물이 거의 없이 일반적인 유형에 한정되어 있다는 점도 주목할 부분이다. 이공 계열의 직업이나 과학자, 전문직 기술자가 등장하지 않은 점도 특이한 현상이다. 이러한 현상은 사회와 경제가 세분화되지 않은 시대성과 함께 당대의 산업구조 및 과학기술의 수준과 직접 관련이 있다. 미군을 상대로 한 통역관과 성매매 여성의 존재도 해방기라는 특수한 시대적 정황을 반영한다.

해방기 소설에 등장하는 인물들의 다양한 직업을 통해 우리가 만난 것은 당대를 살았던 사람들의 표정과 행동 양식이었다. 그것은 구체적인 삶의 모습이자 한 시대의 총체적 축도라는 점에서 의미를 갖는다.

1. 국내 저서 및 논문

강경화, 『한국문학 비평의 인식과 담론의 실현화 연구』, 태학사, 1999.

──, 『한국 현대문학의 이면과 탐색』, 푸른사상사, 2005.

──, 『한국문학비평의 실존』, 푸른사상사, 2005.

강연안, 『주체는 죽었는가』, 문예출판사, 1996.

강우식, 『육감과 혼』, 민족문화사, 1983.

──, 『한국 현대시의 존재성 연구』, 성균관대학교 출판부, 1986.

강준만, 『대중문화의 겉과 속』, 인물과사상사, 2013.

고명철, 『칼날 위에 서다』, 실천문학사, 2005.

고봉준, 「고문하는 문학, 꿈꾸는 문학」, 작가와 비평 편, 『김현 신화 다시 읽기』, 이룸, 2008.

곽상순, 「김현의 소설비평에 나타난 '자유'와 '진실'의 의미 연구」, 『국제어문』, 56집, 2012.12.

구중서, 『민족문학의 길』, 새밭, 1979.

──, 『한국문학과 역사의식』, 창작과비평사, 1985.

권성우, 「김현론」, 김윤식 외, 『한국 현대 비평가 연구』, 강, 1996.

──, 「1960년대 비평에 나타난 '현대성' 연구」, 『한국학보』, 1999. 가을.

김경동, 「대중사회와 대중문화」, 『사상계』, 1968.5.

김명인, 「시민문학론에서 민족해방론까지」, 『사상문예운동』, 1990. 봄.

김병익, 「순수 비평으로 살다 간 '영원한 새 세대'」, 『김현 문학전집』16, 문학과지성사, 1993.

김성훈, 『한국 만화비평의 선구자들』, 부천만화정보센타, 2007.

──, 「김현의 '만화비평'에 관한 재발견」, 『오늘의 문예비평』77호, 2010.5.

김용직, 「대중사회와 시의 길」, 『세계의 문학』, 1977. 겨울.

김우창, 「민족 문학의 양심과 이념」, 『세계의 문학』, 1978. 여름.

김윤식, 「자의식의 비평과 서구적 지성의 한계」, 『창작과비평』, 1969. 가을.

──, 「비평 · 의식의 문제 · 천부 · 수련」, 『문학과지성』, 1970. 가을.

──, 「비평이란 무엇인가」, 『세계의 문학』, 1977. 봄.

──, 「근대와 반근대─조연현론」, 『한국현대문학사상사론』, 일지사, 1992.

──, 「김현론」, 『작가와 내면풍경』, 동서문학사, 1991.

──, 『한국근대문학사상연구2』, 아세아문화사, 1994.

──, 「소설 · 시 · 비평의 관련 양상」, 『한국현대소설비판』, 일지사, 1988.

김인환, 「민족문학과 리얼리즘」, 『외국문학』, 1985. 여름.

김종철, 「대중문화와 민주적 문화」, 『세계의 문학』, 1978. 여름.

──, 「대중문화, 고급문화, 사회」, 현대사회과학연구소 편, 『예술과 사회』, 민음사, 1979.

김주연, 「민족문학론의 당위와 한계」, 『문학과지성』, 1979. 봄.

김창남, 『대중문화의 이해』, 한울, 2010.

김치수, 「양심 혹은 사랑으로서의 민족문학」, 『문학과지성』, 1978. 가을.

김태현, 「주도비평의 민족문학적 환원─백낙청론」, 『문학의 시대(3)』, 풀빛, 1986.

──, 「비평의 새 장 연 4 · 19세대」, 『김현 문학전집』16, 문학과지성사, 1993.

김형수, 「김현 비평의 세대론적 전략과 타자의 존재」, 『사림어문연구』13집, 2000. 1.

김형효, 『구조주의의 사유체계와 사유』, 인간사랑, 1996.

문흥술, 「90년대 민족문학론의 위기, 그 실체」, 『무애』, 1998.5.

미학대계간행회, 『현대의 예술과 미학』, 서울대학교 출판부, 2007.

박상희, 「대중문화에 대한 기독교교육적 이해」, 장로회신학대학교 석사학위 논문, 2001.1.

성민엽, 「민중문학의 논리」, 『1985년 가을』, 현암사, 1985.

송은영, 「1960~70년대 한국의 대중사회화와 대중문화의 정치적 의미」, 『상허학
　　　보』 32, 2011.6.

양미림, 「만화시비」, 『백민』, 1948.7.

여석기, 「대중문화와 지식인」, 『사상계』, 1966.4.

──, 「정책의 빈곤·대중문화의 타락」, 『사상계』, 1968.5.

오갑환, 「대중예술의 기능과 책임」, 『세대』, 1968.6.

유성호, 「김현 비평의 맥락과 지향」, 『한국언어문화』, 48집, 2012.8.

유재천, 「서평 : 대중문화와 문화의 대중화」, 『문학과지성』 창간10주년 기념호 복
　　　간본, 2015.12.

유종호, 「성장과 심화의 궤적」, 『사상계』, 1965.8.

이경수, 「'나'로부터 출발한 운명적 이중성」, 작가와 비평 편, 『김현 신화 다시 읽
　　　기』, 이룸, 2008.

이동하, 「김현의 『한국문학의 위상』에 대한 고찰」, 『전농어문연구』 7집, 1995.2.

이명원, 『타는 혀』, 새움, 2000.

이숭원, 「김현의 시 비평에 대한 고찰」, 『선청어문』 23집, 1995.4.

이양하, 『이양하 수필집』, 을유문화사, 1958.

이어령, 『저항의 문학』, 경지사, 1959.

──, 『지성의 오솔길』, 동양출판사, 1960.

──, 『차 한 잔의 사상』, 삼중당, 1966.

──, 「대중문화시대의 개막」, 『신동아』 29호, 1967.1.

──, 「꽃은 불이다」, 『문학사상』, 1981.4.

──, 「1950년대와 전후문학」, 『작가연구』 4, 1997.10.

이영욱, 「대중(예술)문화」, 미학대계간행회, 『현대의 예술과 미학』, 서울대학교
　　　출판부, 2007.

이윤택, 「시민문학론」, 『언어의 세계(4)』, 1985. 가을.

이인성, 「죽음 앞에서 낙타 다리 씹기」, 『문학과사회』 12, 1990. 겨울.

임영봉, 「김현 초기 비평 연구」, 『어문연구』 134호, 2007. 여름.

───, 「고통스러운 실존의 행복한 정신분석」, 작가와 비평 편, 『김현 신화 다시 읽기』, 이룸, 2008.

임희섭, 「대중문화의 사회적 의미」, 『문학과지성』 20, 1975. 여름.

작가와 비평 편, 『김현 신화 다시 읽기』, 이룸, 2008.

장진영, 「한국 만화문화의 생성과 수용과정 연구」, 공주대학교 박사학위 논문, 2011.2.

전력거래소, 「가전기기보급률 조사 통계 결과 공표」, 2012.3.16.

정과리, 「민중문학론의 인식구조」, 『문학과사회』 1, 1988. 봄.

───, 「김현문학의 밑자리」, 『문학과사회』 12, 1990. 겨울.

───, 「못다 쓴 해설」, 『전체에 대한 통찰』, 나남, 1990.

조남현, 「땀과 줏대 그리고 힘의 비평」, 『문학과사회』 23, 1993. 가을.

진형준, 『상상적인 것의 인간학』, 문학과지성사, 1992.

최강민, 「공감의 비평, 그 내적 모순」, 『우리문학연구』 23집, 2008.2.

최원식, 『민족문학의 논리』, 창작과비평사, 1991.

클로버문고의 향수카페, 『클로버문고의 향수』, 한국만화영상진흥원, 2009.

하상일, 『한국문학과 역사의 그늘』, 소명출판, 2008.

───, 「시민문학론에서 근대극복론까지」, 『한국문학평론』, 1997. 여름.

한강희, 「1960년대 한국문학비평 연구」, 성균관대학교 박사학위 논문, 1997.12

한영현, 「『사상계』와 대중문화 담론」, 『국제어문학회』 54집, 2012.4.

현길언, 『한국소설의 분석적 이해』, 문학과비평사, 1990.

───, 『소설은 어떻게 읽을 것인가』, 나남, 1997.

───, 『한국현대소설론』, 태학사, 2002.

홍신선 편, 『우리문학의 논쟁사』, 어문각, 1985.

홍정선, 「연보 : '뜨거운 상징'의 생애」, 『김현 문학전집』 16, 문학과지성사, 1993.

───, 「작가와 언어의식」, 김병익 · 김주연 편, 『해방 40년 : 민족지성의 회고와 전망』, 문학과지성사, 1985.

황인성, 「구조주의와 기호학 그리고 문화연구」, 정재철 편저, 『문화연구 이론』, 한나래, 1998

황지우, 「이 세상 다 읽고 가신 이」, 『김현 문학전집』 16, 문학과지성사, 1993.

한국 문화비평의 인식과 지향

2. 외국 번역서

가스똥 바슐라르,『몽상의 시학』, 김현 역, 홍성사, 1981.

가스똥 바슐라르,『물과 꿈』, 이가림 역, 문예출판사, 1990.

게오르그 루카치,『운명과 형식』, 반성완 · 심희섭 역, 심설당, 1988.

노먼 제이콥스,『대중시대의 문화와 예술』, 강현두 역, 홍성사, 1980.

레나토 포지올리,『아방가르드 예술론』, 박상진 역, 문예출판사, 1996.

레스리 A. 화이트,『문화의 개념』, 이문웅 역, 일지사, 1981.

르네 웰렉 · 오스틴 워렌,『문학의 이론』, 김병철 역, 을유문화사, 1986.

발터 벤야민,『발터 벤야민의 문예이론』, 반성완 편역, 민음사, 1990.

벵쌍 데콩브,『동일자와 타자』, 박성창 역, 인간사랑, 1991.

빈센트 B. 라이치,『해체비평이란 무엇인가』, 권택영 역, 문예출판사, 1988.

자크 라캉,『자크 라캉 욕망이론』, 권택영 편, 문예출판사, 1994.

테리 이글턴,『문학이론입문』, 김명환 · 정남영 · 장남수 역, 창작사, 1986.

페터 뷔르거,『지배자의 사유』, 김윤상 역, 인간사랑, 1996.

폴 프티티에,『문학과 정치사상』, 이종민 역, 동문선, 2002.

필립 윌라이트,『은유와 실재』, 김태옥 역, 문학과지성사, 1987.

헤롤드 블룸,『시적 영향에 대한 불안』, 윤호병 편역, 고려원, 1991.

J.B. 파쥬,『구조주의란 무엇인가』, 김현 역, 문예출판사, 1972.

Josef Bleicher,『현대해석학』, 권순홍 역, 한마당, 1990.

T.S. 엘리어트,『문예비평론』, 이경식 편역, 범조사, 1985.

T.W. 아도르노,『아도르노의 문학이론』, 김주연 역, 민음사, 1985.

참고문헌

한국 문화비평의 인식과 지향

ㅈ

한국 문화비평의 인식과 지향

작품 및 도서

ㅇ

한국 문학비평의 인식과 지향

기타

◆◆◆ 강경화 姜炅和

한양대학교 국어국문학과를 졸업하고 성균관대학교 대학원에서 문학박사 학위를 취득했다. 한양대학교 미래문화연구소 전임연구원 및 연구교수를 역임하고 현재 한양대학교 에리카캠퍼스 창의융합교육원 교수로 있다. 저서로 『한국문학비평의 인식과 담론의 실현화 연구』, 『한국문학비평의 실존』, 『한국 현대문학의 이면과 탐색』 등이 있고, 공저로 『1950년대 문학의 이해』, 『상상력의 거미줄』, 『문학과 정치이데올로기』, 『유종호 깊이 읽기』, 『고석규 문학의 재조명』 등이 있다.

한국 문학비평의 인식과 지향

김현 · 백낙청 · 김윤식 · 강우식 · 현길언을 중심으로

초판 1쇄 인쇄 · 2017년 2월 20일
초판 1쇄 발행 · 2017년 2월 27일

지은이 · 강경화
펴낸이 · 한봉숙
펴낸곳 · 푸른사상사

주간 · 맹문재 | 편집 · 지순이, 홍은표 | 교정 · 김수란
등록 · 1999년 7월 8일 제2-2876호
주소 · 경기도 파주시 회동길 337-16 푸른사상사
대표전화 · 031) 955-9111(2) | 팩시밀리 · 031) 955-9114
이메일 · prun21c@hanmail.net / prunsasang@naver.com
홈페이지 · http://www.prun21c.com

ⓒ 강경화, 2017
ISBN 979-11-308-1083-6   93800
값 28,000원

이 도서의 국립중앙도서관 출판예정도서목록(CIP)은 서지정보유통지원시스템 홈페이지
(http://seoji.nl.go.kr)와 국가자료공동목록시스템(http://www.nl.go.kr/kolisnet)에서 이용하실
수 있습니다.(CIP제어번호 : CIP2017004694)

푸른사상 학술총서 **38**

한국 문학비평의 인식과 지향

김현 · 백낙청 · 김윤식 · 강우식 · 현길언을 중심으로